Diogenes Taschenbuch 21027

Mehr Gespenster

Die besten Gespenstergeschichten aus England, Schottland und Irland

Herausgegeben von Mary Hottinger

Diogenes

Nachweis der einzelnen Geschichten
am Schluß des Bandes
Umschlagzeichnung von Paul Flora

Veröffentlicht als Diogenes Taschenbuch, 1983

100/83/24/1
ISBN 3 257 21027 2

INHALT

George Mackay Brown

Die Vernehmung

Am letzten Tag des August wurde ich mit der Voruntersuchung des Falles beauftragt.

Ich brach also von Leith nach den Orkneyinseln auf, und erst nach einem zweitägigen Aufenthalt in der Kathedralenstadt auf der Hauptinsel konnte ich in einem Fischerboot nach Norday übersetzen.

Am Pier holte mich ein alter Mann ab, der mir sagte, er sei angewiesen, mich mit allem Notwendigen zu versorgen. Er brachte mich zu einem Gasthaus im Dorf – einer einfachen Herberge mit einfachem, schlichtem Essen und einem sauberen Bett (mehr wollte ich nicht).

Ich sagte dem alten Mann, daß ich am nächsten Morgen mit der Vernehmung anfangen wolle, und gab ihm eine Liste der Personen, die dafür vorzuladen waren.

Wie er mir sagte, hatte der Kirchenrat sich damit einverstanden erklärt, mir für meine Arbeit die Sakristei der Kirche zu überlassen. Dort würde ich es recht bequem haben, sagte er, und außerdem sei es für ihn sehr praktisch, da er Kirchendiener und Totengräber in einer Person sei.

Am nächsten Morgen wimmelte die Dorfstraße von Leuten und Tieren, die alle dasselbe Ziel zu haben schienen. Von dem alten Mann erfuhr ich, daß heute auf der Insel die landwirtschaftliche Jahresschau stattfinde, und das sei immer der geschäftigste Tag des Jahres. Manche Bauern musterten mich mit unverhohlener Neugier, andere wandten scheu den Blick ab. Die großen Pferde trabten vorüber. Die Schafe drängten sich ängstlich zitternd aneinander.

Der Alte führte mich über ein Feld mit reifendem Hafer zu einer Kirche. Es war ein rechteckiger, scheunenartiger Bau, ringsum von Grabsteinen umgeben. Die Pforte stand offen. Neben der dunklen Eichenkanzel führte eine Innentür zu einem zweiten Raum mit einem Tisch und einigen Stühlen. Ein schwarzer Talar hing an einem Haken. Mein Führer sagte, dies sei die Sakristei.

»Machen Sie Feuer«, sagte ich.

Der Alte blies die spärliche Flamme an, die er zwischen Torfstücken angezündet hatte. Eine graue Rauchsäule stieg den Kamin hoch.

»Die Zeugen«, fragte ich, »haben Sie sie vorgeladen?«

»Ja, sie sitzen zwischen den Kirchenbänken verstreut«, sagte er. »Haben Sie sie beim Hereinkommen nicht gesehen?«

»Holen Sie den ersten, der auf der Liste steht«, sagte ich. »William Peterson, Bauer aus Arngarth.«

William Peterson war der Vater des Mädchens. Er setzte sich auf den Stuhl mir gegenüber – ein strenger, dickköpfiger, leicht aufbrausender Bauer.

»Ich weiß nicht, wie ich Ihnen helfen kann«, sagte er. »Ich habe von Vera nichts gehört seit dem Morgen, als sie weggelaufen ist. Es geht ihr gut, ich bin sicher. Sie gehört zu den Mädchen, die selber für sich sorgen können. Tut mir leid, daß ich Ihnen nicht behilflich sein kann. Ich weiß bloß, daß sie nicht in Arngarth ist. An dem Tag, wo sie weggegangen ist, hat sie mir nicht gesagt, wohin sie wollte. Sie war immer so, ein sprunghaftes, eigenwilliges Mädchen. Sie hat das Recht zu gehen, wann und wohin es ihr beliebt. Sie ist einundzwanzig Jahre alt.«

»Machen Sie sich keine Sorgen darüber, daß Ihrer Tochter etwas zugestoßen sein könnte?« fragte ich.

»Nein«, sagte er. »Vera kann selber für sich sorgen. Ich habe keine besondere Angst um sie. Sie hat sich ihren Weg selber ausgesucht, nun wird sie ihn zu Ende gehen müssen. Ich habe noch drei Mädchen daheim. Vera hat eine gute christliche Erziehung gehabt. Was konnte ich mehr tun? Wo immer sie ist – sie ist in Gottes Hand.«

Der alte Mann war über das Benehmen des Bauern ein wenig aufgebracht. »Also, William«, brummte er, »also, William, die Behörden. Der Herr hier tut schließlich nur seine Pflicht.«

»Dann wollen Sie also nichts weiter sagen?« fragte ich.

»Nein«, sagte der Bauer. »Nichts. Was vergangen ist, ist vorbei und erledigt. Ich habe zwei Pferde und einen Stier bei der Schau. Vielleicht will jemand eine Auskunft haben oder ein Angebot machen. Der Händler Macpherson war da. Ich werde nicht rechtzeitig zur Preisverleihung da sein. Dort sollte ich sein, auf dem Markt. Ich habe Ihnen gesagt, daß ich nichts von Vera weiß. Mir geht Geld verloren.«

»Na schön«, sagte ich, »Sie können gehen.«

Der Alte öffnete dem Bauern die Tür. »Na, William«,

sagte er, »ich finde, du hättest dich ein bißchen mäßigen können, heh?«

Ich schrieb in mein Notizbuch: *In ihrer Mitte haben sie ein kleines goldenes Kalb aufgestellt.*

Draußen war ein schöner Morgen. Von dem Ausstellungsgelände hörte man hin und wieder das gewaltige Brüllen eines Stiers, das Durcheinanderrufen der Bauern und plötzlich aufbrandendes Gelächter aus den Buden und Zelten der Ringer und Puppenspieler und der Dicksten Dame der Welt.

»Neil Garth«, rief der Alte in den hallenden Raum der Kirche hinein. »Du bist jetzt dran, bitte.«

Neil Garth, las ich in meinen Notizen, war Bootsführer.

Ein junger Mann in einer blauen Wolljacke betrat die Sakristei und wurde gebeten, sich mir gegenüber zu setzen.

»Vera Peterson«, sagte ich. »Sagt Ihnen dieser Name etwas?«

»Nein, Sir«, sagte er. »Wenigstens sagte er mir nichts bei der einzigen Gelegenheit, wo ich mit ihr zu tun hatte.«

»Haben Sie einen Tag vor Mittsommer eine junge Frau über die Bucht von Norday gerudert?« fragte ich.

»Ja, sie hatte ein grünes Kleid an«, sagte er. »Ich wußte damals nicht, wie sie heißt. Ja, Sir, die hab ich rübergerudert.«

»Nun«, sagte ich, »wo ist die junge Frau in Ihr Boot gestiegen?«

»Am Taing«, sagte er. »Sie bat mich, sie über die Bucht zu rudern. Sehen Sie, wenn man von der Südseite der Insel zur Nordseite will, tut man besser daran, mein Boot zu nehmen. Das spart eine Menge Zeit. Sie hat unterwegs kein Wort gesprochen. Als wir am anderen Ufer an den Strand von Skaill kamen, sagte sie mir, sie hätte kein Geld, um die Überfahrt zu bezahlen. So sind sie, diese Kleinbauern von der Südseite, arme Kirchenmäuse. Ich war nicht gerade erfreut. Schließlich lebe ich von der Fähre. Ich hab sie abgesetzt und an Land waten lassen. Jetzt tut's mir leid, daß ich nicht ein bißchen freundlicher zu ihr war.«

»Wieso?«

»Es heißt, daß ihr etwas zugestoßen ist«, antwortete er. »Alle scheinen das zu glauben. Natürlich weiß ich nichts darüber.«

»Haben Sie gesehen, welchen Weg sie gegangen ist, nachdem sie aus Ihrem Boot ausgestiegen war?« fragte ich.

»Nein, Sir«, sagte er. »Ich war schlechter Laune. Ich hab mich gar nicht nach ihr umgedreht. Ich war froh, als ich sie von hinten sah.«

»Vielen Dank«, sagte ich. »Sie können jetzt gehen.«

»Das hast du sehr gut gemacht, Neil«, murmelte der Alte dem Bootsführer zu, als er ihm die Tür öffnete. »Du hast dich sehr gut ausgedrückt. Das hat dem Herrn gefallen, das habe ich gemerkt . . .« Er wandte sich zu mir um. »Soll ich jetzt den nächsten rufen?«

»Einen Augenblick«, sagte ich und schrieb in mein Notizbuch: *Für einen Tag trug er die Maske Charons*.

Durchs Fenster konnte ich fernes Jubelgeschrei hören. »Das sind die Leute bei der Schau«, sagte der Alte. »Sie haben gerade den Preis verliehen. Jetzt wird es im

Whisky-Zelt hoch hergehen!« Der Jubel riß nicht ab, und ich stellte mir vor, wie ein preisgekrönter Stier vorgeführt wurde, ein dicker, blumenbekränzter, schwerfälliger Klotz Fruchtbarkeit.

»Jetzt bin ich bereit«, sagte ich.

Der Alte öffnete die Tür. Seine Stimme hallte durch die leere Kirche wie das Signal des Jüngsten Gerichts. »Andrina Moar«, rief er. Eine stämmige Bäuerin trat ein, die an einem gewöhnlichen Tag sicherlich absolut liebenswürdig gewirkt hätte, jetzt aber einer aufgeregten Henne glich.

»Nun, nun, Andrina«, murmelte der Alte, »beruhige dich doch.«

»Sagen Sie einfach, was Sie wissen«, sagte ich. »Es handelt sich um eine junge Frau namens Vera Peterson.«

»Ja, sie hat bei mir angeklopft«, sagte Mrs. Moar. »Das war am Nachmittag. Außer mir war niemand im Haus. Ich war gerade draußen gewesen und hatte die Hühner gefüttert, meine Hände waren ganz voll Hafer und Brotkrumen. Nein, das ist falsch – ich hatte Hafermehlkuchen gebacken, und da pochte es an meine Tür. Ich wisch mir die Hände an der Schürze ab und geh raus. Da stand diese Vera Peterson vor der Tür. Ich hatte bis zu dem Tag nie mit ihr gesprochen, aber ich kannte sie, ich hatte sie voriges Jahr beim Erntefest in Hamnavoe mit zwei anderen Mädchen gesehen. Sie war vom Südende der Insel, wo all die armen Kleinbauern wohnen. Später am selben Tag sah ich sie im Boot heimkommen, freilich in anderer Begleitung. Diese jungen Leute heutzutage.«

»Andrina kennt sie alle«, sagte der Alte. »Jede Menschenseele in Orkney, alle Vettern und die ganze Verwandtschaft. Ja, die kennt alle.«

»Nun ja, an diesem Tag merkte ich, daß sie irgendwie in Schwierigkeiten war«, sagte Mrs. Andrina Moar. »Sie war so müde, daß sie kaum stehen konnte. Ihre Beine klebten von Sand und Seetang. Es war ein sehr heißer Hochsommertag. ›Bitte‹, sagte sie, ›kann ich reinkommen und mich ein Weilchen hinsetzen?‹ Ich ließ sie also reinkommen und nötigte sie in den Sessel. Und ich gab ihr Tee und Brot und Käse.«

»Das kann ich mir denken, Andrina«, sagte der Alte. »Niemand geht hungrig von Andrinas Tür in Stoorwall.«

»Nach einer Weile«, sagte Mrs. Moar, »sagte sie, nun fühlte sie sich ausgeruht, und bedankte sich, und jetzt wolle sie weitergehen, sagte sie, denn sie habe noch eine oder zwei Meilen zu gehen. Ich wollte sie zuerst fragen, wohin sie wollte, aber natürlich ging es mich nichts an, und ich hatte sowieso schon dies und das gehört. Die Leute reden so viel. Und ich habe ja auch Augen im Kopf. Aber ich dachte bei mir und sagte es auch zu meinem Mann, als er vom Rübenfeld kam, ›Ein Mädchen von den Petersons im Süden war hier, sie scheint irgendwie in Schwierigkeiten zu sein.‹ Und er sagte, er habe auch mit ihr gesprochen. Er ist nun mal so, immer unterbricht er seine Arbeit und redet mit jedem Landstreicher und Kesselflicker. Jedenfalls ist sie gegangen. Das letzte, was ich von ihr gesehen habe, da war sie auf der höchsten Stelle der Straße, schwarz gegen den Himmel. Dann ist sie auf der anderen Seite hinuntergegangen, und von dem Tag an bis heute hab ich sie nie wieder gesehen.«

»Vielen Dank, Mrs. Moar«, sagte ich. »Sie haben uns sehr geholfen. Sie können jetzt gehen.«

»Vielen Dank, Sir«, sagte sie mit lauter, klingender, aufrichtiger Stimme, so froh war sie, mit mir und meinen Papieren und meiner Beamtenmiene fertig zu sein.

»Er ist sehr zufrieden mit Ihnen«, murmelte der Alte Mrs. Andrina Moar von der Stoorwall Farm zu, als er sie hinausführte.

Das Feuer brannte jetzt schön. Draußen wurde der Wind stärker. Er raschelte in den hohen Haferhalmen auf dem Pfarrland, und es klang wie das Geflüster von Verschwörern. Über den Hügel hinter dem Dorf jagten abwechselnd sonnige Flecken und Wolkenschatten.

Ich schrieb in mein Buch: *Der Wert einer tugendhaften Frau geht weit über Korallen*.

»Bitte«, sagte ich zu dem Alten, »sprechen Sie nicht mit den Zeugen, wenn sie kommen oder gehen. In so einem Verfahren sollte eine gewisseReinheit herrschen.«

Der alte Mann blieb in der offenen Tür zwischen Sakristei und Kirche stehen. »Ja, Sir«, sagte er über die Schulter zu mir. Und in die Kirche rief er dröhnend: »Fenton Smith.«

Ein zerlumptes Geschöpf mit jungen Augen und jungem Mund trat ein, blieb in der Tür stehen und sah mich halb unverschämt, halb kriecherisch an.

»Na, Fenton«, sagte der alte Mann, »nimm den Hut ab. Bedenke, wo du bist.«

»Setzen Sie sich bitte«, sagte ich (ich selbst hätte mich

nicht gern als nächster auf diesen stinkenden, verflöhten Stuhl gesetzt).

»Ich werd Ihnen sagen, was ich weiß«, sagte der Mann. »Es ist doch wegen der Peterson, nicht wahr? Ich werd Ihnen die reine Wahrheit sagen, wie ich sie sehe. Ich bin ein armer Mann, Mister. Ich habe keine Bildung. Aber ich will Ihnen alles erzählen, was ich weiß, so wie ich mir's zusammengereimt habe.«

»Du hättest dich waschen können, Fenton«, flüsterte der Alte. »Du hättest wenigstens das Gesicht naß machen dürfen.«

»Was wissen Sie von Vera Peterson?« fragte ich.

»Nichts«, sagte er. »Ich habe ihren Namen nie gehört, Mister, bevor sie verschwunden ist. Natürlich wußte ich von dem Hof in Arngarth und daß da Leute mit Namen Peterson leben. Es ist am anderen Ende der Insel von da, wo ich wohne. Kleinbauern im Torfmoor. Ich habe Peterson ein- oder zweimal gesehen, vielleicht sogar mehrmals. Ich glaube, ich habe sogar mal mit ihm gesprochen, so um die Zeit, als die *Archangel* kenterte, das ist ein Dutzend Jahre her. Aber was seine Familie betrifft, von der hab ich überhaupt nichts gewußt. Die Insel hier ist groß. Man kann hier wer weiß wie lange leben und doch nicht alle kennenlernen. Mein Reich ist der Strand.«

»Fenton, Fenton«, flüsterte der Alte eindringlich, »ein bißchen mehr Respekt. Sag ›Sir‹, nicht ›Mister‹.«

»Was wollen Sie dann hier?« fragte ich. »Sie scheinen viele Worte zu machen, aber nichts zu wissen.«

»Warten Sie ein bißchen«, sagte Fenton Smith. »Ich habe etwas gesehen, Mister. Ich habe am Abend vor

Mittsommer ein Mädchen im zurückgehenden Wasser stehen sehen. Ich kannte sie nicht. Ich war eine Meile oder noch weiter beim Seetangsammeln.«

»Fenton ist Strandläufer«, sagte der Alte halb zu sich und halb zu mir.

»Ich habe nicht auf sie geachtet«, sagte Fenton Smith. »Ein Mädchen im Wasser zwischen den Steinen, das kann man jeden Tag sehen. Sie gehen manchmal da runter, um sich die Füße zu waschen, Mister. Sie haben keine Ahnung, wie eitel sie sind, die Weiber. Stundenlang sitzen sie da und bespiegeln sich in einer Pfütze. Diese hatte das Gesicht nach Westen gewandt, als betrachtete sie den Sonnenuntergang. Mir war sie egal. Na ja, Mister, als mein Sack voll war, nahm ich ihn auf die Schulter und ging zum Steinbruch.«

»Fenton wohnt im Steinbruch, außer im Winter«, erklärt der Alte. »Er hat da so etwas wie ein Zelt.«

»Nach einem Monat fand ich am Ufer etwa eine Meile weiter eine Leiche«, sagte Fenton Smith. »Entschuldigen Sie, Mister, eigentlich keine Leiche, sondern eine Ansammlung von Knochen mit ein paar nassen Lumpen drum herum. Ein dünnes, großes Skelett – es konnte nur eine Frau gewesen sein, und zwar eine junge.«

»Haben Sie das bei der Behörde gemeldet?« fragte ich.

»Hab ich«, sagte Fenton Smith. »Wofür halten Sie mich? Ich hab's dem Gutsherrn gesagt, als ich ihn einen Monat später zufällig auf der Straße traf. Manchmal kriegt man eine Belohnung. Der Gutsherr sagte gleich: ›Vera Peterson.‹ Aber als ich ihn zu der Höhle führte, waren die Knochen nicht mehr da. Ich hab den Tang um und um gedreht. Manchmal holt die See sie zurück. Sie werden mit der großen Oktoberebbe rausgeschwemmt. Und das ist das beste, was passieren kann, Mister!«

»Vielen Dank«, sagte ich. »Das wäre alles.«

Ich schrieb auf mein Papier: *Diese Hand hat den Glanz von Silber gesehen*.

»Fenton«, flüsterte der Alte, »war das nötig, daß du ins Feuer gespuckt hast? . . .« Er schob den zerlumpten Rücken durch die Tür und intonierte in die Kirche hinein: »Theodore Hellzie.«

Die Landwirtschaftsschau war zu Ende. Ich konnte in der Ferne Hufklappern eines heimwärts trabenden Pferdes hören und die Stimmen der Landleute, die einander auf der Straße allerlei zuriefen. Die Mulden in Wiesen und Hügeln füllten sich langsam mit Schatten. Im Dorf begann jemand eine Fiedel zu stimmen. Die Tageslichtstunden waren schnell vergangen, und noch war unsere Arbeit nur halb getan.

Ein großer, kraftvoller Mann, gut ausstaffiert in Tweed und Leder, war in die Sakristei getreten. Er nickte mir höflich zu. Ich wies auf den Platz mir gegenüber.

»Wer hat den Preis gewonnen?« flüsterte der Alte. »Wieder Tom Moar dieses Jahr? Hat sein Hengst den Pokal bekommen?«

Ich klopfte auf den Tisch. Mr. Theodore Hellzie setzte sich, als hätte er von diesen Belanglosigkeiten nichts gehört.

Er beantwortete jede Frage mit tiefer, voller Stimme und zögerte nur eine Sekunde lang, offenbar um seine Aussage so klar und genau wie möglich zu fassen.

Ja, er hieß Theodore Hellzie, und er war Bauer. Er besaß und bewirtschaftete den Hof von Northvoe, den er von seinem Vater geerbt hatte. Der Hof hieß so, weil er an der nördlichsten Spitze der Insel lag, oberhalb einer kleinen Bucht. Ja, er erinnerte sich ganz deutlich an den Mittsommertag dieses Jahres. Es war für ihn ein trauriger Tag gewesen; seine Mutter hatte beim Essenkochen einen leichten Schlaganfall erlitten; jedenfalls war ihr das Messer aus der Hand und in die Schüssel mit den halbgeschälten Kartoffeln gefallen, und als er sie fragte, was ihr fehle, blieb sie stumm, und ihr Mund war verzerrt.

»Erinnern Sie sich noch aus einem anderen Grunde an diesen Tag?« fragte ich.

Nein, es war ein Tag der Landarbeit gewesen wie jeder andere. Seine Mutter, sollte er wohl hinzufügen, hatte vierzehn Tage später einen schwereren Schlaganfall gehabt und war Ende Juli gestorben.

»Das war eine tüchtige Frau«, sagte der alte Mann. »Maria Marwick aus Upland. Sie hat Ezra Hellzie geheiratet. Ich war bei ihrer Hochzeit.«

An dieser Stelle zog Theodore Hellzie eine Feldflasche aus der Tasche; das Zinn schimmerte trübe im Licht. Er sah mich stumm um Erlaubnis bittend an. Ich nickte. Er entkorkte die Flasche und nahm einen Schluck. Er lächelte; dann wischte er einen bernsteinfarbenen Tropfen von den rötlichen Spitzen seines Schnurrbartes.

(Die Vernehmung, das wußte ich jetzt, war ein Fehlschlag. Die Zeit war noch nicht gekommen, da aus einem Mund Licht fallen sollte auf jenen kummervollen entschwundenen Tag – aus lebendem Munde vorzugsweise, wenn nicht, sodann aus grenzenlosen, unergründlichen Tiefen. Die Zungen, die wir bislang gehört hatten, waren noch beschwert mit den Schlacken der Eitelkeit.)

»Hatten Sie keinen Besuch?« fragte ich hartnäckig.

Er sah mich verständnislos an. Besuch? Mal nachdenken. Wanderburschen kamen von Zeit zu Zeit bei ihm vorbei, Kesselflicker und Landstreicher und Leute, die Traktate und Bibeln verkauften. An diesem Tage war er wegen der Erkrankung seiner Mutter in Sorge gewesen. Mal nachdenken. O ja, doch, am Spätnachmittag dieses Tages war ein Mädchen dagewesen. Ein Mädchen in einem grünen Kleid. Er hatte gerade in der Scheune eine Garbe ausgedroschen, und als er sich umdrehte, sah er diesen Schatten unter dem Tor. Erst glaubte er, es müsse ein Mädchen von den Kesselflickern sein, das Nadeln und Spitzen verkaufen oder eine Kanne Milch schnorren wollte, aber als er zum Scheunentor ging, sah er sie im hellen Sonnenlicht. Sie hatte ein grünes Kleid an. Es war ein Mädchen von der Insel, aber vom Südende, und obwohl er sie schon ein- oder zweimal in der Kirche oder auf dem Markt gesehen hatte, fiel ihm ihr Name nicht ein. Sie trug ein grünes Kleid.

Theodore Hellzie entkorkte seine Schnapsflasche noch einmal.

»Wappne dich, Theodore«, sagte der Alte. »Deine arme Mutter. Ich habe ein tiefes Grab für sie gegraben.«

Das Mädchen hatte sehr höflich um einen Becher Wasser gebeten. Er hatte sie in die Küche des Bauernhauses geführt. Er hatte ihr einen Becher Milch und einen Hafermehlkuchen gegeben. Wenn seine Mutter gesund gewesen wäre, hätte das Mädchen natürlich etwas Richtiges zu essen bekommen; etwas Brühe, eine Portion Fisch. Aber seine Mutter – wie schon gesagt – war an diesem Tage krank. Es war, soweit er sich erinnerte, das erste Mal, daß seine Mutter krank war. Zuerst hatte er es daran gemerkt, daß ihr das Messer aus der Hand gerutscht und zwischen die Kartoffeln gefallen war. Als das Mädchen in der Küche war, lag seine Mutter in ihrem Klappbett und konnte nicht sprechen.

»Ja, so kommt das eben«, sagte der Alte kopfschüttelnd. »Ein klapperndes Messer. Eine dicke Zunge.«

»Wovon haben Sie mit dem Mädchen gesprochen?« fragte ich.

An dieser Stelle zündete der alte Mann die Lampe auf dem Lesepult an; und ein neuer, schräger Schatten fiel auf das Gesicht des Bauern und blieb dort hängen wie ein Spinnweb.

Sie hätten sehr wenig gesprochen, sagte er. Er sei an diesem Tag wegen seiner Mutter niedergedrückt und nicht zum Plaudern aufgelegt gewesen. Außerdem hätte er sich, ehrlich gesagt, in Gesellschaft von Frauen immer unbehaglich gefühlt. Sie hätten ein ganz gewöhnliches Gespräch gehabt, von langen Pausen unterbrochen. Schließlich habe das Mädchen sich für Brot und Milch bedankt. Er habe sie dann gefragt, wie sie heiße und woher sie sei. Sie habe nicht geantwortet. Sie habe dann das einzige gesagt, woran er sich erinnern könne, sie habe sich nämlich erkundigt, ob er vor dem Ness ein norwegisches Fischerboot habe liegen sehen. Das hatte er wirklich morgens gesehen, als er draußen bei seinem Vieh war; und das sagte er ihr. Es schien sie zu befriedigen, sie hatte gelächelt und sogar kurz aufgelacht. Sie hatte ihm noch einmal gedankt und seine Hand berührt, und dann war sie gegangen. Zuletzt sah er sie eilig zum Strand hinuntergehen.

Ich sah die Hand, die das Mädchen berührt hatte, zittern, so stark, daß die geneigte Flasche einen dunklen Whiskyfleck auf seinem hübschen Bart hinterließ. Die Hand sah jetzt verwelkter aus, und der rötliche Bart hatte graue Streifen.

»Und das war das letzte, was Sie von ihr gesehen haben?« fragte ich.

»Das war das letzte, was ich von ihr gesehen habe«, flüsterte er. Er hatte im Lauf der folgenden Woche gehört, daß eine junge Frau vermißt wurde, eine Tochter von William Peterson aus Arngarth. Da hatte er sich zwei und zwei zusammengezählt. Er erinnerte sich, dieses Gesicht im Kirchenstuhl der Petersons gesehen zu haben, bei den seltenen Gelegenheiten – Erntedankfest oder Heiliges Abendmahl –, wenn er in die Kirche ging. Er war sofort hingegangen und hatte den Gutsherrn und den Pfarrer benachrichtigt; denn ehrlich gesagt, er hätte ungern Peterson selbst gesagt, daß sein Mädel mit ausländischen Fischern verkehrte.

Ich fragte ihn, ob Vera Peterson seiner Meinung nach mit dem norwegischen Fischerboot weggefahren sei. Und war es nicht sehr wahrscheinlich, daß sie in irgendeiner norwegischen Stadt – Bergen oder Hammerfest – lebte in einem Haus, vor dessen Tür gerade jetzt an der Seemauer die Netze trockneten?

Er antwortete, das sei allerdings wahrscheinlich.

»Frauen sind komische Geschöpfe«, sagte der Kirchendiener, leise lachend. »Von Zeit zu Zeit setzen sie sich verrückte Ideen in den Kopf.«

Erstaunlich war, wie alt der Mann in der halben Stunde, seit die Lampe brannte, geworden war; als wohl und gesund aussehender Mann war er eingetreten, und als er die Sakristei verließ, wirkte sein Gesicht welk und krank; und selbst sein guter Tweedanzug war dünn und fadenscheinig geworden (als hinge er an jemandem, der bald ein Geist sein würde).

Ich nickte ihm zu: er war entlassen.

Mr. Theodore Hellzie ging aus der Sakristei, ohne dem alten Mann oder mir noch einen Blick zuzuwerfen. Er hinterließ nur den heißen, starken Geruch seines Whiskys. Wir hörten ihn durch die leere Kirche schlurfen.

Ich schrieb in mein Notizbuch: *Im Herzen leben eine Ratte und ein Stein und eine Rose*.

Ich sah durch das hohe Fenster, daß der Himmel im Westen jetzt zart primelfarben getönt war. Ein Stern blinkte sanft über dem Dorf. Mit dem Einbruch der Nacht begann die Insel von festlichem Trubel widerzuhallen – vom schrillen Getön einer Fiedel, vom Stampfen und Wirbeln und Trippeln tanzender Füße und vom Gelächter, in das sich dann und wann ein leiser, einsamer, durchdringender Schrei mischte.

»Tanzen, tanzen«, sagte der Alte, während er eine zweite Öllampe auf dem Kaminsims anzündete. »Sie werden sich ins Grab hineintanzen, aber nicht wieder heraus.« Seine Augen waren von Lachfältchen umgeben. Er zog seine Liste zu Rate, ging zur Tür und dröhnte in die Kirche.: »Joseph Blackburn.«

Der Küstenwächter Joseph Blackburn sagte aus, daß in der Zeit um Mittsommer ein norwegisches Fischerboot während eines Tages und einer Nacht vor der Insel gelegen habe. Er hatte das Fahrzeug mit seinem Fernglas verfolgt, und soweit er es beurteilen konnte, habe es außerhalb der gesetzlichen Sechsmeilengrenze gefischt. Das Schiff hieß *Lofoten*. Gegen Abend hatte es sich der Küste genähert. Zwei Männer waren an Land gekommen und zum Dorf hingegangen. Er nahm an, daß sie im Dorfladen Vorräte kaufen wollten. Eine Stunde später kamen sie mit einem vollen Sack zurück und schifften sich wieder ein. Er hatte niemanden in ihrer Gesellschaft gesehen, weder Mann noch Frau. Mr. Theodore Hellzie vom Hof Northvoe hatte ihn drei Tage später in seiner Beobachtungshütte auf der Landspitze aufgesucht und gesagt, es sei doch seltsam, er habe die Vera Peterson unten am Ufer gesehen, wie sie mit den Armen dem norwegischen Fischerboot Signale gab. Er (Joseph Blackburn) müsse das auch gesehen haben. Der Zeuge antwortete Theodore Hellzie, er habe nichts gesehen. Theodore Hellzie sagte, das sei schade, denn es würden bestimmt Nachforschungen nach dem Mädchen angestellt werden, und vielleicht glaubte man ihm nicht, wenn nicht jemand anders es auch gesehen hatte . . . Joseph Blackburn hatte sich darüber gewundert, daß Theodore Hellzie in seine Hütte gekommen war, das hatte er noch nie getan, er wußte es ganz genau. Außerdem hatte Hellzie ihm ein Geschenk mitgebracht – ein halbes Pfund Navy-Tabak und einen großen Käse.

Seine letzten Worte waren gewesen: »Denk mal scharf nach, ob du das Mädchen am Ufer nicht doch gesehen hast. Fenton Smith hat an diesem Tage ein Mädchen am Ufer gesehen . . .«

Im Lampenlicht erschien das Gesicht mir gegenüber reifer. Es war, als wären das Grau, Blau und die Schieferfarben der See in seine Augen eingegangen, diese Augen mit dem stetigen, weitschweifenden Blick eines Mannes, der es gewohnt ist, den weiten Umkreis des Horizonts bei jedem Wetter zu durchforschen. Ich dankte ihm und schickte ihn weg und schrieb auf meinen Zettel: *Ein Fels inmitten dieses düsteren Tumults*.

Draußen war es jetzt ganz dunkel. Ich befahl dem alten Mann, die beiden Lampen in der Sakristei zu löschen. Die Vernehmung war zu Ende. (Im stillen bestätigte ich mir noch einmal, daß sie ein Fehlschlag gewesen war.)

In der Vorhalle entzündete der Alte eine Laterne. Ich erwartete, daß er mich zum Tor hinaus begleiten oder vielleicht mit mir an dem Festsaal vorbei zum Gasthaus gehen würde. Er sagte: »Ich werd lieber nachsehen, ob sie alle nach ihrem Ausflug gut nach Hause gekommen sind.« Er begann mit seiner Laterne zwischen den Grabsteinen zu suchen und zu spähen. Ich folgte ihm, so gut ich konnte. Die flackernde Laterne beleuchtete hier und da eine Grabinschrift; der übrige Kirchhof lag in schwarzer Finsternis.

JOSEPH BLACKBURN (1821–1886) *Der Seemann ist heimgekehrt, heim von der See*.

Der Totengräber suchte sich einen Weg über steinerne Einfassungen und verwelkte Kränze, und ich stolperte hinterdrein.

Dem Andenken von ANDRINA MOAR *geweiht, die am dritten Tag des Oktober 1871 aus diesem Leben schied. Auch ihr Gemahl* . . . Ich las Bruchstücke von Grabinschriften, soweit der schwankende Lichtkreis es erlaubte. Wir kamen zu einem alten Grabstein, auf dem zwischen verwitterten Inschriften ein frisch eingemeißelter Name zu erkennen war. NEIL GARTH *am 16. Juni 1864 mit der Daffodil ertrunken*. Der Alte wandte sich zur Kirchhofsmauer. Dort waren nur wenige Hügel, Gräber von Namenlosen, Gemeindearmen und anderen. Er klopfte zärtlich auf einen Hügel und sagte: »Armer Fenton, er hat sich eines Winters eine schwere Erkältung geholt. Er war erst sechsundzwanzig . . .« Wir machten noch eine kurze Wanderung durch das Dunkel zwischen den Steinen, dann fiel das flackernde Licht auf einen Granitblock . . . *auch* MARIA HELLZIE, *Ehefrau des Obigen, entschlafen am dreiundzwanzigsten des Juli 1862*. Der untere Teil des Granits wartete noch auf Meißel und Blattgold.

Ich wandte mich zum Gehen.

»Einen Augenblick«, sagte der alte Mann. Er schwenkte die Laterne herum, so daß ihr Licht auf eine urnengekrönte viktorianische Säule fiel. In diesem Teil der Orkneyinseln gab es Unmengen von Petersons, das war klar. Der Alte deutete mit dem Zeigefinger auf einen Namen etwa in der Mitte der Liste. WILLIAM PETERSON *Bauer in Arngarth in dieser Gemeinde, dreiundzwanzig Jahre Kirchenältester, fand hochbetagt seinen Lohn am vierten Tage des Januar 1901*.

»Ja«, sagte der Alte, »sie sind alle wieder da. Das ist schön. Besser, sich zu vergewissern. Es wird nicht lange dauern, und ich liege selbst bei ihnen.«

In diesem Augenblick hörte ich etwas, was ich für die kalte Klage eines Seevogels hielt. Der alte Mann jedoch blieb zwischen den Grabsteinen stehen, die Füße in Licht getaucht, den Kopf schräg geneigt, dunkel, aufmerksam; schweigend lauschte er in das Schweigen. »Das ist Vera«, flüsterte er schließlich. »Da ist sie, da drüben am Fenster.« Ein Schatten löste sich von dem riesigen schwarzen Block der Kirche, schwebte auf uns zu, dann wurde er wieder abgetrieben in die tiefere Dunkelheit.

So viel hatte ich nicht erwartet. Das war eine Seele aus einem dunklen Kreis jenseits meiner Erforschungskräfte.

Der alte Mann trat noch einmal in die Kirche. Im feuchten Dunkel des Torbogens sagte er: »Wir freuen uns, daß du gekommen bist, Vera. Der Herr hätte ohne dich nicht viel machen können . . .« Ich folgte ihm zurück in die Sakristei und bemerkte hinter mir die verstoßene Seele, die ohne Beichte und Abendmahl geblieben war: ein scharfer, kalter Luftzug; eine Quintessenz von Winter.

Als der Alte seine Laterne auf den Tisch setzte, konnte ich sehen, daß ein drittes Wesen im Raum war, eine junge Frau. Sie stand am Tisch. Sie sah mich wortlos an, aber in ihren Augen lag schmerzliches Flehen.

Sie konnte erst sprechen, wenn es ihr befohlen wurde, wie es einer an die Erde gebundenen, unruhigen Seele vorgeschrieben ist, noch dazu eine Seele, die das

Licht der Welt verlassen hatte, ohne Abschied und ohne Segen.

Im Laternenlicht sah sie wie ein gewöhnliches Bauernmädchen aus: dunkles Haar, das zurückgenommen und in einem Knoten aufgesteckt war, ein sommersprossiges Gesicht. In der Stadt hätten die Künste der Modistinnen und Kosmetikerinnen sie vielleicht in ein einigermaßen anziehendes Geschöpf verwandeln können. Hier erschien sie als das, was Landfrauen immer gewesen sind: ein kräftiges Gefäß – für ein oder zwei Jahre eine Trägerin des kostbaren Samens, auf daß es auf den Inseln nicht an neuen Generationen von Pflügern und Jägern fehlen möge.

Wir blickten einander schweigend an. Die Kälte wurde spürbarer, obwohl der alte Mann Torf in die Flammen warf, die Asche herauskratzte und den Blasebalg handhabte.

Ich beschwor sie, indem ich die vorgeschriebenen lateinischen Worte gebrauchte: da sie tot sei, solle sie die Wohnstätten der Lebenden nicht beunruhigen, wenn sie nicht etwas Schickliches und Wohltätiges auszuführen hätte, dessen Vollendung durch den Tod verhindert worden sei; wenn sie aber im Gegenteil noch auf Erden weilte, um irgendeine lebende Seele heimzusuchen, so befehle ich ihr, sich in die Region zu begeben, die ihr bestimmt sei, und nicht mehr auf der Schwelle zur atmenden Welt ihr Unwesen zu treiben.

Diese klangvollen Worte erweckten den Widerhall des eiskalten Gemaches.

»Ich bin gekommen, die Wahrheit zu sagen«, sagte Vera.

Ich öffnete meine Mappe wieder und zog einige Blätter Schreibpapier heraus.

»Braves Mädchen«, sagte der Alte. »Erzähl nur, was du weißt.«

Ich beschwor sie, einfach und ehrlich zu erzählen, was ihr am dreiundzwanzigsten Tage des Juni im Jahre 1862 geschehen sei.

Sie antwortete, dieser Tag sei ihr Todestag gewesen. Nicht an den Tod hatte sie gedacht, als sie aus ihrem Bette aufstand, es war so ein schöner Sommermorgen mit Sonne und Wind, der durch den jungen Hafer strich, das machte sie immer so glücklich. Aber am Frühstückstisch blickte ihr Vater sie ein paarmal finster an, und ihre drei Schwestern machten ängstliche Gesichter. Und als sie am späteren Vormittag in der Küche Butter machte, war ihr Vater in großem Zorn zu ihr gekommen – sie hatte ihn noch nie so aufgebracht gesehen – und hatte gesagt, er sehe jetzt sehr wohl mit eigenen Augen, daß es die Wahrheit sei, was sie in der Schmiede und beim Schneider redeten – und er habe es bei diesem und jenem, auch beim Pfarrer, abgestritten – und solch eine Schande habe es in Arngarth noch nie gegeben – und er nannte sie eine Hure und schlug sie ins Gesicht und sagte, sie solle zu dem Mann gehen, der ihr das angetan habe, wer es auch sei, und sie solle zusehen, daß sie bei ihm Brot und Obdach bekomme, denn hier in Arngarth sei für sie kein Platz mehr.

Sie war fast den ganzen Vormittag über die Wiesen gewandert, hatte kaum gewußt, wohin sie ging, aber ihre Füße hatten sie auf die Straße nach Norden getragen, und wenn sie sich's überlegte, so war das nur natürlich, denn wo konnte sie jetzt Hilfe und Obdach suchen wenn nicht bei dem Mann, den sie liebte und der der Vater ihres ungeborenen Kindes war, und das war Theodore Hellzie auf dem Hof Northvoe.

Je mehr sie darüber nachdachte, desto sehnlicher zog es sie nach Northvoe, denn wenn Theodore hörte, wie ihr Vater sie verflucht und beschimpft hatte, würde er sie sicherlich freundlich aufnehmen, und sie würde bei ihm Wärme und Essen und ein Bett finden. Und doch regte sich ein Zweifel in ihrem Innern.

Um schnell nach Northvoe zu gelangen, tat man am besten daran, mit dem Fährboot über die Bucht zu fahren, weil man damit einen weiten Umweg abschnitt. Sie war also froh, als sie an den Strand kam und sah, daß die *Daffodil* am Steinpier festgemacht war. Sie sah den Fährmann Neil Garth an den Fels gelehnt sitzen und seine Pfeife rauchen. Sie ging zu ihm und erklärte ihm, so gut sie konnte, daß sie zur anderen Seite hinüber wolle, aber gerade kein Geld bei sich habe, und wenn er bereit sei, einen oder zwei Tage zu warten, werde er bestimmt sein Geld bekommen. Der Fährmann schien sie gar nicht zu hören.

Neil Garth rauchte seine Pfeife weiter. Sie hatte gehört, daß er ein mürrischer Mann war, aber es ärgerte sie, daß er ihr nicht einmal eine Antwort gab, und sie fand sich schon mit dem zehn Meilen weiten Umweg ab und wollte weggehen, als Neil Garth die letzte Asche aus seiner Pfeife klopfte und aufstand, und als sie sich wieder umdrehte, deutete er stumm auf das Boot.

»Meiner Treu, das sieht Neil ähnlich«, sagte der alte Mann.

Während der ganzen Überfahrt sagte der Fährmann kein Wort zu ihr, und das einzige Geräusch war das Plätschern der Ruder im Wasser. Sie saß am Heck. Sie erinnerte sich, wie mild und frisch die Luft ihr Gesicht umweht hatte. Beim Gehen auf der Straße war es sehr heiß gewesen . . . Hier unterbrach sich die junge Frau für ein paar Sekunden und wandte den Blick ab, als zögerte sie, weiterzusprechen.

»Sprich weiter, Vera«, sagte der Alte. »Du machst es sehr schön.«

Sie seufzte und sagte nach einer weiteren Pause, am anderen Ufer habe Neil Garth versucht, sie in eine Höhle zu drängen, und seine Absichten seien nur allzu offensichtlich gewesen. »Es war auch schwer zu ertragen«, sagte sie, »daß von nun an jeder Mann mich als ein schlechtes Frauenzimmer ansehen würde . . .« Sie zeigte mir den Riß in ihrem Kleid, den Neil Garth gemacht hatte, als er sie mit Versprechungen und Drohungen überreden wollte, mit ihm in die Höhle zu gehen (denn sobald der Kiel auf Grund gelaufen war, fand der schweigsame junge Mann plötzlich sehr viele Worte).

»Ich lief über den Strand und zwei Wiesen«, sagte sie. »Ich muß schrecklich verstört ausgesehen haben, als ich an die Tür des ersten Bauernhauses klopfte, das ich sah. Niemand machte auf. Ich merkte, wie hungrig ich war, als der Duft von frischen Brötchen vom Backblech im Hause zu mir drang, denn morgens, vor dem Zornausbruch meines Vaters, hatte ich kaum einen Bissen gegessen. Ich sah flüchtig ein Gesicht am Fenster und dachte für mich: *Sie muß taub sein*. Ich rüttelte an der Tür. Sie müssen wissen, Sir, wie gut und gastfreundlich die meisten Leute auf dem Lande sind. Der Riegel war vorgeschoben. Da wußte ich, daß ich auch hier erkannt und verdammt war. Alle waren gegen mich. Das Gesicht erschien wieder am Fenster. Eine Hand machte ein verneinendes Zeichen, und der Mund formte lautlos Worte, die entsetzlicher waren, als wenn ich sie gehört hätte. Ich fürchtete mich. Ich wandte mich ab.«

»Ja, so geht das«, sagte der Alte und legte mehr Torf aufs Feuer, das nur eine Kältewelle nach der anderen aussandte.

»Aber dann passierte etwas Gutes«, sagte das Mädchen. »Ein Mann kam aus einem Rübenfeld von diesem selben Bauernhof und trat mir in den Weg. Ich wandte mich ab, um einer neuen Kränkung zu entgehen, aber er griff in seine Westentasche und zog einen Schilling heraus, den er mir anbot. Ich werde den Ausdruck von Mitleid und Güte in seinem Gesicht nie vergessen. ›Laß dir Zeit‹, sagte er. ›Du bist müde, Mädchen. An der Wegkreuzung eine Meile weiter ist ein Laden.‹ Ich hatte Anstand genug, ›danke‹ zu sagen. Und dann, als ich weiterging, hörte ich eine laute, zänkische Stimme. Seine Frau stand, bis zu den Ellbogen weiß bemehlt, in der offenen Tür und beschimpfte ihn als den größten Idioten und Dummkopf und Verschwender der Christenheit. Ihr Schelten wurde leiser, als ich die Höhe des Hügels überschritten hatte.«

»Das war Robert Moar aus Stoorwall«, sagte der alte Mann kopfnickend; und ich gab schweigend zu, daß der Bauer ein gutes Werk getan hatte; er hatte die Läuterung eines Geistes durch Güte erleichtert.

»Theodore Hellzie lebte mit seiner Mutter in Northvoe«, sagte Vera. »Ich war dieser Frau nur einmal begegnet, im vorigen Winter, als ich noch unschuldig war. Sie wissen wohl, Sir, daß keine Mutter gutwillig ihren Sohn den Händen einer anderen Frau überläßt. Es ist eine merkwürdige Sache. Die Hand, die sie bei jener ersten Begegnung in meine legte, war hart und kalt. Wir drei saßen am Abendbrottisch. Die Mutter sah mich kaum an. Mutter und Sohn unterhielten sich leise und gezwungen über private Dinge. Ich war von ihrer Gemeinschaft ausgeschlossen. Ich hätte ebensogut in einem anderen Zimmer sein können. Als es schließlich für mich Zeit wurde, Gutenacht zu sagen, und Theodore im Hof die Gig anschirrte, lächelte die alte Frau, aber nur so vor sich hin, denn es schien ihr wohl, daß sie behalten hatte, was sie sich am meisten in der Welt wünschte: den größeren Teil seiner Liebe.«

»Maria Hellzie war immer die Geliebte ihres eigenen Herdes«, sagte der Alte.

»Ich dachte daran«, sagte der Geist, »als ich langsam auf der Straße nach Northvoe entlangging. Wenn schon der Fährmann und die Brötchenbäckerin mich wie ein schlechtes Frauenzimmer behandelt hatten, wie würde die alte Mrs. Hellzie, die mich ohnehin nicht leiden konnte, mich aufnehmen – mich und das Kind, das ich ungesetzlich von ihrem Sohn empfangen hatte?«

(Jedes ungeborene Kind schreit tatsächlich aus dem Mutterschoß seinen Großeltern zu, daß das Grab auf sie wartet. Die Küsse, welche die Alten den Jungen geben, müssen immer bitter schmecken, auch wenn sie mit Liebe und verwandtschaftlichen Gefühlen gegeben werden. Wieviel Galle und Essig hatten wirklich am Kamin von Northvoe gewartet?)

Die kalte Stimme sprach weiter: »Dieser Gedanke verlangsamte meine Schritte, bis ich endlich den Gutshof von Northvoe zu meinen Füßen liegen sah. Unschlüssig blieb ich auf dem Hügel stehen. Ich wandte mich zum Strand, um mir zu überlegen, was ich sagen sollte, wenn die Tür von Northvoe sich endlich für mich öffnete. Ich sah ein Schiff mit ausländischer Takelung vor der Landspitze liegen. Ich sah einen Mann, der auf der anderen Seite des Ufers Seetang in einen Sack füllte. Lange stand ich dort zwischen den Steinen. Schließlich gegen Abend nahm ich mein bißchen Mut zusammen. Ich verließ den leeren Strand und ging über die sandigen Wiesen zum Gehöft. Mittlerweile war ich sehr müde, aber ich hatte meinen Entschluß gefaßt und begann mich ein wenig wohler zu fühlen. Ging ich nicht zu meinem Liebsten? Wovor fürchtete ich mich? Die alte Frau würde nicht ewig leben. Hier waren Sicherheit und Geborgenheit. Ich trug mein Kind in unseren Erbhof.

Theodore trat mir an der Scheunentür entgegen. Er war verändert. Zunächst erkannte ich ihn kaum, so zitterig waren seine Wangen, so verstört seine Augen. Er schien nicht zu hören, was ich sagte. Ich glaube, er war sich meiner Anwesenheit nicht einmal richtig bewußt. Sein Anblick ließ mich meine eigenen Sorgen vergessen. ›Armer Theo‹, sagte ich, ›was fehlt dir?‹ Und ich küßte ihn sanft auf den Hals.

Er schüttelte meine Hand ab. Er brach in Tränen aus. Noch nie hatte ich einen Mann weinen sehen. ›Was hast du?‹ fragte ich. ›Ich bin Vera. Ich will dir helfen.‹ Er sagte, von verstörtem Schluchzen unterbrochen, seine Mutter sei beim Mittagessen plötzlich krank geworden, und er wisse nicht, was tun.

Ich sagte, wir wollten zusammen nach ihr sehen.

Er sagte, das sei unmöglich. Dann sah er mich irgendwie hart und gekränkt und böse an. Er sagte, wir hätten unrecht getan. Weil wir unrecht getan hätten, sagte er, sei seine Mutter so krank geworden. Das sei seine Strafe. Seine Mutter hatte den ganzen Frühling über sein Verhältnis mit mir nachgegrübelt. Wenn sie mich jetzt in meinem schändlichen Zustand sähe, würde es ihr Tod sein. Sie lag steif in ihrem Bett in dem Zimmer, das nach der See herausgeht, aber mit offenen Augen. Sie sah alles und würde es bestimmt merken. Ich müsse weggehen.

Ich sagte, hier bin ich, und hier bleibe ich, was seine Mutter auch denken mag. Das Kind, das ich trug, war seins. Es würde auf Northvoe geboren werden und aufwachsen. Wo sonst konnte ich hin. Heute morgen war ich aus meinem Elternhaus verstoßen worden.

›Sie wird sterben‹, sagte er, die Stirn an das kalte Mauerwerk lehnend. ›Sie wird sterben. O Gott, meine Mutter wird sterben.‹

›Ja, das wird sie‹, sagte ich. ›Das ist nur natürlich. Es ist richtig, daß du sie betrauern wirst. Aber danach wird in Northvoe ein anderes Leben sein. Es wird dort eine neue, gesündere Art Liebe sein.‹

Er sah mich an. Ich werde diesen Blick nie vergessen. Und dann wandte er sich von mir ab . . .«

In der Sakristei blieb es lange still. Der alte Mann seufzte und stocherte mit seinem Schürhaken zwischen den züngelnden, kalten Flammen im Kamin herum.

Das Mädchen blickte in ihre offenen Handflächen, als hätte sie sich für immer zum Schweigen entschlossen.

»Nun, fahren Sie fort«, sagte ich ohne viel Hoffnung.

Sie schüttelte den Kopf.

»Ich weiß, es ist schwer für Sie, das erzählen zu müssen«, sagte ich. »Aber wenn Sie das letzte Wort gesprochen haben, werden Sie frei sein und mit Ihnen all die Toten, mit denen Sie an jenem Tag zu tun hatten.«

»Ja, Vera«, sagte der Alte, »das ist das beste. Tu nur, was der Herr sagt.«

Ihre Lippen bewegten sich, als bebten sie vor einem tiefen Bekenntnis zurück; ihre Kehle würgte an der Bitternis, die von ihrem Herzen aufstieg; aber schließlich ließ sie den Kopf hängen und sagte nichts.

»Ich habe Sie aufgerufen, die Wahrheit zu sprechen«, sagte ich.

»Die Wahrheit ist, daß ich ihn liebte«, antwortete sie. »Was soll ich mehr noch sagen?«

»Ihre Treue gereicht Ihnen zur Ehre«, sagte ich. »Aber sie macht dieses Gericht machtlos. Sie verlängert nur Ihre Zeit im Feuer.«

»Ich habe sehr viel gelitten«, sagte sie.

»Arme Vera«, sagte der Alte. »Armes Mädchen.«

»Erzählen Sie mir von Theodore«, flüsterte sie. »Wie steht es jetzt mit ihm?«

»Er ist noch auf Northvoe«, sagte ich. »Der Hof verfällt um ihn herum. Er ist verschuldet. Er hat in den letzten Jahren stark getrunken – die Scheune ist voll von Flaschen. Er ist ein alter, einsamer, kranker Mann. Er war auf der Insel nie beliebt – jetzt geht nicht einmal ein Kesselflicker an seine Tür.«

Wieder blieb es lange still in der Sakristei.

»Ich glaube jetzt«, sagte Vera, »daß es genug des Leidens ist.«

Ich nickte.

Ihre Lippen bewegten sich. Ich beeilte mich, ihr eine strenge Beschwörung entgegenzuhalten, bevor ihre Zunge sich in Tücke, Wahn und Selbstschmeichelei verlor (denn selbst die leidenden Toten sind von solcher Eitelkeit nicht frei). »Laß jede Aussage, die du jetzt machst, ein wahres und reines Bekenntnis sein«, sagte ich auf lateinisch, »auf daß du deine jetzige heilende Flamme nicht für die ewige Verdammnis eintauschst. Keine Bitterkeit, keine Lüge und keine Lieblosigkeit sei in deinem Munde, was du auch im zeitlichen Dasein erduldet haben magst.«

Sie lächelte.

Der alte Mann war an ihre Seite getreten und beugte sich, eine Hand lauschend ans Ohr gelegt, über sie.

Ich wappnete mich für den aufblitzenden Spaten, der sie ins Gesicht schlug, die Hiebe des Dreschflegels, die blindwütigen Hände an ihrem Hals – was auch dieses Mädchen schließlich zu den Toren des Lebens hinausgestoßen haben mochte.

»Ich habe mich der See geschenkt«, sagte sie.

Es war, als wäre sie für einen Augenblick in einen kalt glitzernden Mantel gehüllt wie jemand, den man eben aus einer Salzgrube gezogen hat. Dann war sie ein großer, verbleichender Glanz. Dann war sie nichts mehr, aber die Stelle des Tisches, wo ihre Hand gelegen hatte, war mit glitzernden, nassen Perlen bedeckt.

»Nun ja«, sagte der Totengräber, »der Alte da oben

auf Northvoe wird noch einen friedlichen Winter haben, bevor ich sein Grab grabe.«

Als ich meine Papiere geordnet und jedes Blatt mit meinem Namen unterzeichnet hatte und die Kirche verließ, um zum Gasthaus zurückzugehen, fing es an zu tagen. Der alte Mann stand in einer Ecke des Kirchhofes im hohen Gras und schärfte seine Sense.

Die Vernehmung, die ich durchgeführt hatte, war nur ein Anfang. All diese Seelen mußten nun vor ein höheres Gericht treten, wo die Sterne Recht sprechen und zwischen Feuerglut und Barmherzigkeit entschieden wird – und da hatte ich als bescheidener Chronist nichts mehr zu sagen.

Auf der Straße zum Dorf begegnete ich einem Mann, der seine müde gespielte Fiedel nach Hause trug.

H. G. Wells

Das unerfahrene Gespenst

Der Ort, wo Clayton seine letzte Geschichte erzählte, steht ganz lebendig in meiner Erinnerung da. Dort, in der Ecke jener Ruhebank, am geräumigen offenen Kamin saß er fast die ganze Zeit, und Sanderson saß neben ihm und rauchte die Broseleytonpfeife, die seinen Namen trug. Evans war auch da, und dieses Wunder unter den Schauspielern, Wish, der auch ein bescheidener Mensch ist. Wir waren alle an diesem Samstagmorgen zum Mermaidklub hinausgefahren, nur Clayton hatte dort schon übernachtet, und dies hatte ihm den Stoff für seine Geschichte geliefert. Wir hatten Golf gespielt, bis es dunkel wurde, hatten gespeist und befanden uns nun in jener ruhig-wohlwollenden Stimmung, in der man eine Geschichte ertragen kann. Als Clayton zu erzählen begann, nahmen wir natürlich an, daß er lüge. Es ist möglich, daß er wirklich log – darüber wird der Leser selbst bald ebenso gut urteilen können wie ich. Er begann seine Erzählung zwar in der Art einer nüchternen Anekdote, aber das hielten wir für einen seiner unvermeidlichen Kunstgriffe.

»Gebt einmal acht!« sagte er, nachdem er lange den Funkenregen betrachtet hatte, der von dem Holzklotz aufstob, den Sanderson angestoßen hatte. »Ihr wißt, daß ich die letzte Nacht allein hier war?«

»Ausgenommen die dienstbaren Geister«, sagte Wish.

»Die in einem anderen Flügel schlafen«, sagte Clayton.

»Ja. Nun –« er sog eine kleine Weile an seiner Zigarre, als zögerte er noch, uns ins Vertrauen zu ziehen. Dann sagte er, ganz ruhig: »Ich habe ein Gespenst gefangen!«

»Ein Gespenst gefangen, ist das möglich?« fragte Sanderson. »Wo ist es?«

Und Evans, der Clayton ungeheuer bewundert und vier Wochen in Amerika gewesen ist, rief: »Gefangen, ein Gespenst hast du gefangen, Clayton? Wirklich? Wie ich mich freue! Erzähle uns nur rasch alles darüber!«

Clayton sagte, er würde es in einer Minute tun und bat ihn, die Tür zu schließen.

Er sah mich Entschuldigung heischend an. »Es gibt hier natürlich keine Horcher an der Wand, aber wir wollen doch unsere ausgezeichnete Dienerschaft nicht durch irgendwelche Gerüchte über Gespenster hier im Haus beunruhigen. Es gibt hier viel zu viel dunkle Ekken und Eichentäfelungen, als daß man mit solchen Dingen scherzen dürfte. Und dieses Gespenst war kein gewöhnliches, wißt ihr. Ich glaube nicht, daß es jemals wiederkommen wird.«

»Willst du damit sagen, daß du es nicht behalten hast?« sagte Sanderson.

»Das konnte ich nicht übers Herz bringen«, sagte Clayton.

Sanderson äußerte sein Erstaunen.

Wir lachten, aber Clayton sah bekümmert aus.

»Ihr lacht,« sagte er mit dem Anflug eines Lächelns, »aber Tatsache ist, daß es wirklich ein Gespenst war – so gewiß, wie ich jetzt mit euch spreche. Ich spaße nicht. Ich meine es wirklich so.«

Sanderson tat einen tiefen Zug aus seiner Pfeife, sah Clayton mit seinen geröteten Augen von der Seite an und stieß dann einen dünnen Rauchfaden aus, der beredter war als viele Worte.

Clayton ging darüber hinweg.

»Es ist die merkwürdigste Sache, die mir in meinem ganzen Leben passiert ist. Ihr wißt, daß ich nie an Geister oder etwas derartiges geglaubt habe, nie vorher; und dann, auf einmal, fand ich einen in einer Ecke und habe die ganze Bescherung.«

Er versank noch tiefer in Grübelei, holte eine zweite Zigarre hervor und begann sie mit einem sonderbaren kleinen Instrument anzubohren.

»Hast du mit ihm gesprochen?« fragte Wish.

»Vielleicht eine ganze Stunde.«

»War er geschwätzig?« fragte ich und gesellte mich zur Partei der Skeptiker.

»Der arme Teufel war in Verlegenheit«, sagte Clayton, und es klang ein ganz klein wenig vorwurfsvoll.

»Hat er gestöhnt?« fragte jemand.

Clayton seufzte ehrlich bei dem Gedanken daran. »Guter Gott«, sagte er, »ja«. Und dann: »Armer Kerl! Ja!«

»Wo bist du auf ihn gestoßen?« fragte Evans mit seinem schönsten amerikanischen Akzent.

»Ich habe nie gewußt«, sagte Clayton, ohne ihn zu beachten, »was für ein armseliges Wesen ein Gespenst sein kann.« Und er ließ uns wieder eine Zeitlang dunsten, während er Streichhölzer in der Tasche suchte und seine Zigarre anzündete.

»Ich habe die günstige Gelegenheit benützt«, meinte er endlich.

Keiner von uns war ungeduldig. »Ein Charakter bleibt sich immer gleich«, sagte er, »auch wenn er die Körperlichkeit verliert. Das vergessen wir nur allzu oft. Leute mit einer gewissen Stärke und Festigkeit in ihren Entschlüssen haben auch Geister, die stark und fest in ihren Entschlüssen sind. Die meisten spukenden Geister müssen wohl von einer fixen Idee besessen sein wie Monomanen und eigensinnig wie Maulesel, daß sie immer und immer wieder kommen. Dieses arme Geschöpf war nicht so.« Er blickte plötzlich ganz sonderbar auf, und seine Augen liefen rund um das Zimmer. »Ich will ihm nichts Böses nachsagen, aber ich spreche die reine Wahrheit. Gleich beim ersten Blick fiel mir auf, daß er ein Schwächling ist.«

Er unterstrich seine Worte mit der Zigarre.

»Ich traf ihn nämlich auf dem langen Gang. Er wandte mir den Rücken zu, ich sah ihn also zuerst. Ich wußte sofort, daß er ein Gespenst war. Er war durchsichtig und weißlich; deutlich konnte ich durch seine Brust den schwachen Lichtschein des Fensters am Ende des Ganges sehen. Und nicht nur sein Körperbau, auch sein Verhalten erschien mir gleich schwächlich. Er sah nämlich so aus, als wüßte er nicht im entferntesten, was er zu tun beabsichtige. Eine Hand lag auf der Wandtäfelung, die andere hob er unsicher an den Mund, ungefähr – so!«

»Wir war sein Körperbau?« fragte Sanderson.

»Dürftig. Ihr kennt diese Jünglingsnacken, die zwei tiefe Furchen gegen den Rücken zu haben, hier und hier. Und ein kleiner, gewöhnlicher Kopf mit struppigem Haar und ziemlich häßlichen Ohren. Schlechte Schultern, schmaler als die Hüften; Umlegekragen, fertiggekauften kurzen Rock, Harmonikahosen, an den Fersen etwas ausgefranst. Das war mein erster Eindruck. Ich kam sehr ruhig über die Stiegen hinauf. Ihr müßt wissen, daß ich kein Licht trug – die Kerzen stehen auf dem Tisch des Treppenabsatzes, dort ist doch die Lampe – ich hatte meine Tuchhausschuhe an, und als ich hinaufkam, erblickte ich ihn. Da blieb ich angewurzelt stehen und nahm sein Bild in mich auf. Ich hatte nicht ein bißchen Angst. Ich meine, daß man in den meisten derartigen Affären nicht annähernd so erschrocken und aufgeregt ist, wie man vorher glauben würde. Ich war überrascht und neugierig. Ich dachte: ›Mein Gott! Da ist endlich einmal ein Gespenst! Und ich habe doch in den letzten fünfundzwanzig Jahren nicht eine Sekunde lang an Geister geglaubt!‹«

»Hm«, sagte Wish.

»Ich glaube, er bemerkte mich in dem Augenblick, als ich den Treppenabsatz betrat. Er wandte sich jäh nach mir um, und ich sah das Gesicht eines unreifen jungen Mannes, eine unbedeutende Nase, einen struppigen kleinen Schnurrbart, ein schwaches Kinn. Er schaute über seine Schulter zu mir herüber – so standen wir einen Augenblick und betrachteten einander. Dann schien er sich seiner hohen Sendung zu erinnern. Er drehte sich um, gab sich einen Ruck, streckte das Gesicht vor, hob die Arme, spreizte die Finger in bewährter Geisterart – kam auf mich zu. Während er dies tat, öffnete sich sein kleiner Unterkiefer klaffend, und er stieß ein schwaches, langgezogenes ›Buuh!‹ aus. Nein, es war wirklich nicht im geringsten fürchterlich. Ich hatte zu Abend gegessen, ich hatte eine Flasche Sekt getrunken und, da ich ganz allein gewesen war, zwei oder drei, vielleicht sogar vier oder fünf Gläser Whisky. Ich war also so fest wie ein Felsen und nicht mehr geängstigt, als wenn mich ein Frosch angefallen hätte. ›Buuh!‹ sagte ich, ›Unsinn, Sie gehören nicht hierher. Was machen Sie hier?‹

Ich sah, wie er zusammenzuckte. ›Buu-uuh!‹ sagte er.

›Buuh – zum Henker mit Ihrem Buuh! Sind Sie Mitglied des Klubs?‹ sagte ich. Und um ihm zu zeigen, wie gleichgültig er mir war, ging ich durch eine Ecke von ihm hindurch und wollte meine Kerze anzünden. ›Sind Sie Mitglied des Klubs?‹ wiederholte ich und sah ihn von der Seite an.

Er bewegte sich ein wenig, wie um unberührt von mir zu stehen, und seine Haltung wurde niedergeschlagen. ›Nein,‹ sagte er als Antwort auf die hartnäckige Frage in meinem Blick, ›ich bin nicht Mitglied – ich bin ein Gespenst.‹

›Schon gut, das gibt Ihnen aber doch noch nicht das Recht, im Mermaidklub herumzuspazieren. Ist hier irgend jemand, den Sie sehen wollen, oder sonst etwas dergleichen?‹ Und so ruhig wie nur möglich, aus Angst, daß er die durch den Whisky hervorgerufene

Unsicherheit für Verwirrung aus Furcht halten könnte, zündete ich meine Kerze an. Ich wandte mich ihm zu, die Kerze in der Hand. ›Was machen Sie hier?‹ fragte ich.

Er hatte die Hände sinken lassen und hatte aufgehört, Buuh zu machen, da stand er nun, verlegen und linkisch, der Geist eines schwachen, einfältigen, willenlosen, jungen Mannes, ›Ich spuke‹, sagte er.

›Das kommt Ihnen gar nicht zu‹, sagte ich mit ruhiger Stimme.

›Ich bin ein Gespenst‹, sagte er, wie um sich zu rechtfertigen.

›Das kann schon sein, aber es kommt Ihnen doch nicht zu, hier zu spuken. Hier ist ein anständiger, privater Klub; oft wohnen Leute mit Kindermädchen und Kindern hier, und da Sie so unbedacht hier herumgehen, könnte doch leicht so ein kleines Wesen Ihnen begegnen und zu Tode erschrecken. Ich nehme an, daß Sie daran nicht gedacht haben.‹

›Nein, mein Herr‹, sagte er, ›daran habe ich wirklich nicht gedacht.‹

›Sie hätten aber daran denken sollen. Sie haben gar kein Anrecht auf diesen Ort, nicht wahr? Sie sind hier weder ermordet worden noch irgend etwas ähnliches?‹

›Nichts dergleichen, Herr; aber ich habe gedacht, weil es alt ist, und eichengetäfelt –‹

›Das ist keine Entschuldigung!‹ Ich blickte ihn fest an. ›Es ist ein Fehler, daß Sie hierher gekommen sind‹, sagte ich dann mit freundlicher Überlegenheit. Ich tat, als ob ich meine Zündhölzer suchte, und sah ihn dann offen an. ›Wenn ich Sie wäre, würde ich nicht auf den

Hahnenschrei warten – ich würde schnurstracks verschwinden.‹

Er sah verlegen aus. ›Die Sache ist nämlich die, Herr‹, fing er an.

›Ich würde verschwinden‹, beharrte ich.

› . . . nämlich die: ich kann nicht.‹

›Sie können nicht?‹

›Nein, Herr, irgend etwas habe ich vergessen. Jetzt treibe ich mich hier seit gestern Mitternacht herum – verstecke mich in den Schränken der leeren Schlafzimmer und ähnliches. Ich bin schon ganz verwirrt, ich habe noch nie vorher gespukt, es bringt mich ganz aus der Fassung.‹

›Es bringt Sie aus der Fassung?‹

›Ja, Herr. Jetzt habe ich's schon mehrmals versucht, aber es will nicht gehen. Irgend eine Kleinigkeit ist mir entfallen, und ich kann nicht zurück.‹

Dieses Geständnis hat mich einfach umgeschmissen. Er sah mich so jämmerlich an, daß ich nicht um die Welt die bedrohliche Haltung beibehalten konnte, die ich angenommen hatte. ›Das ist merkwürdig‹, sagte ich, und während ich sprach, vermeinte ich jemand unten sich bewegen zu hören. ›Kommen Sie in mein Zimmer und erzählen Sie mir mehr davon‹, sagte ich. ›Was Sie mir jetzt gesagt haben, konnte ich nicht verstehen.‹ Und ich versuchte, ihn am Arm zu fassen. Aber ich hätte natürlich genausogut nach einer Rauchwolke greifen können. Ich glaube, ich hatte meine Zimmernummer vergessen. Auf alle Fälle kann ich mich erinnern, daß ich in einige Schlafzimmer gegangen bin, bis ich meine Sachen sah – glücklicherweise wohnte außer mir keine Menschenseele in diesem Flügel. ›Da sind wir‹, sagte ich und setzte mich in den Lehnstuhl. ›Setzen Sie sich und erzählen Sie mir alles Nähere. Mir scheint, Sie sind da in eine hübsche Patsche geraten, mein Lieber!‹

Er sagte, daß er sich nicht niedersetzen wollte; er würde es vorziehen, im Zimmer herumzugeistern, wenn ich nichts dagegen hätte. Das tat er auch, und nach einer kleinen Weile waren wir in ein langes und ernstes Gespräch vertieft. Bald verflüchtigte sich etwas von den Whisky-Sodas, und es wurde mir langsam klar, in was für eine verteufelt sonderbare und unheimliche Sache ich mich da eingelassen hatte. Da war er, halb durchsichtig – genau wie man sich das konventionelle Gespenst vorstellt, geräuschlos bis auf eine Andeutung von Stimme – und geisterte in diesem hübschen, sauberen, kattunbespannten Schlafzimmer herum. Man konnte durch ihn die kupfernen Leuchter hindurchschimmern sehen und die Lichtreflexe auf dem Messinggitter des Kamins und die Ecken der gerahmten Stiche an der Wand. Und er erzählte mir die ganze Geschichte seines armseligen, kleinen Lebens, das vor kurzem auf der Erde zu Ende gegangen war. Ihr müßt wissen, daß er nicht gerade ein besonders ehrliches Gesicht hatte, aber da er durchsichtig war, konnte er es natürlich nicht vermeiden, die Wahrheit zu sprechen.«

»Eh?« sagte Wish und richtete sich plötzlich in seinem Sessel auf.

»Was?« fragte Clayton.

»Da er durchsichtig war, konnte er es nicht vermeiden, die Wahrheit zu sagen – das verstehe ich nicht«, sagte Wish.

»Ich verstehe es auch nicht«, sagte Clayton mit unnachahmlicher Überzeugtheit. »Aber daß es so ist, kann ich euch nichtsdestoweniger versichern. Ich glaube nicht, daß er auch nur einmal um Haaresbreite von der reinen Wahrheit abgewichen ist. Er erzählte mir, wie er ums Leben gekommen war – er war in London mit einer Kerze in einen Keller gegangen, um nach einem Gasgebrechen zu sehen. Er war Englischlehrer an einer Londoner Privatschule gewesen, als die Erlösung kam.«

»Armer Teufel«, sagte ich.

»Das habe ich mir auch gedacht, und je mehr er mir erzählte, desto mehr dachte ich's. So war er, erfolglos im Leben und erfolglos im Tod. Er sprach in eher häßlicher Weise von seinem Vater, von seiner Mutter, von seinem Schullehrer und von allen Leuten, die ihm je auf der Welt etwas bedeutet hatten. Er war zu empfindsam gewesen, zu nervös, kein Mensch hatte ihn je richtig verstanden oder geschätzt, meinte er. Ich glaube, er hat nie im Leben einen wirklichen Freund gehabt, niemals einen Erfolg. Bei Sport und Spielen hatte er sich gedrückt, bei Prüfungen war er durchgefallen. ›Manchen Leuten geht es so‹, sagte er, ›wann immer ich ins Prüfungszimmer oder sonstwo hinkam, schien alles schiefzugehen.‹ Er war natürlich verlobt gewesen – ich nehme an mit einer ebenfalls überempfindlichen Person – als die Unachtsamkeit beim ausströmenden Gas seine Angelegenheiten beendigte. ›Und wo sind Sie jetzt?‹ fragte ich. ›Doch nicht in –‹

Über diesen Punkt drückte er sich nicht klar aus. Was er sagte, erweckte in mir die Vorstellung von einem unbestimmten Zwischenstadium, von einem besonders reservierten Aufenthalt für Seelen, die zu wesenlos waren für irgend etwas so Positives wie Sünde oder Tugend. Ich weiß es wirklich nicht. Er war viel zu egozentrisch, zu unaufmerksam, um mir ein klares Bild von der Art des Ortes oder des Landes jenseits der Dinge zu geben. Wo immer er sein mochte, er scheint dort auf eine Gesellschaft verwandter Seelen gestoßen zu sein, Gespenster schwächlicher, kleinbürgerlicher junger Leute, die auf so gutem Fuße miteinander standen, daß sie einander beim Vornamen ansprachen. Unter ihnen gab es sicherlich viel Gerede über ›Spuken gehen‹ und ähnliche Dinge. Ja, Spuken gehen! Sie schienen ›spuken‹ für ein ungeheures Abenteuer zu halten, und die meisten von ihnen hielten sich aus Angst davon fern. So vorbereitet, war er gekommen.«

»Im Ernst?« sagte Wish, zum Feuer gewandt.

»Zumindest hatte ich diesen Eindruck«, sagte Clayton bescheiden. »Ich mag ja in einem sehr unkritischen Zustand gewesen sein, aber nach seinen eigenen Angaben war das so sein Milieu. Er huschte immerfort hin und her, seine dünne Stimme tönte ohne Unterbrechung – er sprach und sprach über sein jämmerliches Selbst, und vom Anfang bis zum Ende hörte ich nicht ein klares, entschlossenes Wort von ihm. Er war dünner und geistloser, als wenn er wirklich und lebendig gewesen wäre. Nur wäre er wohl nicht in meinem Schlafzimmer hier gewesen – wenn er gelebt hätte. Ich hätte ihn hinausgeworfen.«

»Sicher gibt es arme Sterbliche dieser Art«, meinte Evans.

»Und sie haben genausoviel Möglichkeiten, Gespenster zu werden, wie wir anderen«, stimmte ich zu.

»Was ihm doch ein wenig Farbe gab, war der Umstand, daß er sich innerhalb gewisser Grenzen über sich selbst klar war. Daß er das Spuken so verpfuscht hatte, deprimierte ihn fürchterlich. Man hatte ihm gesagt, daß es ein großer Spaß sein würde. In dieser Erwartung war er gekommen,und nun war es wieder nur ein Mißerfolg geworden, einer mehr in seinem Register. Er erklärte, er sei durch und durch ein Mißerfolg. Er sagte – und ich glaube es ihm aufs Wort –, daß er sein Leben lang nie etwas begonnen habe, ohne es total zu verhauen – und daß es immer so weiter gehen werde, in alle Ewigkeit. Wenn jemand ihn bemitleidet hätte, dann vielleicht – er machte ein Pause, blieb stehen und sah mich an. Dann meinte er, so seltsam mir das auch vorkommen würde, daß noch nie und niemals jemand ihm so viel Mitgefühl gezeigt hätte wie ich eben jetzt. Ich verstand sofort, was er wollte und beschloß auch gleich, ihn abzuwimmeln. Vielleicht bin ich ein gefühlloser Kerl, aber daß ich der ›einzige, wahre Freund‹, der Empfänger vertraulicher Mitteilungen eines egozentrischen Schwächlings, sei er Gespenst oder Mensch, sein sollte, das war mehr, als ich physisch ertragen konnte. Ich stand energisch auf. ›Grübeln Sie nicht so viel über diese Sachen‹, sagte ich. ›Das einzige, was Sie jetzt zu tun haben, ist, zu verschwinden, und zwar sofort. Nehmen Sie sich zusammen und versuchen Sie's!‹ – ›Ich kann nicht‹, sagte er. ›Versuchen Sie's‹, wiederholte ich, und er versuchte es.«

»Versuchen?« sagte Sanderson. »Wie?«

»Kombinierte Bewegungen«, sagte Clayton.

»Bewegungen?«

»Komplizierte Kombinationen von Schritten und Gebärden. So war er erschienen, und so sollte er wieder verschwinden. Mein Gott, war das eine Geschichte!«

»Aber wie kann irgend eine Kombination von Bewegungen –« begann ich.

»Mein lieber Freund«, sagte Clayton, wandte sich mir zu und legte großen Nachdruck auf gewisse Worte, »du willst *alles* klar haben. Ich weiß nicht, *wie*. Ich weiß nur, daß es möglich *ist*, und daß *er* es zum Schluß auch konnte. Nachdem er fürchterlich lang probiert hatte, machte er seine Bewegungen endlich richtig und war plötzlich verschwunden.«

»Hast du die Bewegungen beobachtet?« fragte Sanderson langsam.

»Ja«, sagte Clayton und schien nachzudenken, »es war unerhört merkwürdig. Da waren wir beide, ich und das dünne, farblose Gespenst, in diesem stillen Zimmer, in diesem stillen, leeren Gasthaus, in dieser stillen, kleinen, nächtlichen Stadt. Kein Laut außer unseren Stimmen und einem schwachen Keuchen, wenn er seine Bewegungen machte. Es brannte nur die Kerze auf dem Nachtkästchen und eine auf dem Toilettetisch, hie und da zuckte die eine oder die andere einen Augenblick lang auf, zu einer langen, dünnen, erstaunten Flamme. Seltsame Dinge ereigneten sich! ›Ich kann nicht‹, sagte er, ›nie werde ich mehr –!‹ Und plötzlich setzte er sich auf einen kleinen Sessel am Fußende des Bettes und begann zu schluchzen und zu schluchzen. Mein Gott! Was für ein herzzerreißendes, wimmerndes Stück Elend war er!

›Nehmen Sie sich zusammen‹, sagte ich, versuchte ihm auf die Schulter zu klopfen und meine verflixte Hand ging durch ihn durch. Ihr müßt wissen, daß ich in diesem Moment nicht annähernd so furchtlos war wie früher auf dem Treppenabsatz. Jetzt erfaßte ich die Seltsamkeit der Situation ganz und gar. Ich erinnere mich, daß ich meine Hand mit einem kleinen Schauder sozusagen aus ihm herausriß und daß ich zum Toilettetisch hinüberging. ›Nehmen Sie sich zusammen‹, sagte ich, ›und versuchen Sie's.‹ Und um ihn zu ermutigen und ihm zu helfen, begann ich's auch zu versuchen.«

»Was«, fragte Sanderson, »die Bewegungen?«

»Ja, die Bewegungen.«

»Aber«, sagte ich, von einem Gedanken bewegt, der mir jedoch wieder sogleich entschlüpfte.

»Das ist interessant«, sagte Sanderson, mit dem Finger in seinem Pfeifenkopf. »Du willst also sagen, daß dein Gespenst verriet, wie –«

»Sich die größte Mühe gab, zu verraten, wie man die Schranken durchbrechen konnte? Ja, das war es.«

»Das hat er nicht getan«, sagte Wish, »das konnte er nicht tun. Sonst wärst du auch dort hinüber gegangen.«

»Ja, ja, das ist's«, sagte ich, mein entschlüpfter Gedanke war für mich in Worte gekleidet worden.

»Ja, gerade das ist es«, sagte Clayton und blickte gedankenvoll ins Feuer.

Eine kleine Weile blieb es still.

»Und schließlich hat er's doch getroffen?« fragte Sanderson.

»Schließlich hat er's doch getroffen. Ich mußte ihn ordentlich dazu anhalten, aber zum Schluß hat er's doch getroffen – ziemlich plötzlich. Er war schon am Verzweifeln, wir hatten eine heftige Szene miteinander, da stand er ganz unvermutet auf und verlangte von mir, daß ich ihm die ganze Bewegungsfolge langsam vorführen sollte, so daß er zusehen könnte. ›Ich glaube‹, sagte er, ›wenn ich es sehen kann, werde ich sofort herausfinden, was daran falsch ist.‹ Und so geschah's. ›Jetzt weiß ich's‹ sagte er. ›Was wissen Sie?‹ fragte ich. ›Jetzt weiß ich's‹, wiederholte er. Dann sagte er mürrisch: ›Ich kann's nicht machen, wenn Sie mir zuschauen – wirklich nicht; das war die ganze Zeit schuld daran. Ich bin so nervös, daß Sie mich ganz aus der Fassung bringen.‹ Daraufhin hatten wir eine kleine Auseinandersetzung. Ich wollte selbstverständlich zuschauen, aber er war eigensinnig wie ein Maulesel, und auf einmal gab ich nach, hundsmüde – er hatte mich erschöpft. ›Also gut‹, sagte ich, ›ich werde Ihnen nicht zuschauen‹, und drehte mich um, dem Spiegel zu, der am Kleiderkasten neben dem Bett war.

Er begann in großer Eile. Ich versuchte, ihn im Spiegel zu beobachten, um zu sehen, wo er stecken geblieben war. Seine Arme und Hände kreisten, so und so und so, und mit einem Ruck kam er zur allerletzten Bewegung – man steht aufrecht und öffnet die Arme – und so, seht ihr, stand er da. Und dann stand er nicht mehr da! Nicht mehr! Er war nicht mehr da! Ich drehte mich schnell vom Spiegel weg ihm zu. Nichts war da! Ich war allein mit den flackernden Kerzen und meinem ganz bestürzten Gemüt. Was war geschehen? War überhaupt etwas geschehen? Hatte ich geträumt? Und dann, mit einem aller Vernunft widersprechenden Klang von

Endgültigkeit, schlug die Uhr auf dem Treppenabsatz ›Eins‹, als hätte sie gefunden, daß die Zeit dafür eben reif geworden sei. So – kling! Ich war so ernst und nüchtern wie ein Richter, der ganze Sekt und Whisky waren in selige Höhen entschwebt. Ein komisches Gefühl hatte ich, verdammt komisch! Komisch! Du guter Gott!«

Er sah die Asche seiner Zigarre einen Augenblick an. »Das ist alles«, sagte er.

»Bist du dann schlafen gegangen?« fragte Evans.

»Was hätte ich sonst tun sollen?«

Ich sah Wish in die Augen. Wir hätten uns gerne lustig gemacht, aber da war etwas, etwas in Claytons Stimme und Gehaben, das uns hemmte.

»Und was war mit den Bewegungen?« fragte Sanderson.

»Ich glaube, ich könnte sie jetzt machen.«

»Oh!« sagte Sanderson, zog ein Taschenmesser hervor und begann die Tabaksreste aus seinem Pfeifenkopf zu kratzen.

»Warum machst du sie nicht?« fragte er dann und ließ sein Taschenmesser zuschnappen.

»Gerade will ich damit beginnen«, sagte Clayton.

»Sie werden wirkungslos bleiben«, meinte Evans.

»Wenn aber doch –« warf ich ein.

»Weißt du, mir wäre lieber, du tätest es nicht«, sagte Wish und streckte seine Beine aus.

»Warum?« fragte Evans.

»Mir wäre lieber, er täte es nicht«, wiederholte Wish.

»Aber er kann sie ja gar nicht richtig«, sagte Sanderson und stopfte viel zuviel Tabak in seine Pfeife.

»Das ist ganz gleichgültig, mir wäre lieber, er täte es nicht«, sagte Wish.

Wir diskutierten mit Wish. Er sagte, daß wenn Clayton alle diese Bewegungen machte, es so wäre, als wollte er eine sehr ernste Angelegenheit verhöhnen. »Aber du glaubst doch nicht –?« fragte ich. Wish sah Clayton an, der ins Feuer starrte und irgend etwas überlegte. »Ich glaube daran – zumindest halb und halb«, sagte Wish.

»Clayton«, sagte ich, »du bist ein zu guter Lügner für uns. Das meiste war ja schön und gut. Aber dieses Verschwinden . . . das war fast überzeugend. Sag' uns, daß es ein Kindermärchen war.«

Er stand auf, ohne mich zu beachten, stellte sich in die Mitte des Kaminteppichs und wandte mir das Gesicht zu. Einen Augenblick sah er gedankenvoll auf seine Füße, dann aber starrte er die ganze Zeit auf die Wand gegenüber. Er hob beide Hände langsam bis zur Augenhöhe und begann . . .

Nun ist Sanderson Freimaurer, Mitglied der Loge der Vier Könige, die sich so erfolgreich dem Studium und der Aufklärung aller Geheimnisse der vergangenen und gegenwärtigen Maurerei widmet. Unter den Jüngern dieser Loge ist Sanderson keineswegs der schlechteste. Er verfolgte Claytons Bewegungen mit ungewöhnlichem Interesse in seinen rötlichen Augen. »Das ist nicht schlecht«, sagte er, als es vorüber war, »du stellst die Sachen wirklich überraschend gut zusammen, Clayton. Aber ein kleines Detail fehlt.«

»Das weiß ich«, sagte Clayton. »Ich glaube, ich kann dir sagen, was du meinst.«

»Nun?«

»Das hier«, sagte Clayton, und drehte, wand und verflocht seine Hände auf seltsame Art.

»Ja.«

»Nämlich das hat er nicht richtig herausbekommen«, sagte Clayton. »Aber wieso weißt du –?«

»Den größten Teil der Sache, und besonders wie du's erfunden hast, verstehe ich ganz und gar nicht«, sagte Sanderson. »Aber gerade diese Phase verstehe ich.« Er dachte nach. »Das ist zufällig eine Folge von Bewegungen, die zu einem gewissen Zweige der esoterischen Freimaurerei in Beziehungen steht. Das weißt du gewiß, denn wie könntest du sonst –?« Er dachte wieder nach. »Ich glaube nicht, daß ich etwas Unrechtes tue, wenn ich dir die richtige Verflechtung zeige. Schließlich, wenn du's weißt, so weißt du's, wenn nicht, so nicht.«

»Ich weiß nichts«, sagte Clayton, »außer was mir der arme Teufel letzte Nacht gezeigt hat.«

»Nun, gleichviel«, sagte Sanderson und legte seine Pfeife sehr vorsichtig auf die Kaminplatte. Dann gestikulierte er sehr schnell mit den Händen.

»So?« fragte Clayton und machte es ihm nach.

»So«, sagte Sanderson und nahm seine Pfeife wieder in die Hand.

»Ah«, sagte Clayton, »jetzt kann ich die ganze Sache richtig machen.«

Er stand vor dem verlöschenden Feuer und lächelte uns allen zu. Aber ich glaube, es lag ein leises Zögern in seinem Lächeln. »Wenn ich beginne –« sagte er.

»Ich würde nicht beginnen«, sagte Wish.

»Schon gut!« meinte Evans. »Die Materie ist unzerstörbar. Ich glaube doch nicht, daß so ein Hokuspokus Clayton ins Reich der Schatten entführen kann. So etwas gibt's doch nicht. Wenn es auf mich ankommt, so kannst du es versuchen, Clayton, bis dir die Arme aus den Gelenken fallen.«

»Das glaub' ich nicht«, sagte Wish, stand auf und legte den Arm um Claytons Schulter. »Du hast mich irgendwie dazugebracht, dir deine Geschichte halb und halb zu glauben, und ich möchte nicht, daß die Sache gemacht wird.«

»Du meine Güte«, sagte ich, »Wish hat Angst.«

»So ist es«, sagte Wish, mit wirklichem oder trefflich gespieltem Nachdruck. »Ich glaube, wenn er alle diese Bewegungen richtig macht – wird er verschwinden.«

»Aber das ist ja gar nicht möglich!« rief ich. »Es gibt für Menschen doch nur einen Weg aus dieser Welt hinaus, und von dem ist Clayton noch dreißig Jahre weit entfernt. Außerdem . . . Und so ein Gespenst! Glaubt ihr denn –?«

Wish unterbrach mich durch eine Bewegung. Er verließ den Kreis, den unsere Sessel bildeten und blieb neben dem Tisch stehen. »Clayton«, sagte er, »du bist ein Narr!«

Clayton lächelte ihm zu, seine Augen blitzten übermütig. Er sagte: »Wish hat recht, und ihr alle anderen habt Unrecht. Ich werde bis zum Ende dieser Bewegungen kommen, und wenn die letzte Schwingung durch die Luft saust, Presto! – wird dieser Kaminteppich leer und das Zimmer von sprachlosem Erstaunen erfüllt sein: ein besser gekleideter Herr, zweihundert Pfund schwer, plumpst in das Reich der Schatten. So wird es sein, und so werdet ihr dabei aussehen. Ich lehne jede weitere Diskussion ab. Die Sache muß versucht werden.«

»Nein«, sagte Wish, machte einen Schritt vor und stand wieder still, und Clayton hob seine Hände, um noch einmal das Verschwinden des Gespenstes zu zeigen.

Wir waren damals alle schon sehr erregt, hauptsächlich weil Wish sich so merkwürdig benahm. Wir saßen alle da, die Augen auf Clayton gerichtet, und ich für mein Teil hatte das Gefühl, ganz steif und angespannt zu sein, als sei mein Körper von der Rückseite meines Schädels bis zur Mitte der Schenkel in Stahl verwandelt. Und dort beugte sich Clayton und neigte sich und winkte mit den Händen, ernst, aber unerschütterlich gefaßt. Als er sich dem Ende näherte, wurde das Gruseln immer stärker, die Haare standen uns zu Berg. Die letzte Gebärde, das habe ich schon erwähnt, war: die Arme weit geöffnet zu schwingen, das Gesicht aufwärts gerichtet. Und als er endlich zu dieser Schlußgeste ausholte, stockte mir der Atem. Natürlich war es lächerlich, aber man kennt dieses Gefühl beim Anhören von Geistergeschichten. Es war nach dem Essen, in einem seltsamen, alten, düstern Haus. Würde er am Ende –?

Da stand er, einen erstaunlichen Moment lang, mit geöffneten Armen, aufwärts gewandtem Gesicht, fest und heiter im Licht der Hängelampe. Wir durchlebten diesen Moment, als sei er ein Menschenalter, und dann entrang sich uns allen ein Laut, halb war es ein Seufzer unendlicher Erleichterung, halb war es ein beruhigtes ›Nein!‹ Denn es war offenbar – er verschwand nicht. Alles war Unsinn gewesen, er hatte eine dumme Geschichte erzählt, hatte uns alle fast überzeugt, das war das ganze . . . ! Und da, in dem Moment, veränderte sich Claytons Gesicht.

Es veränderte sich. Es veränderte sich, wie ein erleuchtetes Haus sich verändert, wenn die Lichter plötzlich erlöschen. Seine Augen waren plötzlich starr geworden, das Lächeln schien auf seinen Lippen festgefroren, er stand ganz still da. Er stand da und schwankte kaum merklich.

Dieser Augenblick dauerte auch ein Menschenalter. Und dann auf einmal scharrten die Sessel, alles mögliche fiel auf die Erde, und wir alle waren in Bewegung. Claytons Knie schienen nachzugeben, er fiel nach vorne, Evans stand auf und fing ihn in seinen Armen auf.

Es lähmte uns alle. Eine Minute lang sagte wohl keiner von uns etwas Zusammenhängendes, wir glaubten es und konnten es doch nicht glauben. Als ich aus meiner wirren Betäubung zu mir kam, kniete ich an seiner Seite, seine Weste und sein Hemd waren aufgerissen, und Sandersons Hand lag auf seinem Herzen . . .

Nun, die einfache Tatsache hier vor uns konnte warten, bis es uns beliebte, wir hatten keine Eile, zu verstehen. Er lag eine Stunde dort; bis zum heutigen Tage breitet er sich schwarz und bedrückend über meine Erinnerung. Clayton war also wirklich in jene andere Welt hinübergegangen, die so nah und so fern der unseren ist, er hatte den einzigen Weg genommen, der für Sterbliche gangbar ist. Aber ob er wirklich kraft der Beschwörungen der armen Geister hinübergekommen ist oder ob er plötzlich mitten in einer Schauergeschichte vom Schlage getroffen wurde (wie der Leichenbeschauer uns glauben machen wollte) – das entzieht sich meiner Beurteilung. Es ist auch eines jener unerklärlichen Rätsel, die ungelöst bleiben müssen, bis zur endgültigen Auflösung aller Dinge. Eines nur weiß ich bestimmt: genau im Moment, in der Sekunde, wo er diese Bewegungen beendete, veränderte er sich, er wankte, fiel nieder – er war tot!

Rudyard Kipling

Die gespenstische Rikscha

»Daß keine bösen Träume mir die Ruhe stören,
noch finstere Mächte mich betören.«

Abendhymne

Einige der wenigen Vorzüge, die Indien vor England genießt, bestehen in der Leichtigkeit, mit der man Bekanntschaften schließt. Schon nach fünfjähriger Dienstzeit kennt man zwei- bis dreihundert Zivilpersonen, die Offizier-Korps von zehn bis zwölf Regimentern und Batterien und etwa fünfzehnhundert Leute der nichtoffiziellen Kaste. Nach zehn Jahren können sich die Bekanntschaften verdoppelt haben, und nach zwanzig ist einem jeder Engländer im Kaiserreich geläufig – dem Namen nach oder von Angesicht zu Angesicht – und man kann reisen, wohin man will, und die Hotelrechnung schuldig bleiben.

Weltenbummler, die die Inanspruchnahme der Gastfreundschaft als ein ihnen zustehendes Recht betrachten, haben, wie ich an mir selbst des öfteren erfuhr, häufig auch das herzlichste Entgegenkommen schmählich mißbraucht; dennoch stehen jedem nach wie vor alle Türen offen, er sei denn ein Wildschwein oder ein schwarzes Schaf. Unsere kleine Welt ist nachsichtig und hilfreich!

Vor ungefähr fünfzehn Jahren war ein gewisser Rickett aus Kamartha bei einem Manne namens Polder in Kumaon zu Gast. Er wollte nur zwei Tage bleiben, aber er erkrankte an einem rheumatischen Fieber, und sechs Wochen hindurch brachte er Polders Hauswesen in Unordnung, hielt ihn von seiner Arbeit ab und wäre bei einem Haar in Polders Bett gestorben. Polder benahm sich, als wäre er ihm in alle Ewigkeit verpflichtet, und schickt noch heute den kleinen Ricketts Jahr für Jahr eine Schachtel Spielzeug zu Weihnachten. Und ähnliches geschieht überall in Indien. Männer, die sonst nicht mit einer Meinungsäußerung zurückhalten, der oder jener sei ein unfähiger Esel – Frauen, die stets bei der Hand sind, beim Teeklatsch jemandes Charakter anzuschwärzen –, sie alle mühen sich ab bis zur Erschöpfung, wenn es gilt, einem Hilfsbedürftigen beizuspringen, zumal, wenn er krank ist.

Zum Beispiel Heatherlegh, der Arzt, hatte neben seiner Privatpraxis ein Hospital auf eigene Kosten errichtet; seine Freunde nannten es »ein Freigehege für Unheilbare«, aber in Wirklichkeit war es eine Schirmstätte und ein Zufluchtsort für Leute, deren Kräfte unter dem Klima allzu schwer gelitten hatten. Das Wetter in Indien ist oft unerträglich schwül, und da die Anzahl Backsteine eine gegebene ist und die einzige Erholung im Tagwerk lediglich darin besteht, Überstunden machen zu dürfen, ohne dafür bezahlt zu werden, so kommt es vor, daß Menschen gelegentlich zusammenbrechen oder so durcheinander geraten wie die Metaphern in diesem Satz.

Heatherlegh ist der liebenswürdigste Arzt, der je gelebt hat. Sein immer sich gleichbleibendes Rezept für alle Kranken lautet: »Niedrig liegen, langsam gehen, ruhig bleiben.« Er behauptet, daß mehr Menschen an Überbürdung stürben, als die Wichtigkeit der Welt rechtfertigen könne. – Er besteht darauf, daß ein gewisser Pansay, der vor drei Jahren ihm unter den Händen starb, an Überarbeitung zugrunde ging. Als Autorität ist Heatherlegh natürlich maßgebend, und er lacht über meine Ansicht, daß nicht Überbürdung, sondern vielmehr ein Knacks in Pansays Hirn, entstanden durch Eindringen eines bißchens aus der »Dunklen Welt«, die wahre Todesursache gewesen sei; »Pansay starb«, so sagt er, »lediglich an den Reizerscheinungen, die die Folge eines langen Aufenthalts in Indien sind. Ob er sich nun als Schuft gegenüber Mrs. Keith-Wessington benommen hat oder nicht, hat damit nichts zu tun – die Arbeit in der Katabundi-Ansiedlung hat ihn zermürbt und zum Grübler gemacht, so daß er eine ganz gewöhnliche ›Wald- und Wiesenliebelei‹ viel zu schwer nahm. Fest steht nur eins: er war mit Miss Mannering verlobt, und sie hat später die Verbindung gelöst. Dann traten Fiebererscheinungen bei ihm auf und mit ihnen der ganze Gespensterunsinn. Überanstrengung war die Ursache der Krankheit, verhinderte die Genesung und führte schließlich den Tod herbei. Die Schuld trägt ein System, das einem einzigen Menschen die Arbeit von zwei und einem halben aufbürdet.«

Ich kann Heatherleghs Meinung nicht teilen. Ich saß bisweilen bei Pansay, wenn ich nichts zu tun hatte und Heatherlegh bei anderen Patienten weilte. Der Kranke machte mich geradezu toll, wenn er bei solchen Gelegenheiten mit leiser eintöniger Stimme die Prozession beschrieb, die er an seinem Bett vorüberziehen zu sehen behauptete; er hatte die Beredsamkeit eines Fieberkranken. Als es ihm später wieder ein wenig besser ging, riet ich ihm, die ganze Geschichte von Anfang bis zu Ende niederzuschreiben; ich hoffte, es würde sein Gemüt beruhigen, wenn er sie sich vom Halse schriebe.

Er fieberte stark, als er sie zu Papier brachte, aber der Mord-und-Totschlag-Stil, dessen er sich dabei bediente, regte ihn womöglich noch mehr auf. Zwei Monate später war er nach Ansicht der Regierung wieder dienstfähig, aber er zog es im letzten Augenblick vor zu sterben, obschon man seiner Arbeitskraft dringend bedurfte, um einer in Verlegenheit geratenen Unterkommission über ein nicht unbedenkliches Defizit hinwegzuhelfen. Bis zum letzten Atemzug schwor er, er würde von einer Hexe geritten. Ich erhielt sein Manuskript, noch ehe er verschied. Es war mit dem Jahresdatum 1885 versehen. Ich gebe es hier wörtlich wieder:

Mein Arzt sagt, ich hätte Ruhe und Luftwechsel nötig. Es ist nicht unwahrscheinlich, daß ich mir beides bald verschaffen werde – eine Ruhe, die weder der rotberockte Postbote noch das Mittagsgong jemals wieder wird stören können, und einen Luftwechsel, so gründlich, wie mir ihn nicht einmal ein Ozeandampfer ermöglichen könnte, der schnurstracks in die Heimat fährt. Unterdessen ist das gescheiteste, ich bleibe, wo ich bin, und schlage das Anraten des Arztes, doch nicht immer die ganze Welt ins Vertrauen zu ziehen, in den Wind. Jedermann soll die Ursache meiner Krankheit erfahren und selber beurteilen, ob es jemals auf dieser

Erde einen vom Weibe geborenen Menschen gegeben hat, der so gequält wurde wie ich.

Wenn ich hier vielleicht Worte gebrauche, wie sie sonst wohl nur ein zum Tode verurteilter Verbrecher vor seiner Hinrichtung spricht, und meine Geschichte in gräßlichen Farben schildere – und so unglaublich sie auch klingen mag, Beachtung verdient sie jedenfalls – so möge man mir verzeihen. Daß man mir nicht glauben wird, davon bin ich überzeugt. Hätte doch ich selbst noch vor zwei Monaten einen Menschen für verrückt oder betrunken gehalten, der kühn genug gewesen wäre, mir etwas Ähnliches zu erzählen. – Vor zwei Monaten war ich noch der glücklichste Mann in ganz Indien; heute gibt es keinen Unglücklicheren, von Peshawur angefangen bis hinunter zum Meeresstrand. – Mein Arzt und ich allein wissen das. Seine Erklärung ist, mein Gehirn, meine Augen und meine Verdauung seien angegriffen, und daher meine sich beständig wiederholenden »Sinnestäuschungen«. Ja, ja, Sinnestäuschungen! Ich schelte ihn einen Narren; trotzdem wartet er mir immer mit dem gleichen geduldigen Lächeln auf, mit denselben milden berufsmäßigen Manieren und seinem sorgfältig gekämmten roten Bart, bis er mich schließlich so weit hat, daß ich wirklich glaube, ich sei ein undankbarer, bösartiger Patient. Aber man urteile selbst!

Vor drei Jahren, auf der Rückkehr von einem langen Urlaub, hatte ich das Glück – das Unglück –, von Gravesend bis Bombay mit Agnes Keith-Wessington, der Gattin eines Offiziers aus der Umgebung von Bombay, auf demselben Dampfer zu fahren. Es geht niemand etwas an, zu welcher Kategorie von Frauen man sie hätte zählen können, es genügt, festzustellen: bevor noch unsere Reise zu Ende ging, waren wir beide bis zum Wahnsinn ineinander verliebt. Gott ist mein Zeuge, daß ich das nicht aus Eitelkeit sage! In Liebesangelegenheiten ist immer ein Teil der Gebende und der andere der Empfangende. Vom ersten Tag unseres unglückseligen Verhältnisses an wußte ich, daß Agnes' Leidenschaft stärker und, wenn ich mich so ausdrücken darf, reinerer Empfindung war als die meinige und daß sie völlig unter diesem Banne stand. Ob sich Agnes derselben Erkenntnis bewußt war, weiß ich nicht. Später wurde sie uns beiden bitter klar.

Im Frühjahr in Bombay angekommen, ging jedes von uns seiner Wege; wir sahen einander drei oder vier Monate nicht wieder, bis mich mein Urlaub und sie ihre Liebe nach Simla führte. Dort verbrachten wir die Saison zusammen – dort brannte auch das Strohfeuer meiner Leidenschaft, noch ehe das Jahr zu Ende ging, nieder bis zum letzten Aschenrest. Ich verhehlte es ihr nicht. – Ich will mich nicht besser machen, als ich bin! Mrs. Wessington hatte um meinetwillen bereits vieles geopfert und war bereit, alles aufzugeben.

Im August 1882 sagte ich ihr offen und brüsk, daß mich ihre Nähe krank mache, daß ich ihrer Gesellschaft müde sei, nicht einmal mehr den Klang ihrer Stimme vertrüge. Neunundneunzig unter hundert Frauen wären meiner längst überdrüssig geworden, mehr noch als ich ihrer; fünfundsiebzig hätten sich sofort an mir durch offensichtliches Kokettieren mit anderen Männern gerächt. Mrs. Wessington war die hundertste. Weder meine nicht mißzuverstehende Abneigung noch auch die verletzenden Roheiten, mit denen ich unsere Begegnungen ausschmückte, machten auf sie irgendwelchen Eindruck.

»Jack, mein Liebling«, war ihr ewiger Kuckucksruf, »es ist bestimmt nur ein Mißverständnis – ein häßliches Mißverständnis; wir werden eines Tages wieder die besten Freunde sein. *Bitte*, vergib mir, lieber Jack!«

Die ganze Schuld lag auf meiner Seite, und ich wußte es. Dies Bewußtsein verwandelte aber nur mein anfängliches Mitleid mit ihr in stumpfes Erdulden; dann wurde blinder Haß daraus, und gelegentlich regte sich in mir jener gewisse dunkle Trieb, der uns zwingt, in wilder Erregung eine Spinne zu zertreten, die tödlich verletzt zu unsern Füßen kriecht. Und mit solchem Haß in meinem Herzen verlebte ich die Saison 1882 bis zum Schluß.

Das nächste Jahr trafen wir uns abermals in Simla – sie mit ihrem monotonen Gesicht und den schüchternen Versöhnungsversuchen – ich, jede Fiber meines Körpers erfüllt mit Widerwillen. Ich konnte nicht vermeiden, zuweilen allein mit ihr zusammenzutreffen, und bei solchen Gelegenheiten waren ihre Worte jedes Mal genau die gleichen. Immer derselbe unvernünftige Jammer, es läge lediglich ein »Mißverständnis« vor, stets die Hoffnung, wir würden dereinst noch die besten Freunde werden. Wäre ich nicht mit Absicht blind gewesen, ich hätte bemerken müssen, daß nur noch diese Hoffnung allein sie am Leben erhielt; sie wurde von Tag zu Tag durchsichtiger und abgezehrter. Man wird mir zugestehen müssen, daß ihr Verhalten auch so manchen andern zur Verzweiflung getrieben hätte; es war, da ihre Liebe nicht erwidert wurde, kindisch und unweiblich. Dann wieder – in dunklen, fieberhaft durchwachten Nächten – machte ich mir Vorwürfe, nicht gütiger zu ihr gewesen zu sein; aber wie hätte ich das können! Liebe heucheln, ohne sie zu empfinden, es wäre unser beider unwürdig gewesen.

Im letzten Jahr trafen wir uns noch einmal; wieder dasselbe Bild: die gleichen flehentlichen Bitten, dieselben rücksichtslosen Antworten von meinen Lippen! Ich wollte ihr endlich begreiflich machen, wie gänzlich verkehrt und hoffnungslos alle ihre Versuche wären, die früheren Beziehungen wiederherzustellen. Je mehr die Saison vorrückte, desto seltener sahen wir uns – das heißt, ich vereitelte nach Möglichkeit die Zusammenkünfte, indem ich Beschäftigung aller Art vorschützte. Wenn ich mir heute in meinem Krankenzimmer die Begebnisse von damals wieder in Ruhe vergegenwärtige, erscheint mir die Saison 1884 wie ein wüster Traum, in dem Licht und Schatten sich phantastisch miteinander vermengen: mein Werben um die kleine Kitty Mannering, mein Hoffen, mein Zagen, meine Befürchtungen um sie, unsere gemeinsamen weiten Spazierritte, mein schüchternes Liebesgeständnis, ihre Antwort – und zwischenhinein als dunkler Schatten das gelegentliche Vorübergleiten eines bleichen Gesichtes in jener Rikscha, gezogen von schwarz und weiß livrierten Dienern, nach der ich einst in früheren Tagen so eifrig ausgespäht, das Winken von Mrs. Wessingtons behandschuhter Hand – und, wenn sie mich allein traf, was selten mehr geschah, die ermüdende Monotonie ihrer Bitten.

Ich liebte Kitty Mannering – habe sie ehrlich und von Herzen geliebt –, aber mit meiner Liebe zu ihr wuchs auch mein Haß gegen Agnes.

Im August verlobte ich mich mit Kitty. Tags darauf begegnete ich den verwünschten *Jhampanies* jenseits des Jakko, und von plötzlichem Mitleid ergriffen, blieb ich stehen, sagte Mrs. Wessington alles. Sie wußte es bereits.

»Ich habe von deiner Verlobung gehört, lieber Jack«, – im selben Atem setzte sie hinzu: »Es ist bestimmt nur ein Mißverständnis – ein häßliches Mißverständnis. Wir werden sicher wieder so gute Freunde werden, wie wir es jemals waren.«

Die Antwort, die ich gab, hätte auch einen Mann ins Herz getroffen, das sterbende Weib vor mir traf es wie ein Peitschenhieb. »Bitte, vergib mir, Jack, ich wollte dich nicht erzürnen. Aber es ist wahr, es ist wahr!«

Und Mrs. Wessington brach vollständig zusammen. Ich wandte mich ab. Ließ sie ihres Weges ziehen. Einen Augenblick lang kam mir zu Bewußtsein, wie unsagbar niederträchtig ich mich benommen hatte, und ich blickte mich nach ihr um. Bemerkte, daß sie ihre Rikscha hatte wenden lassen. In der Absicht, mich wieder einzuholen, nahm ich an.

Die Szene lebt in allen Nebenumständen wie photographiert in meinem Gedächtnis fort: der regendunkle Himmel, die nassen, schwarzbraunen Kiefern, die schmutzige, durchweichte Straße und die düsteren zerklüfteten Klippen bildeten einen trüben Hintergrund, gegen den sich die schwarzweißen Livreen der

Jhampanies, die gelblackierte Rikscha und Mrs. Wessingtons vornübergeneigter goldblonder Kopf scharf abhoben. Sie hielt ihr Taschentuch in der linken Hand und lehnte erschöpft in den Kissen der Kutsche. Ich lenkte mein Pferd in einen Seitenweg und raste buchstäblich davon, dem Sanjowlie-Staubecken zu. Einmal glaubte ich den schwachen Ruf »Jack« zu hören, aber es mag Einbildung gewesen sein. Ich hielt nicht an, um es festzustellen. Zehn Minuten später begegnete mir Kitty, ebenfalls zu Pferd; und in meiner Freude, mit ihr einen weiten Spazierritt machen zu dürfen, vergaß ich bald, was sich begeben hatte.

Eine Woche darauf starb Mrs. Wessington, und damit war die schreckliche Bürde ihres irdischen Daseins von mir genommen. Offen gestanden: ich fühlte mich überglücklich, und ehe drei Monate um waren, hatte ich alles, was sie betraf, so gut wie vergessen; nur hie und da, wenn mir gelegentlich einer ihrer alten Briefe unter die Hände kam, erinnerte ich mich an unsere früheren Beziehungen. Im Januar suchte ich unter meinen Habseligkeiten zusammen, was noch von unserer Korrespondenz übrig war, und verbrannte es.

Anfangs April des Jahres 1885 besuchte ich Simla zum letztenmal, das noch halb verödete Simla, und wir vertieften uns in Liebesgespräche und köstliche Wanderungen, Kitty und ich; und wir beschlossen, gegen Ende Juni zu heiraten.

Ich liebte sie so heiß, daß ich nicht zuviel sage: ich hielt mich für den glücklichsten Mann in ganz Indien.

Vierzehn wonnevolle Tage waren nur so dahingeflogen, ehe ich mir sagte, ich müßte auch die äußere Form wahren. Ich eröffnete Kitty, sie müsse zum Zeichen ihrer Würde als Braut unbedingt einen Verlobungsring tragen, und bat sie, mit mir zu Hamilton, dem Juwelier, zu gehen, um sich ihn anmessen zu lassen. Bis dahin hatten wir tatsächlich keinen Augenblick Zeit gehabt, an derlei triviale Dinge auch nur zu denken.

Wir gingen zu Hamilton am 15. April 1885. – Wenn auch mein Arzt es bestreitet, ich weiß genau: ich war damals vollkommen gesund, leiblich und geistig, und fühlte mich ruhig und harmonisch in jeder Hinsicht.

Kitty trat mit mir in den Juwelierladen, und dort nahm ich ihr selbst, entgegen aller üblichen Gepflogenheit und Sitte, Maß zu dem Ring, wobei der Kommis verschmitzt lächelte.

Es war ein Ring mit einem Saphir und zwei Diamanten. Dann ritten wir den Abhang hinunter nach der Combermere-Brücke und Pelitis Restaurant.

Noch während mein Waliser Pferd sich vorsichtig seinen Weg über die lockeren Schieferplatten ertastete, noch während Kitty lachend und plaudernd mir zur Seite ritt, noch während ganz Simla, das heißt, die wenigen Gäste, die aus der Ebene bereits zur Kur angekommen waren, sich im Lesezimmer und auf der Veranda Pelitis versammelten – hörte ich, anscheinend aus weiter Ferne, jemand meinen Vornamen rufen. Die Stimme kam mir wohl bekannt vor, aber ich konnte mich nicht entsinnen, wann und wo ich sie früher schon einmal gehört hatte. Auf der kurzen Strecke zwischen Hamiltons Laden und dem ersten Pfeiler der Combermere-Brücke riet ich gewiß auf ein halbes Dutzend Personen, denen ich einen so albernen Witz zutrauen durfte, bis ich mir schließlich sagte, es müsse eine Gehörtäuschung gewesen sein.

Da, unmittelbar Peliti gegenüber, blieb mein Auge wie gebannt an einer gelblackierten billigen Bazar-Rikscha haften, die von vier *Jhampanies* in schwarzweißen Livreen gezogen wurde, und sofort stand die verflossene Saison und mit ihr Mrs. Wessington lebendig vor meinem Geist.

Erregung und Widerwillen bemächtigten sich meiner: war es nicht genug, daß die Frau tot war und ich mit ihr fertig für immer! Mußten gerade jetzt, mitten in meinem Glück, ihre schwarzweißen Diener vor mir auftauchen und mir den Tag vergällen! Bei wem die vier Kulis jetzt auch angestellt sein mochten, ich nahm mir vor, den Mann aufzusuchen und mir von ihm die Gunst zu erbitten, er möge ihnen eine andere Livree geben; nötigenfalls wollte ich sie selbst in meinen Dienst nehmen und ihnen die Röcke vom Buckel wegkaufen. Ich kann gar nicht beschreiben, welche Flut von unleidlichen Erinnerungen mir ihr Anblick erweckte.

»Kitty«, rief ich, »schau dort: die *Jhampanies* der unglücklichen Mrs. Wessington! Möchte gern wissen, bei wem sie jetzt in Diensten stehen!«

Kitty hatte Mrs. Wessington flüchtig gekannt und sie immer wegen ihres verhärmten Aussehens bemitleidet.

»Was? Wo?« fragte sie. »Ich sehe nichts.« Dabei spornte sie ihr Pferd an, um einem beladenen Maulesel Platz zu machen, und ritt geradewegs auf die vorbeiziehende Rikscha los.

Ich fand kaum Zeit, einen Warnungsruf auszustoßen, da waren auch schon Roß und Reiterin zu meinem namenlosen Entsetzen durch den Wagen und die ihn ziehenden Diener wie durch ein Luftgebilde hindurchgegangen.

»Was ist denn los?« rief Kitty. »Warum hast du eigentlich so ängstlich aufgeschrien? Wenn ich auch verlobt bin, so braucht es doch nicht gleich jeder Mensch zu merken. Es war doch wahrhaftig genug Platz zwischem dem Maultier und der Veranda, um durchzukommen. Oder glaubst du vielleicht, ich kann nicht reiten?« Und sofort setzte sich der kleine Eigensinn, das zierliche Köpfchen hoch erhoben, in einen kurzen Handgalopp – der Musikkapelle zu, erwartend, wie sie mir später sagte, ich würde ihr, ohne zu zögern, folgen. Was war denn auch geschehen? Nichts, freilich. Gar nichts. Entweder ich war betrunken, oder verrückt. Oder in Simla gingen die Teufel um. Ich zog die Zügel an, drehte um. Auch die Rikscha machte kehrt und stand nunmehr unmittelbar zwischen mir und dem Brückengeländer. – »Jack! Jack, mein Liebling!!« Nein, diesmal konnte es kein Irrtum sein: die Worte dröhnten durch mein Gehirn, als schrie sie mir jemand ins Ohr. – »Jack, es ist ein Mißverständnis, ein häßliches Mißverständnis, ich weiß es gewiß. Bitte, Jack, vergib mir! Laß uns wieder die alten Freunde sein.« Das Rikschaverdeck fiel zurück und drin im Wagen – so wahr ich bei Tag heute den Tod ersehne und erflehe, den ich in der Nacht so fürchte – drin im Wagen saß Mrs. Keith-Wessington, das Taschentuch in der Hand, den goldblonden Kopf auf die Brust gesenkt.

Wie lange ich – regungslos – hingestarrt haben mag, ich weiß es nicht. Die Frage eines Reitknechtes, der die

Zügel meines Waliser Pferdes ergriffen haben mochte, ob ich krank sei, erweckte mich aus meiner Betäubung.

Vom Entsetzlichen zum Banalen ist nur ein Schritt: ich taumelte aus dem Sattel, stürzte zu Peliti hinein und trank ein Glas Kirsch. Ein paar Leute saßen um die Kaffeehaustische herum und erzählten sich Tagesklatsch; ihr Geschwätz beruhigte mich damals mehr, als die Tröstungen der Religion vermocht hätten. Ich mischte mich in die Unterhaltung, plauderte, lachte, riß Witze mit einem Gesicht, das bleich und entstellt gewesen sein muß wie das einer Leiche.

Einigen von ihnen fiel mein seltsames Benehmen offenbar auf, denn sie versuchten, mich von den übrigen Müßiggängern zu trennen; sie nahmen wahrscheinlich an, ich hätte einen über den Durst getrunken. Aber ich weigerte mich: ich klammerte mich an eine leere Unterhaltung so, wie ein Kind sich aus Furcht vor dem Dunkel der Nacht in die Gesellschaft von Erwachsenen flüchtet.

Ich hatte etwa zehn Minuten – mir erschien es wie eine Ewigkeit – ins Blaue hineingeschwätzt, da hörte ich draußen Kittys helle Stimme nach mir fragen; gleich darauf trat sie in den Raum und gedachte mich wegen meines Ausbleibens zur Rede zu stellen. Irgend etwas in meinem Gesicht machte sie stutzen.

»Jack«, rief sie, »wo steckst du denn? Ist etwas geschehen? Bist du krank?« So, direkt zu einer Lüge gezwungen, sagte ich, die Sonne hätte mich betäubt. Es war fast fünf Uhr nachmittags, und den ganzen Tag über war trübes Wetter gewesen; sofort sah ich meine Dummheit ein, verstrickte mich aber immer tiefer in alberne Ausreden, bis mir schließlich nichts anderes übrigblieb, als mit Kitty fortzugehen, voll Zorn über mich selbst und begleitet von dem spöttischen Lächeln der Kaffeehausgesellschaft. Draußen entschuldigte ich mich bei Kitty irgendwie – ich glaube, ich habe mich auf einen Ohnmachtsanfall ausgeredet –, ließ sie allein ihren Spazierritt fortsetzen und verfügte mich schleunigst in mein Hotel.

Dort, in meinem Zimmer, setzte ich mich nieder, um vernünftig über den Fall nachzudenken. Hier bin ich, sagte ich mir vor, ich, Theobald Jack Pansay, ein kultivierter bengalischer Zivilbeamter im Jahre des Heils 1885, und wie mir scheinen will: bei klarem Verstand, vollkommen gesund, aber in einem Anfall von Entsetzen vertrieben von der Seite der Heißgeliebten durch das Phantom einer Frau, die vor acht Monaten gestorben ist und begraben wurde. Das waren Tatsachen, die sich nicht wegleugnen ließen. Als ich mit Kitty den Laden Hamiltons verließ, lag mir nichts ferner, als an Mrs. Wessington zu denken, und nichts kann weniger phantastisch sein als die Wegstrecke vor dem Restaurant Peliti. Außerdem war heller Tag gewesen und die Straße voller Menschen; – ich empfand es wie Hohn gegenüber jedem Gesetz der Glaubhaftigkeit und der Natur selbst, daß gerade da ein Gesicht aus dem Grabe vor mir erscheinen mußte. Und dann: Kittys Araberstute war mitten durch die Rikscha hindurchgegangen! Also auch die Hoffnung, es hätte möglicherweise eine andere, der Mrs. Wessington wundersam ähnliche Frau drin gesessen und dieselbe Kutsche mit den elsterlivrierten Dienern gemietet gehabt, war dadurch zunichte gemacht.

Und ebenso unerklärlich wie die Erscheinung blieb mir auch die Stimme, die ich gehört hatte.

Die tolle Idee überfiel mich, Kitty alles anzuvertrauen und sie zu bitten, mich auf der Stelle zu heiraten, damit ich in ihren Armen das Phantom in der Rikscha vergessen könne. Ich versuchte, mir einzureden, Beweis genug für die Unwirklichkeit des Begebnisses sei allein schon der Umstand, daß ich außer Mrs. Wessington auch die ganze Rikscha gesehen hätte, denn seit wann spuken nicht nur Menschen, sondern auch leblose Gegenstände! Nein: die Sache war und blieb absurd!

Am nächsten Morgen schrieb ich einen ellenlangen Reuebrief an Kitty und flehte sie an, mein sonderbares Benehmen vom verflossenen Nachmittag zu vergessen. Die Göttin meines Herzens war jedoch noch ziemlich unwirsch, als wir uns später trafen, bis es mir gelang, sie mit einer Beredsamkeit, auf die ich mich die ganze Nacht hindurch präpariert hatte, zu überzeugen, ich sei das Opfer eines Anfalles heftigen Herzklopfens gewesen, die Folge von Magenbeschwerden. Diese einleuchtende Entschuldigung verfehlte ihre Wirkung nicht: Kitty ritt mit mir aus. Aber der Schatten der ersten Lüge stand zwischen uns.

Nichts liebte sie so sehr wie einen Galopp um den Jakko herum. Nervenerregt noch von der Nacht her, suchte ich es ihr auszureden, schlug den Observatoriumshügel, Jutogh, die Boileaugunge-Straße vor – kurz: alles mögliche, nur der Jakko sollte es nicht sein. Aber Kitty schmollte, schien gekränkt, und schließlich, um nicht abermals einen Mißton aufkommen zu lassen, gab ich nach, und wir schlugen den Weg nach Chota-Simla ein.

Nach alter Gewohnheit ritten wir die erste Strecke im Schritt, dann setzten wir uns, ungefähr eine Meile vor dem Kloster, in Galopp, da die Straße zum Sanjowlie-Staubecken glatt und eben ist. Die armen Pferde jagten nur so dahin; mir schlug das Herz schneller und schneller, je mehr wir uns der Steigung des Weges näherten. Schon vor Beginn des Rittes hatte ich beständig an Mrs. Wessington denken müssen, jetzt erinnerte mich jeder Zoll der Jakkostraße an sie, an die alten Zeiten, an unsere Spaziergänge, an unsere Gespräche! Die Meilensteine am Wegrand waren voll davon, die Pinien mir zu Häupten schrien mir es zu, die regengeschwollenen Rinnsale gurgelten und gluckten von der schmählichen Geschichte; der Wind sang mir meine Missetat ins Gesicht.

Der Höhepunkt des Grauens aber erwartete mich an der Straßenbiegung, die im Volksmund »die Meile unsrer lieben Frau« heißt.

Da! Wieder die vier *Jhampanies* in schwarz und weißer Livree! Wieder die gelbgestrichene Rikscha und – das goldblonde Haar der Frau darin, alles genau so – aufs Haar genau – wie es einst dagestanden vor acht Monaten und vierzehn Tagen! »Diesmal *muß* es Kitty sehen«, sagte ich mir schreckerfüllt, »sind wir doch so aufeinander abgestimmt und seelenverwandt!«, aber ihre ersten Worte schon belehrten mich eines besseren. »Keine Seele weit und breit!« rief sie. »Komm, Jack, rennen wir um die Wette bis zum Stauwerk!« Und fort wie ein Pfeil schoß ihr sehniger kleiner Araber; mein

Waliser hinterdrein. Ein Galopp von einer halben Minute hatte eine Strecke von fünfzig Metern zwischen uns und die Rikscha gelegt! Bei den Klippen holte ich Kitty ein, parierte mein Pferd und – fuhr zusammen: mitten auf der Straße stand die Rikscha. Und abermals ging der Araber – durch sie hindurch; mein Waliser hinterdrein. »Jack, mein Liebling! Jack, *bitte* vergib mir!« klang es mir nach in klagendem Ton. Und nach einer Weile: »Es ist ein Mißverständnis, wirklich nur ein häßliches Mißverständnis!«

Ich spornte meinen Gaul wie ein Besessener. Als ich mich umwandte und, beim Staubecken angelangt, zurückblickte, sah ich, daß die Rikscha immer noch dortstand; die schwarzweißen Livreen warteten davor, unbeweglich, geduldig, im grauen Bergesschatten, und der Wind trug mir das höhnische Echo der Worte zu, die ich so oft schon gehört hatte.

Kitty neckte mich gehörig wegen meiner Schweigsamkeit während des Weiterreitens, zumal ich vorher lebhaft mit ihr geplaudert hatte. Wäre es um mein Leben gegangen, ich hätte kein Wort herausgebracht; von Sanjowlie bis zur Kirche schwieg ich wie ein Toter.

Abends sollte ich bei Mannerings speisen; es blieb mir nur knappe Zeit, nach Haus zu reiten, um mich umzukleiden.

Unterwegs auf der Straße nach Elysium Hill wurde ich Zeuge eines Gesprächs, das zwei Männer miteinander in der Dämmerung führten: »Sonderbar«, sagte der eine, »wie von der Erde weggeblasen ist auch die letzte Spur von ihnen! Du weißt ja, meine Frau war geradezu verliebt in die blonde Dame und hat mich beschworen, ich solle die alte gelbe Rikscha ihr zum Andenken kaufen und nachforschen, wo die vier Kulis geblieben seien, um sie mit Geld und guten Worten wieder zur Stelle zu schaffen. Eine verrückte Idee, was? Aber, was tut man nicht alles um des häuslichen Friedens willen! Jetzt denk dir mal, was der Wagenverleiher, den ich endlich ausfindig machte, mir berichtet hat!: Alle vier Diener – es waren Brüder gewesen, die armen Teufel – sind an der Cholera gestorben, unterwegs nach Hardwar! Und die Rikscha hat der Mann zertrümmert. Unglück brächten die Rikschas toter *Memsahibs*, hat er gesagt. Verrückt, was? Als ob die kleine arme Mrs. Wessington fähig gewesen wäre, irgend jemandes Glück zu zerstören, außer ihr eigenes!« Ein krampfhaftes Lachen befiel mich bei diesen Worten – ein Lachen, das mich selbst erbeben machte. Es gab also wirklich und wahrhaftig Gespenster von Rikschas, und – Dienerschaften im Jenseits! Wieviel Lohn wohl Mrs. Wessington ihren Leuten drüben zahlen mochte? Und wieviel Stunden hatten sie täglich zu tun? Und wohin sind sie jetzt gefahren?

Wie als sichtbare Antwort auf meine letzte Frage tauchte das infernalische Ding in diesem Augenblick in der Dämmerung vor mir auf. Ja, die Toten reiten schnell und kennen Wegabkürzungen, von denen gewöhnliche Kulis keine Ahnung haben. Und wieder mußte ich laut auflachen, biß die Zähne zusammen, um es zu erstikken; ich fürchtete, wahnsinnig zu werden. Bis zu einem gewissen Grade muß ich wohl auch wahnsinnig gewesen sein, denn ich erinnere mich, daß ich an die Rikscha heranritt und Mrs. Wessington einen guten Abend wünschte. Die Antwort, die sie mir gab, war mir geläufig! Ich hörte sie bis zu Ende an und erwiderte, alles das hätte ich schon oft aus ihrem Munde vernommen und ich würde mich glücklich schätzen, einmal etwas anderes zu hören. – Ein boshafter Teufel muß damals Macht über mich gehabt und mich geritten haben, denn ich entsinne mich dunkel, ich schwätzte dem gespenstischen »Ding« da vor mir vielleicht fünf Minuten lang von allerlei Tagesklatsch.

»Ein gänzlich übergeschnappter armer Teufel – oder ist er betrunken? Max, geh, bring ihn nach Hause!« hörte ich sagen. Das war bestimmt nicht Mrs. Wessingtons Stimme!

Die zwei Männer hatten mich offenbar in die leere Luft hineinreden hören und waren umgekehrt, um nach mir zu sehen. Sie benahmen sich sehr freundlich und rücksichtsvoll, aber aus ihren Worten ging deutlich hervor, daß sie mich für schwer bezecht hielten. Ich dankte ihnen verwirrt, galoppierte nach meinem Hotel, zog mich um und kam zehn Minuten zu spät zu Mannerings. Ich entschuldigte mich mit der Dunkelheit auf den Straßen, wurde von Kitty wegen meiner eines Verlobten und Verliebten höchst unwürdigen Unpünktlichkeit ein wenig ausgescholten und setzte mich zu Tisch.

Eine lebhafte Unterhaltung war bereits im Gang; unter dem Deckmantel der infolgedessen von uns abgelenkten Aufmerksamkeit plauderte ich zärtlich mit Kitty, da wurde ich plötzlich gewahr, daß ein am unteren Ende des Tisches sitzender Herr – er war von gedrungener Gestalt und trug einen roten Backenbart – mit allerlei Ausschmückungen die Schilderung eines Erlebnisses zum besten gab, das er an diesem Abend mit einem Wahnsinnigen auf der Straße gehabt hatte.

Einige Sätze gaben mir die Gewißheit, daß er von meinem Falle sprach, der sich vor einer halben Stunde abgespielt hatte. Mitten in seiner Erzählung ließ er in der Runde der Gesellschaft seine Blicke schweifen, gewissermaßen Beifall erwartend, wie das Leute, die fesselnd zu plaudern verstehen, zu tun gewohnt sind. Dabei begegneten sich unsere Augen, und mitten im Satz brach er ab. Ein verlegenes Schweigen trat ein, dann murmelte der rotbärtige Herr etwas wie: der Schluß sei ihm entfallen, und opferte damit seinen Ruf als glänzender Anekdotenerzähler, den er sich im Lauf von sechs Saisons erworben. Ich segnete ihn aus tiefstem Herzen und machte mich über die Fischmayonnaise her.

Das Diner war zu Ende, und nur schwer konnte ich mich von Kitty trennen, innerlich fest überzeugt, daß mich draußen vor der Tür – mein Schicksal erwarte.

Der rotbärtige Herr, der mir als Dr. Heatherlegh aus Simla vorgestellt worden war, erbot sich, mich ein Stück Weges zu begleiten, zumal wir dieselbe Strecke zurückzulegen hätten. Ich nahm seine freundliches Anerbieten dankbar an.

Meine Ahnung hatte mich nicht getäuscht: mitten auf dem Korso wartete es auf mich – das Rikscha–Phantom, teuflisch und höhnisch – wie ein Tiefseefisch mit glühendem Laternenauge; der rotbärtige Herr aber ging sofort auf sein Ziel los in einer Weise, die mich erkennen ließ, daß er schon an der Tafel darüber nachgedacht haben mußte.

»Hören Sie, Pansay, was zum Kuckuck war eigentlich heute mit Ihnen los auf der Elysiumstraße?«

Die Frage kam so plötzlich und unerwartet, daß sie mir die Antwort entriß, ehe ich noch Zeit zur Überlegung fand.

»Das da!« sagte ich und deutete auf die Erscheinung.

»Das da«, sagte Dr. Heatherlegh gelassen, »kann entweder D.T. – *Delirium tremens* – sein oder mit den Augen zusammenhängen. Daß Sie kein Trinker sind, habe ich schon bei Tisch gesehen, D.T. kann es also nicht sein. Dort, wohin Sie deuten, ist überhaupt nichts zu sehen; dennoch sind Sie in Schweiß gebadet und zittern wie ein erschrecktes Pony. Ich schließe daraus, daß es an den Augen liegt. Und was das anbelangt, kenne ich mich aus. Kommen Sie doch mit zu mir! Ich wohne in der Unteren Blessingtongasse.«

Zu meiner größten Freude war die Rikscha, statt auf uns zu warten, etwa zwanzig Meter vorausgefahren, und diese Distanz blieb immer die gleiche, ob wir nun im Schritt ritten, trabten oder galoppierten.

Im Laufe dieses langen nächtlichen Rittes habe ich Dr. Heatherlegh so ziemlich alles erzählt, was ich erlebt hatte.

»Eigentlich haben Sie mir bei Tisch eine meiner besten Geschichten verpatzt, aber ich verzeihe Ihnen«, sagte er, »denn Sie haben viel durchgemacht. Bleiben Sie bei mir und tun Sie, was ich Ihnen raten werde. Wenn Sie dann wieder gesund sind, lassen Sie sich's eine Lehre sein und meiden Sie in Hinkunft Weiber und andere unverdauliche Speisen bis zum Tod!«

Die Rikscha hielt sich beständig vor uns, und meinem

rotbärtigen Freund schien es jedesmal einen Riesenspaß zu bereiten, wenn ich ihm genau die Stelle bezeichnete, wo sie sich befand.

»Die Augen sind's, Pansay – ich hab's mir gleich gedacht! Die Augen, das Gehirn und der Magen. Vor allem: der Magen. Sie haben das Gehirn zuviel, den Magen zuwenig belastet, und außerdem die Augen überanstrengt. Ist erst einmal der Magen wieder in Ordnung, dann folgt das übrige von selbst, und das ganze dumme Zeug hat ein Ende. Ich werde die Kur selbst in die Hand nehmen. Sie sind ein viel zu interessantes Phänomen, als daß ich Sie einem andern überließe.«

Mittlerweile waren unsere Pferde in den tiefen Schatten eingetreten, in dem der abfallende Teil des Blessingtonweges liegt. Die Rikscha machte plötzlich halt unter einer von Schwarzkiefern gekrönten, überhängenden Schieferklippe. Unwillkürlich riß ich mein Pferd zurück und erklärte Heatherlegh, weshalb. Er stieß einen Fluch aus:

»Wenn Sie vielleicht glauben, ich hätte Lust, eine kalte Nacht hier in den Bergen zu verbringen, bloß einer Augen-, Magen- und Gehirnreizung zuliebe, dann --- um Gotteswillen! Was ist das!« – (Ein dumpfes Dröhnen, eine Staubwolke dicht vor uns, ein Krachen von brechenden Ästen, und kaum zehn Meter von der Klippe entfernt stürzten Kiefern, Unterholz, Steine und Erde herab, im Nu fast die ganze Straße versperrend.) Wie trunkene Riesen schwankten die entwurzelten Bäume einen Augenblick in der tiefen Dunkelheit hin und her, dann fielen sie mit Donnergetöse zu Boden. Unsere beiden Pferde standen wie gebannt, schaumbedeckt vor Schrecken. Als endlich wieder Stille eintrat, murmelte Dr. Heatherlegh: »Mann, wenn wir weitergeritten wären, lägen wir jetzt zehn Fuß tief im Grabe! Es gibt mehr Dinge zwischen Himmel und Erde --- Aber kommen Sie nach Haus, Pansay, und danken Sie Gott! Ich muß einen Kognak trinken.«

Wir ritten ein Stück zurück, wählten den Weg über die Kirchbrücke und kamen kurz nach Mitternacht in Dr. Heatherleghs Wohnung an.

Er nahm mich sofort in Behandlung, und eine Woche lang ließ er mich nicht aus den Augen. Wie oft im Laufe dieser Woche habe ich meinem Schicksal gedankt, daß es so gnädig gewesen ist, mich dem besten und gütigsten Arzt Simlas in die Arme zu führen; von Tag zu Tag wurde mir leichter und wohler zumute. Von Tag zu Tag bekehrte ich mich mehr zu Dr. Heatherleghs Theorie, daß alles nur Sinnestäuschung, entstanden durch Augen-, Magen- und Gehirnreizung, gewesen sei. Kitty schrieb ich, ich hätte mir bei einem Sturz vom Pferd den Fuß verstaucht, daß ich aber hergestellt sein würde, noch ehe sie Zeit hätte, meine Abwesenheit schmerzlich zu empfinden.

Heatherleghs Kur war höchst einfach; sie bestand aus Leberpillen, kalten Bädern und körperlicher Anstrengung in der Abenddämmerung oder frühmorgens, denn, wie er bemerkte: »Ein Mann mit verrenktem Fuß läuft tagsüber nicht zehn Meilen weit, ohne zu riskieren, seiner Braut zu begegnen, die große Augen machen würde, wenn sie ihn so flott laufen sähe.«

Am Schluß der Woche, nach langen sorgfältigen Untersuchungen meiner Pupillen und meines Pulses und strengen Verhaltensmaßregeln hinsichtlich meiner weiteren Lebensführung, soweit es Diät und körperliche Bewegung betraf, entließ er mich ebenso kurz angebunden, wie er mich aufgenommen hatte. Hier der Segensspruch, den er mir zum Abschied gab: »Mensch! Ich erkläre Sie für gesund, was soviel heißen will, wie: ich habe die meisten Ihrer Leibesbeschwerden beseitigt. Packen Sie jetzt Ihre sieben Zwetschgen und enteilen Sie zu Ihrer heißgeliebten Kitty!«

Ich wollte ihm meinen Dank für seine Güte aussprechen; er schnitt mir das Wort ab: »Glauben Sie doch nicht, ich hätte es aus Liebe zu Ihnen getan! Im Gegenteil, ich neige sogar zu der Ansicht, daß Sie sich damals wie ein Hinterwäldler in der gewissen Angelegenheit benommen haben. Aber sei dem, wie es wolle, ein seltsames Phänomen sind Sie, ein ebenso seltsames Phänomen, wie Sie es als Hinterwäldler waren. Nein, bitte, kein Geld! Gehen Sie jetzt und sehen Sie zu, ob Sie das Augen-Magen-Gehirn-Gespenst wiederfinden können! Ich zahle Ihnen fünftausend Pfund, wenn es Ihnen gelingt!«

Eine halbe Stunde später saß ich mit Kitty in dem Besuchszimmer der Mannerings, trunken vor Glück und berauscht von dem Gefühl der Gewißheit, daß »Es« mich hinfort nie wieder durch seine Erscheinung stören würde. Im frohen Bewußtsein der wiedergefundenen Selbstsicherheit schlug ich Kitty vor, auf der Stelle einen Galopp – und zwar rund um den Jakko – zu unternehmen.

Noch nie im Leben hatte ich mich so wohl gefühlt, so geladen mit Lebenskraft und Frohsinn, wie damals nachmittags am 30. April. Kitty war entzückt über mein gutes Aussehen und beglückwünschte mich in ihrer reizenden offenherzigen Art. Wir verließen Mannerings Haus zusammen, lachend und miteinander plaudernd, und schlugen, wie gewöhnlich, den Weg nach Chota-Simla ein.

Ich konnte es gar nicht erwarten, das Sanjowlie-Staubecken zu erreichen, um dort das Gefühl meiner wiedergewonnenen inneren Sicherheit noch zu verstärken; die Pferde griffen aus, was sie konnten, aber in meiner Ungeduld schien es mir noch viel zu langsam. Kitty konnte sich gar nicht genug darüber wundern. »Jack, du bist ja wie ein Kind«, rief sie. »Was ist denn mit dir?«

Wir befanden uns bereits unterhalb des Klosters, und aus reinem Übermut ließ ich meinen Waliser kurbettieren, ihn mit der Schleife meines Reitstockes kitzelnd. »Was mit mir los ist, Liebste?« antwortete ich. »Nichts! Das ist es ja eben, daß ich so fröhlich bin! Wenn du eine Woche nichts getan hättest, als ruhig dazuliegen, wärest du auch so ausgelassen wie ich!«

»Von Singen und Jauchzen den Busen geschwellt,
zu fühlen: wir leben! Nur wir allein!
O Herr der Natur, Herr der sichtbaren Welt,
Herr unserer fünf Sinne zu sein!«

Ich hatte das Zitat kaum zu Ende gesprochen – wir waren um die Ecke beim Kloster gebogen und wenige Meter vor uns öffnete sich der Ausblick auf Sanjowlie – da standen mitten auf der ebenen Straße: die schwarz und weißen Livreen, die gelbgestrichene Rikscha, und drin Mrs. Keith-Wessington! Ich riß mein Pferd zurück, starrte hin und rieb mir die Augen und muß wohl irgend etwas gestammelt haben – das nächste, woran ich mich erinnern konnte, war, daß ich mit dem Gesicht nach unten auf der Erde lag und daß Kitty weinend neben mir kniete.

»Ist – es – fort, Kind?« keuchte ich. Kitty weinte nur noch heftiger.

»Was – was soll denn fort sein, Jack?« schluchzte sie. »Was bedeutet denn das alles? Wovon sprichst du? – Es muß da irgendein Mißverständnis vorliegen – ein häßliches Mißverständnis. Jack!« Ihre letzten Worte ließen mich emporschnellen.

Ich war wie rasend; der Wahnsinn griff nach mir. »Ja«, schrie ich, »ja, es – es besteht ein – Mißverständnis! ein – häßliches Mißverständnis. Da, schau ›Es‹ dir an!«

Ich entsinne mich dunkel: ich zog Kitty am Handgelenk über die Straße an die Stelle, wo »Es« stand, ich beschwor sie, »Es« anzureden und zu sagen, daß wir verlobt seien und weder Tod noch Hölle unsern Bund zerreißen könne, und – Kitty allein weiß, was ich sonst noch alles daherredete. Wieder und immer wieder beschwor ich das Schreckgespenst in der Rikscha leidenschaftlich, doch Einsicht zu haben und mich von der Qual zu befreien, die mich noch töten würde. Vermutlich habe ich in meiner besinnungslosen Aufregung dabei Kitty alle meine früheren Beziehungen zu Mrs. Wessington enthüllt, denn ich sah sie mit bleichem Gesicht und blitzenden Augen mir zuhören.

»Ich danke Ihnen, Mr. Pansay«, sagte sie, als ich zu Ende war, »das genügt mir. Reitknecht, *ghora lao*.«

Gleichmütig, wie Orientalen meistens sind, kamen

die Reitknechte langsam mit den wieder eingefangenen Pferden angeritten; Kitty sprang in den Sattel, ich faßte ihre Zügel, beschwor sie, mich anzuhören, mir zu verzeihen. Ihre Antwort war ein Hieb mit der Reitpeitsche, der mir eine blaue Strieme über das Gesicht zog vom Mund bis zum Auge. Und ein Wort des Lebewohls, das ich noch jetzt mich scheue niederzuschreiben. Da schwand mir jeder Zweifel; Kitty wußte alles, auch das letzte. Ich taumelte zu der Rikscha hin; mein Gesicht blutete. Ich verachtete mich selbst.

Da kam Heatherlegh, der Kitty und mir in einer Entfernung gefolgt sein mußte, angaloppiert.

»Doktor«, sagte ich und wies auf mein Gesicht, »hier die Unterschrift Miss Mannerings; sie hat unsere Verlobung gelöst – aber Ihre fünftausend Pfund gedenke ich demnächst einzukassieren.«

Das Gesicht, das Heatherlegh zu meinen Worten schnitt, reizte mich trotz meinem grenzenlosen Jammer zum Lachen.

»Ich setze meinen Ruf als Arzt zum Pfand«, begann er.

»Seien Sie kein Narr«, murmelte ich. »Ich habe mein Lebensglück verloren – Sie täten besser, mich heimzubringen.«

Noch während ich sprach, verschwand die Rikscha. Ich fühlte, daß mich das Bewußtsein verließ: der Gipfel des Jakko schien sich zu heben, begann zu schweben wie eine Wolke und senkte sich im Fallen auf mich nieder.

Sieben Tage später – es war der 7. Mai – erwachte ich in Heatherleghs Zimmer, schwach wie ein kleines Kind.

Heatherlegh, an seinem Schreibtisch hinter einem Stoß Papieren sitzend, beobachtete mich scharf. Die ersten Worte, die er an mich richtete, klangen nicht besonders ermutigend, aber ich war zu erschöpft, als daß sie einen tiefen Eindruck auf mich hätten machen können.

»Miss Kitty hat Ihnen Ihre Briefe zurückgeschickt«, begann er. »Eine hübsche Menge habt ihr junges Volk da zusammengeschrieben! – Und hier ist ein Päckchen, das sieht so aus, als läge ein Ring drin. Auch eine gewisse Art Liebesbillett von Papa Mannering ist angekommen, das zu lesen und sofort zu verbrennen ich mir die Freiheit genommen habe. Der alte Herr scheint Ihnen nicht mehr sehr gewogen zu sein.«

»Und Kitty?« fragte ich, halb betäubt.

»Ist fast noch mehr aufgebracht als ihr Vater – nach dem zu schließen, was sie schreibt. Ich entnehme daraus, daß Ihnen eine Menge von seltsamen Erinnerungen entschlüpft sein muß, just bevor ich Sie traf. Sie sagt, ihrer Ansicht nach solle sich ein Mann, der einer Frau gegenüber gehandelt hat, wie Sie gegenüber Mrs. Wessington, schon aus Rücksicht auf seine Blutsverwandten selber niederknallen. Sie ist halt eine kleine hitzköpfige Amazone, Ihr Schatz. Behauptet auch steif und fest, Sie hätten einen Anfall von *Delirium tremens* gehabt – damals, als Sie sich auf der Jakkostraße überschlugen. Beteuert: sie wolle lieber sterben, als jemals wieder ein Wort mit Ihnen sprechen.«

Ich stöhnte auf und wälzte mich in meinem Bett auf die andere Seite.

»Sie müssen jetzt Ihrerseits eine Entscheidung treffen«, fuhr Heatherlegh fort, »lieber Freund! Die Verlobung muß offiziell gelöst werden. Und die Mannerings wollen ja auch gern ein Auge zudrücken. Soll also *Delirium tremens* oder Epilepsie der Vorwand sein? Es tut mir leid, aber ich kann Sie vor keine mildere Wahl stellen. Höchstens vielleicht: erbliche Belastung. Sprechen Sie das Wort aus, und ich werde den Leuten die Mitteilung in gewählter Form zukommen lassen. Ganz Simla weiß doch von der Szene auf der ›Meile unsrer lieben Frau‹. Raffen Sie sich auf! Ich lasse Ihnen fünf Minuten Überlegung.«

Ich glaube, ich habe in jenen fünf Minuten die fürchterlichsten Tiefen der Hölle durchwandert, die ein Mensch, solang er auf Erden weilt, betreten kann. Zugleich sah ich mich selbst in den dunklen Labyrinthen des Zweifels, des Jammers und der äußersten Hoffnungslosigkeit umhertaumeln. Ich hatte bis zum letzten Augenblick – so wenig wie Heatherlegh – eine Ahnung, welche der drei schrecklichen Alternativen ich ergreifen würde. Dann hörte ich plötzlich eine Stimme, die meine eigene gewesen sein muß, antworten:

»Sie sind schauderhaft einseitig, was die Moralität hier anbelangt, Heatherlegh! Schreiben Sie den Mannerings, ich wähle Epilepsie, wenn's ihnen in den Kram paßt; ich stelle es ihnen anheim, sie mögen darüber verfügen, wie – auch über meine Liebe. Lassen Sie mich jetzt noch ein bißchen schlafen, Doktor!«

Dann vereinigten sich meine beiden Ichs, und nur eines blieb zurück – das eine, halb wahnsinnige, vom Teufel gehetzte, das sich im Bette herumwälzte und Schritt um Schritt zurückwanderte in die Begebnisse des verflossenen Monates.

»Ich – bin – in – Simla«, sagte ich mir unablässig vor, »ich, Jack Pansay, bin in Simla, und Geister gibt es hier nicht. Es ist unvernünftig von der Frau, mir das Gegenteil beweisen zu wollen. Warum läßt sie mich nicht in Ruhe? Ich habe ihr doch nie etwas zu Leide getan. Gerade so gut wie sie hätte auch ich sterben können! Nur wiedergekommen wäre ich nie, um sie zu töten. Sie aber kommt zurück – Warum läßt sie mich nicht ruhig und glücklich sein?«

Es war später Nachmittag, als ich erwachte; früher Morgen war's gewesen, bevor ich in Schlaf verfiel – in den Schlaf, der das Opfer auf dem Streckbrett befällt, wenn der Schmerz so furchtbar geworden ist, daß es ihn nicht mehr empfindet.

Am nächsten Tag war ich außerstande, das Bett zu verlassen. Heatherlegh erzählte mir, eine Antwort der Mannerings sei eingetroffen (dank seiner freundlichen Bemühung), daß die Nachricht von meiner Erkrankung bereits in ganz Simla die Runde gemacht habe und man mich allgemein bedauere.

»Das ist eigentlich mehr, als Sie verdienen«, fügte er scherzhaft hinzu, »obwohl Sie durch eine scharfe Mühle gegangen sind, das weiß Gott. Macht nichts; kurieren werde ich Sie doch, Sie verdrehtes Phänomen!«

Ich bat ihn allen Ernstes, sich und mir das zu ersparen. »Sie haben mir sowieso schon viel zuviel Güte angedeihen lassen, altes Haus!« sagte ich. »Ich möchte Sie wahrhaftig nicht noch weiter bemühen.« Ich wußte in meinem Herzen nur zu gut, daß er mir die Bürde, die auf mir lag, nimmermehr würde erleichtern können.

Mit dieser Erkenntnis überkam mich gleichzeitig eine

hoffnungslose, aber um so leidenschaftlichere Empörung gegen all das Widersinnige, das mir zugestoßen war. Wie viele Männer gab es, nicht besser als ich, und doch blieb ihnen – hienieden wenigstens – die Strafe erspart; warum mußte gerade ich von einem so grausigen Schicksal heimgesucht werden?!

Diese Gemütsstimmung machte später einer andern Platz: es wollte mir nämlich so scheinen, als seien die Rikscha und ich die einzigen wirklichen Wesen in einer Welt der Schemen, Kitty ein Gespenst, und die Mannerings, Heatherlegh und die zahllosen Männer und Frauen meiner Bekanntschaft desgleichen; wie große graue Berge, aber dabei leere Schatten, empfand ich sie – nur dazu da, peinigend auf mir zu lasten. – Sieben lange, qualvolle Tage taumelte ich so im Geiste hin und her, vorwärts und rückwärts, jedoch mein Körper genas mehr und mehr von Stunde zu Stunde, bis mir eines Morgens der Spiegel in meinem Schlafzimmer sagte, daß ich wieder fähig sei, zum alltäglichen Leben zurückzukehren und ein Mensch zu sein wie die andern. Sonderbar genug: in meinem Gesicht war keine Spur zu sehen, die verraten hätte, welche Kämpfe ich durchgemacht. Es war bleich, aber, wie sonst, ohne irgendwelchen besonderen Ausdruck. Ich hatte mir vorgestellt, ich müßte gänzlich verändert sein – gewissermaßen ein wandelndes Krankheitsbild. Nichts von alledem.

Am 15. Mai verließ ich Heatherleghs Sanatorium; der Junggeselleninstinkt trieb mich in den Klub. Bald merkte ich, daß jedermann dort meine Leidensgeschichte kannte – der Variante nach, die Heatherlegh zu verbreiten für gut befunden hatte –, merkte es an der plumpen Art, mir auffallend höflich entgegenzukommen. Trotzdem wußte ich nur zu genau, ich würde den Rest meines Lebens wohl zwischen, aber niemals »mit« meinen Gefährten verbringen. Aus tiefster Seele beneidete ich die Kulis auf der Gasse um ihr fröhliches Lachen. – Ich frühstückte im Klub und wanderte gegen vier Uhr planlos die Straße entlang in der heimlichen Hoffnung, Kitty zu begegnen. In der Nähe der Musikkapelle traf ich die schwarz und weißen Livreen und hörte Mrs. Wessingtons mir so wohlbekannten Zuruf dicht neben mir. Ich hatte es kommen gefühlt vom ersten Augenblick an, seit ich ausgegangen war; ich wunderte mich nur, daß das Phantom so lange gezögert hatte, mir zu erscheinen. So zogen wir Seite an Seite dahin über die Chota-Simla-Straße –: die Rikscha und ich. Beim Bazar überholten uns Kitty und ein Herr zu Pferd und ritten an uns vorüber; sie hatte nicht einmal so viel Rücksicht für mich, ihr Tempo zu beschleunigen, obwohl sie es im Hinblick auf das Regenwetter leicht hätte erklärlich machen können. Sie wollte mir damit zeigen, daß ich ihr so gleichgültig war wie ein Hund am Wege.

So zogen wir – jedes ein Pärchen – um den Jakko herum, sie mit ihrem Kavalier, ich mit meiner gespenstischen Geliebten.

Die Straße war überflutet, die Pinien troffen wie Dachrinnen, daß das Wasser nur so auf die Felsen niederklatschte, und die Luft war erfüllt von feinem Sprühregen. Zwei- oder dreimal ertappte ich mich dabei, wie ich laut mit mir selbst sprach und mir vorsagte: »Ich bin Jack Pansay und auf Urlaub in Simla – jawohl: in Simla – dem mir gut bekannten Simla; ich darf das nicht vergessen – unter keinen Umständen vergessen!« Und dann zwang ich mich, mich irgendeines blöden Geschwätzes im Klub zu entsinnen, was dieses oder jenes Pferd gekostet hätte, oder an ein belangloses Ereignis in der angloindischen Welt, die mir bekannt war wie meine Tasche, zu denken. Dann wieder rechnete ich im Kopf das Einmaleins durch, um mich zu vergewissern, daß ich noch Herr meiner fünf Sinne war. Und das beruhigte mich, hatte wahrscheinlich zur Folge, daß ich Mrs. Wessingtons Stimme nicht ununterbrochen hörte.

Noch einmal erklomm ich, müde, den Klosterhügel und erreichte die ebene Straße. Kitty und ihr Begleiter setzten sich soeben in Galopp, und so war ich allein mit Mrs. Wessington. – »Agnes«, sagte ich, »möchtest du nicht das Wagenverdeck zurückschlagen lassen und mir sagen, was das alles zu bedeuten hat?« Und sofort klappte die Plane geräuschlos zurück, und ich stand Auge in Auge mit meiner toten und begrabenen Geliebten. Sie trug dasselbe Kleid wie damals, als ich sie zum letztenmal gesehen, dasselbe kleine Taschentuch in der rechten, dieselbe Visitenkartentasche in der linken Hand. (Man denke: eine Frau, vor acht Monaten gestorben, hat eine Visitenkartentasche bei sich!!) Ich mußte das Einmaleins wieder hersagen, meine beiden Arme auf die steinerne Brustwehr der Brücke stützen, um mir zu versichern, daß diese wenigstens wirklich war.

»Agnes«, sagte ich, »um Gottes Barmherzigkeit willen, erklär mir, was hat das alles zu bedeuten?« Mrs. Wessington beugte sich vor – mit der eigentümlich schnellen Kopfbewegung, die mir von früher her so vertraut war – und begann zu sprechen.

Wenn meine Geschichte nicht an und für sich schon alles Maß des Wahrscheinlichen überschritten hätte, ich würde jetzt versuchen, sie plausibel zu machen, aber da ich nur zu gut weiß, daß niemand mir glauben wird, auch Kitty nicht, vor der mich zu rechtfertigen mein Wunsch war, als ich sie niederschrieb, unterlasse ich es lieber und fahre fort:

Mrs. Wessington sprach und sprach, und ich ging neben ihr her, wie neben der Rikscha einer lebenden Frau, in eine Unterhaltung vertieft, von der Sanjowlie-Straße angefangen, bis zur Biegung des Kommandeurhauses. Die zweite, wohl die quälendste Form meiner Krankheit hatte die Oberhand über mich gewonnen: gleich dem Prinzen in Tennysons Gedicht vermeinte ich, mich in einer Welt von Schemen zu bewegen. Ein Gartenfest hatte im Hause des Kommandeurs stattgefunden, und ich geriet in das Gedränge der in Scharen heimkehrenden Gäste; ich empfand ihre Nähe wie die von Schatten – ich hatte den Eindruck, als wichen sie zur Seite, um mir und der Rikscha Platz zu machen.

Was Mrs. Wessington und ich miteinander sprachen im Laufe dieses unheimlichen Beisammenseins, ich kann nicht – ich wage es nicht zu sagen. Heatherlegh würde es als ein Mischmasch von Augen-Magen-Gehirn-Reizung erklärt haben. Es war eine grausige, aber doch für mich irgendwie wunderbar liebe und teure Erfahrung.

War es denn wirklich möglich, daß ich, ein lebender Mensch, mich ein zweites Mal um eine Frau bewarb? Um eine Frau, die ich durch Lieblosigkeit und Grausamkeit selbst getötet hatte?!

Auf dem Heimwege begegnete ich Kitty; sie war für mich ein Schatten unter Schatten geworden.

Wollte ich alles der Reihe nach niederschreiben, was ich am nächsten Tag noch erlebte, meine Geschichte käme nie zu Ende.

Morgen für Morgen, Abend für Abend wanderte ich neben der gespenstischen Rikscha durch Simla. Wo ich ging und stand, da waren auch die vier schwarz und weißen Livreen, begleiteten mich nach meinem Hotel, warteten auf mich, bis ich ausging. Vor dem Theater standen sie mitten unter den andern lautschreienden *Jhampanies*, vor der Klubveranda nach langen Whistabenden, harrten meiner nach dem Ball, der zu Ehren des Geburtstages der Königin stattgefunden, und vor den Türen der Häuser am hellichten Tage, in denen ich Besuche machte.

Abgesehen davon, daß die Rikscha keinen Schatten warf, erschien sie mir so wirklich wie jede andere aus Eisen und Holz, und mehr als einmal mußte ich mich zurückhalten, um nicht einen Warnungsruf auszustoßen, wenn ein Bekannter, wie es mir schien, im Begriff stand, in sie hineinzureiten. Und mehr als einmal wanderte ich die Hauptstraße hinunter in tiefstem Gespräch mit Mrs. Wessington zum maßlosen Erstaunen der Passanten.

Ich hatte es noch nicht eine Woche lang so getrieben, als ich bemerkte, daß die Ansicht, ich sei epileptisch, der Theorie von vererbtem Irresein Platz gemacht hatte; trotzdem änderte ich meine Lebensweise nicht im geringsten, machte Besuche, ritt spazieren, dinierte auswärts und bewegte mich so frei, wie es mir gut dünkte. Innerlich aber sehnte ich mich so leidenschaftlich wie wohl nie zuvor nach der Wirklichkeit des Lebens, aber gleichzeitig fühlte ich mich auch tiefunglücklich, wenn ich – für meine Begriffe – zu lang von meiner gespenstischen Gefährtin getrennt gewesen war; es ist mir unmöglich, den beständigen Wechsel meiner Gemütsstimmung zu beschreiben, die mich befallen hatte vom 15. Mai bis zum Tage dieser Niederschrift.

Die Gegenwart der Rikscha erfüllte mich bald mit Schrecken, blinder Angst und Furcht, bald mit Freude, bald mit äußerster Verzweiflung. Simla zu verlassen, wagte ich nicht; und doch wußte ich, daß ein längeres Verbleiben mir den Tod bringen würde. Meine einzige Sehnsucht war, meine Bußezeit möchte zu einem ruhevollen Ende führen. Mich dürstete nach dem Anblick Kittys, und gleichzeitig erheiterte mich ihr krampfhaftes Kokettieren mit meinem Nachfolger – besser gesagt: mit meinen Nachfolgern. Sie stand außerhalb meines Lebens so wie ich außerhalb des ihrigen.

Tagsüber wanderte ich, fast zufrieden mit meinem Schicksal, an Mrs. Wessingtons Seite dahin, aber des Nachts flehte ich zu Gott, er möchte mich der Welt, wie ich sie früher gekannt, wiedergeben. Und über all diesen wechselnden Stimmungen lag das dumpfe, betäubende Verwundern, daß Sichtbares und Unsichtbares sich so seltsam zusammenfügte nur zu dem Zweck, eine arme Seele ins Grab zu hetzen.

17. August. Heatherlegh ist unermüdlich in seinen Sorgen um mich. Gestern hat er mir geraten, ich solle um einen Urlaub ersuchen. – Ein Urlaub, um der Gesellschaft eines Gespenstes zu entgehen!! Ein Gesuch, das Gouvernement möge mir gnädigst gestatten, nach

England reisen zu dürfen, um die Anwesenheit von fünf Gespenstern und einer aus Luft bestehenden Rikscha abzuschütteln! Ich beantwortete seine Zumutung mit einem fast hysterischen Gelächter und erklärte ihm, da wolle ich doch lieber das Ende in Simla abwarten. Und ich weiß: das Ende ist nicht mehr fern. Ich erwarte es mit einer Furcht, die tiefer ist, als daß ich sie mit Worten schildern könnte.

Nacht für Nacht martere ich mich mit Vermutungen ab, auf welche Art ich wohl sterben werde. Werde ich in meinem Bett sterben, anständig, wie es einem englischen Gentleman geziemt? Oder während eines Spazierganges auf der Hauptstraße? Wird meine Seele mir entrissen werden, um für immer und ewig an das grauenhafte Phantom gefesselt zu sein? Werde ich in die alte Heimat im Jenseits zurückkehren, oder werde ich Agnes drüben wieder hassen und dennoch für immer an sie gebunden sein? Oder sollen wir beide bis zum Ende aller Zeiten über dem Schauplatz unseres Lebens schweben? – Je näher der Tag meines Todes heranrückt, desto wilder packt mich das Grauen, das das lebendige Fleisch vor einem dem Grabe entstiegenen Schatten empfindet. Es ist traurig über alle Maßen, zu den Toten gehen zu müssen, wenn kaum noch die Hälfte des Lebens gelebt ist! Tausendmal trauriger noch, so, wie ich, mitten unter den Menschen unausdenkbare Schrecken kommen sehen zu müssen! Ihr, die ihr jetzt lest, was ich niedergeschrieben habe, bedauert mich wenigstens meiner – wie ihr es nennen werdet: Geistesverwirrung wegen! Glauben werdet ihr ja doch nie, was ich erlebt habe! Aber dennoch: so sicher, wie jemals ein Mensch durch das

Eingreifen dunkler Mächte in den Tod getrieben wurde, so sicher bin ich ein solcher Mensch.

Um der Gerechtigkeit willen: gedenket in Mitleid auch ihrer! Denn, wenn jemals ein Mann eine Frau gemordet hat, so habe ich Mrs. Keith-Wessington gemordet.

Ich gehe jetzt meinem letzten Strafgericht entgegen. Es schwebt über mir.

W. F. Harvey

Das Werkzeug

Ich liebe den langen Südkorridor mit seinen hellen Wänden und seinen niedrigen Fenstern, die auf den Garten hinausblicken. Dort sitze ich immer und schreibe, denn es ist sehr ruhig, besonders wenn Jellerby sich nicht wohl fühlt und auf seinem Zimmer bleiben muß. Er bezeichnet sich selbst als Sozialdemokraten und spricht besonders häufig über die Menschenrechte – ein wunderbarer Redner, der kein Stocken kennt, der zudem sämtliche Fakten und Zahlen in den Fingerspitzen hat, um jedes Argument sofort zu widerlegen. Solcher Dinge wird man jedoch sehr schnell überdrüssig. Lieber höre ich dann schon Charlie Lovel zu, wie er seinen endlosen Stammbaum aufsagt, während er über seinem Strickzeug sitzt und der Speichel ihm aus dem Mund sickert.

Ich muß immer vor mich hin lächeln, wenn ich an die gestrige Predigt denke. Gehalten wurde sie von dem Domherrn Eldred, der sich sichtlich unbehaglich fühlte, wie es mir unter ähnlichen Umständen bestimmt auch ergangen wäre. Er hat ein gerötetes, fröhliches Gesicht mit dicken Fleischfalten unter dem Kinn, die von gutem Essen zeugen: ein typischer, geistig gesunder Philister, den anzusehen richtig gut tat. Er war jedoch gekommen, um zu uns zu sprechen. Als Thema hatte er die Pflicht zur Fröhlichkeit genommen. Der Gegenstand war ausgezeichnet, und was er sagte, traf den Kern; trotzdem hätte ich zu gern erfahren, ob er auch nur die leiseste Vorstellung von dem Zustand derjenigen hatte, an die er sich wandte. Offenbar erkannte er unsere Not, denn es herrschte die Tendenz, uns nicht so sehr als Männer, sondern vielmehr als Kinder zu betrachten. Unvorsichtigerweise sprach er von dem Mann von der Straße, und damit bewies sich die Unrichtigkeit seiner Position. Wir haben keine Verwendung für Argumente, die gewöhnliche Menschen zufriedenstellen sollen, da wir ungewöhnliche Menschen in einer ungewöhnlichen Situation sind.

Nein, der »Mann von der Straße« war, um es milde auszudrücken, eine höchst unglückliche Phrase!

Ich würde dem Domherrn Eldred gern meine eigene Geschichte erzählen. Er sagte, er führe nächste Woche weg, um einen wohlverdienten Urlaub zu verleben. Vor zwei Jahren nahm auch ich meinen Sommerurlaub. Genaugenommen war es ein Herbsturlaub, denn unser Vikar – ich war damals im Norden Englands dienstältester Pfarrer in einer großen Arbeitergemeinde – war mit seinen Kindern im Juli ans Meer gefahren, und Legge, der jüngere Pfarrer unserer Gemeinde, hatte den August für seine Reise nach Tirol reserviert.

In jenem Jahr hatte ich für mich keinen endgültigen Plan gemacht. Irgend etwas würde sich, davon war ich überzeugt, zur richtigen Zeit einstellen, und wenn meine sämtlichen Freunde bereits etwas vorhaben sollten, wußte ich, daß ich jederzeit für zehn Tage zu meinem Onkel nach Devonshire oder aber vierzehn Tage lang in frischer Luft ein einfaches Leben auf Bobs verrufener alter Segeljacht führen könnte. Aber irgendwie wurde dann aus alledem doch nichts. Mein Onkel, der anfing, sich Gedanken über die Erbschaftssteuer zu machen, ließ die Jagd seit fünfzig Jahren zum erstenmal ausfallen, Bob war damit beschäftigt, sein Boot vor der dänischen Küste auf Untiefen laufen zu lassen, und ich war auf meine eigene Phantasie angewiesen. Zwölf Stunden nach Erhalt dieser Nachrichten brach ich schließlich zu einer zehntägigen Wanderung auf, entschlossen, irgendeine wetterfeste Scheune in der Nähe eines Flusses oder des Meeres aufzustöbern, wo Legge und ich über Ostern mit unseren Jungen kampieren könnten.

Ich fuhr an einem Montag ab; und sollte der Domherr Eldred diesen Bericht jemals lesen, wäre es gut, wenn er sich diesen Tag genau merkte, denn die Daten sind ein wesentlicher Teil meiner Erzählung. Legge begleitete mich zum Bahnhof, denn ich hatte noch verschiedenes mit ihm zu besprechen, was mit der Gemeindearbeit zusammenhing. Ich kaufte mir eine für zehn Tage gültige Fahrkarte. Sie war am 22. September abgestempelt, und der 22. war, wie gesagt, ein Montag.

Übernachten tat ich in Dunsley. Die Saison war zu Ende. Fast alle Gäste waren abgereist; der Hafen war jedoch mit Fischerbooten gerammelt voll, weil seit drei Tagen ein Sturm tobte, und sämtliche Gassen der alten Stadt wimmelten von Fischern. Am Dienstag schulterte ich meinen Rucksack in der Absicht, die Klippen entlang zu wandern; der aus östlicher Richtung kommende

Sturm war jedoch so heftig, daß ich landeinwärts zur Heide abbog. Ich war den ganzen Tag unterwegs, legte dabei gut fünfunddreißig Meilen zurück, und bei Einbruch der Dämmerung nahm ein Bauer mich auf seinem Wagen mit. Er fuhr nach Chedsholme, und dort verbrachte ich die Nacht im Gasthaus ›Ship Inn‹, einen Steinwurf von der Klosterkirche entfernt. Ich verspürte wenig Lust, am Mittwoch wieder ein größeres Stück zu wandern, ging also am Vormittag nur bis nach Rapmoor, ließ mein Gepäck beim alten Mr. Robinson in der ›Crown‹, borgte mir von ihm eine Angel und verbrachte den Nachmittag damit, daß ich im Lansdale, einem Bach, angelte. Dabei entdeckte ich einen großartigen Zeltplatz, aber keine Scheune oder sonst ein Gebäude, und sprach mit dem Bauern, der zugleich Kirchenvorsteher war und bereitwillig seine Erlaubnis zum Aufstellen unserer Zelte gab, falls wir mit den Jungen hierherkommen würden. Die Nacht vom Mittwoch zum Donnerstag blieb ich in Rapmoor, die Nacht zum Freitag in Frankstone Edge, wo ich bei dem Vikar – einem Studienfreund von Legge – Abendbrot aß, und die Nacht zum Sonnabend in Gorton. Die Wirtin des Gasthauses in Gorton besaß einen grünen Papagei, der in einem Käfig im Gastzimmer saß. Er war bemerkenswert zahm, und obgleich ich für derartige Vögel nicht viel übrig habe, erinnere ich mich, daß ich abends ziemlich lange bei ihm saß und mit ihm sprach.

Am Sonnabendmorgen brach ich auf, gerüstet für einen weiten Marsch und darauf gefaßt, völlig durchnäßt zu werden. Nicht daß es regnete, aber der Nebel kroch von der Küste landeinwärts über die Heide, und da mein Weg nach Osten führte, mußte ich ihm entgegengehen. Ich folgte der Straße bis zum Ausgang des Tales und schlug dann einen holperigen Pfad ein, der am Rande einer Kiefernschonung entlang, hinter einem stillgelegten Steinbruch vorbei, in die Heide führte. Gegen Mittag befand ich mich mitten auf dem Hochland. Im Schutz einer Jagdhütte aß ich meine Butterbrote, während ich versuchte, meinen genauen Standort auf der Karte zu finden. Es war gar nicht so einfach, aber ich fand ungefähr das Gebiet und sah dann nach, welches Dorf am nächsten lag, um eine Übernachtungsmöglichkeit zu finden. Chedsholme, wo ich die Nacht zum Mittwoch verbracht hatte, schien am leichtesten erreichbar zu sein, und obgleich man mir dort genau das Doppelte dessen berechnet hatte, was für Abendbrot, Übernachtung und Frühstück angemessen schien, war doch das Essen gut und das Haus ruhig gewesen – was an einem Samstagabend nicht ganz unwichtig war.

Es war zwei vorbei, als ich den Schutz der Hütte verließ. Zuerst hatte ich Schwierigkeiten, den richtigen Weg zu finden. Die Heide hatte keine Kennzeichen, nach denen ich mich richten konnte; die flache Ebene wurde lediglich von zahllosen kahlen Hügeln unterbrochen, die in parallelen Wellen von Norden nach Süden verliefen. Diese Hügel bestanden aus Schiefer und kennzeichneten jene Stellen, an denen man vor vielen Jahren nach Eisenerz gegraben hatte. Im Laufe der Zeit wurden sie immer seltener, und ich nahm schon an, sie hinter mir gelassen zu haben, als einer, der größer war als alle übrigen, vor mir im Nebel auftauchte.

Jeder hat in einer bestimmten Periode seines Lebens

jenes seltsame Gefühl von Gefahr verspürt, das uns – sofern es stark genug ist – veranlaßt, unsere Absichten zu ändern, und an die Stelle eines begründeten Motivs die blinde Macht der Angst setzt. Ich ging geradenwegs auf den Hügel zu, als ich plötzlich stehenblieb. Irgend etwas schien mich zurückhalten zu wollen, während mir gleichzeitig meine völlige Einsamkeit bewußt wurde: allein auf der Heide, meilenweit von jedem Mitgeschöpf entfernt. Etwa eine halbe Minute blieb ich dort stehen, halb im Zweifel, ob ich weitergehen sollte. Dann sagte ich mir, daß die Furcht immer dann am stärksten ist, wenn man vor ihr zurückweicht; ich lächelte also über meine Torheit und ging weiter.

Jenseits des Hügels lag der Körper eines toten Mannes. Es war ein Ausländer, mit dunkler Haut und langen öligen Haarlocken. Ein rotes Taschentuch war locker um seinen Hals geschlungen. Außerdem trug er Ohrringe. Er lag auf dem Rücken, mit weitgeöffneten glasigen Augen.

Mein erstes Gefühl war nicht Überraschung oder Mitleid, sondern heftige, alles überwältigende Übelkeit. Gewaltsam nahm ich mich jedoch zusammen und untersuchte den Leichnam genauer. Ich sah sofort, daß er bereits seit einigen Tagen tot war. Seine Hände waren weiß und kalt, die Glieder merkwürdig schlaff. Die Bekleidung bestand aus kaum mehr als Fetzen. Das Hemd war vorn zerrissen, und die Tätowierung auf der Brust – selbst in dem Entsetzen, das mich gepackt hatte, konnte ich nicht anders, als die Kunstfertigkeit zu bewundern, mit der sie ausgeführt war – zeigte einen großen grünen Papagei mit ausgebreiteten Flügeln.

Zuerst konnte ich kein Anzeichen dafür entdecken, wie der Mann vom Tod getroffen worden war. Erst als ich die Leiche umdrehte, sah ich die gräßliche Wunde am Hinterkopf, die von irgendeinem stumpfen Gegenstand oder einem Stein herrühren mußte. Für mich blieb nichts anderes zu tun, als den Fall so schnell wie möglich der Polizei zu melden. Der nächste Beamte würde wahrscheinlich in Chedsholme zu finden sein, zehn Meilen entfernt; und die beste Art und Weise, in dem dichten Nebel dorthin zu kommen, war meiner Ansicht nach, in östlicher Richtung bis zur Erzbahnlinie zu gehen, die von Bleadale herunter kam. Das tat ich auch; und ich werde nicht so schnell das freudige Gefühl vergessen, wieder in eine lebende Umwelt zurückgekehrt zu sein, das mich überkam, als ich das ferne Pfeifen einer Lokomotive hörte und fünf Minuten darauf zwischen den aufreißenden Schwaden hindurch den langen Güterzug sah, der am Horizont entlangkroch.

Einmal während des ununterbrochenen Marsches verlangsamte sich mein Gang. Befreit von dem Zwang, mit den Sinnen eine bestimmte Richtung einzuhalten, begann ich, über meine schauderhafte Entdeckung nachzudenken. Wer konnte der Mann sein, und weshalb war er getötet worden? Er schien mit diesem wilden, kalten Land nichts gemein zu haben – schien ein Seemann zu sein, wie man sie zu der Zeit der spanischen Beherrschung der Meere vielleicht antreffen konnte: gestrandet mit leeren Schatzkisten auf dem grellen, schattenlosen Strand einer Landzunge. Wer aber hatte diesen Mann erschlagen und dann nichts getan, um die Spuren seines Verbrechens zu beseitigen? Nichts wäre leichter gewesen, als den Leichnam mit dem lockeren Schiefer des Hügels zu bedecken. ›Nicht einmal fünf Minuten hätte ich dazu gebraucht‹, sagte ich mir, ›wenn ich eine Schaufel gehabt hätte.‹ Es hatte für mich jedoch keinen Sinn zu überlegen, was diese Illustration zu einer Geschichte bedeutete, die ich doch nie lesen würde. Ich verließ die Bahnlinie an der Stelle, wo sie die Straße kreuzte, und folgte dann der Straße in Richtung Chedsholme. Ich war vielleicht noch eine Meile oder etwas mehr vom Dorf entfernt, als die Stille des Nachmittags plötzlich vom Läuten einer Glocke unterbrochen wurde.

Ich erinnere mich, wie wir einmal mit Bobs Boot vom Nebel überrascht wurden. Die Strömung war sehr stark, und Bob kannte diesen Teil der Küste nicht. »Laß man – irgendwie werden wir uns schon durchmogeln!« sagte er, und kaum hatte er dies gesagt, als wir das wilde, wahnsinnige Heulen eines Nebelhorns hörten. Nie in meinem Leben werde ich den höchst überraschten Ausdruck auf Bobs Gesicht vergessen. »Das muß ein Irrtum sein«, sagte er, und wie immer fehlte ihm jegliche Logik. »Das gibt es gar nicht, daß sich hier jemand herumtreibt.«

Dasselbe Gefühl hatte ich an jenem Septemberabend vor jetzt zwei Jahren. Mit welchem Recht läutete die Kirchenglocke? In einem Ort von der Größe Chedsholmes fand sonnabends kein Gottesdienst statt. Für eine Beerdigung war es zu spät. Was also war passiert, was konnte das Läuten bedeuten? Als ich dann durch die Dorfstraße ging, merkte ich, daß die Jalousien der Ladenfenster heruntergelassen waren. Und in den Wiesen gingen Männer spazieren, alle in sonntägliches Schwarz gekleidet.

Ich fand die Polizeiwache ohne Schwierigkeiten – das heißt: das Häuschen, in dem der Polizist wohnte. Er war unterwegs, wie mir seine Frau erzählte, würde aber am nächsten Morgen zurückkommen; und da sonst anscheinend keine Möglichkeit bestand, mich mit irgendeiner Behörde in Verbindung zu setzen, war ich im Augenblick gezwungen, mein Geheimnis noch für mich zu behalten.

Die Tür zum ›Ship Inn‹ war geschlossen, und ich mußte zweimal klopfen, bis die Wirtin erschien. Sie erkannte mich sofort wieder. »Ja«, sagte sie, »wir können Sie sicherlich unterbringen. Sie können sogar dasselbe Zimmer haben wie letztes Mal, Nummer drei, gleich rechts neben der Treppe. Aber das Mädchen hat Ausgang, und deswegen kann ich Ihnen nur ein kaltes Abendbrot bringen.«

Zehn Minuten später stand ich im Gastzimmer vor einem fröhlich flackernden Feuer, während Mrs. Shaftoe das Tischtuch auflegte und mich inzwischen mit dem neuesten Klatsch bekannt machte. Es seien nur noch wenige Gäste da; die Saison sei zwar vorbei, aber sie hoffe, ihr Haus in vierzehn Tagen wieder voll zu haben, wenn Mr. Somerset aus Steelborough mit Freunden wiederkam, um noch eine Woche zu jagen. »Es ist ein Jammer, daß die Leute immer nur im Frühjahr und Sommer zu uns kommen«, sagte sie. »Ein Dorf wie unseres ist schrecklich arm, und jeder Gast spielt da schon eine Rolle. Wahrscheinlich finden die Leute es hier zu einsam; aber so wahr ich hier stehe, in der Heide braucht man sich wirklich vor nichts zu fürchten. Kein Mensch tut einem was. So, Sir, Ihr Abendbrot ist fertig.

Wenn Sie noch irgendeinen Wunsch haben, brauchen Sie nur auf die Klingel zu drücken.«

»Wie kommt es eigentlich«, fragte ich, als ich mich an den Tisch setzte, »daß es heute abend so ruhig ist? Ich hatte bisher geglaubt, daß Sie am Samstagabend immer am meisten zu tun haben?«

»Das stimmt auch«, sagte Mrs. Shaftoe. »Dafür haben wir sonntags fast nichts zu tun. Wir haben nämlich nur eine Lizenz für die sechs Wochentage. Wenn Sie mich jetzt entschuldigen wollen, Sir, ich glaube, eines der Kinder hat gerufen. Ich bin im Moment noch allein, weil das Mädchen in der Kirche ist.«

Sie verließ den Raum und merkte nicht, welche Wirkung ihre Worte auf mich hatten. ›Sonntag!‹ überlegte ich. ›Was kann sie damit meinen? Bestimmt hat sie sich geirrt! ›Aber vor mir hing ein Kalender an der Wand: Sonntag, der 28. Vor noch nicht einmal einer Stunde hatte ich gehört, wie die Kirchenglocke zum Abendgottesdienst rief. Die Männer, die ich überall hatte herumschlendern sehen, waren also nur ganz gewöhnliche sonntägliche Spaziergänger. Irgendwie mußte ich in der letzten Woche einen Tag verpaßt haben.

Aber wo? Ich holte mein Taschentagebuch heraus. Der für jeden Tag freigelassene Platz war mit kurzen Notizen ausgefüllt. ›Zuerst‹, sagte ich mir, ›muß ich ein bestimmtes Datum haben, von dem ich ausgehen kann.‹ Ich war ganz sicher, daß ich meinen Urlaub am Montag, den 22., angetreten hatte. Als Bestätigung hatte ich die für die Rückfahrt nötige Hälfte des Fahrscheins, dessen Stempel das gleiche Datum trug. Am Montag hatte ich in Dunsley übernachtet, am Dienstag in dem Gasthof in

Chedsholme, in dem ich jetzt wieder saß, Mittwoch in Rapmoor, Donnerstag in Frankstone Edge und Freitag in Gorton. In meiner Erinnerung war jeder einzelne Tag ausgefüllt; mein Gedächtnis war klar. Und dennoch existierte irgendwo ein Zeitraum von vierundzwanzig Stunden, über den ich nichts wußte.

Ich bin immer leicht zerstreut gewesen – lächerlich zerstreut, werden meine Freunde vielleicht sagen; diese Zerstreutheit ist tatsächlich ein Zug meines Wesens, der mich schon mehr als einmal in peinliche Situationen gebracht hat. Aber das, was mir jetzt passiert war, schien doch etwas vollkommen anderes zu sein. Vergeblich durchforschte ich meine Erinnerung nach dem leisesten Schatten einer Erklärung. Die vergangene Woche kehrte nicht als eine Folge unterschiedsloser grauer Tage, sondern als vollständig deutlicher und gut geordneter Zug zurück. Aber war es wirklich schon Sonntag? Konnte das Ganze ein Scherz sein, erklärlich als Folge irgendeiner albernen Wette? In Ermangelung eines Bessern lohnte es sich, diese Vermutung nachzuprüfen. Ich tat also, als wäre ich mit dem Essen fertig, nahm meinen Hut vom Haken und verließ eilig das Haus. Ich schlug die Richtung zur Kirche ein, aber als ich mich dem Gebäude näherte, wurde mein Herz immer mutloser. Ich kam an einem halben Dutzend junger Burschen vorüber, die vor dem Tor des Friedhofs herumlungerten und auf ihre Mädchen warteten, um sie nach Hause zu begleiten. »Ein langweiliger Sonntag war das«, sagte ich, und einer verhielt einen Augenblick beim Anzünden seiner Zigarette, um mir zuzustimmen. Ich blieb vor dem Portal stehen und lauschte. In der Kirche wurde gerade ein Choral gesungen. Dann erklang die dünne singende Stimme des Priesters, die Schutz vor den Gefahren und Nöten der Nacht erbat.

Mit einem Gefühl fast unerträglicher Bedrückung kehrte ich zum Gasthaus und in die leere Gaststube zurück.

›Schließlich‹, sagte ich mir, ›kann ich es doch nicht ändern. Andere Menschen haben früher auch schon ihr Gedächtnis verloren. Ich sollte dankbar sein, daß ich es so schnell wiedererlangt habe und daß kein Schaden entstanden ist. Auf jeden Fall kommt doch nichts Gutes dabei heraus, wenn ich über diese Sache grübele.‹ Aber trotz meiner Entschlossenheit fand ich es unmöglich, meine Gedanken zu kontrollieren. Immer wieder fand ich, daß ich in Gedanken zu dem Thema zurückkehrte – fasziniert von dieser Lücke in der Vergangenheit und von den Möglichkeiten, die daraus entstanden. Wo war ich gewesen? Was hatte ich getan?

Ich glaube, der Anblick einer ganz normalen Sammelbüchse für das Krankenhaus, die auf dem Kaminsims stand, brachte mich auf den Gedanken, dieses Problem von einer neuen Seite anzupacken. Ich habe meine Ausgaben für jeden einzelnen Tag immer genau aufgeschrieben – nicht in meinem Tagebuch, sondern in einem gesonderten Kontobuch, das ich ebenfalls bei mir trug. Auf diese Weise war es vielleicht möglich, irgendwie eine Erklärung für die Angelegenheit zu finden. Ich holte das Kontobuch also heraus und durchblätterte es flüchtig. Dabei entdeckte ich nichts Neues. Es enthielt dieselbe Aufstellung der Dorfnamen und ihrer Gasthöfe; kein neuer Name tauchte auf. Dann las ich es noch einmal genau durch. Dieses Mal machte ich allerdings eine Entdeckung: Die Beträge, die ich jeweils für Übernachtung, Abendbrot und Frühstück bezahlt hatte, waren bei allen Gasthöfen ungefähr die gleichen – mit Ausnahme des ›Ship‹ in Chedsholme. Die Rechnung für diesen Gasthof schien genau doppelt soviel zu betragen, wie es eigentlich angemessen war. Ich erinnerte mich nur, dort eine einzige Nacht verbracht zu haben: die Nacht vom Dienstag zum Mittwoch. Es war jedoch möglich, daß ich dort vielleicht auch die Nacht zum Donnerstag geblieben war.

Ich läutete und bestellte, was ich anderntags zum Frühstück haben wollte; und als Mrs. Shaftoe die Gaststube wieder verlassen wollte, fragte ich, wann ich eigentlich hier übernachtet hätte.

»Am Dienstag und am Mittwoch«, sagte sie. »Donnerstag vormittag sind Sie dann nach Rapmoor aufgebrochen. Also gute Nacht, Sir! Ich werde dafür sorgen, daß Sie um halb acht geweckt werden.«

Demnach stimmte also meine Vermutung. In Chedsholme war mir der eine Tag entgangen. Kaum war die Frau gegangen, als ich auch schon wünschte, ich hätte sie noch mehr gefragt. Vielleicht hätte sie mir sagen können, was ich an jenem Tag getan hatte. Aber wie konnte ich sie anders als nur ganz allgemein nach diesen Dingen fragen, wenn ich den Eindruck vermeiden wollte, verrückt geworden zu sein? Aus ihrem Verhalten ging deutlich hervor, daß ich mich völlig normal benommen hatte. Aller Wahrscheinlichkeit nach war ich den ganzen Tag unterwegs gewesen und erst abends – todmüde – zurückgekehrt. Warum sollte ich mir über diese Sache Gedanken machen, die im Vergleich zu jener Tragödie so unbedeutend war, welche ich nachmittags entdeckt hatte?

Es war jedoch auch klar, daß ich keine Ruhe finden würde, wenn ich vor dem Feuer in der Gaststube sitzen blieb. Die Uhr hatte halb zehn geschlagen; ich nahm daher die Kerze, die für mich auf dem Büfett stand, ging nach oben und legte mich ins Bett.

Mein Zimmer ähnelte den meisten Gasthauszimmern, nur daß in der Ecke ein Bücherregal mit einem halben Dutzend Büchern hing: ›Sermons in Advent‹ von Dr. Meiklejohn, ›Gulliver's Travels‹, ›Yorkshire Anecdotes‹, ›The House by the Sea‹ und zwei Sammelbände, einer mit der Zeitschrift ›Boy's Own Paper‹ und der andere mit einem amerikanischen Magazin. Diesen Band nahm ich herunter, blätterte ihn durch und sah, daß die Schrifttype gut lesbar und die Geschichten mit schönen Stichen illustriert waren. Ich legte mich ins Bett, stellte die Kerze neben mich auf den Stuhl und begann zu lesen. Die Geschichte handelte von einem jungen Methodistenpfarrer in einer Stadt Neu-Englands. Das Mädchen, das er liebte, hatte sich mit einem Seemann verlobt, der mit einer Brigg gestrandet und von den Wellen an Land gespült worden war; die Brigg war auf dem Weg von Baltimore nach Smyrna gewesen. Durch die Liebe des Mädchens zu dem Fremden rasend geworden, fälschte der Pfarrer einen Brief, der den Seemann zu einem Treffen in den Dünen bestellte, erwartete dort seinen Rivalen und schoß ihn durch das Herz. Irgendwie bemerkenswert war die Geschichte nicht. Ungerührt las ich sie bis zum Schluß. Als ich dann jedoch die letzte Seite umblätterte, stieß ich auf eine ganzseitige Illustration, die mich gefangen hielt.

Sie zeigte die Szene in den Dünen: Der Pfarrer im schwarzen Anzug blickt auf die Leiche des syrischen Seemanns hinunter, genau wie ich an jenem Nachmittag vor dem Toten gestanden hatte, und die Unterschrift zu dem Bild war dem Text der Geschichte entnommen:

Was hätte er nicht darum gegeben, diesen Anblick aus seiner Erinnerung zu löschen!

Ich nehme an, daß mein Leben bis zu jener Zeit, von der ich hier berichte, völlig normal gewesen ist, erfüllt von den üblichen Freuden des Alltags und seinen Aufgaben, geregelt von dem üblichen Gang der Dinge. Binnen weniger Stunden hatte ich zwei große, mich ungeheuer erregende Dinge erlebt: die überraschende Auffindung des Toten auf der Heide und diesen unerklärlichen Verlust der Erinnerung. Jedes für sich war hinlänglich verwirrend gewesen, aber bisher hatte ich wenigstens angenommen, daß sie nichts miteinander zu tun hatten. Ein bloßer Zufall hatte mir jedoch gezeigt, daß ich mich vielleicht irrte. Ich hatte, wenn man so will, an der Wasserscheide gestanden, an der zwei Flüsse entspringen. Ich hatte geglaubt, sie flössen in zwei Ozeane. Der Nebel hob sich, und ich sah, daß sie sich doch vereinten und einen Strom von unwiderstehlicher Kraft bildeten, der mich unvermeidbar mitreißen würde.

Die ganze Geschichte schien vollkommen unmöglich; ich hatte jedoch das deprimierende Gefühl, daß das Unmögliche wahr war, daß ich in dieser gespenstischen

Tragödie das Instrument, das unfreiwillige Werkzeug war.

Es war sinnlos, im Bett zu liegen. Ich stand also auf und wanderte in meinem Zimmer auf und ab. Immer wieder versuchte ich, um den fürchterlichen Gedanken einen hohen Wall von Argumenten aufzurichten, der so sorgfältig aufgeschichtet war, daß es keine Möglichkeit des Durchschlüpfens gab. Aber alle Mühe war vergebens. Ich wurde von einer überwältigenden Angst vor mir selbst und vor jener Tat gepackt, die ich vielleicht begangen hatte. Nur an eines konnte ich noch denken: Den ganzen Vorfall der Polizei zu melden, ihr mitzuteilen, daß ich außerstande war, über meine Taten vom Mittwoch Rechenschaft abzulegen, und jede Untersuchung zu begrüßen. ›Alles‹, sagte ich mir, ›ist besser als diese unerträgliche Ungewißheit.‹

Und dennoch war es ein folgenschwerer Schritt, den ich tun wollte. Angenommen, ich hatte mit dem Tod dieses Mannes nichts zu schaffen, wäre jedoch zugleich der letzte, der mit ihm zusammen gesehen wurde – dann lief ich Gefahr, für ein Verbrechen bestraft zu werden, das ein anderer begangen hatte. Ich war auch der Stellung, die ich innehatte, und meiner zukünftigen Laufbahn verpflichtet. Und so legte ich mich schließlich, betäubt und erschöpft, auf mein Bett, um auf den Schlaf zu warten. Dabei war ich fast entschlossen, am Morgen jenen Weg zurückzuverfolgen, den ich am vergangenen Nachmittag gegangen war. Vielleicht würde ich irgendeinen neuen Hinweis entdecken; vielleicht würde ich sogar feststellen, daß das Ganze lediglich der Phantasie eines überanstrengten Gehirns entsprungen war.

Langsam merkte ich, wie sich der Bereich meines Bewußtseins einengte. Ein warmer, sanfter Nebel umgab mich und hüllte mich ein. Ich hörte die Kirchturmuhr schlagen, war jedoch zu erschöpft, um die Schläge zu zählen. Die Glocke schlug und schlug, und jeder Ton wurde schwächer, und ich schlief ein.

Als ich aufwachte, war es neun Uhr. Die Sonne schien durch das Fenster, und als ich die Läden aufstieß, sah ich einen Himmel von makellosem Blau. Der Schlaf hatte neue Hoffnung gebracht. Ich zog mich schnell an, und dabei lachte ich über die Ängste der vergangenen Nacht. Es gibt Stimmungen, in denen nichts so stark ist wie die Macht unerwartet zusammentreffender Dinge. Ich sagte mir, daß ich am vorigen Abend in einer krankhaft gespannten Stimmung gewesen sei; und im hellen Licht des Tages griff ich noch einmal nach dem Sammelband, der die Ursache so großen Mißbehagens gewesen war. An der Geschichte des Methodistenpfarrers und des Seemanns war tatsächlich nichts Besonderes; aber als ich nach den Illustrationen schaute und die letzte Seite umblätterte, stellte ich fest, daß diese Illustration gar nicht existierte.

»Ein himmlischer Tag!« sagte Mrs. Shaftoe, als sie das Frühstück brachte. »Wollen Sie heute wieder ein Stück wandern, Sir? Wenn Sie möchten, kann ich Ihnen ein paar Butterbrote mitgeben.« Ich fand den Vorschlag gut, und nachdem ich noch Bescheid gesagt hatte, daß ich erst zwischen vier und fünf Uhr zurück sein würde, brach ich kurz nach elf Uhr auf.

Die ersten paar Meilen hatte ich keine Schwierigkeit, meinen Weg zurückzuverfolgen; nachdem ich jedoch die Erzbahn überquert hatte, konnte ich mich an keine Merkmale mehr halten. Mehr als einmal fragte ich mich, warum ich eigentlich weiterginge. Eine befriedigende Antwort konnte ich darauf nicht geben. Heute glaube ich, daß es der Wunsch war, jenen Tatsachen gegenüberzustehen, die mich verfolgten. Ich hatte genug von den zügellosen Phantastereien des vergangenen Abends und wollte unbedingt einen Hinweis auf das Geheimnis suchen, mochte er auch noch so unbedeutend sein.

Schließlich befand ich mich wieder zwischen den Schieferhügeln der alten Erzanlagen; ich sah eine lange Hügelkette, die wie ein Wall aufgeworfen war, und vor den übrigen erhob sich ein einzelner, auf dem die Leiche gelegen hatte. Langsam ging ich auf ihn zu. Im hellen Schein der Mittagssonne wirkte er kleiner als im Nebel des Sonntags. Was würde ich vorfinden? Mit hämmerndem Herzen kletterte ich den Hang der Mulde hoch. Dann stand ich oben und blickte mich um. Nichts war zu sehen, nur die Weite der Heide und des Himmels.

Mein erster Gedanke war, daß ich mich in der Stelle geirrt haben müßte. Gespannt suchte ich den Boden nach Fußabdrücken ab. Ich entdeckte sie fast sofort. Sie stimmten genau mit meinen genagelten Wanderschuhen überein. Offensichtlich war ich also an der richtigen Stelle.

Was war nun eigentlich geschehen? Es gab nur eine Erklärung: Ich mußte mir die ganze Geschichte eingebildet haben.

Und so merkwürdig es scheinen mag, war ich doch über diese Erklärung froh, denn vor der kalten Wirklichkeit hatte ich mich gefürchtet, da sie mit der schrecklichen Vorstellung verbunden war, ich hätte die Tat in einem Anfall unbewußten Wahnsinns selbst verübt. Und in meiner Dankbarkeit kniete ich auf der Heide nieder und pries den Gott des blauen Himmels und des Sonnenlichts dafür, daß er mich von den Schrecken der Nacht erlöst hatte.

Mit zufriedenem Gemüt wanderte ich wieder über die Heide zurück. Ich beschloß, meinen Urlaub am folgenden Tag zu beenden, irgendeinen Nervenspezialisten zu konsultieren und, wenn nötig, für einen Monat oder vielleicht auch zwei ins Ausland zu fahren. An jenem Abend saß ich mit einem gesprächigen alten Herrn in der ›Ship Inn‹ beim Abendbrot zusammen; ihm gelang es, mich von meinen eigenen Angelegenheiten abzulenken, und da ich das Gefühl hatte, bestimmt schlafen zu können, ging ich zeitig zu Bett.

Damit ist meine Geschichte noch nicht zu Ende. Ich wollte, sie wäre es; aber wie Domherr Eldred gestern in seiner Predigt sagte, ist es oft unsere Pflicht, die Dinge so zu nehmen, wie sie sind, und unsere begrenzten, für die Arbeit des Tages bestimmten Kräfte nicht in vergeblichem Bedauern oder krankhafter Erwartung zu vergeuden.

Denn als ich am folgenden Morgen gerade beim Frühstück saß, hörte ich, wie ein Mann im Nebenzimmer Mrs. Shaftoe um die Morgenzeitung bat. Sie erwiderte, der Herr in der Gaststube lese sie gerade; die Zeitung vom Dienstag liege jedoch in der Küche.

›Dienstag?‹ überlegte ich. ›Wahrscheinlich meint sie Montag. Heute ist doch Dienstag.‹ Und ich blickte zu dem Kalender über dem Kamin hinüber. Auf dem Kalender stand Mittwoch. Ich blickte auf die Zeitung und sah auf jeder Seite: ›Mittwoch, 1. Oktober‹. Halb betäubt erhob ich mich und ging in den Nebenraum. Wahrscheinlich merkte Mrs. Shaftoe, daß irgend etwas nicht simmte, denn bevor ich etwas sagen konnte, bot sie mir ein Glas Kognak an.

»Ich verliere langsam mein Gedächtnis«, sagte ich. »Ich glaube, ich muß krank sein. Ich kann mich einfach nicht erinnern, was ich gestern getan habe.«

»Aber ich bitte Sie, Sir!« sagte sie. »Sie waren doch den ganzen Tag in der Heide! Ich hatte Ihnen ein paar Butterbrote mitgegeben, und abends haben Sie sich mit dem alten Herrn, der heute früh abfuhr, über Freihandel und Schutzzölle unterhalten.«

»Was habe ich denn dann am Montag gemacht? Ich glaubte, das sei am Montag gewesen.«

»Ach – am Montag? Am Montag waren Sie auch den ganzen Tag in der Heide. Erinnern Sie sich nicht mehr, daß Sie sich meine Schaufel ausborgten? Sie wollten irgend etwas begraben – ich glaube, Sie sprachen von einem grünen Papagei. Ich kann mich noch daran erinnern, weil ich es merkwürdig fand. Sie kamen erst ziemlich spät abends zurück. Und Sie sahen richtig erschöpft aus, genauso wie letzte Woche. Ich bin überzeugt, Sir, daß Sie zu weit gewandert sind.«

Ich bat um die Rechnung, und während sie sie ausschrieb, ging ich nach oben in mein Zimmer. Ich nahm noch einmal den Sammelband vom Regal und schlug die Geschichte von dem Methodistenpfarrer auf. Die Illustration am Schluß der Geschichte fehlte tatsächlich, aber bei näherem Hinsehen entdeckte ich, daß eine ganze Seite fehlte. Ich schlug das Bilderverzeichnis auf und sah, daß das Bild, dessen Unterschrift mich so seltsam berührt hatte, auf der fehlenden Seite gewesen war.

Ich machte mich auf den Weg zum nächsten Bahnhof und bestieg den Zug nach Steelborough, wo ich meine Geschichte einem Polizei-Inspektor erzählte, der mir offensichtlich nicht glaubte. Aber während eines Tages – oder vielleicht waren es auch zwei – wurden Nachforschungen angestellt: Die Leiche eines unbekannten Seemanns, eines Ausländers mit seltsam aussehenden Tätowierungen auf der Brust, wurde an der von mir angegebenen Stelle gefunden. Eine Zeitlang wurde nichts festgestellt, was mich mit dem Verbrechen in Verbindung brachte. Dann kam ein Wildhüter, der aussagte, am Mittwoch, den 24., zwei Männer gesehen zu haben; der eine schien ein Geistlicher, der andere ein Landstreicher gewesen zu sein, und beide wären über die Heide gegangen; er hätte die beiden angerufen, sie wären jedoch nicht stehengeblieben. So wurde ich vor Gericht gestellt. Ich wurde natürlich von Psychiatern untersucht, und jetzt bin ich hier. Nein, Domherr Eldred, die Welt ist doch etwas komplizierter, als Sie glauben. Ich stimme Ihnen zu, daß Fröhlichkeit nötig ist, aber ich möchte bessere Gründe dafür hören als Ihre. Folgende Gründe habe ich – vielleicht sind es nur die eines armen Irren, aber trotzdem will ich sie aufzählen.

Die Welt wird, meiner Ansicht nach, von Gott mit Hilfe einer Hierarchie von Geistern regiert. Übrigens sagt der kleine Charlie Lovel, er habe gestern abend den Erzengel Gabriel gesehen, als er aus dem Baderaum kam, und nach allem, was ich weiß, hat er vielleicht recht. Regiert wird sie also von einer Hierarchie von Geistern, von denen einige größer und weiser sind als andere, und jeder hat seine ganz bestimmte Aufgabe. Wahrscheinlich war es aus irgendeinem Grunde, den ich vielleicht nie erfahren werde, für seine Erlösung notwendig, daß er auf eine bestimmte Weise starb, daß seine Seele durch plötzliches Entsetzen geläutert wurde. Genau kann ich es nicht sagen, denn ich war nur das Werkzeug. Der große und mächtige – aber nicht allmächtige – Geist erledigte seine Aufgabe, soweit sie den Seemann betraf, und dann dachte er, mit der Liebe eines Handwerkers für sein Werkzeug, an mich. Es war nicht nötig, daß ich mich dessen erinnerte, was ich getan hatte – ich war von Gott dazu ausgeliehen worden, wie der Satan sich die Schlange geborgt hatte; nachdem daher meine Tat vollendet war, nahm mir der Geist in seinem Mitleid jegliche Erinnerung an das Geschehene. Aber wie ich schon sagte, war er nicht allmächtig, und wahrscheinlich führte mich der Wunsch der mir innewohnenden Bestie, die ihr Werk noch einmal sehen wollte, unbewußt zu dem einzelnen Hügel in der Heide, obgleich ich im letzten Augenblick gespürt hatte, daß mich irgend etwas zurückhalten wollte. Das und der Zufall, eine belanglose Geschichte in einem Magazin zu lesen, waren mein Verderb gewesen; und als ich meine Erinnerung zum zweiten Mal verlor und irgendeine Macht von außen die Kontrolle übernahm, um die Spuren zu verwischen, bevor ich den Schauplatz noch einmal aufsuchte, war die Entwicklung der Ereignisse in andere Hände übergegangen.

Manchmal überraschte ich mich dabei, daß ich überlege, wer dieser Seemann eigentlich war und wie sein Leben gewesen sein mag.

Niemand weiß es.

Sheridan Le Fanu

Der böse Captain Walshawe

Etwas sehr Seltsames begegnete meinem Onkel Mr. Watson aus Haddlestone; aber um es verständlich zu machen, muß ich mit dem Anfang anfangen.

Im Jahr 1822 starb im Alter von einundachtzig Jahren Mr. James Walshawe, allgemein bekannt als Captain Walshawe. In seiner Jugendzeit und solange Gesundheit und Kraft es zuließen, war der Captain ein Spitzbube von der aktiven, interessanten Sorte, der seine Tage und Nächte mit einem flotten Leben und allerlei Windbeuteleien verbrachte, deren er nie müde zu werden schien.

Captain Walshawe war in Wauling und Umgebung wohlbekannt und wurde ziemlich allgemein gemieden. Er hatte 1766 mit fünfundzwanzig Jahren den Dienst quittiert, kurz nachdem seine Schulden so beunruhigend angewachsen waren, daß er sich bewogen fühlte, sich aus seiner peinlichen Lage zu befreien, indem er mit einer reichen Erbin durchbrannte und sie heiratete. Er war in der irischen Garnison Clonmel stationiert gewesen, wo es ein Nonnenkloster gab, und in diesem Kloster residierte als Pensionärin Miss O'Neill, in der Umgegend genannt Peg O'Neill, die Erbin.

Die Tatsache, daß die junge Dame im Kloster lebte,

war das einzig Romantische an der Affäre, denn sie hatte ein entschieden reizloses, wenn auch gutmütiges Gesicht von der Art, die man als Kartoffelgesicht bezeichnet, und was die Figur betrifft, so war sie ein bißchen zu rundlich und ziemlich klein. Aber sie war beeindruckbar, und der gutaussehende englische Leutnant war stärker als ihre klösterlichen Neigungen, d.h. sie ließ sich entführen. Das junge Paar ließ sich in Wauling, Lancashire, nieder.

Hier amüsierte der Captain sich auf seine Art, wobei er natürlich zuweilen in Geschäften nach London reisen mußte. Er verjubelte ihr Einkommen, brachte sie mit seinen gräßlichen Flüchen und Drohungen fast um den Verstand und brach ihr das Herz.

Am Ende zog sie sich fast ganz in ihr Zimmer zurück. Sie hatte eine ziemlich abstoßende, alte irische Dienstmagd, die ihr aufwartete. Diese Magd war groß, hager und fromm, und der Captain wußte instinktiv, daß sie ihn haßte; er haßte sie ebenfalls und drohte oft, sie aus dem Haus zu werfen oder sie mit einem Fußtritt aus dem Fenster zu befördern.

Die Jahre gingen dahin, und die alte Molly Doyle blieb in ihrer ursprünglichen Stellung. Vielleicht dachte der Captain, daß irgendeine Bedienung auf jeden Fall da sein müsse und daß es schließlich nicht sehr wahrscheinlich sei, daß eine Veränderung eine Verbesserung bedeutete.

Er duldete noch einen zweiten Eindringling und kam sich deswegen als ein Ausbund von Geduld und Gutmütigkeit vor. Ein römisch-katholischer Geistlicher in langer schwarzer Kutte mit niedrigem Stehkragen und einem kleinen weißen Musselinband um den Hals – groß, bläßlich, mit bläulichem Kinn und dunklen, ruhigen Augen – schlüpfte des öfteren durch die Korridore und die Treppe hinauf oder hinab; manchmal begegnete der Captain ihm hier, ein andermal dort. Aber einer Laune seines Charakters folgend, behandelte er diesen Geistlichen mit besonderer Auszeichnung, sogar mit einer Art rauhbeiniger Höflichkeit, obgleich er hinter seinem Rücken über seine Besuche brummte.

Nun ja, endlich kam der Tag, an dem die arme Peg O'Neill – die in einer bösen Stunde Mrs. James Walshawe geworden war – zum letztenmal weinen, erzittern und beten mußte. Der Arzt kam aus Penlynden und äußerte sich so unbestimmt wie üblich, wenn auch etwas düsterer, und während der nächsten Woche kam und ging er öfter als sonst. Auch der Geistliche in langer schwarzer Kutte war täglich im Hause. Und schließlich kam die letzte Ölung an den Pforten des Todes, bevor der Sünder jene furchtbare Schwelle überschreitet, von der es kein Zurück gibt.

Der Captain trank an jenem Abend eine beträchtliche Menge Weinbrand mit Wasser und holte sich in Ermangelung besserer Gesellschaft den Bauer Dobbs als Zechgenossen; dem erzählte er all seine Kümmernisse, wie glücklich er und »die arme Dame da oben« hätten sein können, hätten sich nicht all diese Lügner, Schmeichler, Klatschbasen und dergleichen zwischen sie gedrängt – womit er Molly Doyle meinte, die er, je beredter der Schnaps ihn machte, schließlich mit mehr als seiner gewohnten Offenherzigkeit namentlich verfluchte und beschimpfte. Seinen eigenen Charakter und seine Liebenswürdigkeit schilderte er in so herzbewegenden Ausdrücken, daß er vor lauter Rührung Krokodilstränen vergoß; und als Dobbs gegangen war, trank er noch mehr Grog und schimpfte und fluchte weiter vor sich hin; dann stieg er schwankend die Treppe hinauf, um zu sehen, »was zum Teufel Doyle und die anderen – – – alten Hexen in Pegs Zimmer anstellten.«

Als er die Tür aufstieß, fand er etwa ein halbes Dutzend, meist irische, alte Vetteln aus der Nachbarstadt Hackleton bei Tee und Schnupftabak um die Leiche herumsitzen, die zwischen brennenden Kerzen in einem fremdartig geschnittenen Gewand aus braunem Serge aufgebahrt war. Sie hatte insgeheim einem Orden angehört – ich glaube den Karmeliten, aber ich weiß es nicht genau –, dessen Tracht sie nun im Sarge trug.

»Was zum T – – – macht ihr mit meiner Frau?« schrie der Captain mit etwas dicker Zunge. »Wie kannst du es wagen, ihr diesen Plunder anzuziehen, du – du verlogene alte Hexe; und was soll diese Kerze in ihrer Hand?«

Ich glaube, er war ein bißchen erschrocken, denn der Anblick war schauerlich genug. Die tote Dame lag da in diesem fremdartigen braunen Gewand aufgebahrt, und in ihren von großen Holzperlen und einem Kreuz umwundenen Fingern steckte wie in einem Lichthalter eine brennende Wachskerze, deren weißes Licht sich über die scharfen Züge der Leiche ergoß. Molly Doyle ließ sich von dem Captain, den sie haßte, nicht einschüchtern, sondern zahlte ihm seine Beschimpfungen, wie sie sich ausdrückte, »mit gleicher Münze heim«. Daraufhin wurde der Captain immer zorniger, und schließlich riß er die Wachskerze aus der toten Hand und wollte sie der alten Dienstmagd an den Kopf werfen.

»Die geweihte Kerze, du Sünder!« schrie sie.

»Am liebsten würde ich dir das Maul damit stopfen, du Bestie«, schrie der Captain.

Aber ich glaube, er hatte sich bisher nicht recht überlegt, was für eine Kerze es war, denn er gab ein bißchen mürrisch nach und steckte die Hand mit der Kerze (die inzwischen ausgegangen war) in seine Tasche und sagte:

»Du weißt verteufelt gut, daß du nicht befugt warst, dich ohne meine Erlaubnis mit d-d-deinem verd – – – Hokuspokus an meiner armen Frau zu schaffen zu machen – jawohl – und du wirst ihr gefälligst dieses braune Armsünderhemd ausziehen und sie anständig in ihren Sarg legen, und deine Teufelskerze werde ich in den Ausguß schmeißen.«

Damit stelzte der Captain aus dem Zimmer.

»Und jetzt ist ihre arme Seele durch deine Hand gefangen, Elender; möge deine eigene Hand mit dem Docht in diese Kerze eingeschlossen sein, bis sie ausgebrannt ist, du Unmensch.«

»Ich hätte dich ohne Federlesen als Hexe ersäufen sollen«, brüllte der Captain die Treppe hinauf, während er, die Hand am Geländer, unten im Flur stand. Aber die Tür des Sterbezimmers wurde ärgerlich zugeknallt, und er ging ins Wohnzimmer; dort betrachtete er die geweihte Kerze ein Weilchen mit beschwipster Feierlichkeit, und dann verschloß er sie mit einem gewissermaßen ehrfürchtigen Gefühl für das Symbolische, wie es bei Wüstlingen und Gaunern nicht ungewöhnlich ist, nachdenklich in einem Schrank, in dem aller mögliche alte Trödel sich angesammelt hatte – schmutzige Kartenspiele, abgelegte Tabakspfeifen, zerbrochene Pulverflaschen, sein Säbel aus der Militärzeit und ein schwärzliches Bündel vom *Flash Songster* und anderer fragwürdiger Literatur.

Captain Walshawe herrschte viele Jahre allein in Wauling. Er war mittlerweile zu gerissen und zu erfahren, um spornstreichs den steilen Bergpfad hinunterzulaufen, der zum Ruin führt. Vierzig Jahre führten bei dem munteren Captain Walshawe zu gewaltigen Veränderungen. Die Gicht nistete sich ein, die weder dem Temperament noch dem Vergnügen zuträglich war, sondern alle kleinen Gelenke seiner eleganten Hände knotig verdickte, so daß sie langsam zu verkrüppelten Klauen wurden. Da er immer weniger Bewegung hatte, nahm er an Gewicht zu und war schließlich fast korpulent zu nennen. Er litt an dem, was Mr. Holloway »schlimme Beine« nennt, und wurde in einem großen, ledergepolsterten Sessel herumgefahren, und seine Gebrechen vermehrten sich mit den Jahren.

Zu meinem Leidwesen muß ich sagen, daß ich nie gehört habe, er hätte bereut oder seine Gedanken ernsthaft der Zukunft zugewandt. Im Gegenteil: seine Sprache wurde immer unflätiger, seine Späße drehten sich hauptsächlich um seine Lieblingssünden, und seine Launen wurden immer bösartiger. Aber er verfiel nicht in Senilität. In Anbetracht seiner körperlichen Gebrechen hatten seine Kräfte und seine Bosheiten – die letzteren waren ebenso zahlreich wie wirkungsvoll – dem Zahn der Zeit erstaunlich widerstanden.

Es gehörte zu Captain Walshawes Eigentümlichkeiten, daß er allmählich fast alle Menschen haßte. Mein Onkel Mr. Watson aus Haddlestone war sein Vetter und rechtmäßiger Erbe. Aber mein Onkel hatte ihm auf Hypothek für sein Besitztum Geld geliehen, und ein Kaufvertrag war geschlossen worden mit bestimmten Bedingungen und einem Preis, auf den man sich geeinigt hatte, und die betreffenden ›Klauseln‹ waren nach Aussage der Anwälte noch in Kraft.

Ich glaube, der übelwollende Captain grollte meinem Onkel, weil der reicher war als er, und hätte ihm gern einen bösen Schabernack gespielt. Aber er kam nicht dazu – wenigstens nicht zu seinen Lebzeiten.

Mein Onkel Watson war Methodist und ein sogenannter ›class leader‹, ein Gemeindegruppen-Führer, im großen und ganzen ein sehr achtbarer Mann. Er war jetzt an die fünfzig – ernst, wie es sich für seinen Beruf geziemte – etwas trocken – und vielleicht ein bißchen streng – aber ein rechtschaffener Mann.

In Haddlestone erreichte ihn ein Brief des Arztes in Penlynden, der ihm den Tod des bösen alten Captains mitteilte und ihm vorschlug, an der Beisetzung teilzunehmen, bei welcher Gelegenheit er vielleicht in Wauling einmal nach dem Stand der Dinge sehen könnte. Da mein guter Onkel diese Vorschläge vernünftig fand, begab er sich sofort auf die Reise zu dem alten Haus in Lancashire und langte dort rechtzeitig zur Beisetzung an.

Es war ein Tag mit schrecklichem Regen und Sturm, so daß der Arzt und der Rechtsanwalt auf Zureden meines Onkels über Nacht in Wauling blieben.

Ein Testament gab es nicht – das wußte der Anwalt genau; der Captain hatte sich bald diesen, bald jenen zum Feinde gemacht und konnte sich nie recht entschließen, wie er seine Bosheiten am wirkungsvollsten anbringen könne, da ihr Ziel von Tag zu Tag sich änderte.

Auch bei einer Durchsuchung des Hauses wurde kein Testament gefunden. Die Papiere waren in Ordnung mit einer wichtigen Ausnahme: die Pachtverträge waren nirgends zu finden. Mein Onkel suchte eifrig, der Anwalt stand ihm zur Seite, und der Arzt half dann und wann mit einem Vorschlag. Der schwerhörige alte Diener schien ein ehrlicher Mann zu sein und wußte wirklich nichts.

Mein Onkel Watson war sehr beunruhigt. Er glaubte für einen Augenblick im Gesicht des Rechtsanwalts einen merkwürdigen Ausdruck entdeckt zu haben – aber möglicherweise war es bloße Einbildung –; jedenfalls stand es von diesem Augenblick an für ihn fest, daß der Mann alles über die Pachtverträge wüßte. Mr. Watson ließ sich abends im Wohnzimmer vor dem Arzt, dem Rechtsanwalt und dem schwerhörigen Diener ausführlich über die ganze Angelegenheit aus.

Einleitend sprach er von Ananias und Sapphira und über die Verwerflichkeit von Betrug und Diebstahl; er verweilte sehr betont auf Fälschungen und Intrigen, die gegen das eindeutige Gebot der Ehrlichkeit in Grundstücksangelegenheiten verstießen; darauf folgte ein langes, anstrengendes Gebet, in dem er mit Inbrunst und Aplomb darum flehte, daß das harte Herz des Sünders, der die Pachtverträge entwendet hatte, erweicht oder gebrochen würde, auf daß die Papiere zurückerstattet würden; wenn der Betreffende verstockt und widerspenstig bliebe, so möge es wenigstens der Wille des Himmels sein, ihn öffentlich vor Gericht und die Dokumente ans Tageslicht zu bringen. Im Grunde galt sein Gebet von Anfang bis Ende dem Rechtsanwalt.

Als diese religiösen Exerzitien beendet waren, zogen die Gäste sich in ihre Zimmer zurück, und mein Onkel Watson schrieb am Kaminfeuer zwei oder drei eilige Briefe. Nachdem er dies erledigt hatte, war es spät geworden; die Kerzen flackerten in ihren Leuchtern, und außer ihm lagen alle im Bett und vermutlich im Schlaf.

Das Feuer war fast niedergebrannt, ihn fröstelte, und die Kerzenflammen, die in ihren Leuchtern sonderbar zuckten, warfen abwechselnd Licht und Schatten auf die alte Täfelung und die altmodischen Möbel des Raumes. Draußen tobte und heulte der Sturm, und das Klappern ferner Fenster hallte durch die Korridore und das Treppenhaus, als wimmelten lauter ärgerliche Leute durchs Haus.

Mein Onkel Watson gehörte einer Sekte an, die das Übernatürliche keineswegs ablehnt; im Gegenteil: ihr Begründer hat die Existenz von Geistern ganz ausdrücklich sanktioniert. Darum war er froh, als ihm einfiel, daß er beim Suchen nach den Pachtverträgen an diesem Tage im Wohnzimmerschrank eine etwa fünfzehn Zentimeter lange Wachskerze gesehen hatte, denn es wäre ihm nicht lieb gewesen, in dieser Situation plötzlich ohne Licht dazusitzen.

Er hatte keine Zeit zu verlieren; er nahm einen

Schlüsselbund zur Hand – über den er jetzt verfügte –, schloß rasch den Schrank auf und nahm die Kerze an sich – unter diesen Umständen ein Schatz; zündete sie an und steckte sie in einen Leuchter, dessen Kerze am Verlöschen war, und nachdem er die andere ausgelöscht hatte, sah er sich beruhigt in dem nun ruhigen Licht im Zimmer um. Im selben Augenblick warf ein ungewöhnlich heftiger Windstoß eine Handvoll Kieselsteine ans Wohnzimmerfenster, und das scharfe Knattern mitten im Brüllen und Aufruhr der Elemente hatte etwas Erschreckendes; selbst die Kerzenflamme flackerte unruhig im Luftzug.

Während mein Onkel hinaufging, schirmte er seine Kerze mit der Hand gegen den Zugwind ab, denn die Flurfenster klapperten wütend, und der Gedanke, im Dunkeln allein zu bleiben, mißfiel ihm mehr denn je.

Sein Schlafzimmer war behaglich, wenn auch altmodisch eingerichtet. Er schloß und verriegelte die Tür. Gegenüber dem Fußende seines Himmelbetts zwischen den Fenstern stand ein Ankleidetisch und darauf ein großer Spiegel. Er wollte die Vorhänge schließen, aber sie ließen sich nicht ziehen.

Darum drehte er den Spiegel um, mit der Rückseite zum Bett, zog die Vorhänge zusammen und stellte einen Stuhl dagegen, um zu verhindern, daß sie wieder auseinanderfielen. Das Feuer war gut im Gange, und im Kaminvorsetzer lag ein Vorrat von Eierbriketts und Holz. Er legte also nach, damit das Feuer die Nacht über so lustig weiterbrannte; neben sein Bett stellte er ein schwarzes Mahagonitischchen mit Satyrbeinen und darauf seine Kerze; dann kroch er zwischen die Laken, bettete den Kopf mit der roten Nachtmütze aufs Kissen und legte sich zum Schlafen zurecht.

Das erste, was ihn störte, war ein Geräusch am Fußende seines Bettes, das er bei momentanem Nachlassen des Sturms ganz deutlich zu hören glaubte. Es war aber nur das sanfte Rascheln und Knistern der Vorhänge, die sich wieder öffneten; als er die Augen aufschlug, sah er sie wieder senkrecht hängen wie zu Anfang; er setzte sich im Bett auf, fast in der Erwartung, in der Öffnung etwas Unheimliches zu sehen.

Aber es war nichts da, nur der Ankleidetisch und die anderen dunklen Möbel und die Fenstervorhänge, die der heftige Sturm leise hin und her wehte. Er hatte keine Lust, aufzustehen – das Feuer brannte so hell und lustig – und die Vorhänge durch einen Stuhl wieder so festzuhalten, wie er sie haben wollte, denn möglicherweise würden sie doch wieder auseinanderfallen und ihn aufs neue im Einschlafen aufschrecken.

So schlief er nach einem Weilchen wieder ein, aber nun störte ihn ein Geräusch, das von dem Tischchen herzukommen schien, auf dem die Kerze stand. Er hätte es nicht beschreiben können, er wußte nur, daß er mit einem Schreck erwacht war, und während er einigermaßen erstaunt dalag, vernahm er deutlich ein Geräusch, das ihn sehr erschreckte, obwohl es nicht unbedingt etwas Übernatürliches an sich hatte.

Wie er es später beschrieb, hatte es sich etwa so angehört, als wenn eine ziemlich dünne Tischplatte mit einer konvexen Verwerfung in der entgegengesetzten Richtung eingedrückt wird und plötzlich mit einem Sprung in ihre natürliche konvexe Lage zurückschnellt. Es war ein lauter, plötzlicher Knall, durch den der schwere Leuchter wackelte, und das war alles, nur daß mein Onkel erst nach mindestens zehn Minuten wieder eindöste.

Das nächste Mal erwachte er, wie es manchmal vorkommt, in merkwürdig gelassener Stimmung. Man schlägt ganz friedlich die Augen auf, ohne zu wissen, warum, und ist augenblicklich hellwach. Diesmal hatte er ein ganz ausgiebiges Schläfchen gemacht, denn sein Kerzenlicht zuckte und flackerte, *in articulo*, in dem silbernen Leuchter. Aber das Feuer brannte noch hell und lustig: so stülpte er dann das Lichthütchen auf die Kerze, und fast im selben Augenblick klopfte es an seine Tür, begleitet von einem gleichsam anschwellenden »Sch-sch-sch!« Wieder setzte mein Onkel sich erschrocken und verwirrt in seinem Bett auf.

Er erinnerte sich jedoch, seine Tür verriegelt zu haben; und da wir trotz unseres Geisterglaubens und dergleichen unverbesserliche Materialisten sind, beruhigte ihn dieser Gedanke; er stieß einen tiefen Seufzer aus und wurde wieder ruhiger. Aber nach einer oder zwei Minuten der Ruhe klopfte es lauter und schärfer an die Tür, so daß er instinktiv in lautem, strengem Ton »Wer ist da?« rief. Es erfolgte aber keinerlei Antwort.

Allmählich kamen seine durch den Schreck aufgeregten Nerven wieder zur Ruhe; nach einer Weile legte er sich wieder hin, den Rücken der Tür zugewandt und das Gesicht dem Tisch, auf dem der massive alte Leuchter mit dem Lichthütchen stand, und in dieser Lage schloß er die Augen. Aber der Schlaf wollte sich nicht wieder einstellen. Allerhand verrückte Vorstellungen begannen ihn zu quälen – an einige von ihnen erinnere ich mich.

Wie er behauptete, fühlte er ganz deutlich eine Fingerspitze an seinem großen Zeh, als wäre eine lebendige Hand zwischen seinen Bettüchern und wolle ihm damit bedeuten, aufmerksam oder still zu sein. Dann wieder fühlte er einen plötzlichen Sprung von etwas, das so groß war wie eine Ratte, direkt unter seinem Kopfkissen.

Dann sagte eine Stimme dicht an seinem Hinterkopf ganz sanft: »Oh!« All diese Dinge hätte er beschwören können, und doch blieb jede Untersuchung ergebnislos. Er fühlte, wie ihn dann und wann merkwürdige kleine Krämpfe überliefen, und dann, ganz plötzlich, wurde der Mittelfinger seiner rechten Hand zurückgebogen – mit einem leichten, spielerischen Ruck, der ihn furchtbar erschreckte.

Inzwischen sang und heulte und lachte der Sturm ohne Unterlaß zwischen den Ästen der alten Bäume und den Schornsteinkappen; und obwohl mein Onkel Watson betete und meditierte, wie es seine Gewohnheit war, wenn er wach lag, fühlte er sein Herz aufgeregt klopfen; manchmal fürchtete er von bösen Geistern besessen zu sein, dann wieder glaubte er, es wäre das Anfangsstadium eines Fiebers.

Er hielt jedoch resolut die Augen geschlossen und sehnte den Tag herbei, wie die schiffbrüchigen Gefährten des Heiligen Paulus. Schließlich schien wieder ein Schläfchen sich seiner Sinne bemächtigt zu haben, denn er erwachte ruhig und genauso, wie er eingeschlafen war – er schlug die Augen auf und sah alles so, als hätte er keinen Augenblick geschlafen.

Das Feuer brannte noch in rötlicher Glut, in der nichts zweifelhaft erschien – der massive silberne Leuchter mit dem hohen Lichthütchen stand genau wie zuvor mitten auf dem schwarzen Mahagonitisch; und während er an der Spitze des Lichthütchens etwas beobachtete, was ihm als eine Art Zufall erschien, gewahrte er etwas anderes, was ihn nun doch an der Zuverlässigkeit seiner Augen zweifeln ließ.

Er sah, wie das Lichthütchen von einer winzigen Hand von unten angehoben wurde und ein kleines Menschenantlitz, nicht größer als ein Daumennagel, mit wohlproportionierten Gesichtszügen, darunter hervorlugte. In diesem Liliputanergesicht lag eine gräßliche Bestürzung, die meinen Onkel unaussprechlich entsetzte.

Heraus kamen nach und nach ein kleiner Fuß und zwei winzige Beinchen in kurzen Seidenstrümpfen und Schnallenschuhen und dann die übrige Gestalt; und während die Arme sich an dem Leuchter festhielten, streckten und streckten sich die Beinchen, hingen an dem Schaft des Leuchters herab, bis die Füße unten angekommen waren, und weiter an dem Satyrbein des Tischchens, bis sie den Fußboden erreicht hatten; dabei dehnten sie sich elastisch und vergrößerten sich in allen Proportionen, so daß Füße und Schuhschnallen die eines wohlgestalteten, ausgewachsenen Mannes waren, als sie unten ankamen, während der Körper sich nach oben hin verjüngte, bis er ganz oben auf seine urspünglichen märchenhaften Dimensionen zusammengeschrumpft war wie ein Gegenstand in einem Zerrspiegel.

Auf dem Fußboden angekommen, nahm er – mein erstaunter Onkel konnte nicht sagen, wie – seine natürlichen Proportionen an; er stand, annähernd im Profil, neben dem Bett, ein gut aussehender junger Mann mit eleganter Figur in altmodischer Militäruniform, auf dem Kopf einen kleinen, mit Litzen verbrämten Dreispitz mit einer Feder, aber seine Miene war die eines Menschen, der gehängt werden soll – voll von unsagbarer Verzweiflung.

Er trat leichtfüßig zum Kamin und wandte sich für ein paar Sekunden sehr niedergeschlagen mit dem Rükken zum Bett und zum Kaminsims, und der Griff seines Rapiers glitzerte im Feuerschein; dann ging er durchs Zimmer und setzte sich vor den Ankleidetisch, wo mein Onkel ihn durch die geteilten Vorhänge am Fußende des Bettes sehen konnte. Der Feuerschein war noch so hell, daß er so deutlich zu sehen war wie beim Licht von einem halben Dutzend Kerzen.

Der Spiegel war ein altmodisches Möbelstück mit einer Schublade darunter. Diese hatte mein Onkel am Tage sorgfältig nach den Papieren durchsucht, ohne etwas zu finden; der Gast jedoch zog die Schublade ganz heraus und drückte auf eine Feder an der Seite, und ein Geheimfach öffnete sich, dem er ein mit rosa Band zusammengebundenes Päckchen Papiere entnahm.

Die ganze Zeit sah mein Onkel ihm starr vor Entsetzen zu, wagte weder zu blinzeln noch zu atmen, während die Erscheinung durch nichts zu erkennen gab, daß sie sich der Anwesenheit eines lebendigen Menschen im Zimmer bewußt war. Jetzt aber, zum erstenmal, richtete sie ihren bleiern stieren Blick voll auf meinen Onkel und hielt mit einem scheußlich anzüglichen Lächeln zwischen ihren schlanken Fingern das bewußte Päckchen in die Höhe.

Dann zwinkerte der Geist ihm lange listig zu und schien die eine Backe zu einer burlesken Grimasse aufzublasen, was unter anderen als so grausigen Umständen schlechthin albern gewesen wäre. Mein Onkel konnte nicht sagen, ob es wirklich eine beabsichtigte Grimasse war oder nur eine der scheußlichen Krümmungen und Verzerrungen, welche die Proportionen der Gestalt unaufhörlich veränderten, als sähe man sie durch ein ungleiches, entstellendes Medium.

Die Erscheinung kam nun zum Bett, wobei sie einen gleichzeitig erschöpften und bösartigen Eindruck machte. Der Schrecken meines Onkels erreichte jetzt seinen Höhepunkt, denn er glaubte, der Geist nähere sich ihm in böser Absicht. Aber es war nicht an dem; denn der Soldat, der auf seinem kurzen Weg zum Ankleidetisch und wieder zurück zwanzig Jahre älter geworden zu sein schien, warf sich in einen großen, hochlehnigen Armsessel mit Lederpolster, der an der anderen Seite des Feuers stand, und legte die Absätze auf den Kaminvorsetzer.

Seine Füße und Beine schienen undeutlich anzuschwellen und mit Binden umwickelt zu sein; sie nahmen enorme Ausmaße an, und der Oberkörper schwankte hin und her und gewann allmählich entsprechende Proportionen, bis er eine große Masse von Korpulenz war; das leichenhafte, boshafte Gesicht mit den farblosen, glasigen Augen war von den Furchen des Greisenalters durchzogen; all diese Veränderungen geschahen unmerklich, aber sehr schnell wie die einer Abendwolke, und auch die schöne Uniform verblich, und an ihre Stelle trat irgendwie eine lose graue Wollhülle; alles war fleckig und verrottet, und Schwärme von Würmern krochen ein und aus, während die Erscheinung blasser und blasser wurde, bis sie – wie mein Onkel sagte, der seine Pfeife liebte und sie gern zu Vergleichen benutzte – die Farbe von Tabakasche annahm und die Würmer zappelnden Fünkchen glichen, wie man sie über den Rest eines verbrannten Papiers laufen sehen kann.

Und so schienen der durch das Feuer verursachte starke Luftstrom und die Zugluft von dem im Sturm klappernden Fenster die Füße in den Kamin hineinzuziehen, und die ganze Gestalt schwebte leicht wie Asche und hui wie der Wind mit ihnen davon und verschwand in dem geräumigen alten Rauchfang.

Meinem Onkel schien das Feuer plötzlich dunkler und die Luft eiskalt zu werden, und der Sturm steigerte sich zu einem schrecklichen Brüllen und Toben, von dem das alte Haus von oben bis unten erschüttert wurde und das sich anhörte wie das Geschrei eines blutdürstigen Pöbels, dem ein neues, lange erwartetes Opfer vorgeworfen wird.

Der gute Onkel Watson pflegte zu sagen: »Ich habe im Laufe meines Lebens so manche furchterweckende und gefährliche Situation erlebt, aber nie habe ich vor- oder nachher in solcher Todesangst gebetet; denn damals wie heute war mir ohne jeden Zweifel gewiß, daß ich tatsächlich die Erscheinung eines bösen Geistes gesehen habe.«

Nun sind im Bericht meines Onkels – der, wie gesagt, ein durch und durch wahrhaftiger Mann war – zwei merkwürdige Umstände zu beachten:

Erstens: Die Wachskerze, die er aus dem Wohnzimmerschrank nahm und in jener Schreckensnacht neben seinem Bett anzündete, war nach Aussage des tauben alten Dieners, der seit fünfzig Jahren in Wauling war, fraglos identisch mit der geweihten Kerze, die in den Fingern der armen toten Dame gesteckt hatte und über welche die inzwischen längst verstorbene alte irische Vettel den anfangs erwähnten seltsamen Fluch gegen den Captain ausgesprochen hatte.

Zweitens: Hinter der Schublade unter dem Spiegel entdeckte er tatsächlich ein Geheimfach, in dem genau die Papiere versteckt waren, wegen deren Entwendung er den Anwalt verdächtigt hatte. Später kamen noch andere Umstände an den Tag, die meinen Onkel davon überzeugten, daß der alte Mann sie dort deponiert hatte, um sie vielleicht später zu verbrennen.

Etwas sehr Bemerkenswertes trug übrigens mein Vater zu der Geschichte meines Onkels bei: er hatte Captain Walshawe nie im Leben gesehen, erfuhr aber durch Erkundigungen, daß die Erscheinung eine ins Grausige und Groteske abgewandelte, aber unverkennbare Ähnlichkeit mit dem verstorbenen Spitzbuben in den verschiedenen Stadien seines langen Lebens aufgewiesen hatte.

Wauling wurde im Jahre 1837 verkauft und das alte Haus kurz danach abgerissen. Man erbaute ein neues Haus näher am Fluß. Ich frage mich oft, ob etwa das Gerücht umging, daß es in dem alten Haus gespukt habe, und was man sich darüber erzählte. Es war ein geräumiges und solides altes Haus und außerdem recht hübsch; daß man es so bald abgerissen hat, macht mich mißtrauisch.

Ambrose Bierce

Der Fremde

Ein Mann trat aus dem Dunkel in den kleinen Lichtkreis unseres niedergebrannten Lagerfeuers und setzte sich auf einen Stein.

»Sie sind nicht die ersten, die dieses Gebiet erforschen«, sagte er ernst.

Niemand widersprach seiner Erklärung; war er doch selbst ein Beweis für deren Wahrheit, denn er gehörte nicht zu uns und mußte, als wir das Lager aufschlugen, irgendwo in der Nähe gewesen sein. Zudem mußte er unweit von hier Gefährten haben; dies war kein Ort, wo man allein lebte oder reiste. Seit mehr als einer Woche hatten wir außer uns und unseren Tieren keine anderen Lebewesen als Klapperschlangen und Krötenechsen gesehen. In der Einöde von Arizona kann man in der Gesellschaft solcher Geschöpfe nicht lange existieren; man braucht Packtiere, Vorräte, Waffen – ›eine Ausrüstung‹, und dazu noch: Kameraden. Vielleicht hegten wir – ein halbes Dutzend ›Gentlemen-Abenteurer‹ – gewisse Zweifel an der Art Kameraden, die dieser ungezwungene Fremde haben mochte, vielleicht hatten seine Worte auch ein wenig herausfordernd geklungen – jedenfalls setzten wir alle uns auf und legten die Hand an eine Waffe – eine bedeutsame Geste zu jener Zeit und an jenem Ort, eine Politik der Erwartung. Der Fremde nahm keine Notiz davon und sprach in demselben bedächtigen, unflektierten gleichbleibenden Ton weiter, den sein erster Satz gehabt hatte:

»Vor dreißig Jahren überquerten Ramon Gallegos, William Shaw, George W. Kent und Berry Davis, alle aus Tuscon, die Santa-Catalina-Berge und wanderten genau nach Westen, soweit die Bodenbeschaffenheit des Landes es zuließ. Wir waren auf der Goldsuche, und wenn wir nichts fanden, beabsichtigten wir, uns bis zum Gila-Fluß durchzuschlagen und zwar zu einer Stelle in der Nähe von Big Bend, wo sich unseres Wissens eine Niederlassung befand. Wir waren gut ausgerüstet, aber ohne Führer – nur Ramon Gallegos, William Shaw, George W. Kent und Berry Davis.«

Der Mann wiederholte die Namen so langsam und deutlich, als wollte er sie dem Gedächtnis seiner Zuhörer einprägen; diese beobachteten ihn jetzt aufmerksam, aber weniger ängstlich in Bezug auf seine Gefährten, die möglicherweise irgendwo in der uns wie eine schwarze Wand umschließenden Dunkelheit lauerten. Das Auftreten dieses freiwilligen Historikers deutete in keiner Weise auf unfreundliche Absichten; er wirkte eher wie ein harmloser Irrer als wie ein Feind. Wir waren in diesem Lande nicht so neu, daß wir nicht gewußt hätten, wie leicht das einsame Leben bei so manchem Präriebewohner gewissen Verschrobenheiten im Verhalten und Charakter Vorschub leistet, die nicht immer leicht von Geistesgestörtheit zu unterscheiden sind. Der Mensch gleicht einem Baum: in einem Wald unter seinesgleichen wird er so gerade wachsen, wie seine Natur und seine

Gattung es zulassen; steht er allein im Freien, gibt er den deformierenden Spannungen und Verdrehungen seiner Umgebung nach. Solcherlei Gedanken gingen mir durch den Sinn, während ich unter dem Schatten meines Hutes, den ich gegen den Feuerschein tief in die Stirn gezogen hatte, den Mann beobachtete. Ein einfältiger Bursche, zweifellos, aber was konnte er hier im Herzen der Einöde zu suchen haben?

Da niemand das Schweigen gebrochen hatte, fuhr der Besucher fort:

»Dieses Land war damals nicht das, was es heute ist. Zwischen dem Gila und dem Golf gab es nicht eine Ranch. In den Bergen fand sich hier und da ein wenig Wild, und an den seltenen Wasserstellen wuchs genug Gras, um unsere Tiere vor dem Verhungern zu bewahren. Wenn wir das Glück hatten, keinen Indianern zu begegnen, konnten wir vielleicht durchkommen. Aber binnen einer Woche hatte der Zweck unserer Expedition sich verwandelt: es ging nicht mehr um die Entdekkung von Reichtümern, sondern nur noch um die Erhaltung des Lebens. Wir waren zu weit vorgedrungen, um umzukehren, denn was wir vor uns hatten, konnte nicht schlimmer sein als das, was hinter uns lag; so kämpften wir uns also weiter, ritten die Nacht hindurch, um die Indianer und die unerträgliche Hitze zu vermeiden, und versteckten uns am Tage, so gut es ging. Manchmal, wenn wir unseren Vorrat an Wildfleisch aufgezehrt und unsere Wasserfäßchen geleert hatten, waren wir tagelang ohne Speise und Trank; dann half uns ein Wasserloch oder eine flache Pfütze am Grunde eines Flußlaufes, unsere Körper- und Geisteskräfte soweit wieder herzustellen, daß wir etwas Wild schießen konnten, das diese Wasserstellen aufsuchte. Manchmal war es ein Bär, manchmal eine Antilope, ein Präriewolf, ein Puma – was Gott uns gerade schickte; alles war Nahrung.

Als wir eines Morgens auf der Suche nach einem gangbaren Paß an einer Bergkette entlangzogen, wurden wir von einer Bande Apachen überfallen, die unsere Fährte durch eine Schlucht verfolgt hatten – es ist nicht weit von hier. Da sie wußten, daß sie uns ums Zehnfache überlegen waren, ergriffen sie keine ihrer üblichen feigen Vorsichtsmaßnahmen, sondern stürzten sich schießend und schreiend im Galopp auf uns. Kämpfen kam nicht in Frage. Wir drängten unsere geschwächten Tiere die Schlucht hinauf, soweit ihre Hufe einen Halt fanden, dann sprangen wir aus dem Sattel und flohen, unsere ganze Ausrüstung dem Feind überlassend, in ein Dickicht an einem der Berghänge. Aber jeder von uns hatte sein Gewehr gerettet – Ramon Gallegos, William Shaw, George W. Kent und Berry Davis.«

»Wieder dieselben«, warf der Humorist unserer Gesellschaft ein. Eine mißbilligende Geste unseres Anführers brachte ihn zum Schweigen, und der Fremde fuhr in seiner Erzählung fort:

»Die Wilden stiegen ebenfalls ab, und einige von ihnen liefen die Schlucht hinauf über die Stelle hinaus, an der wir sie verlassen hatten; dadurch schnitten sie uns den Rückzug in dieser Richtung ab und zwangen uns, weiter hinaufzusteigen. Leider erstreckte das Dickicht sich nicht sehr weit, und als wir weiter oben ins Freie kamen, empfing uns das Feuer von einem Dutzend Gewehren; aber die Apachen schießen schlecht, wenn sie es eilig haben, und wie Gott wollte, wurde keiner von uns getroffen. Zwanzig Meter den Abhang hinauf, jenseits des Gebüsches, waren steile Felswände, und unmittelbar vor uns bemerkten wir eine schmale Öffnung. Dort liefen wir hinein; es war eine Höhle etwa von der Größe eines gewöhnlichen Zimmers. Hier waren wir fürs erste in Sicherheit. Ein Einzelner mit einem Repetiergewehr konnte den Eingang gegen alle Apachen des Landes verteidigen. Doch gegen Hunger und Durst hatten wir keine Verteidigung. Mut hatten wir noch, aber Hoffnung war nur noch eine Erinnerung.

Nicht einen dieser Indianer bekamen wir danach zu sehen, nur an dem Rauch und Schein ihrer Feuer in der Schlucht erkannten wir, daß sie Tag und Nacht mit schußbereiten Gewehren am Rande des Dickichts Wache hielten, und wir wußten, wenn wir einen Ausfall machten, würde keiner von uns auch nur drei Schritte weit am Leben bleiben. Drei Tage lang hielten wir aus, abwechselnd Wache haltend, dann wurde unser Leiden unerträglich. Am Morgen des vierten Tages sagte Ramon Gallegos: ›Señores, ich weiß nicht viel vom lieben Gott und was ihm gefällt. Ich habe ohne Religion gelebt und bin damit nicht so vertraut wie Sie. Pardon, Señores, wenn ich Sie erschrecke, aber für mich ist es Zeit, diesen Apachen ihr Spiel zu verderben.‹

Er kniete sich auf den Felsboden der Höhle und setzte die Pistole an die Schläfe. ›Madre de Dios‹, sagte er, ›hier kommt die Seele von Ramon Gallegos.‹

Und so ließ er uns zurück – William Shaw, George W. Kent und Berry Davis.

Ich war der Anführer. Es war an mir zu sprechen.

›Er war ein tapferer Mann‹, sagte ich. ›Er wußte, wann und wie man sterben muß. Es ist töricht, vor Durst verrückt zu werden und unter den Kugeln der Apachen zu fallen oder lebendig skalpiert zu werden – das ist schlechter Stil. Laßt uns Ramon Gallegos folgen.‹

›Richtig‹, sagte William Shaw.

›Richtig‹, sagte George W. Kent.

Ich streckte Ramon Gallegos' Gliedmaßen und deckte ein Taschentuch über sein Gesicht. Dann sagte William Shaw: ›Ich würde gern ein Weilchen so aussehen.‹

Und George W. Kent sagte, er empfände ebenso.

›Dann soll es so sein‹, sagte ich. ›Die roten Teufel werden eine Woche warten. William Shaw und George W. Kent, zieht eure Waffen und kniet nieder.‹

Das taten sie, und ich stand vor ihnen.

›Allmächtiger Gott, Vater unser‹, sagte ich.

›Allmächtiger Gott, Vater unser‹, sagte William Shaw.

›Allmächtiger Gott, Vater unser‹, sagte George W. Kent.

»›Vergib uns unsere Sünden‹, sagte ich.

›Vergib uns unsere Sünden‹, sagten sie.

›Und nimm unsere Seelen zu Dir.‹

›Und nimm unsere Seelen zu Dir.‹

›Amen!‹

›Amen!‹

Ich legte sie neben Ramon Gallegos und bedeckte ihre Gesichter.«

Auf der anderen Seite des Lagerfeuers entstand plötzlich eine Bewegung. Einer von uns war aufgesprungen, die Pistole in der Hand.

»Und Sie!« rief er, »Sie haben es gewagt, zu entkommen? – Sie wagen es noch am Leben zu sein? Sie feiger Hund, ich werde Sie ins Jenseits schicken, und wenn ich Sie hängen muß!«

Aber unser Käpten war mit einem Panthersprung bei ihm und packte ihn beim Handgelenk. »Halt dich zurück, Sam Yountsey, halt dich zurück!«

Wir waren nun alle auf den Beinen – bis auf den Fremden, der regungslos und scheinbar unaufmerksam dasaß. Jemand ergriff Yountseys anderen Arm.

»Käpten«, sagte ich, »da stimmt was nicht. Dieser Mann ist entweder ein Irrer oder bloß ein Lügner – nur ein schlichter, gewöhnlicher Lügner, und Yountsey hat kein Recht ihn zu töten. Wenn dieser Mann zu jener Gesellschaft gehört hat, müssen es fünf Männer gewesen sein, und einen – wahrscheinlich sich selbst – hat er nicht beim Namen genannt.«

»Ja«, sagte der Käpten und ließ den Rebellen los, der sich hinsetzte, »da ist etwas – Ungewöhnliches daran. Vor mehreren Jahren sind die Leichname von vier weißen Männern, skalpiert und schändlich verstümmelt, am Eingang dieser Höhle gefunden worden. Sie sind dort begraben; ich habe die Gräber gesehen – wir werden sie morgen alle sehen.«

Der Fremde erhob sich und stand groß im Licht des verlöschenden Feuers, das wir in unserer atemlosen Aufmerksamkeit anzufachen versäumt hatten.

»Es waren vier«, sagte er. »Ramon Gallegos, William

Shaw, George W. Kent und Berry Davis.«

Nachdem er diese Namen wie einen Appell ausgerufen hatte, ging er in die Dunkelheit, und wir sahen ihn nicht mehr.

In diesem Augenblick trat einer von uns, der Wache gestanden hatte, das Gewehr in der Hand, etwas aufgeregt in unseren Kreis.

»Käpten«, sagte er, »während der letzten halben Stunde haben da draußen auf der *mesa* drei Männer gestanden.« Er zeigte in die Richtung, die der Fremde eingeschlagen hatte. »Ich konnte sie deutlich erkennen, denn der Mond scheint, aber da sie unbewaffnet waren und ich sie in meinem Schußfeld hatte, dachte ich, es wäre an ihnen, etwas zu tun. Sie haben nichts getan, aber sie sind mir, verdammt nochmal!, auf die Nerven gegangen.«

»Geh wieder auf deinen Posten und bleib dort, bis du sie wieder siehst«, sagte der Käpten. »Ihr anderen legt euch wieder hin, sonst kriegt ihr alle einen Tritt, daß ihr ins Feuer fliegt.«

Der Wachtposten zog sich gehorsam, wenn auch fluchend, zurück und kam nicht wieder. Während wir unsere Decken ausbreiteten, fragte der hitzige Yountsey: »Ich bitte um Entschuldigung, Käpten, aber was glauben Sie, wer, zum Teufel, diese Leute waren?«

»Ramon Gallegos, William Shaw und George W. Kent.«

»Aber Berry Davis? Ich hätte ihn erschießen sollen.«

»Ganz unnötig; der ist so tot, wie man nur sein kann. Gehen Sie schlafen.«

Saki

Die offene Tür

»Meine Tante wird gleich kommen, Mr. Nuttel«, sagte eine sehr selbstbewußte junge Dame von fünfzehn Jahren. »Bis dahin müssen Sie schon mit mir vorliebnehmen.«

Framton Nuttel war bemüht, etwas Passendes zu sagen. Einerseits sollte es der anwesenden Nichte gebührend schmeicheln, andererseits durfte es jedoch die in Aussicht gestellte Tante nicht ungebührlich übergehen. Jedenfalls verstärkten sich seine Zweifel, ob diese förmlichen Besuche bei einer Reihe ihm vollkommen fremder Menschen der nervlichen Ausspannung, die er für dringend notwendig hielt, dienlich sein würden.

»Ich kann dir jetzt schon sagen, wie die Geschichte ausgehen wird«, hatte seine Schwester gesagt, als er seine Reise in diese ländliche Abgeschiedenheit vorbereitete. »Du wirst dich dort verkriechen, mit keinem Menschen reden – und schließlich werden deine Nerven durch die Eintönigkeit noch gereizter sein als vorher. Ich gebe dir lieber einige Briefe an die Menschen mit, die ich damals kennenlernte. Soweit ich mich erinnere, waren einige ganz nett.«

Framton überlegte nun, ob Mrs. Sappleton – jene

Dame, der er jetzt einen dieser Empfehlungsbriefe überreichen wollte – zu den Netten gehörte.

»Sind Sie hier mit vielen Leuten bekannt?« fragte die Nichte, denn sie war der Ansicht, daß sie sich lange genug gegenübergesessen hätten, ohne ein Wort zu sagen.

»Mit keiner Menschenseele«, sagte Framton. »Meine Schwester wohnte vor vier Jahren im Pfarrhaus und gab mir einige Briefe an ihre Bekannten mit.«

Ein hörbares Bedauern schwang in dieser letzten Feststellung mit.

»Dann werden Sie wohl auch kaum etwas über meine Tante wissen?« fuhr die selbstbewußte junge Dame fort.

»Ich kenne nur ihren Namen und ihre Adresse«, gab der Besucher zu. Dabei versuchte er zu ergründen, ob Mrs. Sappleton verheiratet oder verwitwet wäre. Die Atmosphäre dieses Raumes schien irgendwie auf gewisse männliche Gewohnheiten hinzudeuten.

»Die große Tragödie, die meine Tante erlebte, liegt jetzt schon drei Jahre zurück«, sagte das Kind. »Ihre Schwester war wohl zu jener Zeit nicht mehr hier.«

»Die Tragödie?« fragte Framton. Er hatte das Gefühl, daß Tragödien eigentlich gar nicht zu diesem ländlichen Ort paßten.

»Vielleicht haben Sie sich schon gewundert, daß die Terrassentür selbst an einem Oktobertag noch so weit offensteht«, sagte die Nichte und deutete auf die breite Tür, die in den Garten hinausführte.

»Ich finde, daß es für diese Jahreszeit noch recht

warm ist«, sagte Framton. »Oder hat die Tür etwas mit der Tragödie zu tun?«

»Durch diese Tür verließ – heute genau vor drei Jahren – der Mann meiner Tante mit ihren beiden jüngeren Brüdern das Haus, um wie üblich auf die Jagd zu gehen. Sie kehrten nie mehr zurück. Als sie zu der Stelle im Moor gehen wollten, die für die Schnepfenjagd am günstigsten ist, und dabei das Moor überquerten, versanken sie im Sumpf. Vielleicht erinnern Sie sich an jenen schrecklich verregneten Sommer; und durch die große Feuchtigkeit gaben einzelne, sonst absolut sichere Stellen im Moor plötzlich unter den Füßen nach, ohne daß man es ihnen ansehen konnte. Ihre Leichen wurden nie gefunden – das war das Schrecklichste.« Bei diesen Worten verlor die Stimme des Mädchens ihre Selbstsicherheit und bebte vor Grauen. »Meine arme Tante glaubt immer noch ganz fest, daß sie eines Tages doch zurückkommen werden – die drei Männer und der kleine braune Spaniel, der mit ihnen verschwand – und daß sie dann wie immer durch diese Tür hereinkommen. Deshalb bleibt die Tür – Abend für Abend – weit offen, bis es dunkel ist. Die arme geliebte Tante; wie oft hat sie mir dies alles schon erzählt. Ihr Mann trug einen weißen Regenmantel über dem Arm, und Ronnie, ihr jüngster Bruder, sang noch laut:

Bertie, warum hüpfst du so?

Damit wollte er sie immer ärgern, weil sie einmal gesagt hatte, daß ihr dieses Lied auf die Nerven fiele. Wissen Sie: Manchmal – an ruhigen, stillen Abenden wie diesem – überkommt mich das fröstelnde Gefühl, daß die Männer eines Tages doch noch durch die Tür hereinkommen . . .«

Ein Schauder schien sie bei den letzten Worten zu überlaufen. Framton war daher erleichtert, als die Tante in diesem Augenblick geräuschvoll und mit einem Schwall von Entschuldigungen für ihr spätes Erscheinen das Zimmer betrat.

»Vera hat Sie inzwischen gut unterhalten, hoffe ich«, sagte sie.

»Es war sehr interessant«, sagte Framton.

»Die offene Tür stört Sie hoffentlich nicht«, sagte Mrs. Sappleton lebhaft. »Mein Mann und meine Brüder müssen nämlich jeden Augenblick von der Jagd zurückkommen – sie wollten im Moor Schnepfen schießen. Meine armen Teppiche werden wieder schön schmutzig werden. Aber so sind Männer nun einmal, oder nicht?«

Vergnügt plauderte sie über die Jagd, über die immer seltener werdenden Schnepfen und über die Aussichten für die Entenjagd im Winter. Für Framton war es einfach entsetzlich. Er machte einen verzweifelten, wenn auch nur zum Teil erfolgreichen Versuch, das Gespräch auf ein weniger gespenstisches Thema zu bringen; dabei merkte er jedoch, daß seine Gastgeberin ihm nur einen Bruchteil ihrer Aufmerksamkeit schenkte, während ihre Augen immer wieder an ihm vorüber zur Tür und zu dem dahinter liegenden Rasen wanderten. Es war wirklich ein unglücklicher Zufall, daß sein Besuch mit diesem tragischen Jahrestag zusammenfiel.

»Die Ärzte sind sich darin einig, daß ich restlose Ruhe brauche und jede seelische Aufregung oder körperliche Anstrengung vermeiden muß«, verkündete Framton. Auch er litt unter der weitverbreiteten Vorstellung, daß sich ein ihm vollkommen Fremder oder zufälliger Bekannter für die letzten Einzelheiten seiner Leiden und Beschwerden sowie ihre Ursachen und Behandlungsmöglichkeiten interessierte. »In der Frage der Ernährung sind sie allerdings nicht der gleichen Ansicht«, fuhr er fort.

»Ach!« sagte Mrs. Sappleton in einem Ton, der noch im letzten Augenblick ein Gähnen unterdrückt hatte. Plötzlich strahlte sie jedoch auf und zeigte lebhaftes Interesse – aber nicht für das, was Framton erzählte.

»Da kommen sie!« rief sie, »gerade rechtzeitig zum Tee; aber aussehen tun sie, als hätten sie bis zu den Ohren im Sumpf gesteckt!«

Framton überlief ein Frösteln. Mit einem Blick, der sein mitfühlendes Verständnis ausdrücken sollte, wandte er sich der Nichte zu. Aber auch das Mädchen starrte mit entsetzten Augen durch die weit offene Tür. Von namenloser Angst gepackt, drehte Framton sich in seinem Sessel um und sah ebenfalls in die gleiche Richtung.

Durch die zwielichtige Dämmerung kamen drei Männer über den Rasen und direkt auf die Tür zu. Jeder der drei hatte eine Flinte unter dem Arm; der eine hatte sich außerdem noch einen weißen Regenmantel umgehängt, und dicht hinter ihnen trottete ein müder brauner Spaniel. Lautlos kamen sie näher – und dann sang eine junge rauhe Stimme durch die Dämmerung:

Blitzschnell griff Framton nach Stock und Hut; Haustür, Kiesweg und Gartentür waren kaum bemerkte Stationen seines überstürzten Rückzuges. Ein Radfahrer, der gerade die Straße entlang kam, mußte sein Gefährt in die Hecke lenken, um dem drohenden Zusammenprall zu entgehen.

»Da wären wir wieder«, sagte der Mann, der den weißen Mantel umgehängt hatte, und kam durch die Tür. »Ein bißchen dreckig zwar, aber das meiste ist schon trocken. Wer ist denn da eben rausgerannt, als wir kamen?«

»Das war ein sehr merkwürdiger Mensch – ein Mr. Nuttel«, sagte Mrs. Sappleton. »Die ganze Zeit über sprach er nur von seiner Krankheit, und als ihr kamt, rannte er einfach aus dem Zimmer – ohne ein Wort des Abschieds oder der Entschuldigung. Man konnte fast glauben, ihm wäre plötzlich ein Gespenst erschienen.«

»Ich glaube eher, daß es der Spaniel war«, sagte das Mädchen schlicht. »Er erzählte mir nämlich, daß er vor Hunden entsetzliche Angst hätte. Irgendwo in der Nähe des Ganges ist er einmal von einem Rudel verwilderter Hunde auf einen Friedhof gejagt worden; und eine ganze Nacht lang mußte er in einem frisch ausgehobenen Grab hocken, während die Bestien knurrend und zähnefletschend über ihm standen und ihr Geifer auf ihn heruntertropfte. Ich kann mir schon vorstellen, daß man dabei die Nerven verliert.«

Die junge Dame hatte das ungewöhnliche Talent, aus einer kurzen Bemerkung einen ganzen Roman zu machen.

Andrew Lang

Glams Geist

aus der Saga von Grettir dem Starken

War da ein Mann mit Namen Thorhall, der letzte auf Thorhall-stead in Forsaela-dala, das im Norden von Island liegt. Es war ein Mann von ansehnlichem Reichtum, besonders an Vieh, so daß niemand ringsum einen solchen Viehbestand hatte wie er. Er war jedoch kein Herr, sondern ein redlicher und ehrbarer Yeoman.

Nun war das Anwesen dieses Mannes häufig von Gespenstern heimgesucht, so daß kaum ein Schäfer dazu zu bringen war, bei ihm zu bleiben, und obgleich er viele nach ihrer Meinung fragte, was er tun solle, fand er keinen, der ihm einen irgendwie wertvollen Rat gegeben hätte.

Eines Sommers beim Althing – der alljährlichen Volksversammlung – ging Thorhall zur Hütte von Skafti, dem Gesetzeskundigen, welcher der klügste von allen war und guten Rat erteilte, wenn er um seine Meinung befragt wurde. Er nahm Thorhall freundschaftlich auf, denn er wußte, daß dieser ein bemittelter Mann war, und fragte ihn, was es Neues gebe.

»Ich wollte Euch um einen guten Rat bitten«, sagte Thorhall.

»Den werde ich wohl kaum geben können«, sagte Skafti, »aber was gibt es denn?«

»Der Umstand ist der«, sagte Thorhall, »daß ich in letzter Zeit sehr viel Pech mit meinen Schäfern gehabt habe. Manche erleiden Schaden, und andere kündigen vor der Zeit den Dienst auf; und jetzt will niemand zu mir kommen, der den Stand der Dinge kennt.«

»Dann muß ein böser Geist dort sein«, sagte Skafti, »wenn die Männer Eure Schafe nicht so gern hüten wollen wie die von anderen Leuten. Da Ihr nun um meinen Rat gebeten habt, will ich Euch einen Schafhirten beschaffen. Sein Name ist Glam; er gehört nach Schweden und ist letzten Sommer hierher gekommen. Er ist groß und stark, aber bei den meisten Leuten nicht sehr wohl gelitten.«

Thorhall sagte, das solle ihn nicht kümmern, wenn der Mann nur die Schafe gut versorgte. Skafti antwortete, man könne nicht hoffen, daß andere es tun würden, wenn Glam, der so stark und beherzt sei, es nicht könnte. Damit endete ihr Gespräch, und Thorhall verließ die Hütte.

Das trug sich zu, als die Versammlung sich gerade auflöste. Da vermißte Thorhall zwei seiner Pferde und ging persönlich auf die Suche nach ihnen, woraus man ersehen kann, daß er kein hochmütiger Mann war. Er ging zum Gebirgskamm hinauf und südwärts den Hang entlang, der Armannshügel genannt wird. Da sah er einen Mann aus dem Walde kommen, der ein mit Reisigbündeln beladenes Pferd führte. Bald begegneten sie einander, und Thorhall fragte nach dem Namen des Fremden. Der sagte, er heiße Glam. Er war groß von

Statur und von fremdartigem Aussehen; seine Augen waren blau und stier und sein Haar von wolfsgrauer Farbe. Thorhall erschrak ein bißchen, als er ihn sah, und es war ihm sicher, daß dies der Mann war, von dem er gehört hatte.

»Für welche Arbeit taugt Ihr am besten?« fragte er. Glam sagte, er verstehe sich gut aufs Schafehüten im Winter.

»Wollt Ihr *meine* Schafe hüten?« fragte Thorhall. »Skafti hat Euch mir anempfohlen.«

»Nur unter einer Bedingung werde ich bei Euch in Dienst treten«, sagte Glam, »nämlich daß ich meinen freien Willen habe, denn es verdrießt mich, wenn etwas nicht nach meinem Gefallen geht.«

»Das stört mich nicht«, sagte Thorhall, »und es wäre mir recht, wenn Ihr zu mir kämt.«

»Das will ich«, sagte Glam; »aber gibt es auf Eurem Hof vielleicht irgend etwas, was nicht ganz stimmt?«

»Es heißt, daß es auf meinem Hof spukt«, sagte Thorhall.

»Vor solchen Popanzen habe ich keine Angst«, sagte Glam; »umso lebhafter wird es dort zugehen.«

»Ihr werdet Euren ganzen Mannesmut brauchen«, sagte Thorhall. »Je weniger Angst man um sich selber hat, desto besser.«

Danach schlossen sie einen Handel ab, daß Glam kommen sollte, sobald die Winternächte begannen. Dann gingen sie auseinander, und Thorhall fand seine Pferde dort, wo er sie just von neuem gesucht hatte, und er ritt heim, nachdem er Skafti für seine Freundlichkeit gedankt hatte.

Der Sommer ging dahin, und Thorhall hörte nichts von dem Schäfer, und auch sonst wußte niemand das geringste über ihn zu sagen, aber zur festgesetzten Zeit kam er nach Thorhall-stead. Der Yeoman nahm ihn gut auf, aber die anderen mochten ihn nicht, am wenigsten die Hausmutter. Er begab sich an seine Arbeit bei den Schafen, die ihm wenig Mühe machte, denn er hatte eine laute, rauhe Stimme, und die Herde sammelte sich, sobald er rief. Es gab eine Kirche in Thorhall-stead, aber Glam ging nie hinein und kam auch nicht zum Gottesdienst. Er war ein Ungläubiger, ein ungehobelter Murrkopf, und jedermann fühlte sich von ihm abgestoßen.

So verging die Zeit, und es wurde Weihnachten. Am Morgen des Heiligen Abends stand Glam zeitig auf und verlangte sein Essen. Die Hausmutter antwortete: »Bei Christenmenschen ist es nicht Brauch, an diesem Tage zu essen, denn morgen ist der erste Weihnachtstag, und heute sollten wir fasten.« Glam erwiderte: »Ihr habt viele närrische Moden, an denen ich nichts Gutes finde. Ich kann nicht einsehen, daß die Menschen jetzt besser daran sein sollen denn früher, als sie sich über derlei keine Gedanken machten. Ich glaube, das Leben war viel besser, als die Menschen Heiden waren; und jetzt Schluß mit dem Unsinn: ich will mein Essen.« Die Hausmutter antwortete: »Ihr werdet es bestimmt bereuen, wenn Ihr heute so verstockt seid.«

Glam wies sie an, ihm auf der Stelle sein Essen zu bringen, sonst werde sie es bereuen. Sie wagte nicht, es abzulehen, und nachdem er gegessen hatte, ging er wütend hinaus.

Es war sehr schlechtes Wetter. Ringsum war es finster und trübe; Schneeflocken stoben durch die Luft, es polterte und lärmte, und das wurde immer schlimmer, je weiter der Tag fortschritt. Vormittags war die Stimme des Schäfers zu hören, aber später immer weniger. Ein Schneetreiben setzte ein, und gegen Abend tobte heftiger Sturm. Die Leute kamen zum Gottesdienst in die Kirche, und es wurde Abend, aber Glam war noch nicht heimgekommen. Manche sagten, man solle gehen und ihn suchen, aber wegen des Sturms und der Finsternis ging man nicht auf die Suche.

Den ganzen Weihnachtsabend kehrte Glam nicht zurück, und am nächsten Morgen machten die Männer sich auf, um nach ihm zu suchen. Sie fanden die Schafe, vom Sturm gepeitscht, zerstreut in den Niederungen oder oben in den Bergen. Danach kamen sie an eine Stelle im Tal, da war der Schnee ganz zertrampelt, als hätte ein schrecklicher Kampf stattgefunden, denn überall waren Steine und gefrorene Erdbrocken aus dem Boden gerissen. Sie sahen sich sorgfältig um und fanden nicht weit davon Glam tot auf der Erde liegen. Er war schwarz verfärbt und aufgeschwollen, so groß wie ein Ochse. Die Männer grauste es bei dem Anblick, und es schauderte sie bis ins Herz. Trotzdem versuchten sie, ihn in die Kirche zu tragen, aber sie brachten ihn nicht weiter als zum Rande einer etwas tiefer gelegenen Kluft; sie ließen ihn also dort liegen und gingen nach Hause und berichteten ihrem Herrn, was geschehen war.

Thorhall fragte sie, was die Ursache für Glams Tod sein könne. Sie sagten, sie hätten Fußspuren verfolgt, so groß wie ein Faß, das man im Schnee abgesetzt habe, und die Fährte habe von der zertrampelten Stelle bis zu den Felsen am oberen Rand des Tales geführt, und daneben seien überall riesige Blutflecken gewesen. Danach vermuteten sie, daß der böse Geist, der dort oben hauste, Glam getötet habe, dabei aber tödlich verwundet worden sei, denn niemand sah je wieder etwas von ihm.

Am zweiten Weihnachtstag versuchten sie wieder, Glam zur Kirche zu schaffen. Sie spannten Pferde vor seinen Leichnam, aber als sie den Abhang heruntergekommen und auf ebenem Boden waren, konnten sie ihn nicht weiterziehen und mußten ihn dort liegenlassen.

Am dritten Tag ging ein Priester mit ihnen, aber Glam war nicht zu finden, obwohl sie den ganzen Tag nach ihm suchten. Der Priester weigerte sich, noch einmal mitzugehen, und als der Priester nicht mehr dabei war, wurde der Schäfer sofort gefunden. So gaben sie den Versuch auf, ihn zur Kirche zu schaffen, und begruben ihn an Ort und Stelle.

Bald danach bemerkte man, daß Glam nicht ruhig liegen blieb, sondern großes Unheil stiftete, denn viele, die ihn sahen, fielen in Ohnmacht oder verloren den Verstand. Kurz nach dem Julfest glaubten die Leute ihn auf dem Gutshof selbst gesehen zu haben; sie erschraken fürchterlich, und viele von ihnen liefen weg. Danach begann Glam nachts auf dem Dachfirst zu reiten (wie in Amherst!) und das Haus so zu schütteln, daß es fast in Stücke ging, und von da an ging er fast immerfort um, bei Tag und bei Nacht. Man wagte kaum noch, ins Tal hinaufzugehen, auch wenn man dort dringende Geschäfte hatte, und jedermann in der Gegend fürchtete Schlimmes.

Im Frühjahr nahm Thorhall neue Männer in Dienst und fing wieder an, sein Gut zu bewirtschaften, während Glam, je länger die Tage wurden, immer weniger umging. So verging die Zeit, und es wurde Mittsommer. In jenem Sommer lief ein Schiff aus Norwegen im Huna-Wasser ein (einer nördlich von Thorhall-stead gelegenen Förde), das hatte einen Mann namens Thorgaut an Bord. Er war von fremdländischer Geburt, groß gewachsen und so stark wie zwei Männer. Er hatte keine Arbeit und keine Frau, und da er bettelarm war, suchte er eine Beschäftigung. Thorhall ritt zu dem Schiff, suchte Thorgaut auf und fragte ihn, ob er bei ihm in Dienst treten wolle. Thorgaut antwortete, das könne er wohl, und es sei ihm ziemlich gleich, welche Arbeit er tue.

»Ihr müßt aber wissen«, sagte Thorhall, »daß für einen kleinmütigen Mann auf meinem Hof nicht gut leben ist, weil es neuerdings dort spukt, und ich habe nicht die Absicht, Euch irgendwie zu täuschen.«

»Nun, auch wenn ich es mit schändlichen Gespenstern aufnehmen muß, werde ich nicht gleich umkommen«, sagte Thorgaut. »Wenn *ich* mich fürchte, wird es für andere noch weniger leicht sein, und deswegen werde ich die Stellung nicht ablehnen.«

Sie wurden rasch handelseinig, und Thorgaut sollte im Winter die Obhut über die Schafe übernehmen. Der Sommer verging, und Thorgaut trat seinen Dienst in den Winternächten an und war bei jedermann wohlgelitten. Glam begann wieder zu spuken und ritt auf dem

Dachfirst; Thorgaut fand das sehr spaßig und sagte, das Gespenst müsse erst mit ihm handgemein werden, ehe er sich vor ihm fürchten würde. Thorhall befahl ihm, den Mund nicht zu voll zu nehmen. »Besser ist es für Euch«, sagte er, »wenn Ihr Euch nicht mit ihm messen müßt.«

»Ihr habt wohl all Euren Mut verloren!« sagte Thorgaut. »Ich werde wegen solcher Reden nicht gleich tot umfallen.«

Der Winter ging dahin, und es wurde wieder Weihnachten, und am Weihnachtsabend ging der Schäfer hinaus zu seinen Schafen. »Mich dünkt, wir werden eine Überraschung erleben«, sagte die Hausmutter.

»Keine Angst, Hausmutter«, sagte Thorgaut; »wenn ich nicht wiederkomme, wird es etwas zu erzählen geben.«

Es war ein sehr kalter Tag mit heftigem Schneegestöber. Thorgaut hatte die Gewohnheit, in der Dämmerung nach Hause zu kommen, aber diesmal kehrte er nicht zur gewohnten Zeit zurück. Die Leute kamen in die Kirche und begannen schon zu glauben, daß alles wahrscheinlich wieder so verlaufen werde wie im vorigen Jahr. Thorhall wollte nach dem Schäfer suchen lassen, aber die Kirchgänger weigerten sich und sagten, sie wollten es nicht riskieren, nachts bösen Dämonen in die Hände zu fallen, und so unterblieb die Suche.

Am Weihnachtstag gingen sie nach der Morgenmahlzeit hinaus, um nach dem Schafhirten zu suchen. Zuerst gingen sie zu Glams Hügelgrab, da sie vermuteten, daß er an Thorgauts Verschwinden schuld sei. Beim Näherkommen fanden sie ihre Vermutung bestätigt, denn dort lag der Schäfer mit gebrochenem Hals und zerschlagenen Knochen. Sie trugen ihn in die Kirche, und er tat danach niemandem etwas zuleide. Glam hingegen sammelte neue Kraft und ging in seinem Unfug jetzt so weit, daß alle Thorhall-stead fluchtartig verließen außer dem Yeoman und seiner Ehefrau.

Er hatte aber einen Viehknecht, der war seit langer Zeit bei ihm, und Thorhall wollte ihn nicht fortlassen, weil er so treu und gewissenhaft war. Er war sehr alt und wollte auch nicht fort, denn er sah, daß alles Hab und Gut seines Herrn in Trümmer und zugrunde gehen würde, wenn niemand da war, der danach sah.

Eines Morgens – der Winter war schon halb vorbei – ging die Hausmutter in den Kuhstall, um die Kühe zu melken. Es war um diese Zeit heller Tag, denn niemand traute sich früher hinaus bis auf den Viehknecht, der immer hinausging, wenn es zu tagen begann. Sie hörte großen Lärm und furchtbares Gebrüll im Kuhstall und lief schreiend ins Haus zurück und rief, etwas Schreckliches sei dort im Gange. Thorhall ging zu den Rindern hinaus und sah, daß sie einander mit den Hörnern aufspießten. Um ihnen auszuweichen, ging er in die Scheune hinüber, und da sah er den Viehknecht auf dem Rücken liegen, den Kopf in der einen Box und die Füße in der anderen. Er ging zu ihm und tastete ihn ab und stellte bald fest, daß er tot war; er hatte sich an dem aufrecht stehenden Grenzstein zwischen zwei Boxen das Rückgrat gebrochen.

Der Yeoman sagte sich nun, daß es hohe Zeit sei, den Hof zu verlassen, und er floh mit allem, was er mitnehmen konnte. Alles Vieh, das er zurückließ, wurde von

Glam umgebracht, der dann das ganze Tal durchstreifte und alle Bauernhöfe oberhalb Tongue verwüstete.

Thorhall verbrachte den Rest des Winters bei verschiedenen Freunden. Niemand konnte mit Pferd oder Hund ins Tal hinauf gehen, denn diese wurden sofort getötet; als aber der Frühling kam und die Tage wieder länger wurden, spukte Glam nicht mehr so oft, und Thorhall beschloß, auf sein Gehöft zurückzukehren. Er hatte Schwierigkeiten, Dienstleute zu bekommen, aber es gelang ihm, sich auf Thorhall-stead wieder häuslich einzurichten. Alles ging seinen Gang wie zuvor. Als es Herbst wurde, begann der Spuk von neuem, und jetzt hatte die Tochter des Yeoman am meisten zu leiden, bis sie schließlich vor Schrecken starb. Mancherlei Pläne wurden versucht, aber alle ohne Erfolg, und es schien, als würde das ganze Water-dale verwüstet werden, wenn nicht ein Heilmittel gefunden wurde.

All dies trug sich in den Tagen von Grettir zu, dem Sohn Asmunds, welcher der stärkste Mann seiner Zeit in Island war. Er war für drei Jahre geächtet und außer Landes gewesen, und als er heimkehrte, war er erst achtzehn Jahre alt. Er war den Herbst hindurch daheim gewesen, aber als die Winternächte schon fortgeschritten waren, ritt er gen Norden ins Water-dale und kam nach Tongue, wo sein Onkel Jökull wohnte. Der nahm ihn sehr herzlich auf, und er blieb drei Nächte bei ihm. Um diese Zeit gab es viel Gerede über Glams Spuk, über nichts wurde so viel gesprochen. Grettir erkundigte sich genau nach allem, was geschehen war, und Jökull sagte, daß die Geschichten alle nur die schiere Wahrheit erzählten. »Aber willst du dorthin gehen, Vetter?« fragte er. Grettir sagte, ja, das wolle er. Jökull befahl ihm, es nicht zu tun, »denn es ist ein gefährliches Unternehmen, es wäre ein Jammer für deine Freunde, dich zu verlieren, denn unserer Meinung nach gibt es unter den jungen Männern nicht deinesgleichen, und dort, wo Glam ist, droht dir Unheil. Weit besser ist es, mit sterblichen Menschen umzugehen als mit solchen bösen Geistern.«

Grettir jedoch sagte, er habe es sich in den Kopf gesetzt, nach Thorhall-stead zu reisen und dort nach dem Stand der Dinge zu sehen. Jökull erwiderte: »Ich sehe jetzt, daß es zwecklos ist, dich zurückzuhalten, aber wie das Sprichwort sagt: ›Glück und Herzensgüte sind nicht dasselbe.‹« Grettir antwortete: »›Das Leid steht schon vor deiner Tür, wenn es beim Nachbarn eingekehrt ist.‹ Wer weiß, wie es dir selbst noch ergehen wird.«

»Mag sein«, sagte Jökull, »daß wir jeder auf seine Weise in die Zukunft sehen, und doch kann keiner von uns etwas tun, um es zu verhindern.«

Danach trennten sie sich, und keinem gefielen die Vorahnungen des anderen.

Grettir ritt nach Thorhall-stead, und der Yeoman nahm ihn herzlich auf. Er fragte Grettir, wohin er wolle, und dieser sagte, er würde gern die Nacht über hier bleiben, wenn es ihm recht wäre. Thorhall sagte, es werde ihn sehr freuen, wenn er über Nacht bliebe, »aber wenige sehen es als Gewinn an, hier lange Gast zu sein. Ihr müßt gehört haben, wie die Dinge stehen, und es wäre mir sehr unlieb, wenn Ihr meinetwegen zu Schaden kämet. Und auch wenn Ihr selbst unversehrt und gesund davonkommt, ist mir gewiß, daß Ihr Euer Pferd verlieren werdet, denn keiner, der hierher kommt, kann es unversehrt bewahren.«

Grettir antwortete, es gebe Pferde genug, was auch diesem zustoßen möge. Thorhall war hocherfreut, daß er zu bleiben gewillt war, und bereitete ihm den herzlichsten Empfang. Das Pferd wurde in einem Nebengebäude gut eingeschlossen; dann gingen sie schlafen, und diese Nacht verging, ohne daß Glam erschien.

»Euer Kommen«, sagte Thorhall, »hat eine glückliche Wendung herbeigeführt, denn Glam hat die Gewohnheit, jede Nacht auf dem Haus zu reiten oder die Türen einzuschlagen, wie Ihr selbst sehen könnt.«

»Dann gibt es zwei Möglichkeiten«, sagte Grettir; »entweder wird er sich nicht lange zurückhalten, oder der Spuk wird für mehr als eine Nacht aufhören. Ich werde noch eine Nacht bleiben und sehen, wie es weitergeht.«

Danach sahen sie nach Grettirs Pferd, und dem war auch nichts geschehen, so daß der Yeoman glaubte, alles werde gut weitergehen. Grettir blieb noch eine Nacht, und wieder ließ der Dämon sich nicht blicken. Thorhall glaubte schon, daß alles etwas freundlicher aussähe, aber als er nach Grettirs Pferd sehen wollte, fand er das Nebengebäude aufgebrochen und das Pferd herausgezerrt und erschlagen. Er berichtete es Grettir und riet ihm, für seine eigene Sicherheit zu sorgen, »denn wenn Ihr auf Glam wartet, seid Ihr des Todes.«

Grettir antwortete: »Das mindeste, was ich für mein Pferd verlange, ist, den Dämon zu sehen.« Thorhall erwiderte, es werde ihm nichts nützen, ihn zu sehen,

»denn er hat nichts von menschlicher Gestalt an sich; aber mich ängstigt jede Stunde, die Ihr noch hier bleibt.«

Der Tag ging dahin, und als es Zeit zum Schlafengehen war, zog Grettir seine Kleider nicht aus, sondern legte sich auf den Estrich gegenüber Thorhalls Schlafalkoven. Er deckte sich mit einem dicken Mantel zu, den er unter seinen Füßen zuknöpfte, während er das obere Ende unter seinem Kopf zusammenlegte, so daß er durch das Halsloch hinausspähen konnte. Am Fußende war ein dickes Brett, gegen das er die Füße stemmte, die Türgriffe der Außentür waren alle entfernt, und statt dessen hatten sie eine nur locker verschlossene Hürde aufgestellt. Das Tafelwerk in der Halle war herausgebrochen, sowohl ober- als unterhalb des Querbalkens, alle Betten waren beiseite gerückt, und es herrschte ein großes Durcheinander.

In der Halle ließen sie ein Licht brennen, und als der dritte Teil der Nacht vorüber war, hörte Grettir draußen lauten Lärm. Dann stieg etwas aufs Haus und ritt auf dem Dach über der Halle, wobei es mit den Fersen daran schlug, bis alle Balken krachten. Nachdem das lange so gegangen war, stieg es vom Haus herunter und kam an die Tür. Als diese aufging, sah Grettir den Dämon den Kopf hereinstecken, einen scheußlich großen Kopf mit wunderlich riesigen Gesichtszügen. Glam kam langsam herein, und als er drinnen war, richtete er sich auf, bis er oben ans Dach stieß. Dann wandte er das Gesicht der Halle zu, legte die Arme auf den Querbalken und musterte den ganzen Raum. Während alledem gab Thorhall keinen Mucks von sich, denn er fand es schlimm genug, zu hören, was da draußen vor sich ging.

Grettir lag still und rührte sich nicht. Glam sah, daß da ein Bündel am Boden lag, ging durch die Halle und packte den Mantel mit festem Griff. Grettir stemmte die Füße gegen das Brett und gab keinen Zoll nach. Glam zog zum zweitenmal, viel fester als zuvor, aber noch immer bewegte der Mantel sich nicht von der Stelle. Beim dritten Mal zerrte er mit beiden Händen so fest, daß er Grettir vom Boden hochhob, und nun rangen sie um den Mantel, und der Mantel zerriß. Glam starrte auf das Stück Mantel, das er in Händen hielt und wunderte sich sehr darüber, daß jemand hatte fester ziehen können als er. In diesem Augenblick stürzte Grettir sich unter Glams Händen auf das Ungeheuer und schlang die Arme um dessen Hüften, um es auf den Rücken zu werfen. Glam jedoch wehrte sich mit solcher Kraft, daß Grettir ihm weichen mußte. Er versuchte dann sich auf die Sitzbänke zu stützen, aber die gaben unter ihm nach, und alles, was ihnen in den Weg kam, brach zusammen.

Glam wollte Grettir hinausdrängen, und obwohl der sich mit den Füßen gegen alles stemmte, was er erreichen konnte, gelang es Glam, ihn in die Vorhalle hinauszuzerren. Dort hatten sie einen wilden Kampf, denn der Dämon wollte ihn ins Freie drängen, aber Grettir sagte sich, daß es im Freien noch schlimmer sein würde als im Hause, wo er schon nicht mit ihm fertig wurde, und so setzte er sich mit aller Macht zur Wehr. Als sie in die Vorhalle kamen, nahm Glam all seine Kräfte zusammen und zog Grettir dicht an sich heran. Als Grettir merkte, daß er dagegen nicht standhalten konnte, änderte er seinen Plan und warf sich, so heftig er konnte, dem Ungeheuer an die Brust, wobei er die Füße gegen einen Stein stemmte, der unter dem Torweg in den Boden gerammt war. Darauf war Glam nicht gefaßt, weil er dabei war, Grettir an sich zu ziehen, und so fiel er rücklings mit einem Krach durch die Tür und schlug mit den Schultern auf die Oberschwelle. Das Dach der Vorhalle zerbarst, sowohl die Dachsparren als das gefrorene Dachstroh, und so stürzte Glam mit Grettir über sich rückwärts aus dem Haus.

Draußen war heller Mondschein, und die zerrissenen Wolken verdeckten zuweilen den Mond, und dann wieder gaben sie ihn frei. In dem Augenblick, als Glam stürzte, kam der Mond hinter einer Wolke hervor, und er blickte augenrollend hinauf; und Grettir sagte, das sei der einzige Anblick gewesen, bei dem ihn das Entsetzen gepackt habe. Dann überkam ihn Hilflosigkeit, sowohl weil er ermattet war als auch weil er Glam so grausig die Augen rollen sah, und er war nicht imstande, seinen Dolch zu ziehen, und schwebte er so gut wie zwischen Leben und Tod.

Aber Glams Macht war teuflischer als die der meisten anderen Geister, denn er sprach folgendermaßen: »Großen Eifer hast du gezeigt, Grettir, mir entgegenzutreten, und nicht verwunderlich wird es sein, wenn dir von mir kein großes Glück zuteil wird; aber eins kann ich dir sagen: du hast nur die Hälfte der Kraft und Gewalt zu spüren bekommen, die dir bestimmt waren, wenn du mir nicht entgegengetreten wärest. Ich kann die Kraft, die du schon gewonnen hast, jetzt nicht von dir nehmen, aber ich kann darauf sehen, daß du nie stärker wirst als jetzt, und doch bist du stark genug, wie so mancher Mann fühlen wird. Bisher warst du für deine Heldentaten berühmt, aber von nun an sollst du ein Totschläger und ein Geächteter sein, und die meisten deiner Taten werden sich in deinen eigenen Schaden und dein Unglück verkehren. Geächtet sollst du sein, und ewig ein einsames Leben zu führen sei dein Los; und auch das erlege ich dir auf: ewig diese meine Augen vor den deinen zu sehen, und dann wirst du es schwer finden, allein zu sein, und das wird dich zum Tode bringen.«

Als Glam das gesagt hatte, wich die Schwäche von Grettir, und er zog seinen Dolch, schnitt Glam den Kopf ab und legte ihn neben seinen Schenkel. Da kam Thorhall heraus, der während Glams Rede seine Kleider angelegt, aber nicht gewagt hatte, ihm in die Nähe zu kommen, bevor er gefallen war. Er lobte Gott und dankte Grettir dafür, daß er den unreinen Geist überwältigt hatte. Dann gingen sie an die Arbeit und verbrannten Glam zu Asche, die füllten sie in einen Sack, den sie an einer Stelle begruben, wo es am wenigsten wahrscheinlich war, daß das Vieh dort weidete oder Menschen vorübergingen. Als das getan war, gingen sie wieder heim, und nun war der Tagesanbruch nicht mehr fern.

Thorhall ließ die Männer vom nächsten Gehöft rufen und erzählte ihnen, was sich zugetragen hatte. Alle, die es hörten, hatten hohe Achtung vor der Heldentat, und alle waren sich darin einig, daß kein Mann in Island so viel Kraft und Mut und Geschicklichkeit aufzuweisen habe wie Grettir Asmundarson. Als er aufbrach, gab

Thorhall ihm ein gutes Pferd und auch einen schönen Anzug, denn was er angehabt hatte, war alles zerrissen. Dann schieden die beiden in bester Freundschaft.

Grettir ritt von dort zum Bergkamm in Water-dale, wo sein Vetter Thorvald ihn herzlich aufnahm und ihn genau nach seinem Treffen mit Glam befragte. Grettir erzählte, wie es ihm ergangen war, und sagte, seine Kraft sei noch nie auf eine so harte Probe gestellt worden wie bei diesem langen Kampf. Thorvald empfahl ihm, sich still und sanft zu verhalten, dann werde alles mit ihm gut gehen, andernfalls werde er viel Mißgeschick haben. Grettir sagte, seine Gemütsart habe sich nicht gebessert; er brause leichter auf denn je und könne noch weniger Widerspruch ertragen. Außerdem fühle er insofern eine große Veränderung, als er das Fürchten vor der Dunkelheit so gründlich gelernt habe, daß er es nicht wage, nach Einbruch der Nacht allein irgendwohin zu gehen, weil er dann Erscheinungen und Ungeheuer aller Art sehe. So sagt man seitdem, wenn jemand die Dinge anders sieht, als sie in Wirklichkeit sind, daß Glam ihm seine Augen geliehen oder den Glamblick gegeben habe.

Und diese Furcht vor der Einsamkeit führte schließlich Grettirs Ende herbei.

Forbes Bramble

Ferien

Die Eltern Clark hatten sich den ganzen Tag gezankt, und die kleine Sheila auf dem Rücksitz hatte Klapse auf die Knie bekommen, bloß weil sie sich gelangweilt hatte. Nun klagte sie, ihr sei schlecht.

»Wir müssen hier irgendwo halten«, sagte David entschlossen. Clare war unmöglich mit ihrem Gerede von Hotels und Abendessen. Er fuhr an den Rand der einspurigen Straße, müde und von Traurigkeit bedrückt. Das Loch lag vor ihnen, nicht funkelnd, sondern blendend in einem stetigen Glanz wie der Widerschein eines Spiegels. Dort hinten mündete es ins Meer.

Der unaufhörliche Wind peitschte die Binsen am Straßenrand, so daß sie leise knarrend an der Karosserie entlangkratzten. Dahinter wogte und wiegte sich ein Wald von üppigem Farnkraut, und hinter dem Farnkraut war ein Streifen Heidekraut und Gagelstrauch, der bis ans Wasser hinunterreichte. Dieses schien säuberlich in einen Rand von kurzem, schönem Rasen eingefaßt, dem Tuffs von weißgebleichten Lichtnelken entsprossen. Linkerhand sah er etwas, das wie ein Pfad in das Farnkraut aussah, und eine flache, ebene Rasenfläche, begrenzt von einer Baumgruppe. Die Hälfte dieser Bäume war tot und mit Flechten bewachsen, die anderen waren belaubt und würden Schutz bieten.

»Da ist ein Platz«, sagte er und deutete auf die Baumgruppe. Clare spähte schlechtgelaunt in die betreffende Richtung. Er merkte, daß sie nicht wirklich hinsah, sondern sich in ihren eigenen Mißmut verkrochen hatte.

»Ich sehe nichts Besonderes daran«, sagte sie.

»Aber ich!« rief Sheila. Sie war sieben und sprach nie, wenn sie schreien konnte. »Das ist ein prima Platz. Wo das viele kurze Gras ist, da können wir den Anhänger parken, fast am Ufer. Laß uns da hinfahren, Mammi, da kann ich zelten wie die Indianer! Bitte!«

»Und das Dorf ist keine zwei Kilometer weit weg«, setzte David hinzu, »wir können dort einkaufen. Diese Stelle hier . . .« – Er zog die Generalstabskarte heraus und suchte den betreffenden Abschnitt: »Sgeir an t'Uruisg. Ja, das ist es. Diese felsige Landspitze.«

Sheila sprang aus dem Wagen und rannte den Pfad entlang zu dem Rasenplateau. Der Boden dröhnte unter den harten Absätzen ihrer neuen braunen Feriensandalen, während sie in der Lust an der Freiheit auf- und absprang.

»Es ist hohl, Pappi!« rief sie.

David ging ihr nach.

»Das klingt immer so, wenn es trocken ist.« Clare, die neben ihnen ging, betrachtete den Rasen mit Abscheu.

»Als erstes müssen wir all diesen Schafmist hier wegkehren. Der und die Kaninchen haben den Platz ziemlich verschandelt.«

»Es ist ganz trocken.«

»Wundervoll. Was soll ich damit machen? Briketts daraus pressen zum Heizen und Feuer anzünden wie in

Afghanistan? Oder sollen wir es rauchen? Ich weiß nicht, wo sie das tun, aber irgendwo tun sie es bestimmt!«

Er wußte, es war ihre Nervosität, gesteigert durch ihre gespannten Beziehungen, aber es verbitterte ihn, daß sie so wenig Rücksicht auf Sheilas Vergnügen nahm. Vielleicht waren es die letzten Ferien, die sie zusammen verlebten. Er stieß den Anhänger zurück, bis er richtig stand, sicherte ihn und begann auszupacken. Zuerst stellte er das Zelt neben dem Wagen auf. Sheila hatte einen ansehnlichen Haufen Holz gesammelt und hüpfte Steine werfend an dem felsigen Ufer herum. Eine Wolke zog an der Sonne vorüber und warf einen grauen Mantel über die Landschaft. Die Veränderung war dramatisch und erschreckend. Das vorher einladend helle Wasser trübte sich. Das purpurne Heidekraut war plötzlich von knorrigen, schwarzen Ulmenwurzeln durchsetzt. Dann verzog sich die Wolke, und das Loch erstrahlte im alten Glanz. Es war, als hätte ein Regisseur verschiedene Beleuchtungseffekte ausprobiert. David sah Clare frösteln.

Sheila kam hopsend aus dem Wäldchen zurück, ihre Füße klapperten wie Pferdehufe.

»Mammi, Pappi! Da ist eine alte Ruine zwischen den Bäumen, und ich habe Holz gesammelt, damit wir Feuer machen können!«

»Was für eine Ruine?« David glaubte ihr nur halb.

»Ein Haus oder eine Scheune oder so was. Es ist noch ein Kamin drin und ein großes Stück von dem Schornstein, und wenn man da raufsieht, ist noch Ruß drin. Es könnte ein Schloß gewesen sein.«

»Es wird ein altes Bauernhaus sein«, sagte Clare fest.

»Aber es *könnte* ein Schloß gewesen sein«, behauptete Sheila hartnäckig. Ach Gott, dachte David, sag doch ja, Clare, bloß ausnahmsweise.

»Dann müßte es viel größer sein. Das weißt du doch.«

»Jedenfalls ist es jetzt nur ein Haufen Steine und zwei Wände.« Sheila war wieder enttäuscht, und David ärgerte sich über die Ursache. Immer wurde das Kind emotionell verstümmelt.

»Wie sollen wir denn ins Dorf kommen?« fragte Clare aus der Tür des Anhängers. Sie hatte einen Kessel mit Wasser aufgesetzt und drehte ihn alle dreißig Sekunden um – eine aufreizende Gewohnheit – als ob es dann schneller kochte! »Hätten wir nicht zuerst hingehen sollen? Wir können das Zelt und die Sachen nicht allein lassen. Jemand könnte einfach mit allem auf und davon gehen, während wir fort sind.«

Natürlich hatte sie recht. Er war ein solcher Neuling, daß er gar nicht daran gedacht hatte. Sie hatten den Anhänger von Macadams geborgt, die sich bemüht hatten, ihnen alles zu erklären, aber dies war einfach eine Sache des gesunden Menschenverstandes.

»Das tut doch niemand. Nicht hier im Hochland.«

»Das sagst du so. Aber nur, weil hier weit und breit kein Mensch zu sehen ist.«

»Ich werde den Wagen loskoppeln. Du kannst in zehn Minuten dort sein.« Es klang ganz einfach, vielleicht ging sie darauf ein.

»O nein, David Clark. Ich fahre nicht allein in ein schottisches Dörfchen. Sie können hierzulande die Engländer nicht leiden.«

»Unsinn.«

»Nein, kein Unsinn. Denk an den alten Mann gestern, den ich nach dem Weg fragte. Er hat mich sehr sonderbar angeschrien, immer wieder ›Eh?‹ gefragt, dann hat er bloß die Achseln gezuckt und ist weggegangen.«

»Er war alt und taub. Er hat dich nicht verstanden.«

»Und woher soll ich wissen, ob es in diesem Dorf nicht lauter alte, taube Schotten gibt, die kein Englisch verstehen?«

»Also in Gottes Namen, dann fahre ich eben.«

»Und ich soll hier allein bleiben? Es ist beängstigend hier. Wenn die Sonne fort ist, wird es pechschwarz – du hast es gesehen. Statt ›majestätisch‹ sag lieber ›beängstigend‹.« David blickte auf die schwarzen Geröllhalden. Nach Sonnenuntergang würde es schnell dunkel werden. Er hatte nie vermutet, daß Clare unter Platzangst litt. Eine Bergschlucht im Hochland hat etwas Bedrohliches.

»Ist dir klar«, sagte er, »daß du, wenn du hier allein bleibst, statistisch etwa zehntausendmal sicherer bist als in deinem Wohnzimmer zu Hause? Hier gibt es so gut wie keine Kriminalität.«

»Es gibt hier so gut wie keine Menschen! Bei dem Glück, das ich habe, wird der erste Vorübergehende ein entsprungener Psychopath aus Glasgow sein.« Sie ließ den Kessel wieder rotieren. Jetzt begann es tatsächlich zu kochen. »Na schön«, sagte sie, »fahr du. Ich werde im Anhänger bleiben und mich einschließen. Laß Sheila bei mir.«

»Sie wird Ansichtskarten und Süßigkeiten kaufen wollen.«

»Das kann sie eben nicht. Bring ihr etwas mit, und sie kann bis morgen warten.«

David kroch in den Wagen, und fuhr mit einem Gefühl der Scham los. Im Rückspiegel sah er Sheila zum Anhänger zurücklaufen. Sie hatte den Mund aufgerissen und rief ihm nach, er solle halten. Ihr Gesicht hatte einen erschrockenen Ausdruck. Glaubte sie, er wollte sie allein lassen? Als er auf der Straße war, kurbelte er das Fenster herunter und rief ihr zu:

»Ich fahre nur einkaufen! Bin gleich wieder da. Ich bring dir was mit!« Er war ein Feigling. Clare griff ein, und er gab Gas und fuhr weiter. Sheila weinte und schrie.

Er fuhr oberhalb des Lochs im Zickzack einen niedrigen Hügel hinauf, wo er den langen, schmalen Wasserlauf überblicken konnte, der wie die Zunge eines Reptils zur See hinausleckte. Der Tag ging, wie so viele Tage im Hochland, im Schein der tiefstehenden Spätnachmittagssonne zur Neige. Alles, was silbern ausgesehen hatte, war plötzlich in flüssiges Gold getaucht. Hier überzog das Heidekraut die Erde wie eine duftende Kruste, und einzelne Stauden wirkten wie Kuchen aus Blumen. Als er um eine Kurve bog, bremste er scharf, da ihm einige Schafe entgegenkamen. Selbst sie sahen schön aus, jedes trug ein goldenes Vlies. Er hielt, als er sah, daß sie die Vorhut einer Herde waren. Ein Mann und zwei Hunde bildeten die Nachhut. Nachdem er den Motor abgestellt und das Fenster geöffnet hatte, war die Stille überwältigend. Der Wind seufzte, und hoch oben sangen die Lerchen. Bienen summten im Heidekraut, als hätten sie strikten Befehl, Treibstoff aufzubrauchen. Die Schafe zogen vorüber, hin und wieder mit ihrer rauhen Wolle den Kotflügel des Wagens streifend. Ihre Hufe klapperten auf der Straße.

Der Mann war in eine alte Hose aus rauhem Stoff, eine geflickte Joppe und ein kragenloses Hemd gekleidet. Er trug den üblichen Hirtenstab, einen Eschenstock mit einer handgeschnitzten Krücke aus Widderhorn. Auf dem Kopf hatte er eine flache Mütze, die sein Gesicht verdeckte, bis er näher kam. Seine Haut war dunkel wettergebräunt. Blaue Augen musterten David forschend aus einem Gesicht, das er zu seiner Überraschung als das eines jungen Mannes erkannte. Der Mann nickte.

»Herrlicher Tag.« Die Bemerkung war weniger eine Aussage über das Wetter als die Geltendmachung seines Rechts, die Straße nach seinem Belieben zu benutzen, auch wenn es hier Fremde gab.

»Ja, wirklich!«

Nachdem die höfliche Anrede akzeptiert war, trat der Mann an Davids Fenster, bequem auf seinen Hirtenstab gestützt, so daß sein Kinn auf der Hornkrücke ruhte. Völlig gelassen wartete er das Vorüberziehen seiner Schafe ab, woraus man schließen konnte, daß er einer Unterhaltung nicht abgeneigt war.

»Ich bin auf dem Weg nach Largiemore«, sagte

David. »Gibt es da einen Laden?« Er fragte nur aus Höflichkeit, denn er wußte die Antwort.

»Ja, es gibt einen. Es gibt sogar mehrere.« Die Sprache des Mannes hatte den weichen Klang des Gälischen. »Es ist lange her, daß ich in Largiemore war.« So wie er es sagte, klang es wie Jahre. »Sie sind wohl in den Ferien.« Das war eine Feststellung.

»Ja. Wir haben gerade unten beim Loch unser Lager aufgeschlagen.«

Die gemütliche Haltung des Mannes veränderte sich plötzlich. Die blauen Augen blickten erschrocken.

»Unten am Wasser?« Der Mann hob den Kopf von seinem Stab und trat näher an das Wagenfenster. »Sie sollten nicht da unten am Wasser sein. Wo ungefähr sind Sie?«

»Sgeir an t'Uruisg.«

»Da müssen Sie weg!« schrie der Mann. David fragte sich, ob er den Verstand verloren habe.

»Warum? Hat der Besitzer was dagegen? Es ist ein guter, trockener Platz. Wir sind den ganzen Tag gefahren.«

»Es gibt keinen Besitzer. Hören Sie auf mich. Sie müssen da weg. Da ist es nicht gut. Da passiert alles mögliche.« Der Mann war trotz seiner gebräunten Haut schlohweiß. David erschrak.

»Was passiert denn?«

»Ich kann Ihnen nicht sagen, was kein Mensch glauben würde. Kein sterbliches Wesen geht dorthin.«

»Aber Schafe sind dort gewesen. Und Kaninchen.«

»Ja, aber nicht nachts. Zögern Sie nicht, fahren Sie

weg. Um Rhubha Leac herum nach Port an Eas. Dort sind Sie außer Gefahr.« David war höchst verblüfft. Er wußte nicht, ob er über diese *Macbeth*-Szene lachen oder erschrecken sollte.

»Was ist denn dort so Gefährliches?«

»Nichts Sterbliches, aber Dinge, die auf dieser Erde nicht sein dürfen.«

Wollte der Mann sich mit ihm einen Scherz machen? Aber er sah todernst aus. Die blauen Augen starrten David an.

»Wo wollen Sie denn hin?« Der Mann trat vom Fenster zurück.

»Ich muß diesen Weg gehen, wegen meiner schrecklichen Sünden. Ja, jede Nacht ...« David gefiel das nicht. Er unterließ es, nach den »schrecklichen Sünden« zu fragen.

»Danke für Ihren Rat«, sagte er. »Wo, sagen Sie, soll ich hinfahren?«

»Um Rhubha Leac herum nach Port an Eas. Dort sind Sie außer Gefahr.«

»Danke«, sagte David und ließ den Motor an, während die letzten Schafe sich vorüberschlängelten. »Vielen Dank.« Er fuhr langsam an. Der Mann rief ihm nach:

»Haben Sie ein Kind bei sich?«

»Ja.«

»Dann um der Liebe Gottes willen, beeilen Sie sich, Mann!« David winkte ihm, wie er hoffte, beruhigend zu und fuhr viel zu schnell weiter nach Largiemore. Dort wollte er sich nach dem Mann erkundigen. Wenn es im Hochland einen Menschen gab, der nicht richtig im

Kopf war, Clare würde ihm bestimmt in die Arme laufen.

Das Dorf bestand aus einer separaten Gruppe von Rauhputz-Bungalows und einem Haufen weißgetünchter Steinhäuser, die von der Straße durch einen Streifen schönen, von Schafen glattgefressenen Rasens getrennt waren. Er hielt vor dem Postamt und den Gemischtwarenläden und ging hastig hinein. Die Ladenschelle schepperte laut, aber die drei Frauen am Ladentisch gönnten ihm kaum einen Blick, nur ein höfliches »Guten Tag«. Sie hatten zuviel damit zu tun, ihre Einkaufslisten durcheinander zu bringen und ihre Beobachtungen über eine Frau auszutauschen, die Mary Dewar hieß und die Mädchenschule leitete. Der Laden war dunkel und bis unter die Decke mit unwahrscheinlichen Vorräten aller Art vollgestopft. Es roch köstlich nach Kuchen, frischem Brot und geräuchertem Speck. Eine mit dünnem Maschendraht abgegrenzte kleine Abteilung trug ein Schild »Postamt«. Die Posthalterin hinter der Theke, eine etwa fünfzigjährige, grauhaarige Frau mit Brille, winkte ihn heran; offenbar wollte sie ihn rasch wieder loswerden, damit sie in ihrem Schwätzchen fortfahren konnten. David war verlegen wegen der Fragen, die er auf dem Herzen hatte. Die beiden anderen Damen – sie sahen der ersten so ähnlich, daß sie alle hätten Schwestern sein können – traten auffordernd zurück und sahen ihn mitleidig lächelnd an. Wieder so ein armer Mann, der sich nicht zurechtfand! Sie begannen eine Scheinunterhaltung, an das Keksregal gelehnt, wo sie jedes Wort mithören konnten. Er verlas seine Einkaufsliste. Daran war nichts Besonderes bis auf die etwas zimperliche Art, mit der ihm seine Dosen Bier ausgehändigt wurden. In der Gesprächspause, während sie die Einkäufe auf Ihrer Registrierkasse zusammenklingelte, konnte sie endlich die wichtige Frage anbringen.

»Sind Sie hier in der Nähe?«

»Ja, wir zelten hier.«

»Aha.« Es war offenbar eine unzulängliche Antwort, er mußte also fortfahren.

»Sagen Sie, ich bin auf der Straße oberhalb von Sgeir an t'Uruisag einem Bauern begegnet. Hätte ich vielleicht um Erlaubnis zum Zelten bitten sollen?« Ein langes, spannungsgeladenes Schweigen entstand. David bemerkte eine Wanduhr, die geruhig die Stunden hinwegtickte.

»Es gibt keinen Bauern am Sgeir.«

Alle Damen starrten ihn jetzt an. Sie wirkten verstört. Er hatte das Gefühl, daß sie sich bekreuzigt hätten, wäre dies ein katholisches Land gewesen.

»Da unten ist ein verfallener Weiler. Und da sind Schafe gewesen. Das muß doch jemandem gehören.«

»Der Weiler ist seit fünfzig Jahren verlassen. Mr. Macpherson, der fünfzehn Kilometer davon auf der anderen Seite wohnt, läßt seine Schafe dort weiden. Es gehört niemandem.«

»Aber es muß doch.«

»Genaugenommen vielleicht. Sie zelten doch nicht dort?«

»Doch!«

Alle hielten hörbar den Atem an. David wurde ärgerlich.

»Was ist denn damit los? Der Mann sagte, es wäre kein guter Platz.«

»Er sollte es wissen, der arme Teufel, wenn überhaupt jemand.«

»Wer ist er denn?« Das war zu direkt und wurde nur mit Schweigen beantwortet. »Was ist daran so gefährlich?«

Die Kundinnen warfen der Posthalterin Blicke zu, ein Stichwort für diese, das Wort zu ergreifen.

»Na ja, es ist so ein Fleck, wo nicht viel Sonne hinkommt. Er liegt oft im Schatten.« Sie sagte das völlig unüberzeugend. »Auf dem Weiler da unten hat nicht viel Segen geruht.«

Alle Damen nickten, so daß ihre Brillen glitzerten.

»Wenn irgendwo wenig Segen drauf ruht, sagen wir immer, die Sonne geht vorbei, aber die Wolken stehen drüber.«

»Heute war dort viel Sonne.«

»Nicht die wirkliche Sonne, wissen Sie. Es ist das Gefühl von einem Ort. Und dann natürlich die Seehunde.«

»Die Seehunde?« Er war erstaunt.

»Da ist eine Stelle, wo sie an Land kommen wie graue Leichname, und dann liegen sie da und schreien. Fast wie ein kleines Kind, stimmt's nicht, Jessie? Es sträuben sich einem die Härchen im Nacken.«

Jessie, die einen blauen Twinset trug, nickte weise.

»Ja, und dabei sind wir doch alle gute Christen.«

Er fuhr eilig zurück und konzentrierte sich darauf, nicht von der Straße abzukommen. Nach wenigen Minuten konnte er das Loch überblicken. Von dem Mann oder den Schafen war nichts zu sehen, und die Gegend lag noch immer im hellen Sonnenschein. Seltsam, daß der Schäfer so spurlos verschwunden war. In plötzlicher Panik fuhr er schleudernd auf den kurzen Pfad und holperte mit klapperndem und ratterndem Auspuff zum Anhänger. Zu seiner Erleichterung erschien Clare an der Tür. Mit jagendem Herzen stellte er den Motor ab. Beim Aussteigen nahm er sich Zeit und machte sich, um seine Fassung wieder zu erlangen, mit seinen Einkäufen zu schaffen.

»Du bist sehr schnell gefahren«, bemerkte Clare.

»Tatsächlich?«

»Ja, ich hab's gehört. Du wirst die Federung ruinieren. Hast du alles bekommen?«

»Ja, das Bier sogar mit Konzession. Wo ist Sheila?«

»Da draußen. Ist irgend was nicht in Ordnung?« Wo Clare hingezeigt hatte, ragte bei zurückgehender Flut ein großer schwarzer Felsblock aus dem Wasser. Er war rund abgeschliffen, und seine Form erinnerte an die Kurven des Körpers eines gestrandeten Tieres. Am Ende dieses Blocks saß Sheila, die Füße fast im Wasser, und starrte regungslos in die Tiefe. Dann sah er den Seehund.

Er schwamm wie ein geschwärzter Schädel, den Nacken über Wasser.

»Nimm du die Sachen«, sagte er zu Clare und lief über den Rasen zu dem Felsblock. Sheila gab durch nichts zu erkennen, daß sie ihn kommen hörte.

»Was machst du da, Sheila?« Seine Stimme klang atemlos und ängstlich. Sie wandte ihm das Gesicht zu, und es strahlte vor Freude.

»Ich hab einen Seehund gefunden, Pappi, schau, Da!«

»Ja, ich sehe ihn.«

»Wir haben uns unterhalten.«

David starrte den Seehund an, und der Seehund schien ihn anzustarren. Er sah aus, als habe er keine Augen, als seien seine Augenhöhlen mit Gallert ausgefüllt, schleimig wie Seeanemonen. Regungslos wie ein totes Stück Holz lag er im Wasser. Ein schwimmender Schädel.

»Ich war einkaufen«, sagte David verführerisch.

»Ja, ich hab dich zurückkommen gehört.«

»Willst du nicht sehen, was ich gekauft habe?«

»Nein. Ich will bei meinem Seehund sitzen bleiben.«

David bemühte sich, einen vernünftigen Grund für seine Angst zu finden. Er konnte sich kaum darauf versteifen, daß sie keine Seehunde beobachten solle. Die ganzen letzten drei Jahre ihres Lebens hatte er versucht, ihr Interesse für Vögel und Tiere zu wecken.

»Der Tee wird bald fertig sein.«

»Ach ja, gut. Du kannst mich ja rufen. Dann komme ich, nicht wahr?«

»Du mußt Mutter fragen.«

»Ja, gut.«

David war unbehaglich zumute, während er zum Anhänger zurücktrabte. Erstens wegen des Seehundes und zweitens weil Sheila mit der ihrem Alter eigenen Klarsicht durchschaute, daß Clare sie nur aus dem Weg haben wollte.

Als sie schließlich von dem Felsblock aufstand und zum Tee kam, waren es drei Seehunde.

Nach dem Tee gab Clare Sheila die Erlaubnis, wieder

hinauszulaufen. David hatte Clare nichts von dem Schäfer erzählt. Sie hätte ihn wahrscheinlich gezwungen, unverzüglich zu packen und die Flucht zu ergreifen.

»Wo gehst du hin?« fragte sie. »Willst du nicht abtrocknen?«

David versprach, daß er nur einen kleinen Bummel machen und eine Zigarette rauchen wolle. Er machte einen Umweg, so daß er ungesehen durch die Ruinen des Weilers gehen konnte. Von da aus hatte er einen freien Blick auf den Felsblock mit dem Walrücken. Er sah seine Tochter an dem dunklen Wasser sitzen und bemerkte entsetzt, daß sie den Seehunden aus einer offensichtlich gestohlenen Büchse Sardinen zuwarf. Die Sardinen zerfielen im Wasser und fanden keine Beachtung. Es waren jetzt zwölf Seehunde, und sie schienen näher als vorhin. David warf seine Zigarette weg und kletterte über den Felsen zu ihr. Sie hatte ihn gehört, denn die Büchse war verschwunden.

»Was machst du da?« Seine Stimme klang scharf und angstvoll.

»Ist das nicht aufregend, Pappi? Ich sitze einfach hier und warte, und es kommen immer mehr. Ich sage: ›Hallo! Bitte, bringt eure Freunde mit!‹ und das tun sie. Ich glaube, jetzt sind es vierzehn.«

»Was machen sie denn?« Seine Stimme klang zu hoch und außer Atem.

»Hab ich dir doch schon gesagt, Pappi, wir unterhalten uns. Ich frage sie nach ihrem Leben, und sie fragen mich nach meinem.«

»Jetzt ist Schluß mit diesem Unsinn, Sheila. Es ist schon spät, und du wirst schlechte Träume haben.«

»Ach wo. Sie haben ein wunderschönes Leben.«

»Ich habe mein letztes Wort gesprochen. Es ist jetzt Zeit, daß du hereinkommst und zu Bett gehst.«

»Na schön«, sagte sie erstaunlich folgsam, »aber wir bleiben doch ein oder zwei Tage hier, nicht wahr?«

»Mal sehen.«

»Gute Nacht, Seehunde!« rief Sheila, und der Ton ihres dünnen Stimmchens verlor sich bald über dem schwarzen Wasser. Die Seehunde rührten sich nicht und starrten ihnen nach.

»Heute abend bin ich ein Indianer, nicht wahr, Pappi?« erklärte Sheila, während sie, seine Hand vertrauensvoll festhaltend, über die nelkengesprenkelte Rasenböschung trabte. »Du hast's gesagt. Bitte, ich darf doch?«

»Na schön, junge Dame. Das Zelt steht direkt neben dem Anhänger. Wenn du frierst, dich fürchtest oder einsam fühlst, kommst du einfach rein, verstanden?«

»Verstanden. Aber warum sollte ich mich fürchten oder einsam fühlen?«

»Es könnte ja sein.«

»Aber ich bin doch schon sieben!«

Clare sah sie vom Anhänger aus kommen. Sie erinnerte David sogleich an das Abtrocknen.

»Clare, ich glaube, Sheila sollte zu Bett gehen. Sie hat einen langen Tag hinter sich.«

Beim Abtrocknen fand er ein handliches kleines Küchenmesser, sehr scharf, das ließ er in die Tasche gleiten. Clare, die gerade Sheila im Zelt installiert hatte, war wütend auf ihn, als er sagte, er wolle noch einen kleinen Spaziergang machen.

»Bald ist es ganz dunkel«, protestierte sie. »Ich mag es nicht, wenn man im Dunkeln draußen rumläuft.«

»Ich bleibe nicht lange weg.« Clare warf sich unwillig prustend auf ihr Bett.

Er ging über den weichen Rasen mit seinem Stickmuster von Lichtnelken und versuchte die schwimmenden Schädel zu zählen. Selbst im Dunkeln waren sie zu erkennen. Es mußten jetzt mindestens vierzig sein, und sie waren noch näher gekommen. Vielleicht war das nichts Ungewöhnliches, aber er hatte nicht geglaubt, daß sie so weit hereinkommen würden. Eine Art Fieber befiel ihn, er sah sich nach Steinen um und begann schreiend und johlend scharfkantige Felsbrocken nach ihnen zu schleudern. Aber die Steine trafen nicht. Er ging weiter vor, an den Strand, suchte sich runde Kieselsteine und warf sie schimpfend nach den Seehunden, bis ihm die Schulter weh tat. Sie rührten sich nicht vom Fleck, im Gegenteil: sie schienen noch näher zu rücken. Er konnte sie noch immer nicht erreichen. Er brüllte sie wütend an.

»Kommt doch her, ihr Scheißkerle! Kommt her! Ich kann auch mit euch reden! Kommt her, wo ich euch treffen kann!«

Er merkte, daß er sich wie ein Verrückter benahm, aber aus irgendeinem Grunde, den er nicht erklären konnte, erschien es ihm ungeheuer wichtig. Plötzlich stieß ihn etwas von hinten, von Geschrei begleitet, so daß er beinah das Gleichgewicht verloren hätte und ins Wasser gefallen wäre. Es war Sheila, die ihn, wie eine Wahnsinnige kreischend, mit den Fäusten bearbeitete.

»Laß meine Seehunde in Ruhe! Ich hasse dich!« Ihr Gesicht war tränenüberströmt. »Laß sie in Ruhe. Sie haben genug gelitten!« Sie schlang die Arme mit solcher Kraft um seine Beine, daß er sich nicht rühren konnte. »Wenn du ihnen was tust, bring ich mich um! Ich hasse dich, ich hasse dich!«

Clare kam unbeholfen humpelnd und sich stoßend über den steinigen Strand gelaufen. Sie sah blaß und erschrocken aus.

»Was ist denn los? Warum schreit ihr so?«

»Sheila ist auf mich losgegangen . . . sie hat die Beherrschung verloren . . .«

»Er hat mit Steinen nach den Seehunden geworfen, Mammi! Du darfst nie wieder erlauben, daß er das tut!« Der Griff um Davids Beine lockerte sich. Er war verblüfft über die Kraft, mit der sie zugepackt hatte – wie ein Mann! Clare warf David einen zugleich wütenden und verächtlichen Blick zu. In ihren Augen war er ein Mörder. Während er sich schweigend abwandte und zu dem Wäldchen mit der Ruine ging, hörte er Clare das Kind trösten und wieder ins Zelt bringen. Er fand ein kräftiges Stück Holz, von dem er mit dem Küchenmesser die Seitenäste abschnitt. Nun hatte er einen handlichen Knüppel. Er ahnte nicht, was er damit tun wollte, aber wenn ein Seehund an Land kam, würde er ihm das Gehirn zu Brei schlagen, wie die Leute auf den Farne-Inseln mit ihren Knüppeln. Er versteckte die Waffe unter seiner Jacke und schmuggelte sie wie ein Verbrecher in den Anhänger. Er steckte sie zwischen sein Bett und die Wand. Clare würde heute sowieso nicht mehr mit ihm sprechen.

Sheila träumte, daß sie alle hereingeglitten kämen, die schönen, anmutigen Grauen. Sie redeten, ohne zu sprechen, und sie verstand sofort alles, was sie sagten, als wären alle Zungen durch Zauberkraft zu einer geworden. Sie riefen sie in zischendem Flüsterton beim Namen, wieder und wieder wie das sanfte Rauschen der Brandung am Strand. Silberne Fische blitzten rechts und links. Sie mußte zu ihnen.

Die See war grün und salzig. Sie fühlte den Druck des Wassers über sich. Es war jetzt sehr tief, und sie drängten sie hinab, hinab. Ohne es zu wissen, wußte sie, wohin sie sollte. Muschelbesetzte Wände, verkrustete Schiffsplatten. Alle Ertrunkenen lächelten. Hummer krochen durch Spanten und Höhlungen. Der Schmerz wird bald vergehen. Hinab, hinab, wir haben keine Schmerzen. Hinab.

Es war nach seiner Uhr zehn Minuten nach zwei, als David von dem gräßlich schlabberigen, dem leise schleifenden Geräusch erwachte. Er sprang aus dem Bett und ergriff seinen Knüppel. Er stürzte in die Finsternis hinaus, trat auf etwas Kaltes, Ekelhaftes und rutschte aus. Im Mondlicht sah er die Schädelgesichter und das schlüpfrige Geschöpf, das im Zelt Sheila zu umarmen schien. Er riß das Zelt nieder und schlug und schlug auf den Kopf der Bestie ein. Um ihn herum entstand eine wilde Bewegung. Die anderen Tiere flohen zum Wasser zurück. Sheila schien aus einer Trance zu erwachen. Sie begann zu weinen, erst war es nur fast ein Wimmern, dann schrie sie laut.

»Ist schon gut!« rief David immer wieder. »Ist schon

gut!« Sheila war mit Blut bespritzt. Er schleppte den Seehund an den Flossen weg, so gut es ging. Clare kam aus dem Anhänger getaumelt, eine Taschenlampe in der Hand.

»Nein! Mach sie aus!« rief David. »Es ist ein Seehund. Ich habe ihn getötet. Er war im Zelt.« Er hob Sheila auf. Das Kind war bleich und kalt.

»Mein Gott, sie ist verletzt!«

»Nein. Nein, sie nicht. Es ist der Seehund. Wärme sie. Zieh sie an.« Er wußte, daß er Unsinn plapperte. »Wir fahren hier weg!« Er riß die Zeltstangen aus dem Boden und warf Sheilas Habseligkeiten hinten in den Anhänger. Das schwarze, formlose Ding schien sich noch zu bewegen. David schlug ein Tau um die Schwanzflossen, vermied allerdings, den zermantschten Kopf anzusehen. Er zog das Ding zum Strand hinunter. Dort begann er unter den blinden Augen der See auf den Kopf einzuschlagen, immer wieder, und dabei heulte er hysterisch wie ein Kind. Als er von dem Ding abließ, gab es noch immer blubbernde Geräusche von sich. Draußen auf See hörte man etwas wie menschliches Weinen. David erbrach sich in einen Ginsterbusch.

Sie fuhren in rasendem Tempo, der Anhänger holperte hinterher. Die Scheibenwischer schlugen wild aus, ohne mit dem Regen fertig zu werden. Clare saß mit der in eine Decke gehüllten Sheila auf dem Rücksitz. Das Kind war bleich und still. Clare weinte.

»Wir sind bald in dem Hotel!« rief David immer wieder, »dann sind wir geborgen.« Er konnte durch den Regen kaum etwas erkennen. Das Scheinwerferlicht begrenzte sein Blickfeld auf ein verschwommenes weißes Dreieck, zu beiden Seiten mit Steinmauern begrenzt. Er erwischte gerade noch eine scharfe Kurve, der Anhänger kam ins Schleudern. Sie jagten um die Ecke. Das Licht der Scheinwerfer beschrieb einen Bogen und traf voll auf den Schäfer, der mit seiner Schafherde mitten auf der Straße stand. Er hatte die Arme weit ausgebreitet, als wollte er sie mit einer Wahnsinnsgeste willkommen heißen.

David trat auf die Bremse, obwohl er wußte, daß es hoffnungslos war. Wagen und Anhänger rutschten mit einem Geräusch wie reißende Leinwand. Der Anhänger wurde nach vorn geschleudert, prallte von der Mauerkrönung der Brücke ab und schoß wieder vorwärts, den Wagen breitseits mit sich reißend. Mit einem furchtbaren Krachen von Mauerwerk und Metall verschwanden beide Wagen über der Brüstung. Nach einer schrecklichen, nur sekundenlangen Pause schlugen sie unten auf den Felsen splitternd auf. Die Scheinwerfer erloschen. Die Nacht war sofort wieder ganz still, nur der Regen rauschte.

Der Wachtmeister aus Mallaig war einen weiten Weg gefahren. Jetzt lehnte er sich zusammen mit seinem Kollegen aus Glenfinnan auf das, was von dem Brükkengeländer übrig war. Sie beobachteten zwei Polizisten, die das Befestigen von Ketten an den Trümmern überwachten. Wagen und Anhänger lagen umgestürzt im Bach unten. Auf der Brücke neben ihnen das laute Getucker eines Autokranes. Zwei andere Polizisten vermaßen und registrierten die Bremsspuren. Meikle, der Mann aus Mallaig, versuchte vergebens, sich ein Bild von dem Unfall zu machen.

»Also, hier ist er in ziemlichem Tempo runtergekommen, verstehst du, er kommt richtig um die Kurve, dann fährt er geradeaus weiter und bremst wie ein Irrer. Sieh mal die lange Bremsspur. Außerdem hat es in Strömen geregnet. Also wieso? Hier war niemand, keine Spur von irgend was.«

»Wild?« fragte MacIntyre aus Glenfinnan.

»Aber das hätte er überfahren. Bei diesem Tempo. Wir waren drüben hinter dem Hügel, und da ist auch nichts. Und man bremst doch nicht so wegen eines Wildes. Ich meine, man bremst schon, aber nicht so anhaltend wie dieser arme Teufel.«

»Dann ist der Anhänger auf die andere Seite geschleudert worden, prallte an der Brüstung ab und – Wums! ist er übern Rand gekippt.«

»Ja, wenn nur einer drin war. Wir können noch nicht an die Rückseite des Wagens. Du kannst den Anhänger sehen. Einfach aufgebrochen. Nichts drin.«

»Vielleicht Schafe?«

»Nein, hier herum gibt's keine Schafe. Und die hätte er auch überfahren.«

»Betrunken?«

»Das werden wir feststellen müssen. Wo bleiben überhaupt diese verdammten Sanitäter?« Von unten wurde gerufen. Die Ketten seien jetzt dran, rief einer der Polizisten. Die beiden Wachtmeister gingen hinüber zu der Lücke in dem rohen gelben Stein der Brüstung. Der Polizist beschrieb einen Kreis in der Luft, der Kranführer ließ den Motor an, und gleich darauf verbreitete sich der Gestank von Dieselöl in der klaren Luft. Die Ketten strafften sich, und der Wagen wurde ganz langsam aus seinem Felsenbett herausgehoben. Der Polizist hob die Hand, um den Kran anzuhalten. Der Motorenlärm erstarb zu einem brummelnden Murren.

»Jetzt kommt der häßliche Teil«, sagte der Mann aus Glennfinnan.

»Ja.« Sie gingen über die Brücke, um den steilen Abhang in die Schlucht hinabzusteigen. Ringsum erschien alles so lieblich. Der Ginster stand in voller Blüte, und die Hänflinge sangen, ohne sich vom Rumpeln des Kranes stören zu lassen. Ein Polizist versuchte, in den Trümmerhaufen hineinzusehen. Keine der Türen ließ sich öffnen. Die beiden Männer gelangten rechtzeitig ans Ufer des Baches, um zu sehen, wie der junge Polizist hastig ins Gebüsch stürzte. Der andere, ein Rothaariger, war so blaß, als würde er gleich ohnmächtig werden.

»Schon gut, Jamie«, sagte der Mann aus Mallaig zu ihm. »So was nimmt einen schon mit. Setz dich da drüben hin und warte ein Weilchen. Ich und der Wachtmeister werden nachsehen.«

»Nein, Wachtmeister, das ist es nicht. Ich habe so was schon früher gesehen. Ich bin auf einem Bauernhof großgeworden. Da vorne ist ein Toter drin, aber da hinten, das ist es. Da ist eine Frau drin.«

»Tot?«

»Ja, aber Jesus Maria, sie hat diesen Seehund in den Armen, ganz angezogen wie ein Mensch! Den drückt sie an sich.«

In der Stille, die darauf folgte, hörten sie das Gezwitscher der Hänflinge in der heißen Sonne. Bienen summten um die Ginsterblüten und weckten bei dem Wachtmeister aus Glenfinnan den häßlichen Gedanken an Fliegen. Der Wachtmeister aus Mallaig war aus härterem Holz geschnitzt.

»Na schön, hat denn niemand daran gedacht, den Tierarzt zu rufen?« Sie gingen zusammen den Abhang hinunter.

Erst nach achtzehn Wochen fand man die Leiche eines Mädchens im Loch. Ihr Schädel war schrecklich zertrümmert.

James Allan Ford

Eine Art Besitz

Ich schreibe diese Geschichte für diejenigen meiner Freunde, die mich immer für allzu bescheiden halten und meinen, mit meinen Gaben hätte ich es weiterbringen können, wenn ich mich besser behauptet hätte. Wohl möglich, daß ich es weitergebracht hätte, wenn ich gelernt hätte, mich besser durchzusetzen. Aber nicht Bescheidenheit hat mich daran gehindert. Es gibt einen anderen, undurchsichtigeren Grund, warum ich nur schleppend durchs Leben komme. Ich kann meine Persönlichkeit nicht zur Geltung bringen, weil ich seit meiner Kindheit – seit den Ereignissen, die ich hier schildern werde – nicht sicher bin, daß in mir überhaupt eine ganze unverletzliche Persönlichkeit steckt.

Eine Geschichte, die sich um einen Helden und einen Geist dreht, wird man vermutlich von vornherein als unmodern und wenig glaubwürdig abtun. Doch ein paar Fakten lassen sich verifizieren. Macht sich jemand die Mühe, die Lokalzeitungen nachzulesen, so wird er den Bericht noch finden, und zwar unter der Überschrift: »Unfall am Silvesterabend.« Das war der Abend, an dem George Cameron, M. M., in Edinburgh tödlich verunglückte – am 31. Dezember 1932.

Zum erstenmal sah ich Dod Cameron an einem naßkalten Abend zu Anfang des Winters 1932. Ich war nach dem Essen mit der Straßenbahn zu einem Freund nach Bruntsfield gefahren; aber als ich vor der Wohnungstür stand, machte niemand auf, und auch als ich mit der Briefkastenklappe schepperte und schließlich mit der Faust auf die Tür einschlug, rührte sich nichts. Er hatte mich eingeladen, und ich war zur richtigen Zeit gekommen; also klopfte ich weiter, bis eine Nachbarin auf dem Treppenflur erschien und mit affektiert-vornehmer Stimme erklärte, ich brauchte mich nicht weiter zu bemühen, die ganze Familie Johnston sei zu einem Konzert ins Gemeindehaus gegangen, und andere Leute im Hause legten Wert auf Ruhe.

Ich hatte gerade in jener Zeit einiges an Enttäuschungen und Ärgernissen durchgemacht; zudem war ich im Stadium des Heranwachsens und im Begriff, ein Bewußtsein meiner selbst zu entwickeln, mir etwas Sicherheit anzueignen und deshalb jede Kränkung übelzunehmen. Ich machte kehrt und ging die Straße hinunter in Richtung auf Tollcross, wobei ich mit affektiert-vornehmer Stimme der Frau auf dem Treppenflur und auf gut Schottisch meinem Freund Watty Johnston die Meinung sagte. Auf mich brauchte er nicht länger zu zählen. Ging einfach weg, wo er mich doch eingeladen hatte und mir das Foto einer chinesischen Hinrichtung zeigen wollte, das ihm ein Onkel aus Kanton geschickt hatte.

Jetzt nach Hause gehen und berichten, was los war: das kam nicht in Frage. Mir fiel es damals viel leichter, zu lügen als eine Wahrheit zu sagen, die mich bloßstellte.

Ich beschloß also, nicht die Straßenbahn zu nehmen, sondern zu Fuß zurückzukehren, und zwar – vielleicht als Reaktion auf die zickige Stimme der Nachbarin – auch noch einen Umweg über die Altstadt zu machen, die damals alles andere als affektiert-vornehm war. Sie war einfach schmutzig und roch säuerlich nach Armut. Und sie war insofern historisches Gelände, als man dort noch unverfälscht den alten Lowland-Dialekt hörte, der uns in der Schule mühsam ausgetrieben wurde.

Ich marschierte über die High Riggs zum West Port und schlenderte dann hinunter zum Grassmarket. Es war schon winterlich dunkel, vom Firth of Forth blies ein kalter Wind, aber auf den Straßen war noch viel Leben. Zerlumpte Kinder spielten unter den Gaslaternen und vor den erleuchteten Schaufenstern. Frauen hatten ihren Schal über den Kopf gezogen und schwatzten vor den Haustüren, riefen aus den Fenstern oder standen wartend vor den Kneipen. Alte Männer schwankten die Straße entlang, murmelten und lachten in sich hinein. Die Pferdebahn ratterte über das Pflaster, Jungens liefen hinterher und hängten sich ans Trittbrett. Ein einarmiger Bettler sang ›Tipperary‹. Und hoch über allem erhob sich das Schloß, dunkler noch als der nächtliche Himmel dahinter.

Ganz plötzlich setzte heftiger Regen ein, der ohne Warnung durch den rauchigen Dunst drang. Ich lief in den nächsten Hauseingang, wo schon viele Kinder standen. Sie begannen sofort, mich zu verlachen wegen meiner Schuluniform; so floh ich über den Grassmarket die Victoria Street hinauf, wo ich unter der Tür eines Seilerladens einen trockenen Winkel fand.

Und dort stand ich, als ich Dod Cameron zum erstenmal sah. Der starke Regen hatte alle Menschen bei den steilen Kurven der Victoria Street und West Bow verscheucht und spülte jetzt auch den Schmutz weg, schoß wie ein Sturzbach die Rinnsteine hinunter und schäumte über die verstopften Abflüsse. Ich hörte zu, wie es aufs Pflaster platschte und die Straßen hinunter rauschte und gurgelte, als weiter unten Rufe ertönten. Dann kam er in Sicht: ein Mann wie eine nasse Vogelscheuche jagte die Mitte der Straße hinauf, Mund und Augen weit aufgerissen vor Angst. »Weiter, Fünfte, vorwärts! Weitermachen, Tam!« rief er und schoß an mir vorbei, das Gesicht erhoben, die Augen auf den höchsten Punkt der Victoria Street gerichtet, wo sie auf die George VI-Brücke mündet. Als er fast oben angelangt war, wandte er den Kopf und blickte über die linke Schulter zurück. »Tam!« schrie er, und noch einmal: »Tam!« Stolpernd hielt er an und blickte hügelabwärts zu mir herunter. Ich drückte mich, kalt vor Angst, in den Türeingang und beobachtete ihn, wie er dort im Regen stand und dann, gebückt und wortlos, auf den Gehweg torkelte, wo er auf die Knie fiel und weinte, wie ich niemals einen Mann habe weinen sehen.

Ich hatte nicht gehört, daß sich hinter mir die Ladentür öffnete, aber ich merkte, daß der Ladeninhaber hinter mir stand und heftig atmend an seiner Pfeife zog.

»Bleib nur hier, Junge – er muß erst zu sich kommen.«

»Was fehlt ihm?« fragte ich. »Wer ist es?«

»Dod Cameron. Fehlen tut ihm nicht viel –« der Seiler legte mir die Hand auf die Schulter und drückte ein wenig von der nassen Kälte heraus, »– aber verrückt ist er nicht. Es ist ein Nervenschaden, von den Bomben im Krieg.«

»Er sieht verrückt aus.«

»Das kommt, weil er nicht recht bei sich ist, heute abend.«

»Ist er betrunken?«

»Kann wohl sein. Aber es ist mehr als das.«

»Von den Bomben, meinen Sie? Ist es das?«

Der Seilhändler zog an seiner Pfeife. »Der Mann da oben«, sagte er schnaufend und mit deutlicher Hochachtung, »der hat im Krieg einen Orden bekommen.«

Ich starrte zu dem Mann auf dem Hügel hinüber und versuchte, in der traurigen Gestalt, die sich jetzt über den Gehweg schleppte und auf einer Türschwelle niederließ, einen Helden aus dem Weltkrieg zu sehen.

»Jawohl, einen Orden«, sagte der Seilhändler, der meine Ungläubigkeit spüren mochte. »Und mit der Pension, die er kriegt, kann er gerade einen Hund ernähren.«

Der Sturm legte sich allmählich, auf den Straßen wurde es dunkler und ruhiger. Das donnernde Tosen des Wassers auf dem Steinpflaster und in den engen Rinnsteinen war zu einem dünnen plätschernden Gurgeln geworden. Der Lichtschein der Straßenlaternen zersplitterte nicht mehr zu tanzenden Partikeln, sondern bildete gelbliche Pfützen, die alles andere noch dunkler erscheinen ließen.

»Du bibberst ja, Junge«, sagte der Seilhändler. »Mach mal, daß du nach Hause kommst. Hier – gib das Dod, wenn du an ihm vorbeikommst, ja?« Er gab mir einen Shilling. »Sag ihm, das ist von Robert Wilson, weil er mir beim Ausfegen im Laden geholfen hat.« Er gab mir einen Klaps auf den Rücken. »Lauf zu, Junge – er beißt dich nicht.«

Ich trat in den Nieselregen hinaus und ging langsam die Straße hinauf, bis ich vor Dod Cameron stand. »Hier – das ist von Mr. Robert Wilson«, sagte ich und reichte ihm den Shilling. »Fürs Ausfegen, sagt er.«

Dod nahm das Geld und blickte mich an. Ich konnte nicht das ganze Gesicht deutlich erkennen, aber ich sah die Augen. Sie waren ohne jeden Ausdruck. Noch nie hatte ich so leere Augen gesehen. Sie waren wie Löcher – tiefe Löcher, in die man hineinfallen konnte.

Als ich anfing, in der Schule mit Dod zu prahlen, merkte ich enttäuscht, daß ein paar meiner Freunde schon von ihm gehört hatten. Vor allem natürlich Watty Johnston, der behauptete, sein Vater habe ihm längst von dem verrückten Soldaten erzählt, der immer, wenn er betrunken war, von neuem in den Krieg ziehen wollte.

»Er ist nicht verrückt – er hat einen Nervenschaden, von den Bomben im Krieg«, sagte ich.

»Das ist doch genau dasselbe.«

»Nein, gar nicht – das ist ganz was anderes«, sagte ich drohend. Ich war entschlossen, Dod gegen alle zu verteidigen, ihn vor der ganzen Welt zu rechtfertigen und in Schutz zu nehmen. Er war ein richtiger Held, das bewies sein Orden. Er war ein Freund von Robert Wilson, der einen Laden in der Victoria Street hatte; dem half er manchmal beim Ausfegen, weil seine Pension so lächerlich klein war, daß er damit gerade einen Hund ernähren konnte.

»Was für'n Hund?« fragte Watty.

»Irgendeinen.«

»Du hast ihn also gar nicht gesehen?« höhnte Watty.

Ich mußte Dod verteidigen. Ich war in dem Alter, da man bemüht ist, seinen Platz in der Welt zu festigen, und die meisten Menschen tun das, indem sie sich mit Dingen umgeben, die sie ihr eigen nennen. Ich konnte Dod mein eigen nennen, weil ich aus unserer Gruppe der einzige war, der ihn gesehen und mit ihm gesprochen hatte, aber ich mußte seinen Wert in den Augen der anderen erhöhen, bevor mir die Verbindung zu ihm irgendeinen Kredit einbrachte.

Watty gelang es meist, mich in diesen Dingen auszustechen: er beschaffte sich Fotos von chinesischen Hinrichtungen oder lernte richtige Leute kennen, die aus Büchern hätten stammen können. Dadurch zwang er mich immer, meine Behauptungen zu übertreiben und Wichtigkeiten zu erfinden, damit ich meinen Platz behielt und nicht beiseite gedrängt wurde. Es war meine eigene Schuld, daß er mich immer wieder mit Dod Cameron hänselte; ich bauschte das wenige, das ich von ihm wußte, unentwegt so auf, daß Watty es natürlich runtermachen mußte. Vielleicht hätte ich unseren Konkurrenzkampf auf ein anderes Gebiet verlegen können, aber eines Morgens kam Watty mit einer neuen Herausforderung, die überdies meine Position gegenüber seinen Anwürfen zu festigen schien. Sein Vater hatte ihm erzählt, der verrückte Soldat habe es gar nicht nötig, Läden auszufegen und sich damit etwas zu verdienen; er habe eine ganz ordentliche Pension – schließlich sei er im Krieg ja nur einfacher Soldat gewesen –, und heute sei er angestellt im Pferdestall einer Brauerei im Cowgate.

Am nächsten Samstag nachmittag begegnete ich Dod im Cowgate, bevor ich zu den Ställen vorgedrungen war. Er saß auf dem Gehweg, den Rücken an eine hohe Mauer gelehnt, und wärmte sich in der Wintersonne. Ich sah ihn erst im letzten Moment und wußte nicht gleich, was ich sagen sollte. Er hielt den Kopf gesenkt, aber als ich stehenblieb und ihn ansah, zuckte er nervös. »Die Pferde«, sagte er dann. »Du willst doch sicher zu den Pferden?«

»Ich wollte zu Ihnen, Mr. Cameron«, sagte ich ohne Umschweife und war darüber fast so erstaunt wie er.

Einen Augenblick war etwas wohltuend Neues und Fremdes an ihm, als er mich mit seinen leeren Augen ansah – Augen von keiner bestimmten Farbe, deren Helligkeit noch betont wurde durch die Röte des schmalen Gesichts mit der rauhen Haut. Doch dann grinste er und ruckte so albern mit dem Kopf, daß ich mich für ihn schämte. »Aye, aye«, sagte er und erhob sich unbeholfen. »Alle wollen sie die Pferde sehen.«

Er führte mich in den Stall. Da standen die Clydesdales in den Boxen, er nannte mir die Namen und ließ mich eine kräftige Hinterhand klopfen. Hier schien er völlig frei und sicher zu sein; er sprach zu den Pferden, strich mit der Hand über das glatte Fell, hob einen starken Huf und besah sich das neue Eisen, rückte ein Zaumzeug zurecht. Ich kaute auf der lederartigen weißen Bohne, die er mir gegeben hatte, und folgte ihm wortlos und zufrieden. Noch jetzt beim Schreiben spüre ich die Wärme und den

Geruch des Stalles, ich höre die weiche Stimme aus den schottischen Highlands, das Scharren der Hufe im Stroh und das Schnauben und Stampfen der kräftigen Zugpferde, und wieder überkommt mich das starke Gefühl des Geborgenseins. Ich saß neben ihm am unteren Ende des Stalles, wir unterhielten uns über Pferdegeschirr, und plötzlich war er eingeschlafen. Vorsichtig, um ihn nicht zu stören, stand ich auf und ging glücklich nach Hause.

Ja, beim erstenmal war alles ganz einfach, ohne Spannung und Unsicherheit, die für mich – einen Zwölfjährigen, der sich einem Fremden aufdrängt – wohl nahegelegen hätte. Die kam erst bei meinem zweiten Besuch, eine Woche später. Ich überraschte Dod draußen vor dem Stall; er fuhr zusammen und zuckte nervös, und dann wandte er sich ab. Da standen wir beide, schweigend und verlegen, auf dem mit Pferdemist gesprenkelten groben Steinpflaster und hielten die Köpfe gesenkt, bis er endlich sagte: »Du hast's ja mit den Pferden.« Auch heute folgte ich ihm in den Stall, aber das Gefühl der Geborgenheit stellte sich nicht ein. Selbst die Pferde schienen unsere Unsicherheit zu spüren, sie scharrten und stampften mit den Hufen, zuckten mit den Flanken und warfen schnaubend die Köpfe zurück. Ich blieb nicht lange, und als ich ging, nahm ich mir vor, nicht wiederzukommen. Aber ich konnt's nicht lassen: immer sah ich ihn vor mir, mit dem leeren Blick, ich mußte wieder hin. Ein paarmal trieb ich mich in der Nähe der Ställe herum in der Hoffnung, ihn wenigstens von weitem zu sehen.

Schließlich half mir Robert Wilson bei der Überwindung meiner inneren Sperre. Ich stand eines Tages vor seinem Schaufenster und kämpfte mit mir, ob ich zum

Cowgate gehen sollte, und da trat er vor die Tür. Wieder hielt er die Pfeife im Mund und stieß dabei den Atem so aus, wie nur er es tat. Es wirkte immer so, als treibe er sich an, wie eine Pumpe oder einen Blasebalg.

»Das ist Hanf, das da«, sagte er und klopfte mit dem Knöchel an das Seitenfenster, und aus Höflichkeit betrachtete ich die Seilrolle, die er meinte. »Manilahanf«, sagte er. »Damit werden Menschen gehängt.« Als ich mir das Seil jetzt näher ansah, lachte er schnaufend. »Das gefällt dir wohl, was?«

Mit ihm kam eine Unterhaltung leicht in Gang, obgleich er sicher so alt war wie mein Vater. Ich fand es gar nicht schwer, ihn daran zu erinnern, daß ich schon einmal vor seinem Schaufenster gestanden und Dod beobachtet hatte, wie er im Regen die Straße hinauf rannte, und ich bat ihn, mir zu erzählen, womit sich Dod seinen Orden verdient hatte. Das alles kam etwas überstürzt aus mir heraus, so daß ich ganz atemlos war, als Wilson lachte und mir in den Laden voranging, wobei er so heftig schnaufte, als wolle er uns beide mit Luft aufblasen.

Er hatte die Geschichte von Dods Heldentat von einem Mann erfahren, der früher in der Candlemaker Row wohnte, auf der andern Seite vom Grassmarket, und der im selben Highland-Bataillon gedient hatte wie Dod. Wilson gefiel die Geschichte, und er erzählte sie gern, das merkte man.

Die Deutschen hatten einen Hügel besetzt und ihre Stellungen oben und in einem halbzerstörten Wäldchen noch verstärkt, und zwei Stunden vor Eintritt der Dunkelheit versuchte die britische Artillerie, einen Nachtangriff dadurch vorzubereiten, daß sie den Hügel mit

Bomben belegte, um die Stacheldrahtbarrikaden aus dem Wege zu räumen und die Gräben und Maschinengewehrstellungen zu leeren. Doch die feindlichen Stellungen im Wald wurden auch durch das anhaltende Bombardement nicht wesentlich geschwächt. Als das Highland-Bataillon in sündflutartigem Regen zum ersten Angriff antrat, gerieten die Männer unter schweres Maschinengewehrfeuer; der Feldwebel der Fünften Kompanie fiel, während einige seiner Männer noch aus den durchweichten Gräben kletterten. Ein Nachlassen der einen Kompanie hätte die Stoßkraft des ganzen Angriffs geschwächt. Und jetzt trat Dod in Aktion – dies waren die Minuten, die ihm seinen Orden einbrachten. Er war damals kaum mehr als ein Junge, aber er stürzte nach vorn und nahm den Platz seines Feldwebels ein. Als er die Kompanie hügelaufwärts führte, setzte das britische Bombardement von neuem ein. Die Briten zielten auf den Wald oben am Hügel, wo die deutschen Maschinengewehre unentwegt weiterfeuerten, doch die Bomben fielen auf die Highlanders am Hügelrücken. Dod war aus der Fünften Kompanie der einzige Mann, der später lebend herausgetragen wurde. Er erhielt seinen Orden, aber einen Teil seines Verstandes hatte er eingebüßt.

Ich sah das alles vor mir – ich hörte Dod rufen: »Weiter, Fünfte, vorwärts! Weitermachen, Tam!«

Auch von Tam berichtete Robert Wilson. »Das war Tam Ogilvy, Junge. Er war älter als Dod – hätte sein Vater sein können. Ein mächtiger Kerl – er kam aus Fife und hatte eine Stimme wie ein Nebelhorn. Dod und er waren dicke Freunde.«

»Ist er auch gefallen?«

»Sie sind alle gefallen – alle bis auf Dod. Und für den wär's vielleicht besser gewesen, er wäre auch dort geblieben. Viel weiter als bis zu dem Hügel ist er nie mehr gekommen.«

Ich sah ihn: er rannte, Augen und Mund weit aufgerissen, und schrie sich dabei die Seele aus dem Leibe. Er rannte, bis keiner mehr neben ihm lief.

»Und wenn er jetzt von innen und außen richtig durchgeweicht ist, dann läuft er wieder den Hügel hinauf. Tam Ogilvy und die anderen, die sind ihm näher als wir alle.«

Dod lief und lief – zusammen mit Geistern, die er besser kannte als die Lebenden.

»Hat er denn gar keine Freunde mehr?« fragte ich.

»Aye, Junge.« Langsam erhob sich Wilson und kehrte in die staubige Welt von Seilwerk und Tauen zurück. »Er hat dich und mich.«

Ich marschierte sofort hinunter zu den Ställen, ging ohne Zögern hinein und traf dort auf Dod. Vielleicht weil ich diesmal selber so sicher war, akzeptierte er mich ohne weiteres, und von nun an bis Silvester besuchte ich ihn regelmäßig.

Es war gewiß eine seltsame Freundschaft, aber eine ganz feste. Ich prahlte nicht mehr mit ihm vor Watty Johnston und den anderen, und ich versuchte, ihn abzuschirmen vor der freudlosen Welt, in der er allein zurückgeblieben war, als Tam Ogilvy und der Rest der Fünften Kompanie auf dem Hügel in Frankreich ihr Leben ließen. Möglich, daß ich ihn auch nicht ganz verstand – kaum besser als die Clydesdales, die in ihren Boxen schnoberten und stampften, aber eines wußte ich: verrückt war er nicht. Wenn er in der richtigen Verfassung war, so konnte er durchaus reden, und zwar nicht nur von Pferden.

Wir fühlten uns wohl miteinander, wenn wir zusammen die Stallarbeit erledigten oder im Heuboden lagen und schwatzten. Gestört wurde die Harmonie nur, wenn ich versuchte, in ihn einzudringen. Das mochte er nicht. Wir gewöhnten uns aneinander, zuweilen erzählte er etwas von sich selber, gab mir kurze Einblicke in seine Kindheit und ein- oder zweimal auch in seine soldatische Ausbildungszeit, aber das mußte von selber aus ihm herauskommen. Wenn ich seine Erinnerung mit Fragen anzapfte, wenn ich ihn auch nur zu lange oder zu intensiv ansah, dann ruckte er mit dem Kopf und scheute zurück. Es war, als könne er nur in Frieden leben, solange man ihn in Ruhe ließ und nicht auf sich selber aufmerksam machte. Noch heute kann ich es nur so unzureichend erklären, und damals wußte ich nur, daß er Schutz und Beistand nötig hatte.

Die meisten Männer, mit denen er bei der Arbeit zu tun hatte – vor allem die Bierkutscher – waren unangenehme Kerle, scheel und großmäulig. Sie konnten auch nett sein, wenn es ihnen paßte; dann behandelten sie ihn wie mich mit der gleichen rauhen Freundlichkeit und gaben sich zufrieden, wenn er nur das Gesicht zum Lächeln verzog oder ein kurzes Wort an die Pferde richtete und nicht an sie. Aber es kam auch vor, daß sich einer damit nicht abspeisen ließ und ihn zu einer Gegenrede zwingen wollte. Ich erinnere mich an einen großen kräftigen Mann, der ihn an der Jacke packte und schüttelte und dabei schrie: »Sag was! Sag was, du Dummkopf!« Er riß ihm den Kopf an den Haaren zurück und starrte ihm in die Augen. Dann ließ er ihn fahren, wandte sich ab und sagte halblaut zu den anderen: »Da ist ja gar keiner.«

Die Kutscher waren es auch, die ihn manchmal mit Alkohol und Erinnerungen vollpumpten und auf den Hügel in Frankreich zurückschickten. Sie waren an sich nicht schlecht oder bösartig, doch stand in Dods leerem Gesicht wohl etwas, das zuweilen Grausamkeit in ihnen wachrief. »Der Krieg ist wieder ausgebrochen, Dod!« rief einer laut zu ihm herüber, als sie eines Abends beim Abschirren waren. »Wir trinken noch ein Glas bei Johnny Wauchope, bevor der Kampf wieder losgeht.« Die Wolken hingen tief an diesem Abend, es sah nach Regen aus, und ich zog Dod am Ärmel und bat ihn, bei mir zu bleiben. Wieder lachte er auf die alberne Art, die mich immer für ihn beschämte; und er gluckste auch weiter, als die andern Rollkutscher, die heute irgendwie bösartiger aussahen als sonst, ihn ebenfalls drängten, in Wauchopes Kneipe zu kommen, sobald er die Pferde versorgt hatte. Aber ich blieb an diesem Abend lange dort, und er ist bei mir geblieben. Als ich spät im Regen nach Hause ging, kam ich mir mehr wie ein Mann denn wie ein Junge vor.

Silvester war es anders. Sie hatten ihm schon mittags zu trinken gegeben, und als er auf den Heuboden heraufkam, wo ich ihn in seiner Kammer erwartete, gaben die Beine unter ihm nach, und er redete verworrenes Zeug. Ich saß unter dem Dachfenster und hielt ein Comic-Heft auf den Knien, aber er schien mich gar nicht zu sehen. Er ging geradewegs auf sein Feldbett zu, zog die Jacke aus, und plötzlich übergab er sich heftig. Ich wollte mich schon davonmachen, aber er rief mir zu, ich solle einen Eimer Wasser heraufholen.

Als ich mit dem Eimer etwas mühsam die Leiter hinaufkletterte, stand er mit nacktem Oberkörper da. Von weitem sah ich zu, wie er erst sich und dann den Fußboden neben dem Bett säuberte. Sein Gesicht war verzerrt, aber er war wieder nüchtern – nüchtern und schweigsam. Den zweiten Eimer Wasser holte er selber herauf und weichte dann sein Hemd darin ein. Ohne mich anzusehen, kam er herüber und nahm ein sauberes Hemd aus der Kommode. Als er die Schublade aufzog, lag da unter anderen kleinen Sachen ein Orden.

»Ist das dein Orden?« fragte ich noch etwas unsicher.

Immer noch von mir abgewandt – vielleicht weil er sich schämte – sagte er, ich könnte den Orden gern haben, wenn ich wollte. Doch es klang nicht so freundlich wie sonst, und ich war überzeugt, er wollte bloß seine Trunkenheit und das Erbrechen irgendwie wiedergutmachen.

»Mir kommt er doch gar nicht zu«, sagte ich halblaut in dem Bemühen, mit meiner Verlegenheit wegen seines ungewohnten Zustandes fertig zu werden.

Er hatte sein Hemd angezogen und versuchte mit unbeholfenen Fingern, die Knöpfe zu schließen. »Mir vielleicht auch nicht«, sagte er und hielt mich dabei mit einem Seitenblick und der abwehrenden Tonart immer noch auf Distanz.

Er ging zu seinem Bett zurück und legte sich auf die Seite, den Rücken mir zugewandt, und ich starrte hinüber zu ihm, verstört durch seine Worte. Lange Zeit saß ich da und wartete, bis ich meinte, er versuche etwas zu sagen. Ich trat an das Bett. Sein Atem ging unregelmäßig, ich konnte sein Gesicht nicht sehen, aber ich wußte, er war todunglücklich. »Was ist los?« fragte ich und legte ihm in aufwallendem Mitleid die Hand auf die Schulter. Er rückte nicht ab, und nach einer Weile kam seine Hand und legte sich auf meine.

»Du solltest dich nicht mit mir abgeben, Jamie«, sagte er mit einer Stimme, die schwer war vor Kummer.

Ich wußte nicht, was ich darauf tun oder sagen sollte, und vielleicht war es gerade mein Schweigen, das ihn weiterreden ließ.

»An mir ist nichts dran«, sagte er leise. »Und schon gar nicht, wenn's drauf ankommt.«

»Aber der Orden, Dod?«

»Das meine ich gerade.«

Auch meine Stimme klang jetzt anders, eng und hart, als ich zögernd fragte: »Meinst du – du hast gar nicht die Fünfte damals angeführt, den Hügel rauf?«

Er drückte mir schmerzhaft die Hand. »Ich war vorne, das stimmt schon, Jamie. Aber wer uns alle mitriß, das war Tam – Tam Ogilvy mit seiner Löwenstimme. Der feuerte uns alle an – auch mich.«

Ich war überrascht, aber ich glaubte ihm ohne weiteres. Es war auf einmal viel leichter zu verstehen, was sich da abgespielt hatte – der Kerl aus Fife mit der mächtigen Stimme, die Dod mit Mut erfüllte, wie er vorwärtslief. Ich sah Dod vor mir, wie er den Hügel hinauflief und die Riesenstimme in sich fühlte, wie er immer weiterlief, bis die Stimme verstummte und er sich allein sah – allein und leer. Ich konnte ihn verstehen; und wie ich jetzt neben ihm stand und auf seinen Hinterkopf herabsah, spürte ich, wie ich mich innerlich von ihm entfernte. Ich hätte es damals nicht erklären können: heute kann ich es. Ich war in Dods Inneres eingedrungen, und damit hatte ich die Grenzen unserer seltsamen Freundschaft überschritten. Nie wieder hätte er zu mir so sprechen können wie zu den Pferden, nie wieder konnte er mich mit dem ausweichend-leeren Blick seiner Augen an sich ziehen. Es war kein Geheimnis mehr an ihm, und schon mischte sich eine Spur Herablassung in mein Mitleid, vielleicht sogar ein wenig Grausamkeit. Jedenfalls hatte ich so etwas wie ein schlechtes Gewissen. Das Bewußtsein, ihn nun endlich zu kennen und ihn gleichzeitig irgendwie verloren zu haben, ließ mich bei ihm bleiben und warten, bis er meine Hand losließ und mir das Versprechen abnahm, abends wiederzukommen und ihm ein Neujahrsgeschenk zu bringen.

Am Abend nieselte es, doch in den nassen Straßen spiegelten sich die Lichter aus Bahnen und Wagen und Fenstern, so daß die Stadt aussah, als habe sie sich für Silvester aufgeputzt. Noch war es früh und keine Menschenansammlung auf den Straßen, doch lag schon Feststimmung in der Luft. Betrunkene feierten singend den Abschied vom alten Jahr. Es war der letzte Tag des Jahres 1932 und der letzte Tag meiner Kindheit.

Ich hatte ein Kuchenpäckchen für Dod in der Tasche und legte einen großen Teil des Weges zum Cowgate laufend zurück. Ich hielt mein Gesicht in den nebligen Regen und horchte auf das Rasseln und Rumpeln des Verkehrs, und dabei stürzte ich im Geist vorwärts, um den Platz des Feldwebels einzunehmen; in einem Chaos von Angst und Begeisterung riß ich die Kameraden mit mir hügelaufwärts und hörte Tam Ogilvy, der mich immer wieder anfeuerte, mir immer wieder Mut zurief. Die Rufe erfüllten mich, schwollen in mir an, während ich wie besessen rannte, und ich wußte, wie leer und ausgehöhlt Dod sich vorgekommen sein mußte, als die Zurufe verstummten, als er sich umwandte und sah, daß Tam am Boden lag. Ich hielt an, so wie er angehalten hatte, und dachte, wie lange er wohl hatte warten müssen, bevor die Granate explodierte und ihm einen Teil seiner Sinne wegriß, so daß er bis zum Ende seines Lebens auf jenem Hügel bleiben mußte.

Der Stall war verschlossen, und als ich mit der Faust an die Tür schlug, kam der alte Nachtwächter aus dem Nachbarschuppen und rief böse: »Macht, daß ihr wegkommt!«

»Ich hab hier was für Dod Cameron.«

Mit der Sturmlaterne kam der alte Mann über den Hof gehinkt. »Ach, du bist es, Jamie. Dod wirst du hier heute nicht finden«, sagte er traurig.

»Haben sie ihn wieder in die Kneipe mitgenommen?«

»Ja, Junge, das haben sie. Rauf zu Johnny Wauchope.«

Ich konnte die Kneipe nicht gleich finden; sie lag ganz oben am Cowgate, nicht sehr weit von den Ställen, aber ich sah nur, was darüber stand – Zur Krone – und ging daran vorbei und zum Grassmarket hinunter. Jetzt waren schon mehr Leute draußen, ein paar Männer hatten bereits allerhand getrunken, und bettelnde Kinder zogen hinter ihnen her. Ich hätte gern jemand gefragt, denn der Regen wurde stärker, aber als ein paar Jungens sich von den andern trennten und Anstalten machten, über mich herzufallen, lief ich weg und konnte sie erst hinter dem Grassmarket abschütteln. Ich ging dann zurück und suchte jetzt auf der anderen Seite des Grassmarket, und erst dort stellte ich fest, daß bei den Kneipen außer dem Namen des Lokals auch der des Inhabers angegeben war.

So stand ich schließlich vor der ›Krone‹ und sah, daß J. Wauchope der Inhaber war. Ich blieb draußen stehen, und jedesmal wenn die Tür aufging, blickte ich suchend hinein. Dod konnte ich nicht finden, aber Robert Wilson war da und sah viel größer und erhitzter aus als in seinem Seilerladen. Als er mich sah, kam er heraus und sagte streng:

»Das hier ist kein Ort für einen Jungen wie dich.«

»Ich hab aber hier was für Dod, zum Neuen Jahr.«

Sein Atem blies mir ins Gesicht, er streckte die Hand aus, aber den Kuchen wollte ich nur Dod selber geben.

»Er ist blau wie 'ne Haubitze.«

»Können Sie ihn nicht nach Hause bringen?«

Er werde es versuchen, versprach Wilson, aber nur, wenn ich jetzt schleunigst umkehrte und nach Hause ginge. Mir blieb nichts anderes übrig, und so wandte ich mich um und ging zögernd zum Grassmarket hinauf.

Wieder meldete sich mein Gewissen, deutlicher als zuvor. An der Kreuzung zur Candlemaker Row hielt ich an und blickte zurück; ich wollte sehen, ob auch Wilson sein Versprechen hielt. Wie lange ich dort stehenblieb, weiß ich nicht, jedenfalls so lange, daß ich schließlich mehr Mitleid mit mir selber aufbrachte als mit Dod. Ich war durchnäßt und fröstelte, und als ich mich jetzt wieder auf den Weg machte, nahm ich das Kuchenpäckchen aus der Tasche und aß den Kuchen auf.

Ich hatte gerade das Ende der West Bow erreicht, als ich die ersten Rufe hörte und mich erneut umsah. Mehrere Männer kamen vom Cowgate herauf und liefen auf mich zu. Allen voran lief Dod, angefeuert von den Zurufen der andern: »Los, auf sie, Dod! Vorwärts – weitermachen!«

Er entkam seinen Peinigern; sie gaben die Jagd auf und blieben zurück, laut lachend und rülpsend. Er rannte die West Bow herauf, immer in der Mitte der Straße; ich stand auf dem Gehweg, aber er sah mich nicht. Mund und Augen weit geöffnet, rannte er blind den Hügel hinauf und schrie: »Weiter, Fünfte, weiter! Vorwärts, Tam – weitermachen!«

Ohne einen Augenblick nachzudenken, lief ich den Gehweg hinauf und versuchte, mit ihm Schritt zu halten. Doch der Regen schlug mir ins Gesicht, die nassen Kleider hinderten mich, und ich war fast steif vor Kälte. Er blieb weiter vorn und hatte fast die Höhe der Victoria Street erreicht, wo sie auf die Brücke stößt, als er sein Tempo etwas verlangsamte. Ich keuchte hinter ihm her und sah, wie er einen Blick über die Schulter zurückwarf. Er suchte Tam Ogilvy. Ich weiß nicht, ob er mich auf dem Gehweg überhaupt wahrnahm. Aber ich sah, wie der Lastwagen von der Brücke in die Victoria Street einbog, und öffnete den Mund, um ihm eine Warnung zuzurufen.

Die Worte, die aus meinem Mund drangen, kamen nicht aus meinem Kopf. Aus meiner Kehle kam ein Ton, wie ihn kein Junge hervorbringen konnte. Ich war angeschwollen von etwas, das nicht zu mir gehörte, das durch mich einen wilden todesmutigen Schrei ausstieß, einen Schrei, den der Hügel zurückgab.

»Weiter, Dod, weiter! Wir kommen mit – vorwärts, vorwärts!«

Ich sah, wie Dod den Kopf ins Licht der Laterne hob. Ich sah, wie er sich wieder umwandte und mit neuer Kraft weiterstürmte. Dann schlug er gegen die Kühlerhaube des Lastwagens mit einem Stoß, der mir durch den ganzen Körper fuhr. Er wurde zurückgeschleudert, und als ich seinen Schädel auf den Steinen brechen hörte, fiel ich durch das flimmernde Licht und den strömenden Regen in nachtschwarze Dunkelheit.

Viel später, als ich noch im Krankenhaus lag, erschienen zwei Polizeibeamte bei mir und wollten wissen, ob ich den Mann identifizieren könne, der Mr. Cameron eben vor dem Unfall etwas zugerufen hatte. Ich sagte, außer den Betrunkenen ganz unten an der Straße hätte ich niemand gesehen. Die Beamten entgegneten, mit einigen dieser Männer hätten sie bereits gesprochen, die hätten ausgesagt, der Mann, der Mr. Cameron etwas zugerufen hatte, sei viel weiter oben gewesen. Auch den Lastwagenfahrer und den Beifahrer hatten sie vernommen, beide waren bereit, unter Eid auszusagen, der fragliche Mann müsse sich nahezu an der Spitze des Hügels befunden haben, dicht hinter Mr. Cameron. Ich sagte, ich sei zwar selber dicht hinter Mr. Cameron hergelaufen, aber einen anderen Mann hätte ich nicht gesehen.

Was sollte ich ihnen damals sagen? Was könnte ich ihnen auch heute sagen?

Angus Wolfe Murray

Der Fluch

Meine Kindheit war unruhig und einsam. Wenn man mich fragte: Wo kommst du her?, so antwortete ich ohne Überzeugung: Aus Schottland. Ich gewann die nomadische Selbständigkeit eines gefühlsmäßigen Außenseiters; darin hatte ich Glück.

Meine Großeltern besaßen große Landgüter, oben in den Highlands. Die fruchtbaren Weidegebiete im Tal wurden bewirtschaftet oder an Pächter vergeben, der Rest war eingeteilt in kleine Pachtgrundstücke, Wildgüter und Sumpfland. Ich war noch klein, als man mir die Rituale der Aristokratie beibrachte; ich lernte, was man tat und nicht tat, mit wem ich sprechen und nicht sprechen durfte, was ich zu tragen und nicht zu tragen hatte, warum ich mit dem Gärtnerjungen nicht im Kinderzimmer spielen durfte, was in den Gesindestuben doch erlaubt war. Als ich alt genug war, um meinen Gefühlen Ausdruck zu geben, erklärte ich meinen Eltern, daß mir solche Verbote nicht paßten. Erinnerungen an das großelterliche Schloß verdarben mir die Vorfreude auf die Ferien: die Räume waren selbst am Mittag kalt und halbdunkel, es gab keine Zentralheizung, nur einen hauseigenen Generator, die Kellerräume glichen Höhlen, wo Schnecken ihre schleimige Spur auf den Steinfliesen hinterließen.

Eine meiner Tanten ertrank an ihrem zehnten Geburtstag, und meine beiden Onkel fielen im Krieg – Tragödien, die meine Großeltern sehr schwer nahmen. Meine Mutter gab zu, daß auch andere Familien von Leid betroffen wurden, ohne in morbide Selbstanklagen zu verfallen.

»Vielleicht war der Kontrast zu groß«, meinte sie. »Wir waren so sehr glücklich als Kinder.«

Sie waren fünf Geschwister, und jeder zeichnete sich auf irgendeinem Gebiet besonders aus. Sie glänzten durch Charme und Schönheit auch in der Londoner Gesellschaft der dreißiger Jahre; und in den Sommern vor dem Krieg war das Schloß angefüllt mit Freunden, die aus dem Süden nach Schottland kamen – zum Fischen, Jagen, Segeln und zu endlosen Spielen und Tanzereien.

Ich erinnere mich, wie im Herbst die langen Schatten der Bäume über den Rasen fielen und wie ich immer dachte, bald werde das Schloß selber im Dunkel versinken, in einer ägyptischen Finsternis aus äußerer und innerer Nacht. Das machte mir Angst, und ich hockte mich nahe ans Feuer.

Mein Großvater starb mit zweiundsiebzig, als ich noch in Oxford studierte. Mein Vetter Hugh, Sohn des ältesten Onkels, war sein Erbe. Er war sechs Jahre älter als ich und arbeitete in einer Bank in Toronto. Er kam sofort heim und brachte seine Frau Anne mit, eine Kanadierin. Meine Großmutter verließ das Schloß und zog zu meiner Tante Magda nach Aberdeenshire.

Mir kam dann allerhand Gerede zu Ohren: Anne unternahm Renovierungen im Schloß, Hugh hatte neue Pläne für die Landwirtschaft und interessierte sich auch für die Aufzucht von Rotwild, was man bisher nur aus Skandinavien kannte und was die Landedelleute leicht beunruhigte, denn sie hatten für die Saison mit Jagdeinladungen gerechnet. Davon wollte Hugh offenbar nichts hören. Das klang ganz vielversprechend.

Hugh hatte die Kindheit bei seiner Mutter in Hampshire verbracht und war noch seltener nach Schottland gekommen als ich. Die ungewöhnliche Ähnlichkeit mit seinem Vater schmerzte meine Großmutter so sehr, daß sie ein Zusammentreffen vermied; statt dessen schrieb sie ihm ausführliche Briefe und erklärte alles, was mit dem Grundbesitz und den Leuten zusammenhing, so daß er wenigstens die Namen der Arbeiter und ihre Aufgaben auf diese Weise kennenlernte. Hugh erzählte mir später, er habe die Briefe gar nicht mehr geöffnet, sondern einfach abgelegt; als dann mein Großvater starb, habe er sie hervorgeholt, auf dem Fußboden seiner Wohnung in Toronto ausgebreitet und jeden dritten aufgemacht.

»Sechseinhalb Stunden habe ich auf dem Fußboden gehockt«, sagte er. »Aber dann kannte ich den Namen des Schwiegersohns vom Steinhauer und wußte, warum die Frau des Tischlers keine Kinder kriegen konnte. Ich kannte die guten und die schlechten Arbeiter mit Namen, ich wußte, wer heimlich Lachse aus dem Fluß holte und wer den Rebhühnern Fallen stellte, was und wann im Garten gepflanzt wurde und wer das machte, und ich war im Bilde über die Krampfadern der Köchin vor und nach der Operation. Als ich dann herkam und sie alle kennenlernte, hat ihnen das natürlich mächtig imponiert.«

Eine Woche vor meiner Abreise aus Oxford fragte ich bei Hugh an, ob ich die alte Schäferhütte am See für diesen Sommer haben könne. Er meinte, das sei eine sehr gute Idee und ich könne so lange bleiben, wie ich wollte. Er schien sich aufrichtig zu freuen, von mir zu hören.

Der Frühling in den Highlands kommt spät, und wenn er kommt, ist es weniger dramatisch als das erregende Aufspringen der feuchten Knospen im ländlichen England. Winterliche Kälte hängt noch im April und Mai in den Hügeln, so daß man zuweilen denkt, das tote Land werde sich nie mehr rühren. Doch wenn dann die grünen Halme aufsprießen und wilde Blumen am Fluß und am Seeufer die Nässe durchdringen, dann ist das Wunder um so wunderbarer, weil das Verlangen nach Trost dazugehört zum Kampf gegen die harte Wirklichkeit. Die Gegend im Westen hinter dem Schloß ist karg und einsam und von einer unheimlichen Großartigkeit, die Schönheit nicht zuläßt. Die umgestürzten Bäume in den alten Wäldern verrotten weißlich im dunklen Gras. Dort leben Adler und Nebelkrähen, Damwild und Füchse, doch keine Menschen. Früher gab es blühende Gemeinden in den Tälern, heute ist alles eine vergessene Wildnis. Selbst in den Augen der Kleinpächter weiter unten am See spürt man eine Wunde, die auf jene Zeiten zurückgeht; es ist ein Schmerz, den weder Whisky, Wohlfahrt noch Fremdenverkehr mildern können. Die Toten des Landes haben auf diesem Boden ihre Narben hinterlassen, zumindest im Geist. Auch Hugh, der neue Herr des Clans, wußte, was hier einmal existiert hatte: ein Stammeswesen, basiert auf gemeinsamem Tun und Teilen, das alle einbezog. Das gab es nicht mehr. Er war ein reicher Mann, ein Farmer; er paßte sich der Rolle an, trug auch den Kilt.

»Das erwarten sie von mir«, sagte er. Und ich lachte und dachte an die Lektionen meiner Kindheit und an die Pflichtübungen.

Was Anne und Hugh im Schloß unternommen hatten, war mit großer Sorgfalt gemacht worden. Der Schwerpunkt hatte sich inzwischen verlagert; Anne war Kanadierin und frei von den Diktaten der englischen Aristokratie. Sie war energisch und gewissenhaft und gab sich Mühe, alles zu verstehen und Neues zu lernen. Sie hatten viele Pläne, nicht nur für die Aufzucht von Rotwild, mit der sie im kleinen schon begonnen hatten, sondern auch für die Renovierung zerfallener Bauernhäuser und den Bau von kleinen Chalets als Ferienhäuser. Im Dorf sollte ein Laden eröffnet werden als Anreiz für die Weber, Töpfer und anderen Handwerker der Gegend. Sie dachten auch an ein Kühlhaus und eine Räucherkammer, damit der Lachs frisch aus dem Fluß zurechtgemacht und eingefroren werden konnte.

Ich richtete mich in der Schäferhütte ein. Ich war hier im Grunde ein Outsider und deshalb überrascht von dem Empfang, den mir viele der Landarbeiter bereiteten. Sie hatten mich als Kind gekannt, für sie gehörte ich zur alten Familie – eher als Hugh mit seinen ehrgeizigen Ideen und der kanadischen Frau. Ich versuchte sie zu beruhigen und äußerte mich begeistert über die neuen Pläne; sie lächelten, nickten und blieben argwöhnisch. Es war eine interessante Situation. Ich wartete und behielt die Augen offen. Der Frühling wurde zum Sommer mit warmen blauen Tagen, der Wind raschelte in den Bäumen, die Hirsche kamen zum Trinken ans Flußufer, wenn der Abend sank, zeitloses Bild langsamer Vollendung. Forellen sprangen im Wasser, Schwalben flogen und spielten um die Dachbalken, Fledermäuse schwirrten mit gezackten Flügeln im Mondlicht, Insekten zirpten, kleine Vögel sangen im Schilf, Mücken erhoben sich über dem Sumpfland wie Wolken aus Blütenstaub.

Die Hütte lag vier Meilen vom Schloß entfernt an dem Pfad, der am Nordufer des Sees entlangführte. Seit dem Krieg hatte hier kein Schäfer mehr gewohnt, doch die dicken Steinmauern waren noch dicht, und auf dem Schieferdach wuchs grünes Moos. Ich hatte einen eisernen Herd, der mit Holz und Kohlen geheizt wurde; dahinter lag ein Raum mit Bett, Kommode und Schrank. Von meiner Tür aus konnte ich die Kurve im See sehen, an der er sich L-förmig nach Westen wandte und wo der Berg bis ins Wasser hineinragte. An dieser Stelle unter der Felsklippe lag der Mathair Nan Uisgeachan, ein starker natürlicher Wasserwirbel, der schwimmende Hirsche in die Tiefe reißen konnte. Oben am Kliff führte eine kleine Höhle zu einem schmalen Unterwasserkanal, und wenn der Wind von Südwesten kam, wurde der Strudel im See so breit wie ein langer Fichtenstamm. Anne drängte Hugh, er solle Froschmänner hinunterschicken, um Ursprung und Länge des Kanals festzustellen; er sagte es auch halb zu, aber ich wußte, daß nichts daraus werden würde.

Ich gewöhnte mich an den ruhigen Verlauf der Tage. Vor der Hütte legte ich einen kleinen Gemüsegarten an und versah den Schafspferch mit Maschendraht für ein paar Hühner. Ich kaufte auch eine gebrauchte Säge und einen alten Lieferwagen; an hellen Nachmittagen, wenn Fischen nicht möglich war, sägte ich Holz für den Herd. Zweimal wöchentlich war ich zum Dinner im Schloß, und manchmal picknickten Anne und Hugh am See, und wir fuhren mit dem Boot hinaus. Ich dachte nicht viel über mein Leben nach und auch nicht über die Zukunft. Ich war zweiundzwanzig und hatte die letzten fünfzehn Jahre auf Schulen und Universitäten verbracht. Daß ich schreiben wollte, wußte ich, und als die Wochen vergingen, wurde mir auch immer klarer, was ich schreiben wollte. Ich hatte ein Notizbuch, in dem ich Gedanken und Vorstellungen festhielt, die mir im Laufe des Tages in den Sinn kamen, und bald entstand auch ein Muster mit zwei gleichzeitig wiederkehrenden Themen. Das erste Thema behandelte meine Eindrücke des Landes, der leeren Wildnis ringsum. Das zweite betraf die Familie, die heitere, fröhliche Jugend meiner Mutter, auf die bald so düstere Traurigkeit folgte. Irgendwo trafen die beiden Themen aufeinander.

Hugh verbrachte viel Zeit im Verwalterbüro mit Roger Cornish, dem Verwalter meines Großvaters. Für Hugh war es schwierig, ein System umzuändern, das seit vielen Jahren funktionierte, und zwar unter der Voraussetzung, daß jedes Gespräch mit ausführlichen Erkundigungen nach jedem Familienmitglied des Gesprächspartners einzuleiten ist. Hugh verstand ein wenig von nordamerikanischer »efficiency« und gewöhnte sich nur schwer an diese Mentalität, die Dringlichkeit nicht kannte und Neuerungen nicht wünschte. Ein sanfter Unterton von Feudalismus, verbunden mit romantischem Clan-Bewußtsein von Bruderschaft, hielt fest am status quo und hinderte jeden Fortschritt. Roger hatte den Kampf längst aufgegeben und ließ alles laufen, wie es lief. Er war Engländer, sein Ehrgeiz begnügte sich mit der Angelrute, dem Gewehr und einer Kiste mit gutem schottischem Whisky. Die Leute in der Umgebung hatten ihn gern. Bei kleineren Vergehen schloß er die Augen. »Ein bißchen unerlaubtes Fischen hat noch keinen Fluß zugrunde gerichtet«, sagte er. »Und wenn einer mal ein Tier in der Schonzeit verkauft, kriegt er ja wenig genug dafür.« Solange man nichts übertrieb und gewisse Grenzen eingehalten wurden, lohnte sich keine Aufregung. Aber wenn Outsider dazukamen, Wilddiebe aus dem Süden mit schweren Waffen, dann taten sich Roger, die Polizei und die einheimischen Jäger alle zusammen und handelten.

»So muß es auch sein«, sagte er zu mir. »Wir wollen hier keine Mafia.«

»Dies ist doch die Mafia«, entgegnete ich.

Er füllte mein Glas mit seinem guten Whisky und reichte es mir.

»Sie haben hier die einzigartige Gelegenheit, die Risse und Diskrepanzen eines archaischen Systems zu betrachten«, sagte er. »Aber glauben Sie ja nicht, daß Veränderungen immer zum Guten führen. Ich kenne die Probleme der Leute hier – sie kommen nämlich zu mir und erzählen sie mir. Ich weiß, wer hier illegal brennt, wer Unterstützung bezieht und daneben schwarz arbeitet. Das ist alles nicht weiter wichtig, solange man miteinander reden kann, damit das Leben so weitergeht, wie es für alle am besten ist. Der Highlander ist stolz und eigenwillig, meinetwegen auch schlau, aber das muß er sein und weiß es auch; er ist vorsichtig, wenn er jemandem sein Vertrauen schenkt – wenn er's überhaupt tut. Er vertraut uns, oder vielmehr benutzt er uns, aber das ist auch in Ordnung, denn ich weiß, er baut zuerst auf sich und dann auf die Erhaltung seiner Lebensweise. Einem Highlander kann man nicht sagen, was er tun soll, wieviel er verdienen soll. Das kümmert ihn gar nicht – warum auch? Und nun will Hugh die Pacht der Kleinpächter erhöhen. Das ist Wahnsinn. So wie's jetzt ist, mag es einem, der gerade aus Harvard oder so kommt, absurd vorkommen, aber für die Leute hier ist diese Neuerung eine Zumutung, denn sie haben noch immer das Gefühl, daß das Land ihnen gehört, so wie es früher war. Schauen Sie doch mal in die Politik – wo sonst gewinnen die Liberalen an Stimmen? Lloyd George ist tot und vorbei. Nichts ist davon zu spüren. Die junge Generation meint, sie sei *anti*-Establishment, *anti*-Autorität, aber die ersten *Antis* waren die Highlander! Das muß man wissen und akzeptieren, sonst wenden sie sich gegen einen selber.«

Hugh begann, Roger zu entlasten und immer mehr Verantwortung auf die eigenen Schultern zu nehmen. Er holte einen Buchprüfer aus Edinburgh, der die Unterlagen ansehen und Methoden zur Verbesserung der Verwaltung vorschlagen sollte. Es kam heraus, daß Gelder entliehen und nicht zurückgezahlt worden waren, Zahlungsfristen waren verfallen und Darlehen seit Jahren ohne Mahnung verschleppt worden. Die Buchführung bestand nur noch aus gekritzelten Notizen, die Roger in unleserlicher Handschrift auf Zetteln und alten Briefumschlägen gemacht hatte. »Eine Knickerbude, vollgestopft mit Schwund«, sagte Hugh dazu. Der Buchprüfer blieb sechs Wochen und verließ dann erschöpft das Haus. Auf diese Weise kam ich zum dritten Thema meines Romans, das durch verschiedene Umstände mit den anderen verknüpft war: das starre Festhalten am väterlichen Besitz, Argwohn gegenüber Fremden, übertüncht von Liebenswürdigkeit; Stolz und Leidenschaft, die schon früher verwundet wurden und die sich heute fanatisch gegen jeden Fortschritt stellen.

Anne war dauernd beschäftigt mit Bazars und Wohltätigkeitsveranstaltungen, sie kümmerte sich um den Andenkenladen im Dorf, überwachte die Renovierung der kleinen Häuser und suchte nach Bauplätzen für die Chalets. Ihr Lächeln war so strahlend, ihre Reaktion so spontan, daß man ihr die Begeisterung nicht immer ganz glaubte; sie wirkte wie die Munterkeit, mit der man auf die Neugier der Einheimischen eingeht. Im Juni bekam sie Grippe und mußte sich zu Bett legen, und Hugh bat mich, mal vorbeizukommen und sie ein wenig abzulenken. Das tat ich. Sie redete vom Glauben an Positives Denken, die Schaffung einer Atmosphäre für konstruktive Beziehungen, und erzählte mir, es gebe Tage, an denen sie heimkomme und frustriert in Tränen ausbreche. Sie kam mir irgendwie seltsam und merkwürdig unsicher vor.

»Ich bin gewiß naiv«, sagte sie. »Aber bei diesen verdammten Meetings möchte ich manchmal auf den

Tisch klettern und mir die Kleider ausziehen, um irgendeine Reaktion zu erzwingen.« Sie lachte. »Du hältst mich sicher für verrückt.« Jetzt war sie verlegen geworden.

»Mir kommt das sehr vernünftig vor«, sagte ich.

»Hugh wäre außer sich«, sagte sie.

Ich erzählte ihr von meinem Roman und dem Problem der widerstreitenden Themen.

»Ja, du hast recht«, sagte sie. »Ich hab's oft stundenlang bewundert, weißt du – die Berge und das Wasser und den Himmel. Den Frieden, und den großen offenen Raum – manchmal hat es mich fast betrunken gemacht.« Wieder lachte sie. »Aber wenn ich allein mit den Hunden spazierengehe, was ich so oft wie möglich tue, dann ist mir genau so zumute, wie du sagst. Als ob ich ein Fremder wäre, in einem fremden Land.«

»Das bist du ja«, sagte ich. »Und ich auch.«

»Natürlich – aber dann fühlt man sich so bedrückt.«

»Ja.«

»Ich kenne das, aber es ist doch anders. Ich komme mir so – so umzingelt vor. Als ob ich nicht allein wäre.«

Das schöne Wetter ging zu Ende; wieder kam der Regen mit dunkelgrauen Tagen und tiefhängenden Wolken, die wie nasse Heuschwaden in den Tälern lagen. Anne erwartete mich. So ging es jeden Tag. Ich kam zum Lunch, dann verbrachten wir den Nachmittag zusammen vor dem Kaminfeuer im Wohnzimmer mit Gesprächen oder mit Backgammon. Sie sagte, sie fühle sich oft übel und erwache zuweilen mit Schwindelgefühl. Hugh machte sich Sorgen. Nach drei Wochen wirkte sie immer noch lustlos und deprimiert.

»Ich kann sie für nichts interessieren«, klagte er.

Dann kam ein Tag, da sich die Wolken hoben und die Sonne auf dem Sumpfgras am Wege glitzerte. Ich wollte mich gerade verabschieden. Anne drückte mir den Arm und sagte:

»Es ist so schön draußen – laß uns rausgehen.«

Wir nahmen die Hunde mit und schritten am Seeufer entlang bis zum Bach und dann hinüber zur anderen Seite des Flusses. Wasser floß den Hügelrücken hinab, über Torfgebiet und Buschland, wo es sich in kleinen Pfützen sammelte. Mückenschwärme erwachten in der plötzlichen Wärme und hingen sich an Hände und Gesichter. Wir begannen, den Hügel hinanzusteigen.

»Wir dürfen nicht zu weit gehen«, sagte ich. »Du bist noch müde.«

Sie blickte mich an. Ihr Gesicht war von der Sonne gerötet, und ich sah, wie hübsch sie war.

»Du siehst ganz anders aus«, sagte ich.

»Ah, nein – die Menschen verändern sich nicht. Sie passen sich bloß an.

»Was willst du damit sagen?«

»Ich passe mich dir an.«

»Das kann nicht gut sein.«

»Für mich ist es gut.«

Das Schweigen, das uns umgab, füllte die Luft mit Gefühlen, die wir nicht in Worte zu fassen wagten. Ich wandte mich um und blickte zurück auf das Schloß. Sie stand dicht neben mir. Ihr Arm berührte meinen Pullover.

»Dies ist Irrsinn«, sagte ich mühsam.

»Ja, ich weiß, daß es Irrsinn ist.«

Ich begann, den Hügel hinabzusteigen, und sie folgte mir. Leichtfüßig bewegte sich die zarte kleine Gestalt über den durchweichten Boden. Wir kamen zu einer grasbewachsenen freien Fläche auf einer niedrigen Erhebung am Fluß. Dort blieb sie stehen und sagte: »Ich will dir was zeigen.«

Sie rief die Hunde. Sie schossen in großen Sprüngen über das Torfland und machten am Rande der Grasfläche plötzlich Halt.

»Hierher! Kommt her!« rief sie.

Fast auf dem Bauch kriechend, umkreisten uns die Hunde, winselten und jaulten.

»Woher wußtest du das?« fragte ich.

»Sie haben's schon mal so gemacht.«

Jenseits des Flusses lag das Sumpfland bis hinauf zur Straße, und hinter der Straße das Schloß, mächtig und schwarz vor dem Hintergrund der dunklen Bäume. Mir war plötzlich kalt geworden.

In der Kurve am Waldrand erschien jetzt Hughs Wagen. Wir wateten an der flachen Stelle durch den Fluß und das Schilfgras. Wieder sirrten die Mücken um uns. Dann standen wir wartend am Weg. Die Hunde hechelten nach dem Lauf und ließen die Zungen hängen. Ich blickte über den Fluß zu der grasigen Erhebung hinüber.

»Was kann es wohl sein?« fragte Anne.

»Ich weiß es nicht.«

»Ich möchte dich sehen«, sagte sie.

»Du siehst mich doch.«

»Ich will dich morgen sehen.«

»Warum?«

»Wirst du kommen?«

»Ich weiß es nicht. Ich weiß nicht, ob ich kann.«

»Bitte.«

Wir hörten, wie Hugh etwas rief. Die Hunde stürzten durch die Rhododendronbüsche und sprangen ihm entgegen. Anne und ich schritten den Weg hinauf, wo uns Hugh begrüßte.

»Wie geht's dir?« fragte er. Sie lächelte und sagte:

»Es ist Zeit, daß ich aufhöre, krank zu sein.«

Als ich am nächsten Tag wie vereinbart hinüberkam, tat Anne, als sei nichts geschehen. Das verwirrte und kränkte mich. Beim Lunch war sie nervös und ungeduldig, redete von neuen Plänen und Einzelheiten. Ich kehrte unter einem Vorwand in meine Hütte zurück und wollte sofort meinen Koffer packen, doch dann besann ich mich. Es war so unsinnig, einen Vorfall, der nur in meiner Phantasie existierte, durch die plötzliche Abreise aufzubauschen. Damit war nichts gewonnen. Außerdem hatte ich da die Notizen für meinen Roman. So beschloß ich, ihm den Rest dieses Sommers zu widmen.

Zwei Wochen später erzählte mir Hugh, daß Anne schwanger sei.

»Nun wird sich alles ändern«, sagte er.

»Was denn?« fragte ich.

Ich mochte Hugh immer weniger. Er kam mir eher arrogant als geistreich vor, eher engstirnig als liberal. Seine Ansichten über das Wohl und Wehe der Pächter und der Ländereien deckten sich nicht mit denen der Einheimischen, sondern widersprachen ihnen heftig. Er begriff nicht, warum Arbeiten nicht termingemäß fertig wurden, warum man jedem alles dreimal sagen mußte, warum der Dorfpolizist die Wilddiebe nicht erwischte. Ich hätte ihm das sagen können, aber er hätte mir gar nicht zugehört, und selbst wenn, so hätte er mir nicht geglaubt.

Ich lief allein in den Hügeln herum, verbrachte Tage damit, im See zu fischen. Daß Menschen sich hier zu schaffen machten, war ein Anachronismus: das Land war Land, die Steine Steine. Der Mensch mochte zwar versuchen, sich durchzusetzen, Beweise von seiner Existenz vorzulegen: das alles zählte nicht vor dieser Wildnis. Es bedrückte und ärgerte mich, daß einst blühende Gemeinden in diesen Tälern gelebt hatten – bis mir klar wurde, daß das Leben vielleicht nicht gar so blühend gewesen war. Selbst die Ruinen der einfachen Wohnstätten waren verschwunden; nichts war übriggeblieben. Das Schweigen war nicht ein Tod im Leben ringsum, wie ich angenommen hatte, sondern ein Leben im Tode, und jedes Lebewesen befand sich im Kriegszustand.

Ich arbeitete an meinem Buch, aber es ging nur langsam voran. Ich war unruhig, rastlos. Warum bedrückten mich die Berge? Wozu hielt ich fünf Hühner im Drahtgehege, als sei ihr Überleben ein persönlicher Triumph?

Ich war viel allein, und Anne machte sich Gedanken. »Was ist los?« fragte sie.

»Ich weiß es nicht«, gab ich zur Antwort.

Sie war glücklich. Für sie waren es herrliche Tage. Eine Zufluchtstätte der Liebe wollte sie für ihr Baby schaffen, damit es die Außenwelt mit staunender

Freude erleben konnte. Ich fand das Bild sentimental.

»Ich kam gestern über den Hügel, auf der anderen Seite des Flusses, da habe ich dich gesehen«, sagte ich.

»Ja.«

»Wen hattest du bei dir?«

»Die Hunde.«

»Da war aber auch noch ein Mädchen.«

»Das war ein Junge.« Sie lächelte. »An der alten Sägemühle ist ein Zigeunerlager.«

»Sowas hast du gern, nicht wahr?«

»Warum?«

»Als ich herkam, dachte ich, du wärst eine typische Nordamerikanerin –«

»Was –!«

»Aber wenn du fremde Kinder mitnimmst, wirst du bald mit den Fischen reden.«

»Ich rede nicht mehr – ich fange sie. Wollen wir nicht mal fischen gehen?«

»In Ordnung.«

»Wann?«

»Nächste Woche.«

An der Sägemühle war kein Zigeunerlager; das stellte ich fest, als ich hinging. Ich traf mich mit Anne zum Fischen am See und war erstaunt, daß der Junge wieder bei ihr war. Er spielte neben dem Boot im seichten Wasser. Schwarze Locken hingen ihm bis zur Schulter, er trug ein gesticktes weißes Hemd, in der Mitte zusammengebunden, und keine Schuhe. Er war noch sehr jung. Als er mich auf den Steinen kommen hörte, lief er weg ins Schilf.

»Hallo«, sagte Anne.

»Was hat denn der Junge?«

»Er ist menschenscheu – so wie ich.«

»Das hab ich noch nicht bemerkt.«

Sie küßte mich auf die Wange.

»Fühlst du dich ganz sicher, auf dem Wasser?« fragte sie.

»Das kommt darauf an.«

»Worauf?«

»Auf dein Verhalten.«

Sie stieg ins Boot und ergriff die Angelruten. Ich stieß ab, sprang hinein und startete den Außenbordmotor. Wir saßen nebeneinander, ich hielt das Steuer, umfuhr den Wasserwirbel in weitem Bogen, kurvte nach Westen bis zu einer kleinen Bucht, wo ein silberner Wasserfall über die Steine in den See stürzte. Ich stellte den Motor ab, und wir ließen uns treiben. Ich legte die Angelrute aus.

Die Luft war warm, ohne Sonne, eine leichte Brise fuhr über die Wasseroberfläche. Wir fischten zwanzig Meter vom Ufer entfernt und ließen das Boot langsam treiben, mit hängenden Rudern. Wir fingen drei Forellen, alle mehr als ein Pfund schwer. Dann kam die Sonne, und die Wolken verzogen sich. Wir hielten an einem kleinen Einschnitt, wo Bäume sich seltsam verrenkt vom hohen Ufer niederbeugten. Ich öffnete den Picknickkorb, wir legten uns in die Sonne und verzehrten Sandwiches mit Hühnerfleisch und Räucherlachs; das Bier tranken wir aus Flaschen. Anne zog Windjacke und Pullover aus. In Jeans und T-Shirt und glänzendroten Lederstiefeln wirkte sie immer noch schmal und klein und keine Spur dicker als früher. Das blonde Haar war kurzgeschnitten, das Gesicht braun und sommersprossig vom letzten schönen Sommerwetter. Wir redeten. Sie erzählte mir, was ihr in dem neuen Leben hier gefehlt hatte, wie sie sich zuerst fürchtete und dann einige Gewohnheiten ihrer Mutter annahm, die ein dominierender und sehr systematischer Mensch war. Jetzt lachte sie darüber.

»Das tun viele«, sagte ich.

»Du nicht«, meinte sie.

»Ich hab nichts zu verlieren.«

»Du weißt es nicht, aber du hilfst mir«, sagte sie. »Du hast einen festen eigenen Standpunkt, und das ist gut. Du sagst: ›Mir ist es egal, was sie denken.‹ Hugh will immer unbedingt das tun, was er für richtig hält, und ich glaube, es ist meine Aufgabe, ihn darin zu unterstützen. Aber ich verliere dabei, und zwar immer mehr, ich werde zu einem andern Menschen – zu dem, den du ›typische Nordamerikanerin‹ nennst, so ähnlich wie ›typische pommes frites‹.«

»Das habe ich aber nicht gemeint –«

»Nein, sicher nicht, aber du hast ja recht, das bin ich – ein unbezahlter Angestellter im Public Relations Department, der niemals Zeit hat, darüber nachzudenken, um was es eigentlich geht.«

»Und um was geht es?«

»Um das Baby – und vieles andere noch – um die Zukunft . . .«

»Und du bist glücklich dabei?«

»Du nicht?«

Ich zuckte die Achseln. »Ich denke nicht darüber nach.«

»Vielleicht solltest du das.«

Ich berührte ihre Hand. Sie regte sich nicht.

»Erzähl mir von deinem Buch«, sagte sie. Ich hockte neben ihr auf den Knien und blickte zu ihr herab. »Ich möchte gern viel mehr darüber wissen.«

Ich küßte sie.

»Was möchtest du denn wissen?« fragte ich.

»Alles. Bloß so ein bißchen, das ist nicht genug.«

Ich küßte sie auf den Hals, auf das Ohr.

»Soll ich ganz am Anfang anfangen?« fragte ich.

Sie setzte sich auf und fuhr sich mit der Hand durch das Haar. »Das Bier ist mir zu Kopf gestiegen«, sagte sie.

»Ja – mir auch.«

»Wir sind heut zum Fischen ausgegangen, das weißt du doch.«

»Gefischt haben wir schon. Das haben wir hinter uns.«

»Und was kommt jetzt?«

»Im Gras liegen.«

»Das haben wir auch hinter uns.«

Sie wandte sich um und sagte:

»Komm, laß uns die Sachen einsammeln.«

»Zu heiß«, sagte ich.

Wir gingen in der Sonne am Hügel entlang. Sie pflückte Blumen.

Eine Woche danach fuhr ich zu Tante Magda in Aberdeenshire. Meine Großmutter feierte ihren achtzigsten Geburtstag; meine Eltern waren in der Türkei, und meine Mutter hatte mich gebeten hinzufahren, denn weder sie noch mein Vater konnte kommen.

Ich mußte meiner Großmutter alles erzählen, was es Neues gab. Ich berichtete von Hughs Plänen und tat, als ob alles ganz reibungslos verlaufe. Ich erzählte ihr, daß ich in der Schäferhütte hauste, was ihr absonderlich vorkam, und daß ich einen Roman schriebe, was ihr noch viel absonderlicher erschien.

»Es ist eine Verhaltenskomödie in einem fiktiven Tal in den Highlands«, sagte ich. »In einem großen Haus wohnen mehrere verkrüppelte Kinder, die zusammen mit Geistern und Kobolden und echten Polizisten nach einem entflohenen Sträfling suchen, der so tut, als sei er der Geist eines längst verstorbenen Ahnherrn.«

»Klingt ja vielversprechend«, sagte mein Onkel.

Am letzten Abend war ich allein mit Tante Magda. Sie kam wieder auf meinen Roman zu sprechen und sagte: »Es wundert mich, daß du dir kein ernsteres Thema vornimmst.«

»Es ist ernsthaft«, gab ich zurück.

»Kobolde –?«

»Na, irgendwas muß ich ja sagen.«

»Um was geht's also in Wirklichkeit?« fragte sie.

Ich erklärte ihr den Konflikt der Themen und wie die Überschneidungen den Handlungsverlauf beeinflußten. Meine eigenen Erlebnisse im Schloß waren ein gutes Beispiel. Als Kind hatte ich es gehaßt, obgleich mir erst viel später klar wurde, was es für sie und meine Mutter bedeutet hatte, wie glücklich sie dort gewesen waren. Ich kannte nur das Gefühl der Mißbilligung auf Seiten meiner Großeltern, ihren Groll, der zu der stets bedrückenden Atmosphäre beitrug – ein Groll, der nicht gegen mich gerichtet war, sondern gegen das Leben selbst, die Grausamkeit des Schicksals und das unerklärlich Tragische in der Welt.

Tante Magda hörte mir höflich zu. Sie hielt meine Analyse für naiv, sprach es aber nicht aus. Sie hatte genau wie ich in den Kinderzimmern gelebt, nur hatte sie mehrere Geschwister gehabt, die dort mitlebten. Sie glaubte auch nicht, daß ihre Eltern durch den Tod ihrer Kinder hart geworden waren. Sie waren immer hart gewesen, von Anfang an.

»Du hast meine These zu Fall gebracht«, sagte ich.

»Keine Rede«, entgegnete sie. »Was du schreibst, ist doch ein Roman.«

Ich fragte sie jetzt nach Fiona – der Schwester, die als Kind ertrunken war.

»Hast du schon mal deine Mutter gefragt?« erkundigte sie sich.

»Ja, ein paarmal.«

»Und was hat sie gesagt?«

»Sie weicht aus.«

»Sie will dich vielleicht schützen.«

»Sie sagte, Fiona sei immer traurig gewesen.«

»Sie hatte sehr schönes Haar, das weiß ich noch. Viel Phantasie – aber sie war unstet. Vielleicht war das auch keine Charaktereigenschaft, sie wollte nur nicht immer wieder von den Eltern zurechtgewiesen werden. Sie war die älteste, immer wurde sie für alles verantwortlich gemacht, und um das zu vermeiden, stellte sie sich unfähig und unsicher. In Wirklichkeit war sie alles andere als untüchtig, sie tat bloß so. Wenn meine Mutter irgendwas von ihr wollte und sie war nicht zu finden, dann sagten wir: ›Sie spielt mit Lochlan.‹ Meine Mutter dachte, Lochlan sei ein Kind aus dem Dorf, und natürlich regte sie sich auf, denn mit den Dorfkindern durften wir nicht spielen, wir durften nicht mal mit ihnen reden. Aber Fiona behauptete, Lochlan wohne bei uns im Schloß. Wenn wir sagten: ›Warum spielt er denn nicht mit uns?‹, dann sagte sie: ›Mit so vielen spielt er nicht, er spielt nur mit mir.‹ Wir wußten, daß er nur in ihrer Phantasie existierte, und machten uns nichts draus, aber meine Mutter wollte ihn absolut sehen. Fiona sagte, er wolle nicht kommen, er habe Angst, und schließlich gab sie es auf. Aber eines Tages sah ich Lochlan vor mir und war sehr überrascht. Ich hatte im Garten Erdbeeren zum Lunch gepflückt, deine Mutter war auch da, aber sie war schneller als ich und war schon vor mir ins Haus gegangen. Ich ging durch den Rhododendronwald zurück, und auf einmal sah ich Fiona, sie saß in einem Baum, und es war noch jemand bei ihr. Er sah aus wie ein Junge – ein kleiner Junge ganz in Weiß, es schien ein Kleid zu sein, was er anhatte. Er sah aus wie ein Junge, der so tat, als sei er ein Mädchen. Er hatte auch lange Haare, wie ein Mädchen. Aber er hatte das Gesicht eines Jungen. Als er mich sah, rutschte er schnell durch die Zweige nach unten und verschwand in den Büschen. Ich blieb konsterniert stehen. Ich war damals erst sechs. Fiona war sehr böse und fing an, mich mit Tannenzapfen zu bewerfen, und ich begann zu heulen. Sie kletterte herunter und nahm meinen Korb und wir gingen zusammen durch die Büsche nach Hause. Ich mußte ihr hoch und heilig versprechen, weder Mama noch sonst jemandem etwas zu erzählen. Sie sagte: ›Schwöre, daß du Lochlan nicht gesehen hast.‹ Ich wußte ja gar nicht, daß das Lochlan gewesen war, und habe mich richtig erschrocken. Aber jedenfalls habe ich geschworen. Ein paar Wochen später kam dann Fionas Geburtstag. Bei uns wurden an Geburtstagen immer alle Geschenke auf den Teller des Geburtstagskindes gelegt, und wenn derjenige dann zum Frühstück kam, hatte er den ganzen Berg vor sich, alle mit bunten Bändern verziert. Die Päckchen wurden dann aufgemacht, wenn alle dabei waren. Fiona mochte das nicht, es genierte sie. Weihnachten ging es ihr ebenso. Sie fand, über Gefühle dürfe man nicht lachen.«

Tante Magda legte die Hände in den Schoß und rieb sie langsam aneinander.

»Ich schlief mit Fiona in einem Zimmer, und an ihrem Geburtstagsmorgen wachte sie früh auf und begann sich anzuziehen. Es gab irgendein Geräusch, ich weiß nicht mehr, was, sie ließ einen Schuh fallen oder sowas, und ich wachte auf und sah, daß sie schon halb angezogen war. Ich sagte, sie könne jetzt nicht ausgehen, es war doch ihr Geburtstag, und jeder hatte ein Geschenk für sie, jeder! Sie sagte, deshalb sei sie gerade so früh aufgestanden. Sie wollte uns nicht enttäuschen. Sie wollte sich mit Lochlan treffen, der hatte auch ein Geschenk für sie, und ihn konnte sie ebenfalls nicht enttäuschen. Hätte ich Lochlan nicht schon gesehen, dann hätte ich alles für Lügen gehalten. Aber ich hatte ihn ja gesehen und ich dachte, vielleicht hat er wirklich ein Geschenk für sie. Es war schrecklich – ich wußte nicht mehr, was ich tun sollte. Fiona hielt meine Hände fest und sagte: ›Magda, liebe Magda, du mußt mir glauben, es ist wirklich wahr. Sie mußte mir versprechen, rechtzeitig zurückzukommen, und versprach das auch. Aber ich hatte Angst. Ich konnte Lochlan nicht begreifen, ich konnte mir auch gar nicht richtig vorstellen, wie er lebte, woher er kam und warum er so aussah, wie ich ihn gesehen hatte. Aber ich glaubte Fiona. Sie war so viel älter und selbständiger. Wir warteten beim Frühstück, meine Eltern, die Dienstboten, die Nanny und wir Kinder. Ich wußte, sie wäre zurückgekommen, wenn sie gekonnt hätte. Irgendwas hatte sie daran gehindert, aber ich wußte nicht, was. Meine Mutter nahm mich beiseite und wollte mich zwingen, ihr zu sagen, wohin sie gegangen war, aber ich tat es nicht. Ich wurde auf mein Zimmer geschickt und mußte den ganzen Morgen dort bleiben; die Tür wurde verschlossen, und niemand durfte zu mir herein. Zu Mittag brachte mir die Nanny mein Essen. Fiona war immer noch nicht wieder da. Nanny sagte: ›Du weißt doch nicht, wo sie ist, nein?‹ und ich sagte: ›Nein.‹ Sie fragte: ›Glaubst du, daß sie weggelaufen ist?‹ Ich sagte: ›Sie ist nicht weggelaufen, sie hat's mir versprochen.‹ Nanny war eine sehr geduldige Frau, die viel durchgemacht hatte. Sie sagte, Fiona sei in Gefahr, und nur ich könne ihr helfen. Aber es war zu spät. Einer der Diener brachte sie nach Hause. Er hatte sie im Fluß gefunden.«

»Und hast du irgendwas über Lochlan herausgefunden?« fragte ich.

»Er muß ein Kesselflicker-Kind gewesen sein«, sagte sie. »Damals gab es noch eine Menge solcher Leute, sie fuhren herum, verkauften dies und das. Einige waren Zigeuner. Andere waren Kesselflicker. Die Kesselflikker mochten wir lieber. Sie erzählten wundervolle Geschichten und machten uns keine Angst, nicht wie die Zigeuner. Wenn wir zur Köchin in die Küche kamen, saß da häufig ein Kesselflicker am Tisch und aß etwas oder trank eine Tasse Tee. Sie waren Kindernarren, und wenn wir kamen, war jedes Mal ein großes Hallo. Sie rochen nach Pferden, das weiß ich noch. An den Geruch erinnere ich mich am besten. Zigeuner wollte die Köchin nicht in der Küche haben, weil sie über Kräfte verfügten, sagte sie. Wir hätten zu gern gewußt, was das für Kräfte waren. In Bezug auf die Kesselflicker hat sie sich geirrt: das waren charmante Gauner, sehr liebenswürdig, ein bißchen wie die Iren, aber nicht sehr zuverlässig.«

Es war dunkel geworden. Wir saßen in dem kleinen Wohnzimmer und hatten beide nicht daran gedacht, Licht zu machen. Im Kamin verglühten die Holzscheite, die wir vor zwei Stunden aufgelegt hatten.

Die Tür ging auf, und mein Onkel kam herein.

»Nun, was heckt ihr zwei denn zusammen aus?« fragte er.

»Wir wußten nicht, daß es schon so spät ist«, sagte Tante Magda.

Ich reiste am nächsten Morgen früh ab und kam noch vor dem Lunch im Dorf an. Roger war im Verwalterbüro; er sagte, Hugh käme heute nicht zurück, er mache die Runde bei den Kleinpächtern. Ich fuhr durch das Tal, vorbei an den Grundmauern des Kühlhauses und weiter hinauf in die Hügel. Ich traf niemanden. Stille lag über dem wehenden Gras, das Summen des Motors war das einzige Geräusch. Im Schloß war alles leer. Ich wartete, aber niemand kam. Ich fuhr weiter zur Hütte. Das schmutzige Geschirr war gespült und im Bord aufgestellt. Mein Bett war frisch überzogen, die Wäsche lag zusammengefaltet in der Kommode. Der Fußboden war gefegt und gescheuert. Ich zog alte Cordhosen, einen Pullover und Stiefel an und ging nach draußen, um die Hühner zu füttern. Im Garten hatte jemand das Unkraut gejätet. Als ich zum See hinunter kam, sah ich, daß das Boot nicht da war. Ich ging den Pfad am Ufer entlang, der Wind kam in Böen, aber er war nicht kalt, ab und zu kam die Sonne hinter den Wolken hervor. Ich ging zwei Meilen bis zu der Stelle, wo der Pfad hinaufstieg ins Heidekraut, oberhalb des Mathair Nan Uisgeachan; dort legte ich mich ins Gras. Der See bog hier nach Westen ab, man sah fast die ganze Länge. Ich spähte nach dem Boot aus, es war nicht da. Unter mir schäumte der Strudel. Ich kletterte hinunter und blickte über das Kliff und sah das Boot, es drehte sich mitten im Wirbel, die Ruder fehlten, unter der Bank lagen Annes rote Stiefel und der Anorak. Ich kniete oben auf dem Kliff und konnte mich nicht rühren, während mir das Wasser ins Gesicht sprühte. Während ich hinsah, sank das Boot. Es ging sehr schnell. Auf allen vieren kroch ich zurück ins Heidekraut. Ich atmete schwer. Dann stand ich auf und ging am Nordufer entlang. Dämmerung kam über die Hügel. Ich schrie, meine Stimme starb in der Luft. Ich hätte weiterlaufen können, bis zum Meer, es hätte nichts ausgemacht. Über dem Wasser rief ein Vogel mit hohem Schrillton. Der Wind legte sich. Ich ging eilig über den Pfad zurück. Als ich zur Hütte kam, war es Abend geworden. Ich holte den Lieferwagen und fuhr ins Schloß. Die Zimmer waren hell erleuchtet, die Wohnzimmertür stand offen. Hugh saß im Sessel am Kamin und las eine Zeitung, seine Augen grau wie Stein. Ich sagte: Anne ist tot. Er sagte: O ja. Er war ganz ruhig und gelassen, wie ein Mann, der im fahrenden Zug aus dem Fenster schaut. Wir holten Brandy aus der Speisekammer und Decken aus dem Schrank im Flur. Es war Vollmond. Im Stall stand ein Anhänger, auf dem Rahmen war ein altes Boot festgemacht. Wir holten den Landrover heraus, koppelten den Anhänger dran und legten die Ruder ins Boot, die an der Wand standen. Hugh holte den zweiten Außenbordmotor aus der Garage, ich nahm eine Kanne Benzin mit. Wir fuhren zum Seeufer und machten im Wasser den Anhänger los. Hugh füllte Benzin in den Motor, ich schob mit einem der Ruder das Boot vom Ufer, und Hugh ließ den Motor an. Ich saß vorn. Hugh steuerte. Hier war es silbrig-hell, nur die Ufer lagen in schwarzem Schatten. Wir fuhren langsam und blieben nahe am Ufer. Ich blickte hinüber auf die Abgrenzungen von Steinen und Gras und auf die Konturen der Torfwände im Boden. Wir hielten an und untersuchten einen Baumstamm, der im Wasser lag. Hugh rief laut, horchte, rief von neuem. Kleine Wellen lappten ans Boot. Wir fuhren weiter den See hinauf. Hughs Gesicht war ein Totenschädel. Vier Rehe standen an einem Bach; als wir kamen, sprangen sie lautlos davon. In einer kleinen Bucht, zwei Meilen hinter der Biegung hielten wir an. Ich öffnete die Brandyflasche, wir tranken. Wind fuhr über das Wasser. Es war jetzt kälter geworden. Wir warteten, es schien wie Stunden. Keiner sagte ein Wort. Hugh ließ den Motor an, wir wendeten das Boot und fuhren in die Seemitte. Hier war der Wind schärfer, die Wellen rollten am Boot vorbei, ich schauerte zusammen in meinem Pullover. Hugh steuerte auf den Mathair Nan Uisgeachan zu. Ich dachte, er werde jetzt abdrehen und das letzte Stück am Ufer entlangfahren bis zu der Stelle, wo der Landrover stand. Aber das tat er nicht, er fuhr weiter. In einiger Entfernung hörte ich grollendes Rauschen. Wir waren nahe an den Felsen; ich sah, wie Gischt an die Steinwand sprühte. Hugh drosselte den Motor, und wir trieben dahin. Ich sprang auf, rammte die Ruder ein und stemmte mich gegen die Strömung, um das Boot anzuhalten. Ich fühlte den Sog des Wirbels, der an den Holzsparren riß. Ich wandte alle Kraft auf, aber es schien nichts zu nützen. Das Boot begann zu schlingern, die wasserglänzenden Felsen kamen näher. Ich kämpfte mit den Rudern. Hugh konnte ich nicht sehen, er war hinter mir. Der Motor jaulte. Das Boot schaukelte, und wir kamen frei. Der Motor setzte wieder aus. Ich wandte mich um. Hugh starrte in den Wirbel. Da war etwas im Wasser, kämpfte und schlug um sich. Ich sah kleine weiße Ärmchen. Es war das Zigeunerkind. Wir kamen näher. Ich schrie. Der Wirbel drehte das Kind in einer Spirale, das weiße Hemd blähte sich wie eine Blume. Hugh warf seine Jacke ab. Ich hielt ihn fest, das Boot neigte sich, schwankte, Hugh stieß mich zurück, und ich fiel gegen den Sitz. Das Boot tanzte im Strudel, Wasser drang ein. Ich riß eine Rudergabel aus dem Halter; als Hugh sich ins Wasser stürzen wollte, schlug ich sie ihm an den Kopf, und er fiel ins Boot, das jetzt halb voll Wasser stand. Ich packte den Starthebel und zog, und der

Motor sprang an. Ich drehte voll auf, die Bootswände zitterten und ruckten. Der Sog hielt uns fest. Der Motor jaulte, heulte auf, das Boot tat einen Sprung und hatte ruhiges Wasser erreicht. Ich steuerte auf das kiesige Ufer zu, wo an der Ecke der Bach herunterkam; dort stellte ich den Motor ab und zog die Ruder ein, bevor sie auf Steine stießen. Ich half Hugh beim Aussteigen. Wir waren beide völlig durchnäßt. Er stöhnte, und ich hielt ihn fest. Die Kräfte verließen ihn, der Atem ging schwer, die Augen traten wie Eier aus dem Kopf. Ich schob ihn den Hügel hinauf. Er stolperte. Wolkenfetzen fuhren über den Mond. Die Luft war eisig. Ich faßte Hughs Arm, er war steif wie ein Brett. Das Kind stand neben dem Boot. Es lief auf uns zu, und Hugh nahm es in die Arme. Es klammerte sich an seinen Hals. Ich konnte nicht sprechen, mein Kopf war wie vereist. Hugh ging hinunter zum See und schob das Boot ins Wasser. Ich fiel auf die Knie. Der Himmel öffnete sich. Ich sah Vögel quer über die Sonne fliegen. Ich saß im Flugzeug und flog über eine Wüste. Die Wüste war blau wie das Meer, aber sie war kein Meer. Ich sah Palmen und Kamelkarawanen und Sanddünen, so lang wie die ganze Erde. Auf einmal ruckte es, die Motoren fingen an zu husten, und die Maschine verlor an Höhe. Ich war allein; außer mir war keiner im Flugzeug. Ich ging nach vorn und wollte den Piloten sprechen, aber es war kein Pilot da. Ich setzte mich ins Cockpit und zog am Steuerknüppel, die Maschine beruhigte sich und begann langsamer abwärts zu gleiten. Hinter mir schluchzte jemand. Ich blickte durch die Kabinentür. Auf einem der Sitze saß Anne. Ich wollte sie trösten, aber ich konnte meinen Platz nicht verlassen. Ich sah, wie die Dünen mir ganz schnell entgegenkamen. Im letzten Moment vor dem Aufprall wollte ich weglaufen, aber ich stolperte und fiel durch den Boden. Ich war in einem Raum mit weißen Wänden. Jetzt hörte ich das Schluchzen ganz deutlich. Eine Frau stand am Fenster. Sie war klein und sah sehr alt aus. Ich fragte, wo ich sei, und sie sagte, du darfst dich nicht aufregen. Sie brachte mir Suppe in einer Tasse, und ich trank. Alles verschwamm. Ich stand im Schloßhof und klingelte an der Wohnung der Köchin. Es war Nacht, der Mond schien. Niemand kam. Ich ging auf die Straße hinaus, und ich hatte den Jungen bei mir. Ich sagte, ich habe dich nicht vergessen, und er lächelte und legte den Kopf an meine Schulter. An seinen Armen und Händen war Blut. Ich sagte, komm, wir gehen hinunter zum Fluß und waschen es ab. Aber die alte Frau stellte sich mir in den Weg. Ich legte das Kind ins Gras und ging mit ihr. Sie sagte, jetzt bist du in Sicherheit. Ich dachte an das Kind und sagte, wir müssen den Jungen holen, sonst wacht er auf und hat Angst. Die alte Frau sagte, darüber sprechen wir morgen. Die Sonne schien hell ins Zimmer. Am Fenster stand die alte Frau und blickte hinaus. Ich dachte, dies ist doch alles schon einmal geschehen. Ich träume. Ich bin nicht mehr am Leben, und meine Träume wiederholen sich. Ich fragte sie, ob wir über das Kind gesprochen hätten, und sie sagte, ja, und dann kam sie und setzte sich auf den Stuhl an meinem Bett. Ihre Stimme war weich und sanft, nur das Gesicht sah aus wie zerrissen vor Leid. Ich sagte, laß mich deine Hand anfassen, und sie sagte, nein, das darfst du niemals tun. Dann erzählte sie mir die Geschichte des Schlosses. Einst lebten dort zwei Brüder. Roderick, der ältere, nahm die schöne blonde Tochter des Inselfürsten zur Frau, sie hieß Shona. Calum, der jüngere, war ein großer Jäger und Reiter und ein kühner Krieger. Auch Roderick war stark und furchtlos, er war der Herr des Clans. Sie bekamen einen Sohn und gaben ein Fest, um die Geburt zu feiern. Da erschien eine Frau bei Roderick und sagte ihm, daß das Kind nicht von ihm sei. Er fragte sie, wer sie sei und wieso sie das sagen dürfe, und die Frau sagte, ich bin von den Inseln. Sie war Shonas Amme gewesen und war vor vielen Jahren als Hexe von den Inseln verbannt worden, denn sie hatte Shonas Vater erzählt, sie habe am Strand von Kyle schwarze Krähen gesehen, die seinen Körper mit sich trugen und ihn hoch in die Lüfte hoben. Später sammelte der Inselfürst eine Anzahl junger Männer um sich und überfiel die Farmer auf dem Festland, weil sie ihm im Jahr zuvor ein Boot gestohlen hatten. Bei dem Überfall geriet der Inselfürst verwundet in Gefangenschaft und wurde von einem Felsen herabgeworfen. Bei dem Fall brach er sich das Rückgrat. Drei Tage und drei Nächte lag er hilflos am Strand, bevor er starb, und die Vögel rissen ihm das Fleisch von den Knochen. Roderick kannte die Geschichte der Hexenweissagung. Zorn packte ihn, als sie während des Festes erschien, denn er dachte, sie werde ihm Böses bringen. Er befahl seinen Leuten, sie fortzubringen bis auf die Landstraße weit hinter dem Fluß. Im Gehen sagte sie zu ihm: Dein Bruder hat dir das Licht aus den Augen und das Blut aus den Adern gestohlen, und die Dunkelheit, die du im Herzen fühlst, soll für immer bei dir und deinem Hause bleiben. Rodericks Liebe für seinen Bruder war ebenso groß wie seine Liebe zu Shona. Er versuchte, den Ausspruch der Frau zu vergessen, doch sein Herz war erfüllt von Traurigkeit und unendlicher Sehnsucht nach Frieden. Das Kind wuchs heran, und die Ähnlichkeit mit Calum war nicht zu übersehen. Shona tröstete Roderick, und wenn sie in seinen Armen lag und seinen Namen flüsterte, dann wußte er, daß seine Ängste grundlos waren. Sechs Jahre nach der Geburt des Kindes brach er zu einer Reise zu den westlichen Ländereien auf. Oben am Eingang zum Tal, wo der Pfad über die Wasserscheide führte, stolperte sein Pferd und verletzte sich am Vorderbein. Die Wunde war tief, Roderick wusch sie aus, verband sie mit seinem Taschentuch und kehrte zu Fuß nach Hause zurück, das Pferd führte er am Zügel. Es war schon Nacht, er führte das Pferd in den Stall und fütterte es, dann legte er sich ins Stroh und schlief ein. Die Sonne schien hell, als er erwachte und ins Schloß hinüberging. Alles war still. Er stieg die Treppe hinauf und fand Shona und Calum beieinander, und zwischen ihnen schlief das Kind. Er riß Calum aus dem Bett und schlug ihn zu Boden, wo er bewußtlos liegen blieb, dann zog er seinen Dolch und stach ihm die Augen aus. Die zuckenden Augäpfel brachte er Shona. Dann trug er Calum hinunter in den Schloßhof und band ihn auf den Rücken seines grauen Hengstes. Darauf ging er zurück, um das Kind zu holen. Shona flehte ihn an, das Leben des Kindes zu schonen. Er hielt ihr den Dolch an die Brust in der Absicht, sie ebenfalls zu töten, doch als er die lilienzarte Gestalt mit den dunkelblauen Augen ansah, ließ er den Dolch sinken. Er nahm das Kind bei der Hand und ging mit ihm in den Hof hinunter. Er hielt den Jungen dicht an sich gepreßt, damit er den gefesselten Körper nicht sah, und sie ritten zum See hinunter; dort wies er ihn an, am Ufer Blumen zu pflücken. Er legte Calum ins Boot und deckte ihn mit einer Decke zu, dann rief er den Jungen zu sich ins Boot und ruderte zu der Stelle, an der das Wasser unter dem Kliff schäumte. Weiter oben in der Nähe des Wirbels ließ er seinen Bruder ins Wasser gleiten. Calum war schwer verletzt und dem Tode nahe, doch das kalte Wasser belebte ihn, und er hielt sich am Boot fest. Roderick gab dem Jungen die Blumen in die Hand, hob ihn hoch und warf ihn wie einen Kornsack mitten in den tosenden Wirbel des Mathair Nan Uisgeachan. Calum hörte den Jungen schreien, er ließ das Boot los und wandte das blinde Gesicht in die Richtung, aus der die verzweifelten Rufe kamen. Das Wasser riß beide in die Tiefe. Es war getan. Roderick zwang sein Boot ins ruhige Wasser, ruderte an Land und kehrte ins Schloß zurück. Als er Shona vom Ende ihres Sohnes erzählte, verfluchte sie ihn und flehte die Götter ihres Vaters um Rache an, sie schlug mit den Fäusten an die Mauern, bis die Knöchel bluteten und die Fingerknochen brachen, dann kroch sie auf den Knien über Marsch und Moor zum kiesigen Ufer des Flusses und legte den Kopf ins Wasser. Ihr Körper lag wie ein Schwan auf dem weißen Sand, und kleine Fische spielten in ihren Haarflechten. Ich wandte mein Gesicht den Felsen zu. Ich weinte. Ich schwamm durch Meere voller Algen und Pflanzen; ich tauchte und sprang auf zur Sonne. Nur starke Kraft konnte den Mathair Nan Uisgeachan bezwingen. Endlich kam ich ans Ufer, das war wie ein wilder Garten, das Kind pflückte viele Blumen, und als es die Arme voller Blumen hatte, kam es zu mir und schenkte sie mir, und ich sagte, du hast sie kaputtgemacht, und warf sie alle zu Boden.

Ich öffnete die Augen. Der Raum hatte sich verändert.

»Ich mußte dich wecken«, sagte Tante Magda. »Es ist schon fast Mittag.«

Ich lag im Bett. Alles um mich schien zu schwanken, auf und ab, so fest hielt mich der Traum gefangen. Aber ich war ich selber, ich hatte mich nicht gerührt. Nichts war verändert.

Ich wusch und rasierte mich und zog mich schnell an. Mir war so beschwingt zumute wie einem zum Tode Verurteilten, der eben begnadigt wurde. Ich mußte mit Anne sprechen – ihre Stimme hören. Ich ging nach unten. Das Haus war ganz still; niemand war im Wohnzimmer. Ich trat ans Telefon und nahm den Hörer auf. Im Schloß meldete sich niemand, deshalb rief ich im Verwalterbüro an. Roger meldete sich. Er sagte, er habe Anne vorhin unten am See gesehen.

»Sie wollte fischen gehen«, sagte er. »Sie hat eins der Kinder aus dem Zigeunerlager mitgenommen.«

Iain Crichton Smith

Die Brüder

Ich möchte gleich eingangs betonen, daß ich an Geister nicht glaube; doch sind mir in der letzten Zeit seltsame Dinge zugestoßen. Sie werden sie nicht verstehen, ohne daß ich etwas über mich erzähle. Ich bin Schriftsteller, geboren und aufgewachsen in den Highlands von Schottland, und dort – das kann ich Ihnen sagen – hört man viele Gespenstergeschichten. Eine zum Beispiel erzählt von einem Mann, der oft mit Freunden zum Singen und Geschichtenerzählen zusammenkam. Einmal brach er mitten in der Nacht auf, während die anderen noch beisammen blieben, und kam nach einer Weile mit ganz durchnässten Hosen und Schuhen zurück: er hatte den Sarg eines Mannes getragen, der noch am Leben war und in derselben Freundesrunde gerade eine Geschichte zum besten gab. Man denke nur, wie ihm zumute gewesen sein muß. Ich selber glaube nicht an solche Sachen, aber gehört habe ich sie oft. Mein Vater hat mir einmal erzählt, daß er eines Abend am liebsten umgekehrt wäre, als er am Friedhof vorbeikam und dort ein grünes Licht schimmern sah. Er ging dann aber doch weiter und stellte fest, daß das phosphoreszierende Leuchten von einer Ladung Fische auf einem Karren ausging, mit dem der betrunkene Händler im Graben gelandet war. So etwas kann ich natürlich glauben, aber an Geister glaube ich nicht.

Wie dem auch sei, als ich alt genug war, verließ ich die Highlands und kam nach Edinburgh und begann Kurzgeschichten und Romane zu schreiben – auf Englisch. Die gälische Welt hatte ich hinter mir gelassen, wohl aus dem Gefühl einer gewissen Verachtung. Wenn Sie mich fragen, warum ich sie verachte: zum Teil wegen dieser dummen Geistergeschichten, zum Teil wegen der allzu simplen, primitiven Lebensweise dieser Menschen, für die ich nur wenig übrig habe.

Denn, als ich noch unter ihnen lebte, war es mir manchmal so vorgekommen, als lachten sie über mich. Zugegeben, ich habe mich in mehreren Artikeln ebenfalls lustig gemacht über ihre beschränkte Welt, in der man keine Ahnung hat von Kafka und Proust und anderen großen Dichtern. Nie wieder möchte ich dort leben. Ich wohne in meiner großen unordentlichen Wohnung in Edinburgh, wo ich arbeite und nur mit wenigen Leuten zusammenkomme. Ein paar Bücher von mir sind inzwischen erschienen; keins spielt in den Highlands. Von einer Kultur und einem Menschenschlag, die noch im vorigen Jahrhundert wurzeln, kann ich auf keinerlei Anregung hoffen.

So ging alles ganz gut bis zu einer Nacht vor noch nicht langer Zeit. Ich arbeitete an einem Buch über Joseph und seine Brüder; schließlich ist nicht einzusehen, warum Thomas Mann der einzige sein soll, der biblische Themen behandeln darf. In dieser Nacht also stand ich auf und ging ins Wohnzimmer, wo meine Schreibmaschine steht. Ich wußte genau, wo ich aufgehört hatte zu schreiben: es war die Stelle, da Joseph staunend vor den ägyptischen Pyramiden steht und sie mit den Hügeln der Heimat vergleicht – ein Fremdling im unbekannten Land, klein und unbedeutend gegenüber den mächtigen Bauten aus behauenem Stein. Der Mond schien durchs Fenster gerade auf die Schreibmaschine, sie sah aus wie ein gelbes Skelett. Ich machte Licht, nahm die letzten Seiten, die noch in der Maschine steckten, heraus und begann sie durchzulesen. Überwach und ruhelos sah ich im Geist noch die Kadenzen vor mir, um die ich mich beim Schreiben bemüht hatte und die mir, wie ich glaubte, auch gelungen waren. Doch mit ebenso großem Erstaunen, wie es Joseph vor den Pyramiden überkam, sah ich auf einmal, daß das, was ich da las, in gälischer Sprache geschrieben war.

Nun steht es ganz einwandfrei fest, daß diese Seiten von mir auf Englisch geschrieben worden waren; ich hatte zu viel Zeit und Sorgfalt auf Worte und Satzbau verwendet, um das nicht zu wissen. Und doch: als ich die gälischen Sätze las – sie waren rauher und leidenschaftlicher als meine englischen –, da hatte ich das seltsame Gefühl, als hätte ich sie schon einmal irgendwo gelesen. Ich stand da, tief verwundert in der nächtlichen Stille; kein Laut drang von der Straße oder aus einer der anderen Wohnungen zu mir herein. Ich blickte mich überall um in meinem nun hell erleuchteten Zimmer: es sah genau so aus wie vor einigen Stunden, als ich zu Bett gegangen war. Die Penguin-Bände standen sorgfältig eingeräumt in den Regalen an der Wand, und die Schreibmaschine stand auf dem Tisch . . . Ich starrte die Seiten an und wußte, ich war dabei, den Verstand zu verlieren. Eins stand fest: nicht ich hatte diese Seiten geschrieben, die mir so seltsam bekannt vorkamen. Sie berichteten – auf Gälisch – von Joseph, der seine Heimat verließ um eines anderen Landes willen und der damit zum Verräter an der Heimat geworden war. Irgend jemand mußte die Seiten auf der Maschine getippt haben – aber wer, wer? Kein Mensch hatte Zutritt zu meiner Wohnung, und vor allem konnte niemand das alles auf der Maschine getippt haben, ohne daß ich es hörte. Ebenso war es unmöglich, daß jemand die Seiten woanders getippt und sie dann in die Wohnung gebracht hatte, um mir einen Streich zu spielen. Ich bin ein ängstlicher Mensch, die Fenster lasse ich nie offenstehen, und die Wohnungstür ist immer abgeschlossen. Und nicht nur das: die englischen Seiten waren verschwunden. Der Unbekannte hatte nicht einfach das Original übertragen – er hatte meinen englischen Text gegen seinen gälischen ausgetauscht. Und da ich es nicht gewesen war, so konnte es nur ein übersinnliches Wesen getan haben: ein Geist also. Ich spürte plötzlich einen eiskalten Luftzug, mitten im hellerleuchteten Zimmer, und ging zur Wohnungstür, doch sie war verschlossen. Ich machte Licht in allen Räumen: alles war unverändert, und alle Fenster waren verschlossen wie immer.

Wieder stand ich im Wohnzimmer und blickte auf die gälischen Blätter herab. Das Papier in Quartformat war das gleiche, das ich immer benutzte, und das Schriftbild war ebenfalls meinem sehr ähnlich, nur der Anschlag war etwas leichter und fester, und ich sah nur wenige Verbesserungen. Der kalte Luftzug war immer noch spürbar. Ich fühlte mich bedroht, bedroht von einem

Wesen, dessen Namen und Gestalt ich nicht kannte, das aber mein Innerstes durchschaute und entschlossen war, mich zu vernichten.

Ich machte Kaffee. In dieser Nacht ging ich nicht wieder zu Bett; der Vorfall hatte mich so sehr erschreckt, daß an Schlafen nicht zu denken war. Ich zog meinen grünroten Hausmantel an und blieb neben dem elektrischen Ofen sitzen, obgleich ich mir eigentlich eine solche Stromverschwendung nicht leisten konnte. Aber ich wußte nicht, was ich sonst machen sollte. Ich saß da und lauschte auf die nächtliche Stille, voller Angst, der Geist werde wiederkommen und weiterschreiben, während ich im Zimmer war. Was sollte ich tun? Sorgfältig legte ich den Deckel über die Maschine und starrte wie hypnotisiert auf den grauen Kasten. Wenn ich jetzt einschlief, würde womöglich der Geist erscheinen und tippen, und ich saß zur Mumie erstarrt daneben. Doch nichts geschah, und als der Morgen trübe dämmerte, besah ich mir die Seiten noch einmal. Die Sprache war immer noch gälisch. Die englischen Seiten waren unwiederbringlich verschwunden.

Am nächsten Tag faßte ich Mut: ich verbrannte die gälischen Seiten und schrieb eine neue englische Fassung. Ich wiederholte, so gut ich konnte, das vorher Geschriebene und fuhr dann fort mit einer Schilderung der hochzivilisierten Welt Ägyptens. Ich wußte wenig über das Land, aber ich versuchte, mir vorzustellen, was für eine Art von Zivilisation diese unmenschlich riesigen Monumente hervorgebracht hatte.

Ich berichtete von einem Sklavenmarkt, auf dem Joseph verkauft wurde, und schrieb über ihn und über Potiphars Weib. Diese Stelle, das gebe ich zu, machte mir einige Schwierigkeiten, denn auf sexuellem Gebiet hatte ich selber nicht viel erlebt, und ich weiß auch, wem ich das zu verdanken habe. Zufrieden mit meiner Arbeit machte ich mir gegen fünf Uhr Kaffee. Und in diesem Augenblick hörte ich es.

Das Geräusch kam aus dem Zimmer nebenan, wo mein Plattenspieler steht. Jemand sang: es war die Stimme einer bekannten gälischen Sängerin, und in ihrem Lied ging es um den Mord an einem jungen Mann durch seinen älteren Bruder. Ich stürzte hinüber; die Kaffeetasse fiel auf den Boden. Der Apparat war eingeschaltet, und auf dem Teller drehte sich eine Platte, die ich nie gesehen hatte. Ich stellte den Apparat ab und nahm die Platte in die Hand. Oblgeich ich sie nicht kannte, hatte ich die Worte natürlich verstanden. Ich fuhr mir mit der Hand über die Stirn und legte die Platte auf den Fußboden; dann deckte ich den Apparat zu und setzte mich daneben, stumm und ratlos im trüben Licht des sinkenden Nachmittags. Es wurde dämmerig, und ich wußte nicht, was ich tun sollte. Ich hätte ins Kino oder ins Theater gehen können, aber der Gedanke, spät abends in die Wohnung zurückzukommen, behagte mir nicht. Wieder machte ich überall Licht. Kein Laut war in der Wohnung zu hören. Alle meine Jazzplatten und auch die klassischen Aufnahmen waren an ihrem Platz. Ich zitterte vor Angst und Beklemmung.

Plötzlich kam mir ein Gedanke, und ich lief hinüber ins Wohnzimmer, wo ich die englischen Seiten hatte liegen lassen. Ich nahm sie in die Hand. Was ich jetzt las, war Gälisch, und nirgends war radiert oder verbessert worden. Wie gelähmt vor Entsetzen las ich alles durch. Da stand, daß Joseph zum Tode verurteilt worden war und im Kerker sein Ende erwartete. Das gehörte natürlich zu der Geschichte, sie ist ja eine der großen Legenden der Welt, und meine Mutter hatte sie mir selber vor vielen Jahren mit strenger Richterstimme erzählt. Doch seitdem hatte ich Thomas Mann gelesen.

Ich sah Joseph ganz deutlich vor mir. Er saß im Gefängnis, das Licht um ihn war trüb und grau, sein Gesicht leer. Er wirkte wie ein weißes Blatt, das darauf wartete, beschrieben zu werden. Ringsum war das Land Ägypten, das er lieben gelernt hatte und dessen Sprache er sprach. Ich sah die Gefängnismauern mit den vielen Kritzeleien – es waren Schriftzeichen, wie ich sie noch nie gesehen hatte, vielleicht ägyptische. Und Joseph trug seinen bunten Rock.

Ich saß an der Schreibmaschine und hielt die Seiten in der Hand. Die gälischen Worte waren stark und kraftvoll – besser als meine englischen, jedenfalls viel gerader und eindrucksvoller. Es ist schwer zu sagen, warum sie so viel besser waren; ich glaube, es lag daran, daß die Sprache nicht so abstrakt war. Der Tonfall, so schien es mir, glich der Sprache, die Joseph gesprochen haben mochte – Hebräisch oder Ägyptisch. Sogar die Worte des Liedes, das ich soeben auf dem Plattenspieler gehört hatte, fanden sich auf diesen Seiten. Wenn ich Freunde oder Bekannte in Edinburgh gehabt hätte, wäre ich jetzt hinausgestürzt auf die Straße. Aber ich kannte kaum jemanden. Ich war fremd in dem steinernen Häusermeer, anonym genug, um allein für mich zu leben und zu arbeiten, aber ich war nicht unter Freunden. Ich starrte auf den Himmel, wo das Tageslicht schwand. Noch nie in meinem Leben hatte ich solche Angst gehabt, nur war es eine andere Angst, als ich sie bisher gekannt hatte. Ich fühlte mich wie eine zitternde Statue. Ich machte noch einmal Kaffee und ließ alle Lichter brennen, aber die ganze Zeit war ich von nervöser Unruhe erfüllt, als wartete ich gespannt auf den nächsten Vorstoß des Unbekannten in mein Leben, das ich für so geordnet gehalten hatte. Ich wartete völlig hilflos, wie eine Kuh auf den Axtschlag des Schlachters. In den Highlands hatte ich das einmal gesehen – unerträglich. Jetzt war ich selber das Opfer, mitten im hellerleuchteten Zimmer. An Schlafengehen war nicht zu denken; ich hätte die ganze Nacht zitternd wach gelegen unter der kalten Decke, und immer nur auf den Morgen gewartet. Und ich wußte, daß irgendein Geist umging, der entschlossen war, mich zu vernichten. Ich schob die letzte Seite des gälischen Textes in die Schreibmaschine – ein Versuch vielleicht, die zornige Gottheit zu beschwichtigen. Und dann blieb ich lange dort sitzen, fröstelnd und zitternd, obgleich der elektrische Ofen glühte.

Es war wohl etwa sieben Uhr abends, als mich plötzlich ein heftiger Zorn auf das unbekannte boshafte Wesen überkam. Die Vorhänge waren zugezogen, der Ofen brannte, es war überall hell. Ich riss die gälischen Seiten aus der Schreibmaschine, knüllte sie zusammen und warf sie in den Papierkorb. Ich wußte, warum ich das tat: ich durfte jetzt nicht nachgeben, auf keinen Fall, sonst würde ich für immer unterliegen. Warum sollte ich zulassen, daß dieses Wesen – was immer es sein mochte – mir vorschrieb, was ich tun sollte, wie ich schreiben sollte? Ich tat ja nur das, was ich für richtig hielt. Hatte ich denn keinen freien Willen? Wo stand es geschrieben, daß irgendein Geist aus einer anderen Welt mich anzuleiten habe? Mein Zorn war heiß und rein und frei von Schuldgefühlen. Wenn ich mein Heimatland aufgeben wollte – wenn ich das getan hatte: warum sollte ich das nicht tun dürfen? Hatte ich nicht vielmehr ein Privileg errungen und war im Begriff, ein neues Wesen zu schaffen, einen Exilierten, der in der Lage ist, in anderer Sprache aus einem anderen Land die Stimme zu erheben? Ich war von meinem Heimatland verraten worden – was also schuldete ich ihm? Die eigenen Brüder, wenn ich sie so nennen durfte, hatten mich verlacht. Nun denn, laßt mich in meinem Ägypten bleiben. Laßt mich es als mein Gelobtes Land erwählen. Laßt meine Wünsche dort in Erfüllung kommen. War denn Ägypten nicht der Gipfel der Vollkommenheit? Konnte ich nicht hier meine Garben binden und meinen Brüdern Korn schenken, wenn sie aus meiner verlorenen Heimat kamen? Warum denn nicht? So stand es doch geschrieben in der Josephslegende: daß die ruchlosen Brüder schließlich doch auf Joseph, den Träumer, angewiesen waren, der in einem anderen, mächtigeren Lande Aufnahme gefunden hatte.

So riß ich also in reinem Zorn die gälischen Seiten aus der Maschine und warf sie in den Papierkorb. Und dann wartete ich. Nichts weiter: ich wartete. Ich wußte, irgend etwas würde passieren, aber was, das wußte ich nicht. Ja, ich hatte Angst, aber ich war auch von Zorn erfüllt, und der helle Zorn betäubte eine Weile meine

Angst, jedenfalls solange ich Schritte auf der Straße meiner Adoptivstadt hören konnte. Ich horchte auf die Schritte und fühlte mich zu Hause. Ich faßte sogar Mut und setzte mich an die Maschine und fing wieder an zu schreiben – auf Englisch. Ich schrieb, wie Joseph das Gefängnis verlassen durfte, weil er die Träume des Bäkkers und des Mundschenks zu deuten verstand. Ich stellte mir vor, ich sei Joseph, der Träumer, der große Gaben besaß.

Langsam verging die Nacht, und es wurde immer stiller. Einmal mußte ich aufstehen und das Zimmer verlassen, um ins Badezimmer zu gehen. Eine Sekunde lang meinte ich, als ich die Tür öffnete, eine weiße Gestalt vorbeihuschen zu sehen, doch es war vermutlich nur eine Illusion. Die Gestalt schien einen weißen Mantel zu tragen, der irgendwie orientalisch aussah. Aber wie gesagt, es war sicher eine Illusion. Keine Illusion aber war die strenge Kälte, die ich außerhalb des Zimmers und auch im Badezimmer spürte. Und ich erschrak, als ich im Bad in den Spiegel sah und mein Gesicht erblickte: es sah weiß und gezeichnet und dämonisch aus. Ich erkannte mich kaum selber. Es war, als wartete ich auf etwas, auf irgendein schreckliches und teuflisches Ereignis. Als ich ins Zimmer zurückkam, zitterte ich wieder. Ich trat an die Schreibmaschine. Was ich englisch geschrieben hatte, stand wieder auf gälisch vor mir.

Ich wandte den Blick ab. Es war, als fürchtete ich, auf den Blättern Sätze zu finden, die mich vernichten mußten. Wieder waren die englischen Seiten verschwunden. Ich betrachtete meine Hände und überlegte, ob ich das vielleicht alles selber inszeniert hatte. Die Hände sagten mir gar nichts, sie sahen sanft und unschuldig aus. Ich blickte auf die Uhr: es war elf. Die Geräusche auf der Straße hatten aufgehört, ein drückendes Schweigen lag über der Wohnung, erwartungsvoll und drohend. Ich ging durch die Räume und kontrollierte, ob überall Licht brannte. Ich lauschte auf Lieder und Singen, aber ich hörte nichts. Ich ging zurück und setzte mich wieder in meinen Sessel; er schien sich in einen harten Thron verwandelt zu haben. War ich tatsächlich Joseph und saß auf einem fremden Stuhl? Das Holz, auf dem ich saß, schien halb verrottet, als würde es von winzigen Tieren zerfressen. Zähne hatten Spuren hinterlassen. Im Geiste sah ich Kühe, die einander auffraßen, Korngarben, die einander verschlangen. Ich trieb dahin auf dem Strom der Zeiten. Ich kann die Visionen nicht mehr zählen, die ich in dieser Nacht vor mir sah. Es war, als sei ich mitten in Ägypten, umgeben von Schlangen und Katzen. Sie öffneten ihre Mäuler, und ihre Zähne und Fänge schnappten nach mir. Der Thron oder Sessel wankte. Die Möbel kippten. Die Blätter schienen sich in Tafeln zu verwandeln, fest und weiß.

Mir kam plötzlich eine Idee. Konnte die Josephslegende nicht auch anders enden? Wieder packte mich Angst. Ich hatte ja schließlich gar nicht an die Bibel geglaubt, ich hatte sie immer für Dichtung gehalten. Bei einer Dichtung waren aber Alternativen möglich. Was war denn Joseph anderes als ein großer Prahler, der sich für besser hielt als seine Brüder! So war es doch. Hatten die Brüder dann nicht recht, wenn sie ihn loswerden wollten? Auf diesen Gedanken war ich bisher nicht gekommen, und gerade das hatten mir die gälischen Worte doch sagen wollen. Wenn das aber so war, dann konnte man die Geschichte auch umkehren. Joseph hatte reichlich verdient, was ihm zuteil geworden war. Er hatte sein Ägypten verdient. Ich dachte an die hohen Steinhäuser draußen auf den Straßen, als seien sie die Pyramiden, in denen die Könige, die Tyrannen und Despoten beigesetzt waren. Joseph gehörte zu ihnen. Er war nach Ägypten gekommen und hatte gesehen, wie man seinen Rock mit goldenen Ornamenten versah. Er hatte sich Zeit und Raum der Fremde zu eigen gemacht.

Zitternd saß ich da. Erst nachdem eine ganze Weile verstrichen war, brachte ich es über mich, die gälischen Seiten anzusehen. Das stand in starken Prosaworten – viel stärker, als es meine englischen gewesen waren –:

»Joseph war ein Verräter. Der Grund seiner Reise war hochmütige Arroganz. Wir Brüder sind der Ansicht, daß er uns verraten hat, daß er unser Leben und unsere Sprache haßte. Wir sprechen für unsere unterdrückten Landsleute, die nicht selber zu sprechen vermögen, die in den Dörfern fern der Stadt leben. Wir sind zu ihm gekommen – nicht weil wir sein Korn zu essen wünschen, sondern weil wir ihn vernichten wollen. Er hat uns gehaßt, und so müssen auch wir ihn hassen.«

Ich lauschte. Schwebende Töne erhoben sich in der ganzen Wohnung. Ich kann sie kaum beschreiben: zum Teil waren es Lieder, die ich längst vergessen glaubte, Lieder von Segelschiffen und Männern, die in die Fremde zogen. Dann wieder hörte ich das Muhen von Kühen auf den Moorwiesen; dazwischen kamen menschliche Stimmen von Straßenecken und andere, die Geschichten erzählten. Auch meine eigene Stimme hörte ich, so wie sie damals klang, vor langer Zeit. Die Nacht wurde dunkler und dunkler, die Vorhänge bewegten sich im Wind. In meinem Kopf war ein Mosaik verschiedener Sätze, einige englisch, andere gälisch. Ich saß schweißgebadet da, wie in schwerem Fieber. Einmal, das weiß ich noch, stand ich auf, trat an den Kaminsims und verschob ohne jeden Grund die Uhr mit dem grünen Zifferblatt. Eisige Kälte umgab mich, obgleich die beiden Stäbe des elektrischen Ofens glühten. Das Telefon kam mir vor wie eine Schlange, die gleich zustoßen werde. Mir fielen all die Familienbilder ein, die ich weggeworfen hatte.

Ich saß auf meinem Thron, mitten in der Nacht. Und während ich auf das Geräusch der Füße draußen lauschte, hörte ich deutlich Schritte, die mir viel zielbewußter schienen als die, die ich davor gehört hatte. Ich kann nicht beschreiben, weshalb es mir so vorkam. Es hatte damit zu tun, daß die Geräusche der Füße einander zu verstärken schienen, als wären drei Leute gemeinsam unterwegs zu einer Verabredung.

Aber gleichzeitig hallte das Geräusch seltsam fremdartig wider. Die Schritte waren zielbewußt und fremd und hallend und kamen offensichtlich auf meine Tür zu. In plötzlicher Panik stand ich auf, ging zur Wohnungstür und schob den Riegel vor, obwohl die Tür schon verschlossen war und ich auch genau wußte, daß weder Schloß noch Riegel diese Wesen, vertraut und unheilvoll, am Eintritt hindern werde. Aber ich tat es doch, ging dann ins Zimmer zurück und schloß auch diese Tür. Fröstelnd saß ich am Feuer und wartete. Ich war allein und hatte Angst.

Zufällig fiel mein Blick jetzt auf die Seiten, die noch in der Maschine steckten, und da setzte sich auf einmal die Maschine allein in Bewegung. Ich war noch so durcheinander von allem, was vorher geschehen war, daß ich dies jetzt fast ohne Staunen akzeptierte. Ich hatte früher mal gesehen, wie ein Telexapparat beinahe geisterhaft eine Meldung von jemandem aufnahm, der viele Meilen entfernt war, und mit dem gleichen Gefühl ließ ich nun dies über mich ergehen.

Die Maschine schrieb in lauter großen Buchstaben JOSEPH WIR KOMMEN WIR HOLEN DICH HEIM. Ich kann nicht beschreiben, wie finster mir die Worte vorkamen. HEIM – was sollte das heißen?

Ins Grab? Die Wörter sprangen mich an mit ihren bedrohlich großen Buchstaben. Sie schienen aus einer anderen Welt zu kommen, weit entfernt von der meinen.

Gleichzeitig aber hörte ich trunkene Stimmen hinter meiner Tür. Sie sangen ein gälisches Lied, jedenfalls kam es mir so vor. Ich kann das Lied nicht beschreiben – es war zwar gälisch, aber die Kadenzen stammten aus einem anderen, einem orientalischen Land. Es hätten fast ägyptische Kadenzen sein können: prachtvolle und schwierige Improvisationen, aus denen ich jedoch ganz deutlich die Worte des gälischen Liedes heraushörte, wie ich sie vor vielen Jahren in meiner Heimat gehört hatte. Es war ein gälisches Lied, aber die Worte schienen nicht aus Mündern zu kommen, sondern aus Schnauzen; ich sah im Geist draußen vor meiner Tür drei Schnauzen, zum Mond erhoben. Gleichzeitig spürte ich so etwas wie eine Bedrohung, die nicht von Mensch oder Tier ausging, sondern von einem Wesen aus einer anderen Welt, einer Welt, wie es sie vor Jahrtausenden gegeben hatte, mit irrationalen Göttern und steifen hieratischen Gewändern.

Ich starrte auf die hellgelb gestrichene Tür. Mein Zimmer ist in zwei Farben gehalten: zwei Wände sind schwarz und zwei gelb. Als ich auf die gelbe Tür blickte, war mir, als blickte ich auf eine Trennwand zwischen mir und einer anderen Welt. Es war, als bestände die Tür nicht aus Holz, sondern aus einer zarten Haut, die sonnenhell leuchtete. Ich wußte, wenn draußen die barbarischen trunkenen Wesen einzudringen beschlossen, würde die Haut nicht standhalten. Das Lied war eine Klage und ein Triumphgesang. Es war bedrohlich und verzweifelt und verheißungsvoll. Plötzlich, während ich schaute, erschienen Wörter an der Tür, englische, gälische und einige in einer fremdartigen Sprache, die ich nicht kannte. Es war wie die Schrift an der Wand, die Belsazar erschienen war.

Dann war es eine Weile still. Die trunkenen Stimmen waren verstummt. Ich wußte, sie ließen mir Zeit, und ich wußte nicht, was ich tun sollte mit der Zeit, die sie mir ließen. Sie waren von ihren Hügeln heruntergestiegen, und sie erwarteten nun, daß ich handelte. Sie erwarteten eine Geste von mir. Was würde die Geste bedeuten? Denn ich wußte, dies waren nicht meine richtigen Brüder – nicht die Brüder, mit denen ich aufgewachsen war, nicht die Brüder, deren Spielsachen ich geteilt oder zerbrochen hatte, nicht die Brüder, deren Gefährte ich vor so langer Zeit in jenem beengenden Haus gewesen war. Dies waren andere Brüder, und ihr Gesang war ein Warngesang.

Ich blickte an mir herunter und sah erstaunt, daß ich nicht mehr meinen bunten Hausmantel anhatte, sondern einen rein gelben Rock – so gelb wie die Tür. Wenn ich mich retten wollte, wußte ich, was zu tun war. Wollte ich mich retten? Und war es bloßer Selbsterhaltungstrieb, der mich handeln ließ? Das allein wäre nicht genug. Nein, es war nicht nur das, vielleicht war es das überhaupt nicht. Es war nicht nur das, denn als ich jetzt lauschte, hörte ich wieder die gälische Weise, und mein Blut schien sich mit ihr zu bewegen, warm und rein. Langsam schritt ich zur Tür, aber mir war, als ob ich tanzte. Ein seltsamer Duft schien den ganzen Raum zu erfüllen. Es war aber nicht der Duft des Ostens, es war ein eher heimatlicher Duft, wie ich ihn oft gerochen hatte vor langer Zeit. Es war der Duft vielleicht von Glockenheide, von Meerwasser. Er war rauh und rein und streng, und er durchströmte meinen ganzen Körper. Es war ein Duft, an den ich mich beinahe zu erinnern schien.

Als ich auf die Tür zuging, veränderten sich die Worte; jetzt waren sie nicht mehr teilweise sondern ganz gälisch. Ich wußte, draußen vor der Tür warteten meine Brüder. Ich wußte, ich mußte sie nicht von oben herab willkommen heißen, sondern mit Ehrerbietung. Ich durfte nicht der erfolgreiche Ägypter sein, sondern der demütig gewordene Hebräer. Ich wußte, ich war es, der gesündigt hatte. Mein Blick drang durch die Haut der Tür, und ich sah draußen meine Brüder, von Hunger und Not zermürbt, aber immer noch menschlich und aufrecht und tapfer. Ihnen mußte ich mich anheimgeben, nicht fremden Königen und einem fremden Land.

Ihnen mußte ich mich, wenn nötig, zum Opfer bringen. In der Stille der sternzitternden Nacht schritt ich auf die Tür zu und fühlte, wie mein Körper Kraft und Macht gewann. Es war, als sei ich König, ein richtiger König, weil ich aufgehört hatte wie einer zu denken. Ich erreichte die Tür. Sie war nicht mehr aus Haut, sie war aus festem Holz. Ich öffnete, aber niemand war draußen.

Ich sah mich um. Die Schreibmaschine stand allein im Mondlicht da. Ich setzte mich vor sie hin in der friedenerfüllten Nacht und begann zu tippen. Die Wörter waren gälisch und flossen leicht und vertraut, als spräche ich zu meinen Brüdern, die trunkene Lieder gesungen hatten vor meiner Tür. Ich schaute an meinen Kleidern hinunter: sie waren alle von der einen Farbe. Ich träumte beim Schreiben, und mein Traum fand sich in meinen Worten wieder. Mir erschienen Gesichter, alt und faltenreich, und sie waren schöner als alle Gesichter, die ich je gesehen hatte. Ich schien ihre Sprache zu hören, und in ihrer Sprache schrieb ich. Sie war rauh, aber sie war die meine. Ihre Stimmen sprachen durch mich, verstümmelt und triumphierend und ungekünstelt. Mir schien, ich sah den Mond aufs Kornfeld scheinen, reif und gelb, die Farbe der Tür. Ich erfüllte ihre derben Gesichter mit Freude, als ich schrieb. Und in mir war ihr Lied. Ich saß in meinem gelben Rock an meiner gelben Schreibmaschine im gelben Zimmer. Und ich war glücklich. Heilige Freude durchströmte mich.

Fred Urquhart

Stolze Dame im Käfig

»He, Mädchen – Sie sind wohl eingeschlafen, was?« Die Stimme kam von einer der Frauen, die mit obszönen Ausrufen um den Käfig herumtanzten und ihrer Freude über die Schmach der Gefangenen durch hämisches Lachen Ausdruck gaben. Sie kam von einer kleinen verrunzelten Hexe, die sich an den englischen Wächtern vorbeigeschlichen hatte und nun an den eisernen Gitterstäben rüttelte. Die Gefangene blieb aufrecht stehen und blickte hochmütig über den Kopf der Alten hinweg. Doch ignorieren konnte sie sie nicht: das grinsende Gesicht wurde immer größer, bis die Köpfe der anderen Frauen verschwanden; mit wildem Rütteln und schriller Stimme brachte die Alte die höhnischen Rufe der anderen zum Schweigen.

»Ich kann hier nicht stundenlang stehenbleiben, Mädchen – nun hören Sie mal auf zu träumen und antworten Sie mir, ich hab ja schließlich höflich gefragt!«

Bella Logan flog sturzartig durch einen Wirbelwind von Jahrhunderten auf ihren Platz zurück, schüttelte den Kopf, um den Alptraum loszuwerden, und heftete den Blick auf das Gesicht der Frau, die vor ihr stand. Das Zähneklappern konnte sie nicht ganz verbergen. Es war eisig kalt.

»Na, geht's wieder?« erkundigte sich die kleine Alte und spähte neugierig mit den Vogelaugen durch die Glaswand und die vergoldeten Stäbe, die den Informationsstand umgaben. Bella erkannte sie jetzt, sie hieß Mrs. Cessford und wohnte in einem kleinen Haus unten am Tweed, zusammen mit ihrem Enkel Zander, einem langen klapperdürren Jungen mit karottenroten Haaren, der manchmal im Supermarkt aushalf.

»Mädchen – Sie sehen ja aus, als ob Sie einen Geist gesehen hätten.«

»Es geht schon wieder, glaube ich«, sagte Bella leise und schloß einen Augenblick die Augen. Da waren sie wieder, die triumphierenden Megären und der Käfig mit den starken Eisenstäben. Und ihr Hals war noch wund vom Strick.

»Sind wohl grad Ihre Tage, was?« grinste Mrs. Cessford verständnisvoll. »Ha – ich kenn das, ich weiß Bescheid.«

Bella nickte. Es war gelogen, aber wozu sollte sie dieser Xanthippe die Wahrheit sagen, die ihr doch keiner geglaubt hätte. Noch einmal überfiel sie der kalte Terror wie ein eisiges Tuch.

»Ich möchte Weizenflocken haben«, sagte Mrs. Cessford laut. »Überall hab ich gesucht, aber ich kann sie nicht finden. Wo habt ihr sie bloß hingetan? Oder gibt's hier in dem neuen Palast keine Weizenflocken mehr? Wohl nicht fein genug, was? Ich weiß überhaupt nicht, warum ihr umgezogen seid, der alte Laden am Marktplatz war gut genug für uns. An diese große Scheune werd ich mich nie gewöhnen!«

Bella hielt sich die Hand an den Hals, während sie die

alte Frau auf Gang 7 hinwies, wo Weizenflocken und ähnliche Nährmittel auf großen Regalen in Paketen gestapelt waren. »Danke, Mädchen«, sagte Mrs. Cessford und machte sich zufrieden auf den Weg; ihr Einkaufsbeutel und der Drahtkorb vom Supermarkt schlugen auf beiden Seiten gegen die knochigen Beine. »Nun seien Sie mal immer schön vorsichtig an solchen Tagen, dann werd ich noch auf Ihrer Hochzeit tanzen.«

Bella schauerte zusammen. Der Informationsstand war mitten im neuen Supermarkt auf einem kleinen Podest aufgestellt; er fühlte sich an wie ein Eisschrank, seit sie ihn heute morgen zum erstenmal betreten hatte, gerade bevor das Kaufhaus eröffnet wurde. Im alten Kaufhaus hatte sie an der Kasse gesessen, und als der Neubau am Bahnhof fast fertig war, hatte der Manager, Mr. Stott, sie gefragt, ob sie im neuen Supermarkt den Informationsstand übernehmen wolle, den die Besitzer wegen der Größe des Hauses für notwendig hielten. »Das Publikum wird sich bestimmt verlaufen und braucht dann Hilfe«, hatte er gesagt. Es war immerhin eine Beförderung, und Bella dachte befriedigt an das höhere Gehalt, als sie den Stand zum erstenmal betrat. Doch die Freude ging unter in der plötzlichen unheimlichen Kälte, die ihr durch die Glieder kroch. Und dann war *das* passiert.

Immer noch fuhren ihr eisige Schauer durch den ganzen Körper – nur ihr Hals brannte und wies einen breiten hellroten Streifen auf. Sie schloß die Augen und massierte ihn mit den Fingerspitzen. Wieder spürte sie, wie der Alptraum Macht gewann, wie der Strick sie fast erdrosselte. Sie sah das mächtige Hinterteil des Pferdes, das die Gefangene hinter sich her zog: sie, Bella, der man die Hände auf dem Rücken gefesselt hatte. Ein Soldat ritt auf dem Pferd; ab und zu drehte er sich um, riß an dem Strick und lachte laut, wenn sie stolperte. Und die Menschenmenge lachte ebenfalls, alle grölten und schrien: »Seht die stolze Dame in der Gosse! Seht die schöne Bella von Buchan – heute trinkt sie Pferdepisse!«

Sie kamen bis zu einem eisernen Käfig, der an Ketten von den Zinnen des Schlosses herunterhing; er war etwa sechs Fuß hoch und drei Fuß im Durchmesser und hing anderthalb Meter über dem Boden. Man nahm ihr den Strick ab und löste die Fesseln; dann hoben zwei Soldaten sie hoch und schleuderten sie so heftig durch die Türöffnung in den Käfig, daß sie zu Boden fiel und mit der Stirn gegen die eisernen Gitterstäbe schlug. Als sie versuchte, sich auf die Knie zu erheben, schlug die Käfigtür zu. Ein Herold begann mit einer lauten Proklamation, doch sie verstand nichts, bis er zu den Worten kam: » . . . eingekerkert bleiben in seiner Festung Berwick-on-Tweed, solange es Seiner Majestät gefällt. Und möge Gott sich ihrer erbarmen, auf daß sie bereue und die Gnade Seiner Majestät erflehe.«

»Niemals!« schrie sie laut. Sie stand jetzt aufrecht in dem engen Käfig und blickte verächtlich über die Köpfe der Menge hinweg.

In diesem Augenblick hatten die alten Weiber triumphierend den Käfig erreicht; sie lachten und höhnten und riefen ihr obszöne Worte zu.

Bella hob ihre Handtasche vom Fußboden auf und nahm den kleinen Spiegel heraus. Mit kurzem Blick vergewisserte sie sich, daß niemand ihr zusah, und hielt dann den Spiegel hoch. Um ihren Hals lag ein breiter roter Striemen.

Sie schauerte zusammen vor Kälte und Furcht. War sie eingeschlafen – war alles ein böser Traum gewesen? Aber sie wußte, sie hatte nicht geschlafen. Und der hellrote Striemen war kein Traumbild.

Bella Logan besaß keinerlei Phantasie. Sie wußte auch nichts von Geschichte oder Tradition; sie war ein prosaischer und unromantischer Mensch. Niemals las sie ein Buch. Sie kaufte jede Woche zwei oder drei Frauenzeitschriften, aber sie las darin nichts als die Strickmuster. Sie strickte dauernd. An der Kasse im alten Kaufhaus hatte sie stets einen halbfertigen Pullover, Schal oder Strumpf auf den Knien gehabt; unentwegt klapperten die Stricknadeln, wenn gerade kein Kunde an der Kasse stand. In dem braun-rosa gestreiften Strickbeutel zu ihren Füßen lag auch heute ein halbfertiger Cardigan, aber sie war noch nicht dazu gekommen, ihn herauszunehmen. An der Kasse hatte sie niemals Fehler gemacht, und nie hatte sie eine Masche fallen lassen oder sich bei einem Muster verrechnet. Im Kelpie, dem Pub sieben Meilen von Berwick, das sie sonnabends mit Rod Wishart besuchte, führte sie auf der schwarzen Tafel Buch über die Ergebnisse der Dart-Spieler, und nie hatte sie bisher einen Fehler gemacht. Kopfrechnen fiel ihr leicht, das ging ganz automatisch, und meistens unterhielt sie sich dabei.

Bella war zweiundzwanzig. Sie hatte keine Geschwister und lebte bei ihren Eltern. Im Hause regierte die

Mutter, die wiederum von ihrer Mutter, Mrs. Dickie, einer energischen dreiundachtzigjährigen Dame, regiert wurde. Mrs. Dickies Vorname war Isabella, sie war aber stets nur Bella genannt worden. Sie hatte ihre Tochter ebenfalls Isabella genannt, doch Isa Logan hatte schon als Vierjährige darauf bestanden, Isa gerufen zu werden und niemals etwa Bella. Als sie jedoch die eigene Tochter Isabella taufte, bestimmte sie, daß das Kind von Anfang an Bella genannt werden sollte. »Nach deiner Oma, Liebling. Du hast sie doch lieb – da ist es doch schön, wenn du nach ihr genannt wirst, nicht wahr? Zwei Isas hier im Haus, das ginge auch nicht, da hätten wir immer Schwierigkeiten, nicht? So bleiben wir also bei Bella.«

Bella erhob keine Einwände; sie akzeptierte den Namen, wie sie alles akzeptierte. Wenn rüde Jungen in der Schule ihr zuriefen: »Bellabauch, Bellabauch!«, dann warf sie nur den Kopf zurück und rümpfte die Nase. Einmal hatte Rod Wishart eine zehntägige Ferienreise nach Sizilien gemacht, und als er zurückkam, sagte er zu ihr: »Bella – das ist Italienisch, es heißt schön. Schöne Bella!«

»Na und?« gab Bella zurück.

Sie ging nun schon drei Jahre mit Rod Wishart. Zu intimen Beziehungen war es bisher nicht gekommen, obgleich Rod sie oft bedrängte, wenn sie im Dunkeln über den Golfplatz gingen oder im Wagen seiner Firma abends vom Kelpie zurückfuhren. Aber Bella ging niemals auf sein Drängen ein. »Ich tu das nicht, bevor wir verheiratet sind, Rod Wishart«, sagte sie bestimmt. »Du hast keinen Respekt vor mir. Meine Mutter würde Zustände kriegen, wenn sie wüßte, was du immer von mir willst.«

»Na, dann laß uns doch heiraten«, war seine ständige Antwort. »Worauf warten wir noch?«

»Ich will aber erst heiraten, wenn ich fünfundzwanzig bin. Ich sehe nicht ein, warum ich mich jetzt schon binden soll.«

»So – und ich?« sagte er. »Ich kann das nicht länger aushalten. Ich möchte wissen, wo ich hin gehöre, eine Familie . . . und Kinder sollten wir auch haben . . . «

»Ich möchte aber noch keine Kinder.« Sie verzog prüde den Mund. »Außerdem redest du doch immer davon, daß deine Firma dich vielleicht versetzen wird. Da warten wir doch lieber, bis das entschieden ist.«

Rod war Vertreter einer Firma, die Futtermittel und Samen an die Farmer verkaufte. Seine Arbeit brachte es mit sich, daß er viel im Freien war und sich mit den Farmern über die Preise für Viehfutter, Getreide und Düngemittel unterhielt. An den Wochenenden spielte er Rugby, er war Verteidiger in einer Mannschaft in Berwickshire. Er war neunundzwanzig, groß und dunkel, mit blauen Augen im sonnengebräunten Gesicht. Jede Woche ging er mehrere Abende mit seinen Freunden aus. Bellas Vater, Besitzer eines kleinen gutgehenden Baugeschäfts, sagte immer wieder zu ihm: »Wird Zeit, daß du aufhörst mit Rugger, Rod, und an einen eigenen Haushalt denkst.«

Rod sagte dann stets, er werde Rugby aufgeben, wenn er dreißig sei. »Und dann kommt's auch noch auf Bella an.«

In diesem Jahr wollte er mit Freunden nach Jugoslawien auf Urlaub fahren. »Meine letzte Unternehmung mit den Jungens, Mr. Logan.«

Im Jahr zuvor war Bella zum erstenmal im Ausland gewesen, und zwar in Mallorca, mit Rod. Aber Rods Liebeswerben war unter der südlichen Sonne und in der spanischen Atmosphäre noch drängender geworden, außerdem vertrug ihr empfindlicher Magen die spanischen Speisen nicht – sie war enttäuscht. Dieses Jahr wollte sie den Sprung wagen und es noch einmal mit dem Ausland versuchen: im September fuhr sie für vierzehn Tage mit Peggy Allardyce, ihrer besten Freundin, nach Venedig.

Peggy Allardyce saß an einer der Kassen im Kaufhaus; als Bella zum Lunch ging, vertrat sie sie am Informationsstand. »Du hast es aber gemütlich hier«, sagte sie, als die Freundin vom Essen zurückkam. »Richtig nett – gefällt mir gut. Du hast Glück gehabt, Bella.«

Bella verzog das Gesicht und sagte nichts. Sie begann, den Cardigan auszuziehen, während sie Peggy nachblickte, die mit spitzem Klick-klack auf hohen Absätzen dem Ausgang zustrebte. Aber sie hatte sich kaum hingesetzt, als sie eilig die Jacke wieder anzog. Es war hier kälter als draußen. Sie nahm sich den Strickbeutel vor. Um diese Zeit gab es nur wenige Kunden im Supermarkt, und es war nicht sehr wahrscheinlich, daß jemand sie um eine Auskunft bitten würde. Während sie die Maschen zählte, spürte sie plötzlich einen leichenkalten Finger auf der Stirn, der sich in ihren Schädel bohrte. Der Schmerz und die Eiseskälte waren fürchterlich. Dann fuhr der Finger rückwärts über die Schädeldecke und an der Wirbelsäule herunter. Eisige Wogen überfluteten ihren ganzen Körper. Sie rang nach Luft und zog die warme Jacke eng um sich.

Schwer strömte der Regen vom Himmel. Ihre Hände, die sich an den Gitterstäben festklammerten, waren fast vereist; sicher riß die Haut ab, wenn sie die Stäbe losließ. Die Handballen brannten, das durchnässte Kleid engte sie ein wie ein Panzer. Der Käfig war höher gezogen worden, er hing jetzt etwa zehn Fuß über dem Boden. Der Regen hatte die meisten Neugierigen vertrieben, doch viele Frauen hatten sich in Torbogen und Haustüren untergestellt und spähten von dort aus mit scharfen Augen zu ihr herüber. Froschmäulig setzten sie immer wieder zu neuen Schmähungen an. Auch die alte Hexe mit dem schmutzigweißen Haar, die fast täglich erschien, stand da mit dem rothaarigen Jungen, den sie immer bei sich hatte. Die englischen Wachsoldaten standen immer noch um den Käfig herum, triefnaß wie sie selber; ab und zu stellte sich einer unter eine der Schießscharten der Schloßmauer, um eine Weile vor dem Regen geschützt zu sein.

Sie war jetzt seit sieben Tagen und sieben Nächten im Käfig. Gefüttert und getränkt wurde sie wie ein Tier, doch nie wurde der Käfig gesäubert. Sie dachte daran, wie es im letzten Jahr William Wallace in Smithfield ergangen war – dem edlen Sir William, dem keine Erniedrigung erspart geblieben war, bis ihn der Tod erlöste. Sie erinnerte sich an Sir William, der nach der Schlacht von Stirling Bridge auf das Schloß Methven gekommen war, um mit ihrem Vater, dem Earl of Fife, den Feldzug gegen die Engländer zu erörtern. Das war im Jahre 1297, sie war noch ein Kind und hatte sich doch ein wenig verliebt in den stattlichen Ritter. Sie schloß die Augen. Ein Teil seines gefolterten und verstümmelten Leibes war im letzten Jahr hier in Berwick zur Schau gestellt worden. Wer weiß, vielleicht wurde eines Tages auch ihr Kopf an den Pfosten der Schloßmauer aufgespießt – außer wenn Edward, den sie den Hammer der Schotten nannten und den Gott mit Blitz und Schwefel treffen möge, ihn lieber auf der London Bridge ausstellte.

Sie legte die Hände um den Hals und schauerte zusammen.

»Die große Dame pinkelt!« schrillte die weißhaarige Hexe. »Schaut her, ihr Wasser sieht genau so aus wie unseres!«

Nach einer Weile ließ der Regen nach und wurde zum Nieseln. Sie hätte sich gern kurz einmal geschüttelt, um das nasse Kleid, das ihr am Körper klebte, ein wenig zu lösen, aber vor den geifernden Frauen brachte sie es nicht fertig. Sie blickte nach oben – sie wollte die Schmähungen nicht hören, den Pöbel nicht sehen. Jetzt knarrte die Kette, ruckweise senkte sich der Käfig, sie mußte sich an den Gitterstäben festhalten. In Schulterhöhe hielt er an. Aus dem Schloßtor kam ein Küchenjunge gelaufen, der einen Teller mit Essen trug. Er hielt den Teller durch die Gitterstäbe und leerte den Brei aus Hafermehl und halbrohen Fleischbrocken auf den Käfigboden aus.

»Guten Appetit, schöne Dame!« rief er höhnisch und kehrte eilig um.

Unter einer der Schießscharten stand ein großer pockennarbiger Soldat und lachte laut. Er schob die Hand in die Hose und rief: »Möchte die Dame dies mal probieren? Sie muß nur die Hand durch die Stäbe schieben und festhalten.«

Sie drehte sich brüsk um, doch nun stand sie mit dem Gesicht zu dem Torweg, wo die Alte mit dem rothaarigen Jungen Zuflucht gesucht hatte. Der Junge hielt die Hand zwischen die Beine und imitierte die Geste des Soldaten. Rüde Worte begleiteten die obszöne Bewegung.

Ihr wurde so übel, daß ihr war, als stiege der Ekel ihr bis zum Hals. Eisklumpen versperrten die Kehle, und eine Woge des Schreckens drohte sie zu überschwemmen. Sie wußte nicht, ob sie schrie. Sie hielt die Hände noch um die Kehle gepreßt, als sie langsam zu sich kam. Irgend jemand kratzte an der Glasscheibe des Informationsstandes; das kreischend schrille Geräusch drang ihr bis ins Mark.

Vor ihr stand ein langer Schlaks mit fettigen karottenroten Haaren, die ihm über die Schultern hingen. Er grinste. »Wie geht's denn, Miss Logan?« fragte er. Durch den dünnen Schnurrbart sah man die schwärzlichen Zahnstümpfe. »Wer'n Sie gut fertig mit allem?«

»Ja, danke. Es geht alles sehr gut, Zander«, sagte Bella und nickte kühl.

»Na schön, aber wenn Sie irgendwas brauchen, sagen Sie's nur.« Wieder feixte er. »Wenn's mal Schwierigkeiten geben sollte – ich bin sofort zur Stelle.«

»Ich glaube nicht, daß ich Schwierigkeiten haben werde, Zander, danke.« Sie kräuselte die Lippen. »Und wenn, dann werde ich wohl auch allein damit fertig, nehme ich an.«

Zander simulierte einen soldatischen Gruß und sagte mit albernem Lachen: »Die Pflicht ruft, Bella – darf ich doch sagen? –, ich muß weg, sonst kommt mir Stott auf den Kopf. Auf bald, Bella!« Er lachte glucksend und ging.

Bella versuchte, dagegen anzugehen, aber die Halluzinationen kamen immer wieder. Jeden Tag, immer zu anderen Zeiten, kam die mächtige eiskalte Hand, manchmal einmal, manchmal zweimal, und zog sie in den eisernen Käfig mit dem gräßlichen Geruch nach Exkrementen und ringsum den hämischen Gesichtern voll boshafter Schadenfreude. Und dann, wenn sie glaubte, es keine Minute länger ertragen zu können, wurde sie ebenso plötzlich in die Gegenwart zurückgerissen; und mit eiskalten Händen und Füßen und Grauen im Herzen sagte sie sich, sie werde wohl Grippe bekommen. Sie sprach zu niemandem von diesen Erlebnissen – sie hatte Angst, man werde sie auslachen. Manchmal dachte sie, sie müsse es wohl ihrer Mutter erzählen, aber die würde sie gewiß sofort zum Arzt schikken. Die Mutter schien aber etwas zu merken, denn nachdem die Alpträume sie etwa eine Woche lang heimgesucht hatten, meinte die Mutter eines Tages nach dem Mittagessen: »Du ißt ja kaum noch, Kind. Ob dir die neue Arbeit nicht bekommt? Du siehst so schmal aus.«

Bella beteuerte, ihr fehle nichts, und zwang sich dazu, alles zu essen, was die Mutter vor sie hinstellte. Zehn Tage nach der Eröffnung des Supermarkts tat sie etwas, das sie noch nie im Leben getan hatte: sie ging an ihrem freien Nachmittag in die Öffentliche Bibliothek, wo sie drei Stunden lang die Bücher durchsah, die die Bibliothekarin ihr vorlegte. »Was will denn Miss Mimose?« fragte eine andere Angestellte, ein großes Mädchen mit kastanienbraunem Haar, das mit Bella zur Schule gegangen war, obgleich sie sich heute kaum noch kannten und sich auf der Straße auch nicht mehr grüßten.

»Sie möchte was über die Geschichte von Berwick.«

Die Braune rümpfte die Nase. »Kann sie denn lesen? Hätte ich gar nicht gedacht.«

Endlich, als Bella viele Bände durchgeblättert hatte, fand sie, was sie suchte. In Berwick hatte es ein altes Schloß gegeben, da, wo jetzt der Bahnhof stand. Im Schloß hatten sich viele Grausamkeiten abgespielt: so hängte man im Juli 1306 an der Schloßmauer einen Käfig auf und sperrte dort die schöne junge Gräfin Isabella von Buchan ein, und zwar auf Geheiß des Königs Edward I von England, der ihren Bruder, den Earl of Fife, gefangenhielt. Isabella hatte im Namen ihres Bruders im Städtchen Scone Robert-the-Bruce zum König von Schottland gekrönt und sich dadurch den Zorn des englischen Königs zugezogen. Vier Jahre mußte sie in dem Käfig ausharren, dann wurde sie in ein anderes Gefängnis gebracht. Von ihrem Ende wußte man nichts.

Auf dem Weg zu Peggy Allardyce, mit der sie im Café im Scotsgate verabredet war, versuchte Bella, sich den Gemütszustand der jungen Gräfin auszumalen, nach vier Jahren Schutzlosigkeit vor Wind und Wetter und bösartigem Pöbel. Es gelang ihr nicht – selbst nach den eigenen übernatürlichen Erlebnissen – wenn sie wirklich übernatürlich genannt werden konnten – vermochte sie sich nicht vorzustellen, in welchem Zustand Isabella von Buchan sich befand, als sie aus ihrem Käfig in ein anderes Gefängnis verschleppt wurde. Bevor sie das Café erreichte, hatte Bella ihre Gedanken anderen Dingen zugewandt: sie dachte an das Kleid, das sie am kommenden Sonnabend beim Sportfest tragen wollte.

Abends zu Hause überlegte sie, ob sie sich ihrer Mutter anvertrauen sollte, entschloß sich dann aber doch, es nicht zu tun. Ihre Mutter würde entweder lachen und sagen, sie sei wohl verrückt, oder sie würde darauf bestehen, daß Bella zum Arzt ging. Eins hatte sich Bella inzwischen gemerkt. Jedesmal, wenn der böse Traum über sie kam, war die alte Mrs. Cessford oder ihr schlaksiger Enkel in der Nähe gewesen, entweder vorher oder nachher.

Am nächsten Morgen, als die Kälte begann, ihr in die Glieder zu kriechen, sah sie resigniert, wie Mrs. Cessford entschlossen auf den Informationsstand zustrebte.

»Kann ich mal kurz mit Ihnen reden, Mädchen?« Das einschmeichelnde Lächeln entblößte die fehlerhaften Zähne.

Bella ließ die Strickarbeit sinken und sagte: »Gewiss doch – dafür bin ich ja hier, nicht wahr.«

»Sie haben ja sicher gehört von meinem Pech, was? Also ich schwöre Ihnen, es war nicht meine Schuld. War alles ein Irrtum. Ich hatte das Geld ja bei mir! Rein aus Versehen hab ich die Strümpfe in die Handtasche gesteckt und nicht in den Drahtkorb zu den anderen Sachen.«

»Es tut mir leid«, sagte Bella, »aber ich weiß gar nicht, wovon Sie reden.«

»Aber Sie haben's doch sicher in der Zeitung gelesen? Stand ja im Berwick Advertiser, gleich auf der ersten Seite: ›Ladendiebstahl bei Woolworth – alte Frau gefaßt.‹ Müssen Sie doch gelesen haben.«

»Ich lese keine Zeitungen«, sagte Bella.

»Ich sag Ihnen ja, es war alles ein Irrtum, bei Gott. Nie würde ich so was tun, so was Übles! Hab ich auch dem Richter gesagt, aber der hat gar nicht zugehört, hat bloß gesagt: ›Zehn Pfund Geldstrafe. Nächster Fall.‹ Diese Schande! Ich kann mich ja gar nicht mehr auf unserer Straße sehen lassen! Und deshalb bin ich zu Ihnen gekommen. Ihr Vater hat doch viel mit dem Gemeinderat zu tun, der könnte doch einer armen Witwe sicher beistehen. Ich weiß wohl, wir sind Labour und er gehört zu den Nationalisten, aber meine Sache hat ja mit Politik gar nichts zu tun, da würde er doch gewiß nicht dagegenstimmen, wo ich doch eine Sozialwohnung haben will, nicht?«

»Aber mein Vater hat mit dem Gemeinderat gar nichts zu tun«, wandte Bella ein. »Er führt nur gelegentlich Bauaufträge für die Gemeinde aus, das ist alles.«

»Och, aber die hören doch auf ihn! Ich möchte ja bloß, daß er ein Wort für mich einlegt, mehr nicht. Das können Sie ihm doch sagen.«

»Tut mir leid. Ich weiß, mein Vater kann da gar nichts machen, und ich werde ihn auch nicht darum bitten.«

»Sie sind aber eine hochmütige Person!« Die Augen der Alten flammten böse. »Keinen Finger wollen Sie rühren, um einer armen Witwe zu helfen! Schade, daß ich Sie überhaupt gefragt habe. Ich hätt's mir schon denken können – wo Sie immer meinen Enkel so behandelt haben, der so viel von Ihnen hält. Ich hab ihm oft genug gesagt, Sie sind nichts anderes als eine Hure, eine ganz dreckige Hure sind Sie. Der Junge soll sich lieber nach einem anständigen Mädchen umsehen.«

»Ich habe keinerlei Interesse für Ihren Enkel. Wollen Sie jetzt bitte gehen, ober soll ich den Abteilungsleiter rufen?«

»Das wird Ihnen noch leid tun, darauf können Sie Gift nehmen. Leid wird's Ihnen tun, daß Sie sich mit Mercy Cessford angelegt haben! So wie Sie es treiben – hinten im Auto mit Ihrem Fußballfreund! Sie denken, Ihnen kann nichts passieren, Sie nehmen ja die Pille, aber so sicher ist die auch nicht, nicht sicherer als die Mittel zu unserer Zeit. Sie kleine Schlampe – reinfallen werden Sie, und ich werd mich freuen!«

Bella stand auf und trat aus dem Stand heraus. Mrs. Cessford drehte sich eilig um und stürzte davon, immer noch keifend. »Das wird Ihnen noch leid tun – denken Sie an meine Worte!«

An diesem Abend überfiel der Alptraum sie auch zu Hause. Gegen Mitternacht ging sie zu Bett, nachdem sie eine Weile mit ihren Eltern vor dem Fernsehschirm gesessen hatte. Sie schlief sehr bald ein.

Als sie die Augen öffnete, war es dunkle Nacht, und von der Nordsee her heulte der Sturm. Der Käfig schaukelte so heftig, daß sie sich an den Gitterstäben festhalten mußte. Schneeregen prasselte vom Himmel; die zerrissenen und verschmutzten Kleider klebten ihr am Körper. Das naße Haar lag in fahlen Strähnen am Kopf. Sie schluchzte und preßte sich dicht an die Stäbe. Eine Möwenschar flog um den Käfig, angezogen vom Gestank der Exkremente und der fauligen Nahrungsreste.

Jetzt wurden neben dem Kreischen der Möwen andere Laute hörbar. Drei Gestalten in vereisten Mänteln schwebten geisterhaft heran und blieben sonderbarerweise vor dem Käfig in der Luft stehen. Die Wachsoldaten hatten sich in die Nischen der Schloßmauer verzogen; in einer so stürmischen Nacht war nicht damit zu rechnen, daß jemand versuchen würde, die Gefangene zu befreien.

»Lady Bella – seid Ihr da, Lady Bella? Ihr schlaft doch nicht?« Mercy Cessford, die Hexe, drängte das runzlige Gesicht dicht an die Gitterstäbe. Von ihren Gesichtszügen ging ein eigentümliches Leuchten aus, die lange Nase und die Backenknochen standen hervor und glänzten grotesk, und anstelle des fast zahnlosen Mundes sah man ein dunkles Loch. »Wir haben Euch einen Besucher mitgebracht«, keckerte sie. »Einen feinen Freund für die feine Dame, die heute nicht mehr so fein ist wie früher, haha!«

Isabella schauerte zusammen und schloß die Augen, um die drei Gesichter nicht zu sehen. Neben der Hexe stand ihr rothaariger Enkel und auf der anderen Seite ein hochgewachsener Mann mit schwarzem Hut. Der Blick der bernsteinfarbenen Augen unter dichten dunklen Brauen brannte sich in ihr Gesicht.

»Der Meister selber ist heute gekommen«, sagte die Alte. »Er bietet Euch die Freiheit.«

»Schweig, Mercy«, gebot der Mann. »Ich will selbst mit der Lady sprechen – deine Dienste sind nicht vonnöten.« Er wandte sich an die Gefangene und sagte:

»Isabella von Buchan, ich kann Euch befreien. Nur ich, Luzifer, vermag das. Doch dafür verlange ich Eure Ergebenheit. Wollt Ihr sie mir zusagen, wenn ich diese Tür öffne und Euch fortbringe? Soll ich Euch aufs Schloß Methven zurückbringen, wo Samt und Seide auf Euch warten, wo der Tisch mit köstlichen Speisen gedeckt ist?«

Isabella löste die Hände von den Gitterstäben und hielt sie über die Ohren, um die lockende Stimme nicht zu hören. Ein heftiger Windstoß schüttelte den Käfig und warf sie zu Boden. Da blieb sie mit ausgebreiteten Armen liegen.

»Ich brauche nur Euer Wort, Lady«, flüsterte der Satan. »Nichts als das Versprechen, mir hin und wieder dienlich zu sein, wenn ich Hilfe brauche. Ich werde Euch kein harter Herr sein – vielleicht werde ich Eure Dienste niemals brauchen. Jetzt will ich nur Euren Treueid.«

»Nein, nein!« schrie Isabella, doch der Sturm riß ihr die Worte von den Lippen und trug sie fort.

Der Satan lachte und flüsterte: »Gewiß ein geringer Preis für die Freiheit, Lady!«

»Kommt nur – wir sind eine lustige Schar!« kicherte die Hexe.

»Halt deine Zunge im Zaum!« befahl der Satan der Alten und fuhr dann in schmeichelndem Flüsterton, zu Isabella gewandt, fort: »Ein seidenes Gewand, endlich, ein heißes duftendes Bad, ein Fleischgericht auf silberner Schüssel . . . was sagt Ihr dazu, Lady?«

»Fort! Fort mit euch!« schrie sie. »Laßt mich in Frieden, ihr Elenden!«

Der Satan lachte laut. Dann begannen er und seine Gefährten um den Käfig zu fliegen, immer rundherum, sie schlugen mit den Armen und ließen die Mäntel hochwehen, so daß sie aussahen wie riesige Fledermäuse. Bella schrie und schrie . . .

Sie erwachte in den Armen ihrer Mutter. »So, so, mein Kleines«, tröstete Mrs. Logan, »es war nur ein böser Traum.«

Bella schluchzte und klammerte sich an die Mutter. »Mammy, Mammy, ich halt's nicht mehr aus, ich kann nicht mehr –«

Und so kam alles heraus. Die Mutter blieb diese Nacht bei ihr und ließ sie auch morgens nicht zur Arbeit gehen. Um halb elf begleitete sie sie zum Arzt. »Oma meint, es sind sicher die Nerven. Vielleicht verschreibt der Arzt dir Sanatogen oder sowas.«

Zunächst wurde Bella sehr gründlich untersucht. Auf das Drängen ihrer Mutter erzählte sie dem Arzt, sie leide an Alpträumen, aber sie sagte nicht, welcher Art sie waren. Sie berichtete von den Schmerzen in Armen und Beinen und Schultern und von den unnatürlichen Anfällen von Eiseskälte.

»Herz und Lunge sind ganz in Ordnung«, erklärte Dr. Nesbitt. »Überhaupt sind Sie organisch völlig gesund, Bella – so gesund wie wenige junge Frauen in meiner Praxis. Aber Sie müssen sich mehr Bewegung machen. Sie sitzen den ganzen Tag in dem kleinen Raum, da verkrampfen sich die Muskeln. Lange Spaziergänge über den Golfplatz oder am Fluß entlang, das brauchen Sie. Tüchtig am Strand laufen und frische Luft einatmen.«

Er gab ihr ein Rezept für ein Tonikum und riet ihr, eine Woche freizunehmen.

In dieser Woche hatte sie tagsüber keine Halluzinationen, doch jede Nacht wurde sie vom Teufel und seinen Helfern heimgesucht. Es gelang ihr, das Schreien zu unterdrücken und die Träume vor ihrer Mutter zu verbergen. Doch die Mutter sah, wie blaß und nervös Bella aussah, und sie sprach darüber mit ihrem Mann, der sich seinerseits Rod Wishart vornahm. »Ich meine, es ist Zeit«, sagte Mr. Logan, »daß du mal mit deiner Firma wegen des neuen Arbeitsgebiets redest, das sie dir schon so lange versprochen haben. Und dann solltet ihr das Aufgebot bestellen, meine ich. Das Klima hier scheint Bella nicht zu bekommen, und je eher sie fortkommt, umso besser, auch wenn sie uns sehr fehlen wird.«

Nach einer Woche kehrte Bella an ihren Arbeitsplatz zurück, und sofort setzten die bösen Visionen auch am Tage wieder ein. Es gelang ihr jedoch, sie ein wenig unter Kontrolle zu bringen, sie abzuschwächen und auf Distanz zu halten, indem sie aufstand und die Tür des Standes öffnete, und sie klammerte sich an dieses Mittel, solange der Hauch des Mittelalters sie umwehte.

Eines Tages war sie nicht schnell genug. Sie war derart beschäftigt damit, die Maschen an einem gelben Pullover zu zählen, den sie für Rod begonnen hatte, daß die eisigen Wellen der Angst von unten kommend bereits ihre Taille überflutet hatten, als sie aufzustehen versuchte. Sie sank auf ihren Stuhl zurück. Ihre Hand fuhr an die Kehle, dann wurde Bella vom kalten Grauen aus dem Mittelalter übermannt . . .

Der Käfig schwang hoch über dem Boden, wie immer hatte sich eine Menschenmenge eingefunden, doch heute blickten die alten Vetteln ausnahmsweise nicht zu ihr herüber. Die meisten hatten sich umgedreht und starrten auf zwei große Scheiterhaufen aus Reisig und Buchenscheiten. In der Mitte jedes Haufens stand ein starker Pfahl. Im Käfig kauerte Isabella, elend und schmutzig, seit langem der Unbill des Wetters schutzlos ausgesetzt; die Kleider hingen in Fetzen, das strähnige Haar und die Haut verkommen vor Staub und Schmutz. Da saß sie und sah, wie die alte Hexe Mercy Cessford und ihr Enkel von stämmigen englischen Soldaten durch die Menge gestoßen und an die beiden Pfähle gebunden wurden. Die Alte schrie und schimpfte die ganze Zeit, doch der Junge brabbelte unverständliches Zeug. Heute war die Menge ganz still; niemand keifte und schimpfte, wie es Isabella so oft erlebt hatte. Viele Frauen weinten, sie mochten wohl denken: Wie leicht hätte es mir so ergehen können . . .

Jetzt trat ein Herold vor und verkündete: »Hört alle her, ihr Bürger von Berwick! Mit Zauberei und Hexenwerk haben die boshafte Hexe Mercy Cessford und ihr ruchloser Enkel Zander Cessford versucht, Seiner Majestät König Edward I von England, Schottland und Wales schweren Schaden zuzufügen. Der König hat daher angeordnet, daß die beiden Übeltäter dem Feuer übergeben werden. Gott sei ihren Seelen gnädig!«

Ein Schauer ging durch die Menschenmenge, und als die Scheiterhaufen jetzt mit brennenden Fackeln entzündet wurden, kam es hie und da auch zu halberstickten Protestrufen. Isabella lehnte die Stirn an die Gitterstäbe und stieß einen tiefen Seufzer aus. Die ersten Rauchwölkchen stiegen aus dem Reisig auf; die Hexe blickte zu dem Käfig hinüber und schrie: »Eure Schuld ist es, Lady – weil Ihr dem Meister nicht gefolgt seid! Ihr habt Bruce gekrönt und den Zorn des Königs auf uns gelenkt! Ihr werdet es bereuen – noch hundert Jahre lang. Mein letzter Fluch soll Euch treffen!«

Dann setzte wildes Gekreisch ein, und Isabella schloß die Augen. Das Kreischen ging über in ersticktes Gurgeln. Auch der Junge schrie und röchelte, die Schreie wurden schwächer und hörten dann auf. Als Isabella die Augen öffnete, sah sie nur noch die Flammen und darüber große schwarzgraue Rauchwolken, die der Wind in den Käfig drängte. Augen und Nase brannten, ihr Hals war wie von eisernen Zangen zugedrückt. Sie mußte husten, sie hielt die Hand an die Kehle und kämpfte verzweifelt mit den Rauchwolken . . .

Bella hustete – hustete – der Hals war wie versengt von dem süßlichen Rauch des Holzfeuers, und der Husten ließ nicht nach, bis sie in ihrem kleinen Glasstand auf den Boden sackte. Als sie zu sich kam, lag sie lang ausgestreckt auf dem Boden, den Kopf auf eine kleine Decke gebettet, die man eilig aus einem Kinderwagen genommen hatte. Dem Baby im Wagen paßte das nicht, es schrie. Seine Mutter hatte ihm den Rücken zugekehrt und lehnte am Wagen, den sie sacht hin- und herschaukelte, wobei sie mit halboffenem Mund zu Bella und Mr. Stott und den Gaffern, die sich angesammelt hatten, herüberstarrte.

»Ich möchte zu meiner Mutter«, keuchte Bella. »Bitte –«

»Aber ja, natürlich, Miss Logan«, murmelte Mr. Stott, der aufgeregt neben ihr hockte. »Ich lasse Sie gleich nach Hause bringen. War wohl eine kleine Ohnmacht, aber das gibt sich wieder. Ich würde Sie selber bringen, aber ich kann nicht aus dem Geschäft weg. Ich lasse Sie gleich im Wagen nach Hause bringen, ja?«

Abends kam Peggy Allardyce, um Bella zu besuchen, die im Bett lag. »Es ist was Schreckliches passiert«, sagte sie nach ein paar teilnehmenden Worten. »Unten am Flußufer das alte Haus – ein Feuer ist ausgebrochen, und zwei Menschen sind darin umgekommen, die alte Mrs. Cessford und ihr Enkel Zander. Du kennst ihn doch, Bella, nicht? Der nette rothaarige Junge, der manchmal im Kaufhaus ausgeholfen hat, Waren auspacken und ausfegen und so. Ein schrecklicher Tod!«

»Ja, wirklich«, sagte Bella und reichte Peggy ein Strickmuster. »Wie findest du das, Peg? In Blaßblau und Weiß muß das fabelhaft aussehen, meinst du nicht?«

»Na, was muß ich da hören?« sagte Rod, als Mrs. Logan ihn etwas später in Bellas Schlafzimmer führte. »Du bist auf der Straße umgefallen, sie mußten die Feuerwehr holen, und dann hat dich ein Streifenwagen nach Hause gebracht – also sowas!«

»Kolossal witzig,« sagte Bella.

»Laß nur, Kindchen«, sagte Rod. »Ohnmachten gibt's jetzt nicht mehr. Meine Firma hat mir das Gebiet von Perth übergeben; wir können also jetzt heiraten. Das ist dir doch recht?«

Bella nickte leicht. »Ich denke schon.«

Sie widersprach nicht, als die Mutter sie am nächsten Tag nicht zur Arbeit gehen lassen wollte. Sie schrieb einen kurzen Brief an Mr. Stott und bat um ihre Entlassung.

In den nächsten Wochen war sie mit den Vorbereitungen für ihre Hochzeit so beschäftigt, daß sie gar keine Zeit hatte, an die bösen Erlebnisse zu denken. Nur an einem Abend, als sie in die Nähe des Supermarktes kam, wo sie Peggy treffen wollte, überkam sie, wenn auch nur leise, wieder das Gefühl, bei heulendem Wind im Käfig zu stehen, während Hexen und böse Geister um sie herum tanzten.

Doch es war mehr als ein schwaches Gefühl des alten Schreckens, das sie überkam, als Rod ihr eines Abends erzählte, seine Firma habe in der Nähe von Perth ein Haus für sie beide gemietet. »In Methven, ungefähr zehn Meilen von Perth«, berichtete er. »Sie sagen, es ist ein hübsches Haus, vier Zimmer, Küche, Bad, zwei Toiletten und der übliche Nebenraum. Es steht da, wo früher die Schloßruine von Methven stand, weißt du.«

Mehr hörte Bella nicht. Das eiskalte Grauen hatte sie von neuem gepackt. Sie ritt auf einem galoppierenden Pferd, und ringsum wogte die Schlacht. Ihr Blick lag auf einem hochgewachsenen Mann in schwerem Panzer, der einen schwarzen Hengst ritt. An seinem Helm hing ein Goldreif, darin die Junisonne sprühte und funkte, als er sein Pferd wandte und in vollem Galopp auf eine Gruppe englischer Ritter zujagte. In der Ferne sah sie das Schloß ihres Vaters, Methven, liegen, und sie blickte gerade zu den Zinnen und Türmen hinüber, als die englischen Soldaten sie umringten und als Gefangene abführten.

John McGahern

Hauch des Weins

Wenn ich sterben müßte, würde mir immer der Morgen und der Abend am meisten fehlen, dachte er, als er abends den schmalen Pfad am See hinunterging; und gleich darauf mußte er an seinem Verstand zweifeln, denn wie konnte man etwas so Dummes denken. Er war doch ein Mensch und hatte gar keine Wahl – er mußte ja sterben, und wenn er tot war, würde ihm nichts mehr fehlen, denn er war nichts mehr. Überdies widersprach der Gedanke allem, das er als Priester zu vertreten hatte.

Es gab noch den See, den Weg, den Abend – er zählte alles auf. Und er war unterwegs zu Gillespie. Gillespie war beim Sägen. Gillespie war immer beim Sägen. Das kreischende Auf und Ab der Säge zerschnitt den stillen Abend. Als er zu dem schwarzen Gatter kam, sah er Gillespie; die große Gestalt im Overall war eingerahmt von den Erlen zu beiden Seiten des Weges; aber was er zersägte, waren keine Erlen-, sondern Buchenstämme – vier oder fünf Wagenladungen hatte man vor dem Hause abgeladen. Der Priester legte die Hand auf das Gatter, er wollte zur ersten Erle hinübergehen, aber er stockte beim Anblick des Sonnenlichts auf dem Weg. Es erhellte den einen Stiefel, der beim Sägen das Buchenscheit festhielt, und es lag hell auf den Armen, die langsam das Sägeblatt durch den Stamm zogen, wobei ein Schauer weißer Holzspäne zu Boden fiel.

Der Priester war im Begriff, kräftig am Gatter zu rütteln, um das Geräusch der Säge zu übertönen, doch plötzlich stand er wie im Traum in einer selig hellen Lichtflut. Es war die Abendsonne, die auf ein Schneefeld schien. Das Gatter, auf dem seine Hand noch ruhte, verschwand, und ebenso die Erlen, Gillespies hochgewachsene Gestalt und das Kreischen der Säge. Es war ein anderer Tag, der längst vergangene Tag vor nun fast dreißig Jahren, an dem Michael Bruen zu Grabe getragen wurde. Alles ringsum war still, nur das Knirschen der langsamen Schritte im Schnee war zu hören. Weiter vorn, am Fuße des Hügels, bewegte sich auf Männerschultern der Sarg langsam weiter, Holz und Metallbeschläge schimmerten stumpf im gleißenden Schnee, Schritt um Schritt legte der Sarg zurück, immer knapp unter dem Rand der Schneefläche, die sich acht oder zehn Fuß hoch über das weite Land erstreckte. Die lange Reihe der Trauergäste folgte dem Sarg bis nahe Oakport Wood auf dem Pfad, den man durch den Schnee gegraben hatte. Hoch oben auf dem Hügel von Killeelan reckte sich das Immergrün des Friedhofs über den Schnee, der auch die Friedhofsmauer zudeckte. Der schmale Pfad schnitt durch den Hügelrücken bis zu der kleinen, tief im Schnee versunkenen Pforte. Der Sarg bewegte sich aufwärts mit schmerzlicher Langsamkeit, als werde er niemals sein Ziel erreichen. Oft mußten die Träger einander ablösen. Und dann begann jemand zu beten, und das Gebet pflanzte sich fort bis zum Ende der langen Reihe der Trauernden, die langsam hinter dem Sarg durch den engen Schneetunnel stapften.

Es war ein Tag im Februar 1947, als sie Michael Bruen ins Grab legten. Niemals vor- oder nachher hatte der Priester das Mysterium mit solcher Ehrfurcht erlebt. Doch als er an der Friedhofspforte stand, fühlte er weder Scheu noch Furcht; da war nichts als der Sarg, der auf die dunklen Bäume am Hügel zu kroch, da war die lange Reihe der Trauergäste, und überall die blendend weiße Helle, zwischen den halb im Schnee versunkenen Dornsträuchern und jenseits des Killeelan auf der Schneedecke des Gloria Bog und des Slieve-an-Ierin.

Er wußte nicht, wie lange er so gestanden hatte, eingetaucht in jenen vergangenen Tag, in die Helle des gleißenden Lichts – vermutlich nicht länger als einen Augenblick, sonst hätte er die Intensität kaum ertragen. Als er zu sich kam, hatte das graue Licht der Erlen sich durchgesetzt. Seine Hand lag noch auf dem Gatter, und Gillespie sägte immer noch; er stand am Sägebock, einen Fuß auf dem Buchenholz, um sich das durchdringende Auf und Ab der Säge. Der Priester fühlte sich so verletzlich, als sei er gerade aus dem Schlaf erwacht und noch ein wenig durcheinander, als schäme er sich, mitten am Tag und im Leben vom Schlaf überrascht worden zu sein, ohne den Schutz der häuslichen Wände. Wieder wollte er am Gatter rütteln, im Bewußtsein der leisen Lächerlichkeit seines Botenganges, den auch ein Kind hätte übernehmen können: er wollte Gillespie mitteilen, daß das Bezirkshospital endlich ein Bett bereithielt für Mrs. Gillespie, die eine Hämorrhoidenoperation vornehmen lassen mußte. Doch wieder hielt er an, weil ihm das seltsame Licht auffiel. Es war ein später Oktobertag, weiße Wölkchen umwogten die Sonne, und das wässerige Licht schien durch die Erlen auf die weißen Holzspäne, die rings um Gillespie zu Boden fielen und kleine Haufen bildeten. Es war das gleiche weiße Licht wie das Licht auf dem Schnee. Ja – so einfach war das. Als er hinsah, erlosch das Licht auf den Holzspänen; was blieb, war der graue Tag am Sägebock. So einfach – die Andeutung von Schnee hatte genügt, um ihn in den verlorenen Tag von Michael Bruens Beerdigung zu stürzen. Alles an jenem Tag war so rein, so vollkommen gewesen, daß alle Müdigkeit, alle bitteren Gedanken von ihm abfielen und er einen Augenblick lang bereit war, das Leben von neuem zu beginnen.

Er vergewisserte sich, daß Gillespie ihn nicht am Gatter bemerkt hatte, und machte sich auf den Rückweg. Das Bett im Hospital war erst in acht Tagen bereit, er konnte also noch einen oder zwei Tage mit der Nachricht warten. Im Gehen warf er einen letzten Blick auf den hellen Boden rings um den Sägebock. Die schwierigsten Dinge scheinen uns immer am nächsten zu sein, fast zu unseren Füßen zu liegen.

Immer wieder geriet er seit dem Tode seiner Mutter in diese vergangenen Tage. Einmal hatte ihm ein Büschel zertretene Minze im Garten einen Tag, den er mit der Mutter an der See verbracht hatte, mit so realistischer Klarheit zurückgebracht, daß er von Angst gepackt wurde; es war, als sei er plötzlich durch die Zeit gefallen, als sei die Welt der Toten für ihn so greifbar wie die Welt der Lebenden. Es war auch demütigend, als er erkannte, daß die Mutter die Triebfeder des Uhrwerks in seinem Leben gewesen sein mußte. Und nun, da die Triebfeder gebrochen war, versagten die Zeiger, wurden schwach, standen nicht länger aufrecht. Heute hatte er plötzlich das Licht auf den weißen Holzspänen gesehen. Er hätte es nicht bemerkt, wenn er nicht allein gewesen wäre, wenn Gillespie nicht so mit seiner Sägerei beschäftigt gewesen wäre. Aber es mußte auch schon vorher solche einfachen Auslöser gegeben haben – und er hatte nicht gewagt, sie sich einzugestehen.

Vorsichtig und mit schnellen Schritten ging er den Weg zum See zurück, bis er auf die Landstraße kam. Links lag die Kirche hinter einer Gruppe alter Bäume und dahinter das Haus, in dem er wohnte. In der Geborgenheit der breiten Landstraße ließ er die Gedanken zurückwandern zu den Buchenholzspänen und zu Gillespies kräftiger Gestalt; blasser wurde die lange Reihe der Trauergäste, die dem Sarg durch den Schnee folgten: es war ein Bild, das man annehmen oder ablehnen konnte, zu dem man jedoch nicht selber gehörte. Mit leichter Ungeduld begann er im Gehen die Bäume in der Hecke am Straßenrand zu zählen: Esche, Steineiche, Weißdorn, Esche: leuchtend gelb waren die letzten Blätter der wilden Kirsche, und die abgeernteten Felder hinter den Hecken lagen stumpf im regenfeuchten Licht. Dies hier war der wirkliche Tag, der einzig wichtige Tag, der Tag, der die Rettung brachte oder sie versagte; hier stand er, fest und unangreifbar, dieser Tag, er wollte von Schwäche nichts wissen und hatte von der Ewigkeit nur so viel, wie er unbedingt auf sich nehmen mußte, während der Tag, der vom Licht der weißen Holzspäne im Geist des Priesters erleuchtet worden war – und der doch im Grunde nichts war als der Tag einer Beerdigung nach schwerem Schneefall, an der er als Junge teilgenommen hatte –, ihm vorkam wie in Ewigkeit getaucht, wie der Inbegriff alles dessen, was uns jemals von Gottes Welt gesagt und gelehrt wurde.

Er war unbefriedigt und nun wieder so müde wie vorhin auf dem Weg zu Gillespie, deshalb ging er nicht durch die Kirchenpforte mit dem Kreis und dem Kreuz und rief auch dem Küster kein Grußwort zu, der gerade den Raum unter dem Glockenstrang abschloß. Er wollte allein sein und schritt über den Rundweg an der Kirche entlang zum Haus, das durch eine Lorbeerhecke von Friedhof und Kirche getrennt war. Zu Hause machte er Kaffee, ohne das Licht anzuschalten. Wenn ein Tier aus der Herde sich zum Sterben oder Gebären bereitmacht, sucht es sich einen sauberen Platz in einer Ecke des Feldes, entfernt von der Herde.

Michael Bruen war ein großer freundlicher Mann gewesen, ein liebenswerter Mensch. Sein Haar war von grobem Grau, er trug bequeme Tweedjacken und die roten Stiefel der Viehfarmer. In der Jugend war er in Dublin Polizeibeamter gewesen; es hieß, er habe Geld gewonnen oder geerbt, jedenfalls war er dahin zurückgekehrt, woher er gekommen war, hatte eine Farm gekauft und sie mit Erfolg bewirtschaftet.

Er hatte eine große Familie und mehrere Angestellte. Überall auf dem weiten Hof und in den rotbedachten Scheunen erklangen Geräusche der Arbeit: Milchkannen, Maschinen, Scherze, das Scharren von Hufen, jemand, der pfiff. Neben dem Hof lag die riesige Küche mit dem langen Tisch in der Mitte und dem Herd am unteren Ende; Teller und Töpfe standen an den Wänden, Speckseiten, in Gaze gehüllt, hingen an Haken von der Decke, und der ganze Raum war erfüllt von dem Leben und der Geschäftigkeit der Frauen.

Oft war der Priester als Junge von seinem Vater mit irgendeinem Auftrag zu Michael Bruen geschickt worden. War dann das Vieh im Stall oder der Wagen abgeladen, nahm ihn Michael mit in die Küche.

An den letzten Dezembertag erinnerte er sich deutlich. Er hatte einen weißen Bullen hinübergetrieben. Das mächtige Holzfeuer brannte hell, und draußen war Frost.

»Gebt dem Kerl was zu beißen«, hatte Michael gesagt, als er ihn in die Küche führte. »Aber was Richtiges, damit er warm wird.«

»Eine Tasse Tee genügt, wirklich«, hatte er protestiert, wie es Sitte war.

»Unsinn. Hört nicht auf ihn. Ein leerer Sack kann nicht stehen.«

Eileen, die hübscheste von Michaels Töchtern, lachte und nahm den Topf vom Regal. Ihre Arme waren bis zu den Ellbogen weiß bestäubt mit Mehl.

»Er soll noch dran denken, daß dies ein gutes Haus war, wenn er mal selber ans Heiraten denkt.« Alle lachten ausgelassen, Michaels Worte hatten die Schleusen geöffnet.

Es fiel dem Jungen nicht leicht, sich auf Michaels Fragen nach seinem Vater zu konzentrieren: so köstlich war der Duft, der vom Herd herkam. Ein Becher mit dampfendem Tee stand vor ihm. Auf dem frischen Brot schmolz die Butter. Es gab Würstchen, Leber, Speck, ein Stück Blutwurst und köstlichen Schweinerücken.

»Lang zu«, sagte Michael lachend. »Aus meinem Haus geht kein Sack leer heraus.«

Michael brachte ihn dann bis ans Gartentor. »Sag deinem Vater, es ist sehr lange her, seit wir im Royal ein Glas zusammen getrunken haben. Und wenn er am nächsten Markttag nicht hinkommt, dann muß ich wohl rüberkommen und ihm eins hinter die Löffel geben.« Im schwachen Licht der Hoflampe stand er da und schüttelte dem Jungen die Hand; es war das letztemal, daß der Junge ihn lebend sah. Bevor die letzten Flocken fielen und die alten Leute Geschichten erzählten von den sagenhaften Schneewintern zu Plunketts Zeiten, war Michael Bruen gestorben, und auch sein Leben war nun zu einem armseligen Wasserzeichen in der Erinnerung geworden.

Der Schnee lag acht Fuß hoch auf den Straßen, Schafe und Rinder fand man tot in fünfzehn Fuß hohen Schneewehen auf den Feldern. Alle, die kein Vieh verloren hatten, frohlockten; in den Schneebergen versanken eine Weile die eigenen Kümmernisse ebenso tief wie Neid und Mißgunst. Tage brauchte man, um einen Weg bis zur Landstraße zu bahnen, denn der Schnee mußte brusthoch in harten Blocks aus der vereisten Oberfläche geschnitten werden. Es gab großen Jubel, als die Männer endlich bis zu der Gruppe vorgedrungen waren, die sich von der Landstraße aus durchgrub, und neuen Jubel, als der erste Wagen durchkam, Dohertys Brotwagen war das; und die Freude hatte sich kaum gelegt, als der Leichenwagen mit dem Sarg für Michael Bruen erschien. Abends bahnten sie dann einen Weg zum Killelan Hill hinauf, der Grabstein stand an der großen Eibe gleich hinter der Friedhofspforte, und dann wurde das Grab gegraben. Sie waren am nächsten Tag noch nicht ganz fertig, als das Geläut der ersten Sterbeglocke über den Schnee drang. Da wußten sie, daß nun der Sarg auf dem Weg war.

Seit vielen Jahren hatte der Priester weder an jenen Tag noch an Michael Bruen gedacht, bis ihn unerwartet die Erinnerung durch das Licht auf den Holzspänen überfiel. Sie versprach nichts Gutes. In der letzten Zeit kam es oft vor, daß er sich in vergangene Tage verlor und die Gegenwart ihm wie ein dünner Schleier erschien, der über der Vergangenheit lag. Zuweilen sah er sich als alten Mann, dem Jungen an den Strand hinunterhelfen mußten; sie hatten Mühe, ihr Lachen zu unterdrükken, wenn sie auf einen Stein im Weg wiesen, über den er wohl gleich gestolpert wäre; oder dann schauten sie auf und lächelten entschuldigend vorbeigehenden Leuten zu, während er aufs Meer hinausblickte und den Stein am Weg längst vergessen hatte. »Hier geht's lang«, meinte er dann mit einem Zupfen am Ärmel zu hören, und gleich darauf fand er sich wieder mitten im quälenden Dasein des Alltags, weit weg von der Ewigkeit der Meere und dem hellen Licht über der Schneefläche am Killeelan Hill.

Aber so etwas wie die weißen Buchenspäne hatte er noch nie gesehen. Welches Glück, etwas festzuhalten, was ihm in seiner Einfachheit so lange entgangen war. Nur war Wissen, das man gemeistert hatte, schon bald kein Wissen mehr, wenn es nicht weiterwuchs und sich zum Teil eines anderen Wissens fügte, und was taten die Holzspäne anderes, als auf seinen Tod zu verweisen?

Wie der plötzliche Schneefall und Michael Bruens Bestattung, so ließ sich auch sein Leben mit anderem vergleichen. Nur für ihn selber gab es da einen Unterschied, und der lag nur in den seltsamen Visionen von einem vergangenen, verlorenen Leben. Als es noch freundlich und gleichmäßig verlief, hatte er keinerlei Visionen gehabt.

Die Kindheit auf dem Lande. Vater und Mutter. Der Schock der Erkenntnis von Geburt und Tod. Der Priesterberuf als Mittel, den Tod zu besiegen und Geburten aus dem Wege zu gehen. Laß nur, dachte er. So viel ist nicht dran. Es gibt so wenig Platz. Seine Eltern waren nicht mehr jung, als sie heirateten; er war ›die Frucht müder Lenden‹, so hatte er andere spotten hören. Sein Vater war ein kleiner Farmer, die Mutter Näherin. Noch heute sah er die Nadel in ihren kräftigen Händen blitzen – ein Aufzucken aus tausend Stunden Arbeit.

»Seine Mutter hatte die Berufung für ihn«, so hieß es. Vielleicht war es so, vielleicht ging es allen Müttern im Lande gleich, denn die Redensart war überall geläufig, lobend oder hämisch. Aus Angst vor dem Tode wurde er Priester, und daraus wird irgendwann die Angst vor dem Leben: war es also nicht ganz natürlich, sich in dieser Angst wieder an die Mutter zu wenden? Sie war älter als jede Furcht, sie hatte Tod und Leben erfahren. Dann kam der Tod seines Vaters. Der Vater hatte ihn hingenommen, wie er sein Leben lang alle Widrigkeiten hingenommen hatte: sie kamen ihm zu. Das Gute zählte er nicht.

Den gemeinsamen Besitz verkauften sie dann; seine Mutter zog zu ihm und war glücklich. Sie ging zu jeder Andacht und jeder Messe, sie übernahm kleine Aufträge, und obgleich es nun nicht mehr nötig war, nähte sie: Leinen für den Altar, Soutanen und Chorhemden, seine Hemden und ihre eigenen Kleider. Zuweilen reizte ihn ihre Fürsorge bis aufs Blut, doch er ließ es sich selten anmerken. Er erfüllte äußerlich die Aufgaben eines Priesters. Die Schranken, die Vergangenheit und Zukunft absperrten, waren fest und sicher. Man hätte ihn wohl als glücklich bezeichnen können. Er wußte es nicht, doch ein großer Teil seines Lebens suchte und fand erst durch die Mutter die eigene Form.

Er merkte es, als sie mit ihrem Tod begann. Er kam eines Sommerabends nach Hause und sah, daß überall die Lampen brannten. Sie saß in ihrem Sessel im Wohnzimmer; auf dem Tisch waren Kleider aufgehäuft, rund um ihren Sessel lagen Stoffetzen. Sie blickte nicht auf, als er eintrat, sondern fuhr fort, mit den immer noch kräftigen Händen einen Rock mit Fischgrätmuster zu zerreißen, den sie erst im letzten Jahr genäht hatte.

»Was machst du denn da, Mutter?« Er hielt ihre Hand fest, als sie nicht antwortete.

»Zeit für dich zur Messe«, sagte sie.

»Was machst du mit deinen Kleidern?«

»Was für Kleider?«

»Hier – die Kleider. Warum zerreißt du sie?«

»Ich weiß gar nichts von Kleidern«, sagte sie, und jetzt sah er, daß etwas nicht stimmte. Sie wehrte sich nicht, als er sie Treppe hinaufführte.

In den nächsten Tagen wirkte sie geistesabwesend und verwirrt, aber sonst nicht sehr verändert. Er beobachtete sie sorgfältig – krank schien sie nicht zu sein. Dann kam er eines Abends heim und fand sie mitten im Zimmer stehend, um sich herum einen Riesenhaufen zerrissener Sachen. Sie hatte jedes Kleidungsstück in Fetzen gerissen, das sie jemals genäht hatte. Nach dem ersten Schreck tat er, was nötig war, und ließ den Arzt kommen.

»Ich glaube, es ist der Anfang des Altersschwachsinns«, sagte der Arzt.

»Und es ist unheilbar?«

Der Arzt nickte. »So heftige Formen nimmt es nicht oft an, aber hier ist es so. Man kann sie nicht mehr allein lassen.«

Wenn er sie während des ersten Jahres im Pflegeheim besuchte, erkannte sie ihn, aber sie blieb ganz ruhig, als sei er längst weit fort. Dann kam der Tag, da er sich eingestehen mußte, daß sie nicht mehr wußte, wer er war – wie ein Hund, den man zu lange anderen Händen überlassen hat. Er war bei ihr, als sie starb. Sie hatte sich ihm zugewandt, in ihre Augen trat ein schwaches Erkennen, wie das letzte Aufglühen eines Zündholzes, bevor es erlischt. Dann schloß sie die Augen und starb.

Was ihm blieb, war jetzt nur noch das eigene Leben. Im Grunde war es niemals mehr gewesen, aber er hatte es so gut ignorieren können.

Er stellte das Radio an. Ein Mann hatte bei einer Explosion beide Beine verloren. In den Fordwerken war es während der Nachtschicht zu Gewalttätigkeiten gekommen. Das Pfund hatte sich gegen Schluß der Börse etwas erholt, aber den Stand des Vortages nicht ganz erreicht.

Einen Augenblick ließ er die Finger auf dem Knopf ruhen und stellte dann ab. Die körperlose Stimme in der Atmosphäre glich ein wenig dem längst vergangenen Tag, auf den er durch das Licht über den Holzspänen gestoßen war, nur hatte sie nichts von der strahlenden Helle. In den Jahren, da er die Beerdigung mit sich herumgetragen haben mußte, hatte sie die Alltagsfarbe eingebüßt und war hell und leicht geworden wie die Luft in der Klarheit des Lichts. Alles war zeit- und schwerelos und schien zumindest ein Versprechen der Ewigkeit.

Er trat ans Fenster, um die Vorhänge zuzuziehen. Sie hatte alles zerrissen, bevor sie das Haus verließ. Der rote Vorhang mit dem hellen Futter stammte auch von ihrer Hand; ihn hatte sie nicht zerrissen. Wie oft mußte sie auf die stillen Grabsteine hinter dem Lorbeer hinübergeschaut haben, wenn das Mondlicht so wie heute darüber lag. Vor Geistern hatte sie Angst gehabt. Vor alten Priestern, die früher in diesem Hause lebten und dem Alkohol oder anderen Übeln verfallen waren: sie hatten es irgendwann versäumt, eine Messe für die Toten zu lesen, wodurch die Seelen des Toten, für den die Messe bestimmt war, über seine Zeit hinaus im Fegefeuer bleiben mußte. Der schuldige Priester aber mußte so lange um Mitternacht unerlöst im Hause erscheinen, bis der im Amt befindliche Priester für ihn die Messe las.

»Es waren sicher alles gute Priester, Mutter – solide ordentliche Männer, so wie ich. Die brauchen nicht zurückkommen«, hatte er damals zu ihr gesagt. Er erinnerte sich daran, als er den Vorhang zuzog, ohne Eile, wie vorher beim Ausschalten des Radios. Heute abend wäre er froh über einen Geist – über jeden Besucher aus dem Jenseits der Vernunft.

Er nahm das vertraute zerfledderte Meßbuch zur Hand, das ihn begleitete, seit er erwachsen war, und las das Brevier. An schlechten Tagen nahm er sie erst spät vor, die alten Worte, die sich mit dem Jahreswechsel änderten, die er liebgewonnen hatte und die zu seinen Tagespflichten gehörten. Es war gewiß ein großes Gnadengeschenk, das lieben zu dürfen, was Pflicht und Aufgabe war. Doch auch hier, in den altvertrauten Texten, konnte er heute abend nicht lange weiterlesen. Stumme Gereiztheit stieg auf zwischen ihm und den Buchseiten mit der Messe, die er täglich lesen mußte: die Messe in englischer Sprache. Er wußte nicht, ob sie oder die gitarrespielenden Priester ihm tiefer verhaßt waren. Zu Lebzeiten seiner Mutter hatte er sich davon nie so nerven lassen – ein beschämender Gedanke.

Glich sein Leben wirklich noch wie damals dem Schiff, das ruhig und stetig hinausfuhr und ebenso zurückkehrte von den Fischgründen? Oder war er immer so gewesen wie heute? »Aha – du bist also schon wieder dabei«, hörte er die vertraute Stimme im leeren Zimmer. »Beklagst dich über die Messe in der Landessprache, aber die Blumen nennst du mit ihren Alltagsnamen statt mit den richtigen«, und dann folgte das energische, fast brutale Lachen. Das war Peter Joyce; er war nicht tot, er war Bischof geworden, am anderen Ende des Landes – ein alter Freund, den er jetzt kaum noch sah.

»Ja, weil sie viel schöner sind. Wilde Rose, Geißblatt, Butterblume, Gänseblümchen . . .«

Er hörte sich noch protestieren. Sie waren in einem Hotel am Atlantik, früher fuhren sie jeden Sommer hin, denn das Hotel war klein, und man konnte dort abends in Ruhe lesen, ohne fürchten zu müssen, daß der Lärm aus der Bar gegen zehn Uhr das Meer übertönte.

»Aber ja, selbstverständlich. Nur die Rose aus Schottland, den Herzensbrecher, hast du noch vergessen«, spottete sein Freund. »Aber darauf kommt's ja gar nicht an. Der Grund, warum man sich an die lateinischen Namen halten sollte, ist die Tatsache, daß es für Blumenfreunde aus allen Ländern dann einfacher wäre, sich zu verständigen, ob sie nun Franzosen oder Griechen oder Araber sind. Sie hätten eine gemeinsame Sprache.«

»Mir sind die einfachen Namen trotzdem lieber.«

»Natürlich. Und weil geistliche Schwärmer wie du lieber Saudistel sagen statt sonchus oleraceus, deshalb verschwindet auch deine vielbeklagte lateinische Messe. Auf mein Mitgefühl brauchst du nicht zu zählen – ich finde das alles unsinnig.«

Sein Ärger war damit verschwunden, die einfache Logik des Arguments hatte ihn besiegt. Er war merkwürdig müde nach der lebhaften Erinnerung an den kleinen Vorfall. Nur mit harter Willensanstrengung – ein paarmal mußte er die Worte zählen – brachte er das Brevier zu Ende. »Eins weiß ich, Peter Joyce«, murmelte er, als er fertig war. »Ich weiß, daß ich nichts weiß.« Er sah sich im Zimmer um und konnte kaum fassen, daß es so leer und tot und öde war: der leere Sessel, wo sie immer mit ihrer Näharbeit gesessen hatte, der Eichentisch mit einigen Büchern, die Uhr auf dem Kaminsims. Er hätte jetzt gern geflucht, laut und hart; doch das Verlangen zu fluchen war so unfair wie das Leben. Er hatte es nicht gewollt.

Und dann, still geworden, sah er, daß ein Geist schon bei ihm war, der seit langem neben ihm schritt und den er nicht hatte erkennen wollen: sein eigener Tod. Besser, ihn jetzt näher kennenzulernen, denn der Geist verließ ihn nicht mehr. Er war hier im Zimmer und hatte keine irdische Gestalt. Wer nicht gegenwärtig ist, kann keinen Schatten werfen.

Nur das weiße Licht der Lampe war da, es lag auf dem offenen Buch und dem weißen Marmor; Gottes Sonne schien kurz auf die Buchenspäne, das plötzliche Licht auf dem gleißenden Schnee und die zeitlosen Trauergäste, die sich auf die Eiben auf dem Killeelan Hill zubewegten vor beinahe dreißig Jahren. Zum Abschiednehmen war der heutige Tag so gut wie jeder andere auch, wenn so ein Tag überhaupt gut sein konnte.

Und irgendwo, außerhalb dieses Zimmers, welches ein Ende bedeutete, stand – das wußte er – ein junger Mann, dem Manne, der er einst gewesen war, nicht unähnlich, stand auf einer Granitstufe und hörte die Türglocke klingeln, lächelte, als er die Schritte einer Frau den Flur hinunter kommen hörte, fuhr sich mit den Fingern durchs Haar und drehte die Weißweinflasche in seinen Händen um; bereit, sich auf einen angenehmen und unkomplizierten Abend einzulassen, fühlte er sich eintauchen in eine Zeit ohne Ende.

Brian Moore

Das zweite Gesicht

Benedict Chipman trank niemals vor fünf und niemals nach zwölf Uhr nachts. Zum Lunch nahm er wenig zu sich, aß kaum Brot und Kartoffeln und trank koffeinfreien Kaffee. Diese selbstauferlegten Vorschriften waren eigentlich die einzigen festen Regeln, an die er sich hielt. Im übrigen tat er, was ihm paßte.

Doch am Morgen, an dem er in seine Achtzimmerwohnung zurückkehrte nach vier Tagen im Krankenhaus, hieß er als erstes seine Haushälterin ihm einen Scotch mit Eis in die Bibliothek bringen. Als sie hereinkam, stand er am Fenster und blickte hinunter in den Central Park. Er wandte sich nicht um.

»Haben Sie noch einen Wunsch, Sir?«

»Nein, danke schön, Mrs. Leahy.«

Chipman war zweiundfünfzig und Teilhaber einer Anwaltsfirma in New York. Bei der jährlichen ärztlichen Untersuchung vor ein paar Wochen hatte man auf seinem Rücken einen ziemlich großen Leberfleck festgestellt, und der Arzt hatte geraten, ihn zu entfernen. Eine geringfügige Sache, die kleine Operation; aber Chipman war noch nie im Krankenhaus gewesen, jetzt machten sich Ärzte, Assistenten und Schwestern an ihm zu schaffen, und dieses Eindringen in seine Intimsphäre empfand er als peinlich und irgendwie auch beunruhigend. Es kam noch etwas hinzu. Nach dem Abstrich erwies sich die kleine Stelle als sehr wahrscheinlich gutartig, aber der Pathologe empfahl, ›um ganz sicher zu gehen‹, das Verfahren zu wiederholen und dann einen tieferen Einschnitt zu machen. Das wurde für einen Tag am Monatsende festgesetzt. »Absolut kein Grund zur Sorge«, hatte der Chirurg gesagt. »Ruhen Sie sich inzwischen schön aus, und in zehn Tagen kommen Sie wieder.«

Aber Chipman stand der Sinn nicht nach Ausruhen; er war gereizt und unruhig. Der Whisky stand vor ihm, und als er sein Glas füllte, besah er sich das Tablett mit der eingegangenen Post. Obenauf lag ein Brief mit dem Poststempel Bishopsgate, New Hampshire. Er war in Bishopsgate geboren, und aus irgendeinem Grund, den er sich selbst nicht erklären konnte, verstörte ihn der Stempel. Der Brief kam von seinem Bruder Blake, dessen Sohn Buddy auf der Columbia University Zeitungswissenschaft studierte. Offenbar hatte Buddy erfahren, daß sein Onkel im Krankenhaus lag. Blake schrieb, er und seine Frau kämen nach New York, um Buddy zu besuchen, und morgen nachmittag wollten alle drei Ben einen Besuch machen. Ein höchst lästiger Brief. Chipman hatte kein Verlangen nach seinem Bruder und dessen Angehörigen. Blake war sein ganzes Leben lang in Geldverlegenheit gewesen, und die Beziehung zu seinem Bruder war eher kriecherisch als offen und brüderlich, denn immer wieder hatte Blake sich von ihm Geld geliehen und es nicht zurückgezahlt.

Von der Tür kam ein leichtes Hüsteln. »Mrs. Kirwen ist hier, Sir«, sagte Mrs. Leahy.

»Führen Sie sie herein. Und fragen Sie, ob sie was trinken möchte.«

Er legte den Brief auf das Tablett und erhob sich, um Geraldine zu begrüßen. Er hörte, wie sie draußen in der Diele ein paar Worte mit Mrs. Leahy schwatzte.

»Trinkt er auch was? Schön, dann bitte einen Sherry. Wie geht es übrigens Ihrem Neffen, Mrs. Leahy?«

»Er liegt noch mit Rippenfellentzündung, Mrs. Kirwen. Aber es geht schon etwas besser.«

»Fein, das freut mich.«

»Vielen Dank, Mrs. Kirwen.«

Hab nie gewußt, daß Mrs. Leahy einen Neffen hat, dachte Chipman. Aber er wußte wohl überhaupt nicht viel von ihr, obgleich sie seit fast zehn Jahren bei ihm war. Er war seit einiger Zeit zu der Feststellung gekommen, daß sein Interesse an anderen Leuten sich auf das beschränkte, was sie ihm zu geben hatten – an Geld, an Amüsement, an gesteigerter Selbstachtung. Für derlei Aphorismen hatte er eine Schwäche. Doch fiel ihm jetzt auch der warnende Ausspruch eines anderen Aphoristen ein: Mangel an Interesse an anderen Menschen ist ein erstes Zeichen des Altwerdens.

»Darling – wie geht es dir, Ben? Müßtest du nicht die Füße hochlegen? Du darfst es nicht gleich am ersten Tag übertreiben.«

»Reg dich nicht auf.«

»Tu ich ja gar nicht, aber Dr. Wilking hat zu mir gesagt, du sollst dich nicht anstrengen.«

»Wann hat Wilking mit dir gesprochen?«

»Ich hab ihn gestern im Flur getroffen, im Krankenhaus. Du weißt doch, er denkt ich bin deine Frau.«

Der Chirurg, der Chipman nicht kannte, war unerwartet am Abend nach dem Abstrich zu ihm ins Zimmer gekommen, wo Geraldine mit aufgeknöpftem Kleid neben ihm auf dem Bett lag. Der Arzt hatte taktvoll so getan, als halte er sie für seine Frau, und hatte sie auch in der kurzen Unterhaltung so angeredet. Niemand hatte ihm widersprochen. »Ja, das war ein Fehler«, sagte Chipman. Er sah die kleine Szene noch vor sich. »Ich hätte etwas sagen sollen.«

»Ach, was macht das schon.«

»Nun – mein Arzt, Dr. Loeb, weiß, daß ich nicht verheiratet bin.«

»Oh, Ben – das spielt doch heute keine Rolle.«

Jetzt erschien Mrs. Leahy, brachte den Sherry für Geraldine und verließ dann das Zimmer. Geraldine nippte daran und legte die langen Beine auf einen gelbseidenen Hocker; dabei verschob sich ihr Rock und enthüllte die eleganten Schenkel. Gewöhnlich freute sich Chipman über diese Art erotischer Überraschung. Heute war er nicht erfreut, sondern gereizt. »Kannst du nicht anständig sitzen?«

»Das finde ich nicht sehr nett, du. Immerhin habe ich eine wichtige Sache aufgegeben, um heute mit dir zusammen zu sein.«

»Was für eine Sache?«

»Du weißt doch noch, vorige Woche habe ich vorgesprochen für die Phil Lewis Show. Dann rief mein Agent an und sagte, sie wollten eine zweite Probe, ich sollte heute nachmittag nochmal vorsprechen. Er sagt, meistens ist einem die Rolle dann sicher. Aber ich gehe nicht hin.«

»Warum nicht?«

»Wenn ich die Rolle bekäme, müßte ich jetzt für sieben Wochen nach Kalifornien, und das will ich nicht. Ich will nicht dreitausend Meilen von dir getrennt sein, wenn du immer wieder ins Krankenhaus mußt.«

»Von immer wieder ist keine Rede. Ich muß nur noch einmal hin, für zwei Tage oder so, das ist alles. Sei jetzt brav und rufe an und sag, du kämst heute nachmittag zum Vorsprechen.«

»Nein«. Sie sah plötzlich aus, als werde sie gleich anfangen zu weinen.

»Warum denn nicht?«

»Weil mir etwas klar geworden ist, Ben. Ich liebe dich. Und ich will mich nicht von dir trennen.«

Liebe –? La Rochefoucauld fiel ihm ein, der einmal sagte, nichts sei natürlicher und unzutreffender als die Annahme, wir würden geliebt. Er wußte, daß Geraldine ihn nicht liebte. Sie war Schauspielerin, jung und erfolglos und geschieden von einem Fernsehproduzenten; die Unterhaltssumme, die er ihr zahlte, war nicht schlecht. Die Rolle, die er, Ben, in ihrem Leben spielte, war die eines älteren Begleiters. Er sorgte für Geschenke und nette Unternehmungen, er war der gute Freund, bei dem man auch mal kleinere Summen leihen konnte und der nicht unbedingt erwartete, sie wiederzusehen. Mehr war es nicht. Und diese plötzliche Liebeserklärung war bestimmt nichts anderes als das alte weibliche Verlangen, sich dafür zu rechtfertigen, daß sie mit ihm ins Bett gegangen war. Auf ihre Alimente würde sie nicht verzichten, und auch er wünschte das durchaus nicht. Er war mit dem gegenwärtigen Abkommen sehr zufrieden.

Sie liebte ihn, hatte sie gesagt: und einen Augenblick fühlte er sich seltsam froh gelaunt. Dann stellte er sein Glas zurück auf das silberne Tablett und erblickte darin sein Gesicht: verzerrt, blaß, alt. Nein – mit dem Unsinn mußte Schluß gemacht werden. »Nun rede mal kein dummes Zeug, Geraldine. Geh hin und ruf die Leute an.«

»Willst du mich loswerden?«

»Nein, natürlich nicht. Aber wenn du diese Woche nach Hollywood fährst, würde das vielleicht ganz gut passen. Ich hatte daran gedacht, nach Puerto Rico zu fahren. Kleiner Urlaub. In der Sonne liegen, bis ich wieder ins Krankenhaus muß.«

»Kennst du jemand in Puerto Rico? Fährst du deshalb hin?«

»Nein, nein. Hör zu, Geraldine, du liebst mich nicht, das ist – mein Gott, ich bin zwanzig Jahre älter als du.«

»Alter hat mit Liebe gar nichts zu tun.«

»In deinem Alter vielleicht nicht, in meinem Alter aber ganz bestimmt, und zwar sehr viel. Nun geh mal schnell zum Telefon. Dann gehen wir zusammen essen.«

Sie stand auf, nahm den Ottermantel, den er zum Teil bezahlt hatte, und schleppte ihn hinter sich her über den Teppich, als sie durchs Zimmer ging. An der Tür wandte sie sich um: »Das willst du also. Allein nach Puerto Rico fahren . . .«

»Ja.«

»Na schön.«

Sie ging hinaus in die Diele. Er horchte, ob sie den

Hörer aufnahm, und hörte statt dessen, wie die Wohnungstür zufiel. Er machte zwei Schritte, um sie zurückzuholen, hielt aber an, als er merkte, wie ihm die Tränen kommen wollten – er hatte fast vergessen, wie das war. Herrgott, die Sache mit Puerto Rico hatte er doch nur erfunden, damit sie sich zu der Vorsprache entschloß! Ein leichtes Zittern überkam ihn – war es Zorn oder Schwäche? Auf jeden Fall würde ihm ein kurzer Urlaub in der Sonne guttun – ein ideales Mittel, um die Wartezeit von zehn Tagen auszufüllen. Zehn Tage Sonne, vielleicht zusammen mit Geraldine. Morgen früh im Büro wollte er es gleich vorbringen.

Aber vielleicht gingen die Partner nur ungern darauf ein? Er hatte ja schon einmal im Sommer lange Ferien gemacht. Immerhin: was konnten sie schon tun. In den siebzehn Jahren seiner Teilhaberschaft hatte er oft genug dargelegt, daß sein Hauptinteresse nicht der Justiz oder dem Gedeihen der Firma galt, sondern Frauen, Musik und seiner Bildersammlung. Am Tag, an dem er in die Firma eintrat, brachte er das Hochzeitsgeschenk seines Schwiegervaters mit, eine bedeutende Versicherungsgesellschaft, die alle anderen Klienten der Firma weit in den Schatten stellte. Seine Ehe hatte dann zwar nicht lange gehalten (seine Frau starb nach acht Jahren in einer Alkoholentziehungsanstalt, in die angeblich Chipmans Beziehungen zu anderen Frauen sie getrieben hatten), aber sein Schwiegervater hatte ihm das nicht verübelt. Chipman vertrat die Versicherungsgesellschaft noch heute; und dieser Machtstellung, verbunden mit seiner Nichtachtung für die anderen Klienten der Firma, war es zu verdanken, daß sich seine Partner auf die einzige ihnen bekannte Art an ihm rächten. Sie luden ihn nicht mehr ein, weder zu sich nach Hause noch zu anderen gesellschaftlichen Anlässen. Der Boykott amüsierte ihn, denn sie langweilten ihn, und sie wußten es auch. Ihre Abneigung hatte sich zweifellos schon lange in Haß verwandelt.

Als er am andern Morgen ins Büro kam, war er daher überrascht, als George Geddes, der Seniorpartner, bei ihm in der Tür erschien: fast außer Atem, lächelnd und übereifrig wie ein Stellenbewerber.

»Ben – wie geht's dir, was machst du?«

»Tag, George.«

»Na, wie war's denn so?«

Hinter Geddes, im Vorzimmer, saß Chipmans Sekretärin an ihrem Schreibtisch. Sie brauchte nicht zu hören, was er zu sagen hatte, er bat deshalb Geddes mit einer Kopfbewegung ins Zimmer und schloß die Tür. »Darüber wollte ich gerade mit dir reden, George. Es ist alles gut verlaufen, aber ich soll nochmal hin, nur sicherheitshalber, und dann wollen sie einen größeren Einschnitt machen. Für den einunddreißigsten haben sie mich vorgemerkt. Ich weiß nicht – ich fühle mich noch etwas wackelig. Wenn es dir recht ist, würde ich gern ein paar Tage Urlaub machen. Eine Woche in der Sonne liegen und erst nächsten Monat die Arbeit wiederaufnehmen.«

Noch während er sprach, sah er, wie Geddes ein paarmal zustimmend nickte – als wolle er einem Sprachbehinderten helfen. »Klar, Ben. Ganz klar. Hat gar keinen Zweck, hier herumzusitzen. Sehr gute Idee, das.«

»Ja – dann danke schön. Ein paar Sachen kann ich natürlich noch ordnen, bevor ich gehe.«

»Nein, nein. Das laß nur unsere jungen Leute machen. Die Hauptsache ist, daß du bald wieder auf die Beine kommst.«

Als Geddes gegangen war, rief Chipman ein Reisebüro an und buchte ab Montag ein Doppelzimmer in einem erstklassigen Strandhotel in Puerto Rico, mit Patio und Schwimmbad. Dann rief er seine beiden Mitarbeiter zu sich und ließ sie Bericht erstatten über die laufenden Fälle. Mittags erklärte er seiner Sekretärin, er gehe jetzt und werde erst in der ersten Dezemberwoche wiederkommen. Ein Taxi brachte ihn nach Hause. Zum zweitenmal verstieß er gegen seine Regel und machte sich einen Drink zurecht. Aber jetzt hatte er ja auch Grund zum Feiern. Was für eine Erleichterung, daß Geddes sich tatsächlich einmal freundlich und entgegenkommend gezeigt hatte! Und hier lag ein Zettel: Geraldine hatte angerufen. Ihr Zorn hatte also nicht lange gedauert. Er schenkte sich einen Scotch ein, nahm den Hörer und wählte ihre Nummer.

»Geraldine? Hier Ben. Punkt eins: tut mir leid, das mit gestern.«

»Nein, Darling, das war meine Schuld. Warum solltest du nicht verreisen, wenn du Lust hast. Wann fährst du übrigens?«

»Nein, erstmal sag, wie es mit dem Vorsprechen klappte.«

»Ich bin nicht hingegangen. Es ist eine lange Geschichte, laß nur, ich will dich damit nicht langweilen.«

»Du bist also frei und könntest mit mir nach Puerto Rico kommen?«

»Ben – ! Ist das dein Ernst?«

»Na sicher. Ich habe ein Doppelzimmer genommen, mit Patio und Schwimmbad, im Caribe Imperial. Oder soll ich dir lieber ein Zimmer für dich allein nehmen?«

»Nein, nein.«

»Gut. Und das Wochenende, wie ist es damit, bist du frei?«

»Meinst du jetzt? Ja, vollkommen frei.«

»Schön – ich auch. Beinahe jedenfalls. Morgen nachmittag muß ich hier sein, da kommt mein Bruder und seine Familie. Aber das dauert sicher nicht länger als eine Stunde.«

»Denken wir jetzt an dasselbe?«

»Ich hoffe doch.«

»Gut, Darling – dann komm schnell her. Ich warte auf dich.«

»Ich komme sofort.«

Der Bruder. Zögernd schob sich seine Hand, zuerst ganz langsam, über den mattschimmernden Deckel des Steinwayflügels, strich dann genießerisch fester über das schwarze Holz. Er wandte den Kopf: mitleidlos lag die Nachmittagssonne auf dem dünnen grauen Haar und der Schädelkappe aus rosa Haut. Sein Lächeln, unecht-vertraulich, hatte etwas Katzbuckelndes. »Herrliches Instrument, was Ben?« sagte er. »Du mußt uns etwas vorspielen nachher. Natürlich nur, wenn du dich wohl genug fühlst.«

»Oh ja, Ben, bitte – das mußt du tun«, sagte die Frau

des Bruders, die sich nicht das geringste aus Musik machte, das wußte er.

Wenn du dich wohl genug fühlst. Was sie wohl sagen würden, wenn sie wüßten, daß er erst vor zwei Stunden nach Hause gekommen war – nach einer durchbumsten Nacht, die fast jeden umschmeißen würde. Außer vielleicht Blakes Frau. Vor vielen Jahren, als ihr Sohn Buddy noch in der Sandkiste spielte, hatte Chipman seine Verwandten an einem Sommertag in ihrem Ferienhaus am Cape Cod besucht. Er lag in den Dünen in der Sonne, als Blakes Frau vom Strand heraufkam, sie war dabei sich mit einem Handtuch die Haare zu trocknen, der Badeanzug war noch naß, die Träger hingen herab. Sie sah ihn erst, als sie über ihn stolperte, und als er nach ihr griff und sie zu sich herunterzog, sagte sie kein Wort. Später gingen sie Hand in Hand über die Dünen auf das kleine Haus zu. Blake lag mit einem Buch im Liegestuhl auf dem Rasen, das Kind spielte auf der Veranda mit dem alten Rohrstück. Mann und Kind schauten auf, und die Frau seines Bruders ließ sofort seine Hand los, lief auf das Kind zu und gab ihm einen Kuß. Den Rest des Tages ging sie Chipman aus dem Weg, und am nächsten Morgen hielt er es für ratsam, eine berufliche Besprechung in Boston zu erfinden. Seither hatte er sie nicht mehr besucht.

»Laß doch Buddy was spielen«, sagte er. Buddys Klimperei war ihnen ja doch viel lieber als sein Spiel. Buddy ließ sich gehorsam auf den Klavierhocker fallen, betrachtete geringschätzig das aufgestellte Notenheft und legte die großen Hände auf die Tasten.

»Was soll's denn sein, Onkel Ben?«

»Was du willst«, erwiderte Chipman. Vor vielen Jahren, als Blakes Andeutungen über die musikalische Begabung des Kindes immer deutlicher wurden, hatte er eine Anzahl Klavierstunden für den Jungen bezahlt. Es war rausgeschmissenes Geld – Buddys Begabung war ein Märchen und im Grunde nur einer von vielen Versuchen seiner Eltern, den Jungen seinem Onkel näherzubringen. Alles umsonst. Was Buddy bei seinem Onkel erreicht hatte, war ein starkes Gefühl der Erleichterung, daß er keine eigenen Kinder hatte.

Immerhin tat er jetzt so, als höre er aufmerksam zu, wie Buddy sich mit Cole Porter abmühte. Seine Eltern schienen irgendwie nervös zu sein, so als hätten sie sich gezankt, bevor sie herkamen, und versuchten das jetzt durch überhöfliches Benehmen zu vertuschen. Es interessierte Chipman nicht; er wünschte bloß, sie würden bald gehen, und als Blake einmal kurz zu ihm herüberblickte, tat er, als sei er müde. Das half. Sobald sein Sohn eine Pause machte, erhob sich Blake. »Danke schön, Bud – aber ich glaube, jetzt ist es genug. Wir dürfen deinen Onkel nicht ermüden. Wir wollen ja auch noch zu der Show in der Met, heute abend.« Dann wandte er sich an Chipman und fragte: »Kann ich wohl noch kurz mit dir sprechen, Ben?«

Wie auf ein Stichwort verließen Buddy und seine Mutter das Zimmer. Chipman kannte das schon: es war die übliche Einleitung zu einer Bitte um Geld. Nun, heute kam es ihm darauf nicht an, wenn er sie dafür jetzt loswurde. Wenn er Blake das Gespräch überließ, brauchte der mindestens fünf Minuten, um zur Sache zu kommen. Chipman trat also an seinen Schreibtisch, öffnete eine Schublade und nahm sein Scheckbuch heraus.

»Was willst du damit?« fragte Blake scharf.

»Nichts«.

»Bitte leg das wieder weg, ja«, sagte Blake. »Es ist mir sehr peinlich, daß ich dir so viel schulde. Aber darum ging es auch gar nicht, Ben. Wir wollten dich fragen, ob du nicht zu uns nach Bishopsgate kommen und dich ausruhen willst, bis du wieder ins Krankenhaus mußt.«

»Vielen Dank, aber ich fahre nach Puerto Rico.«

»Ah so. Nach Puerto Rico – ?«

»Ja. Ich möchte ein paar Tage in der Sonne liegen.«

»Schade. Wir hatten uns schon auf dich gefreut. Wir haben uns in den letzten Jahren nicht viel gesehen, Ben.«

»Ja, ich weiß. Vielleicht ein andermal.«

»Jederzeit«, betonte Blake. »Ich würde gern mit dir Spaziergänge machen und die alten Stellen aufsuchen und mich mit dir unterhalten, einfach so. Sehr gern täte ich das.« Und plötzlich nahm Blake die Hand seines Bruders und drückte sie. »Mir liegt wirklich daran, Ben.«

»Gut, das machen wir mal«, sagte Chipman etwas verlegen und machte einen Schritt auf die Diele zu, wo die andern warteten. Er öffnete die Tür und sah, wie Blakes Frau ihren Mann ansah und wie Blake kaum merklich den Kopf schüttelte. Buddy kam mit ausgestreckter Hand auf seinen Onkel zu.

»Wiedersehen, Onkel Ben.«

»Wiedersehen«, sagte Chipman. »Wiedersehen, Blake.«

Seine Schwägerin trat auf ihn zu, und er hielt ihr die Hand hin, aber sie ignorierte sie und küßte ihn auf die Wange. Er war erstaunt. »Wiedersehen, Ben«, sagte sie. »Sei schön vorsichtig.«

Der Fahrstuhl kam. Sie fuhren nach unten.

Etwas verwirrt schloß Chipman die Wohnungstür. Es war, als habe er eine interessante Stelle in einem langweiligen Buch gefunden, das ihm weggenommen wurde, bevor er es ausgelesen hatte. Warum hatte Blakes Frau ihn geküßt, nachdem sie es seit jenem Sommer am Strand so sorgsam vermieden hatte, ihn noch einmal zu küssen? Und Blake mit seiner Einladung nach Bishopsgate? Noch nie war von so etwas die Rede gewesen. Warum waren sie auf einmal alle so nett zu ihm? Jetzt fiel ihm auf, daß jeder in den letzten beiden Tagen geradezu unnatürlich nett zu ihm gewesen war: Geraldine, Geddes, Blake. Verdammt nochmal, er hatte es nicht gern, auf einmal wie ein rohes Ei behandelt zu werden. Wie hatte La Rochefoucauld es ausgedrückt? Der Stolz will nicht schulden und die Eigenliebe nicht bezahlen. Er wünschte keine Gefälligkeiten – von niemanden. Warum wurden sie ihm aufgedrängt?

Er hatte die Tür zur Bibliothek erreicht, bevor die Antwort ihm einfiel. Er mußte sterben. Deshalb waren sie alle so schonend mit ihm umgegangen. Sie wußten etwas, das er nicht wußte. Ein tieferer Einschnitt, so hatte es der Chirurg genannt. »Um ganz sicher zu gehen«, meinte der Pathologe. Sie hatten ihm nicht die Wahrheit gesagt, das war's. »Ruhen Sie sich nur aus«, riet ihm der Chirurg.

Keine Panik. Er mußte seinen Internisten Dr. Loeb

anrufen und ihm die Frage ganz nebenbei vorlegen, so als ob er längst im Bilde wäre. Jetzt gleich mußte er anrufen und die Sache klären.

Er ging ins Schlafzimmer und schloß die Tür, damit Mrs. Leahy nichts hörte. Er rief Dr. Loeb an, der jedoch, wie der Anrufbeantworter meldete, über das Wochenende nicht in der Stadt war. Ein Dr. Slattery, so hieß es, vertrete ihn. Das hatte also keinen Zweck. Der Chirurg hieß Wilking, und Chipman suchte die Nummer. Auch Dr. Wilking war nicht zu Hause, aber der Anrufbeantworter bat, man möge eine Bestellung hinterlassen. Chipman gab Namen und Telefonnummer an und legte sich auf sein Bett, nervös und in leiser Angst. Nach fünf Minuten rief er noch einmal an und sagte, es sei dringend und er müsse Dr. Wilking jetzt sofort sprechen. Diesmal wurde ihm eine Nummer genannt, die er anrufen sollte. Dr. Wilking meldete sich.

»Dr. Wilking, hier ist Benedict Chipman. Ich habe eine Frage, die Ihnen vielleicht töricht vorkommt. Es geht um meine Operation vor einigen Tagen, Sie wissen. Gibt es da irgend etwas, das ich nicht weiß – das ich wissen sollte?«

»Warum fragen Sie, Mr. Chipman?«

»Weil ich die Wahrheit wissen möchte. Es ist mir wichtig.«

»Ja, Mr. Chipman, ich habe Ihnen eigentlich alles gesagt, was zu sagen war. Sie haben wirklich keinen Grund zur Sorge.«

»Ist das die Wahrheit? Ich möchte die Wahrheit wissen, verstehen Sie.«

»Ja, aber was soll ich Ihnen noch sagen? Schauen Sie,

Mr. Chipman, für Sie ist das beste jetzt eine Weile Ruhe. Ausspannen. Ihre Frau meinte, Sie würden ein paar Tage Urlaub nehmen. Das ist eine sehr gute Idee.«

»Ruhe und Ausspannen – wie kann ich denn, um Himmelswillen? Das ist doch so, als sagte man einem Mann in der Todeszelle, er solle sich nicht aufregen, während man darüber berät, ob er begnadigt werden soll oder nicht.«

»Na na, Mr. Chipman, so würde ich das nicht sehen.«

»Nein, natürlich nicht!« rief Chipman erbost. »Außerdem ist das Mädchen nicht meine Frau, verstehen Sie? Wenn Sie also was zu sagen haben, dann sagen Sie es bitte mir!«

Er wartete die Antwort des Arztes nicht ab und legte den Hörer auf die Gabel zurück. Er besah sich sein Bett. Das war das Bett, in dem er vielleicht sterben würde. Er wandte sich ab und ging in die Bibliothek. Kleine Bildlampen beleuchteten seine Sammlung von Krieghoff-Landschaften. Wenn er tot war, wurden die Bilder an die Kunstgalerie in Bishopsgate geschickt und in einem eigenen Raum ausgestellt, mit einem Messingschild an der Tür, das den Namen des Spenders angab. Vorher wurde seine Leiche auf dem episkopalischen Friedhof beigesetzt, in einem Grab mit schlichtem Stein, neben dem seiner Eltern. Wer las schon die Namen auf solchen Messingschildchen oder auf Grabsteinen! Übers Jahr war er längst vergessen.

Aber warf er nicht die Flinte zu früh ins Korn, ließ sich ins Bockshorn jagen ohne konkrete Gründe für seine Angst? Woher wollten sie wissen, daß er sterben mußte, wenn die zweite Gewebeuntersuchung noch gar nicht gemacht worden war? Was wurde ihm vorenthalten? Was es auch war, es hatte Geraldine so erschreckt, daß sie ihm plötzlich diese Liebeserklärung gemacht hatte. Sie liebt mich aber gar nicht, dachte Chipman, sie bemitleidet mich. Das ist es: alle haben sie jetzt Mitleid mit mir: Geraldine, Geddes, Blake und seine Frau. Aber woher wissen sie etwas über mich? Geraldine hat Geddes nie gesehen, und auch Buddy nicht. Wer hat zum Beispiel Buddy irgend etwas gesagt?

Chipman trat an seinen Schreibtisch, suchte etwas und ging dann in die Diele, wo das Telefontischchen stand. Irgendwo hatte er Buddys Nummer. Da war sie. Er wählte; es meldete sich schließlich ein Studentenheim. Buddy war nicht im Hause, und man wußte auch nicht, wann er käme. Als Chipman den Hörer auflegte, ging Mrs. Leahy an ihm vorbei durch die Diele in ihr eigenes Zimmer. Nur *ein* Mensch konnte mit Buddy, mit Geddes, mit Geraldine gesprochen haben. Nur ein Mensch ging hier ans Telefon, wenn Leute anriefen und sich nach seinem Befinden erkundigten. Er ging über den Flur bis ans andere Ende der Wohnung und blieb vor Mrs. Leahys Tür stehen. Fast nie war er bisher in diesen Teil der Wohnung gekommen, an der Küche vorbei, wo Speise- und Weinkammer lagen. Einen Augenblick blieb er stehen, dann öffnete er ohne anzuklopfen die Tür.

Seit Jahren hatte er Mrs. Leahys Zimmer nicht von innen gesehen. Manchmal hörte er den Fernsehapparat, ganz leise gestellt, und manchmal ließ sie die Tür offen, wenn nachts das Telefon klingelte und sie an den Apparat ging. Jetzt wanderten seine Augen vom Fernsehtisch über die häßlichen rot-grünen Vorhänge und die billige Farblithographie eines Heiligen bis zu dem Kruzifix mit verwelktem Laub, das über einem Tischchen hing – vermutlich ein Nähtisch. Es war die Art Zimmer, in die er früher im Vorbeifahren, als er noch die Bahn benutzte, oft einen kurzen Blick geworfen hatte, fremde Zimmer in irgendeinem oberen Stockwerk – und ein Hohn auf alle anderen Räume seiner eleganten Wohnung. Und die Bewohnerin, die ihm den Rücken zugekehrt hatte und von seiner Anwesenheit nichts ahnte, war die passende Figur zu diesem Interieur. Zwischen plumpen Fingern, überraschend, eine Zigarette; auf dem Schoß, wie zu erwarten, die schreienden Schlagzeilen der *Daily News*.

»Mrs. Leahy?«

Sie drehte sich um – eine grauhaarige Fremde, denn sie hatte das weiße Häubchen nicht auf. »Oh – haben Sie geklingelt, Sir? Ist die Glocke nicht in Ordnung?«

»Nein, ich habe nicht geklingelt.«

»Kann ich etwas für Sie tun? Geht es ihnen nicht gut, Sir?« Sie hatte jetzt die Zigarette ausgedrückt und hastig auch das weiße Häubchen aufgesetzt. »Vielleicht ein Whisky?« fragte sie. »Oder haben Sie Hunger, Sir – soll ich Ihnen ein Sandwich machen?«

»Whisky. Und dann möchte ich mit Ihnen sprechen.«

»Ja, Mr. Chipman.« Eilfertig ging sie an ihm vorbei und schritt über den Flur in die klösterliche Makellosigkeit ihrer Küche. Natürlich erwartete sie nicht, daß er ihr folgen würde, und sah überrascht auf, als er am Küchentisch stehenblieb.

»Sie möchten Wasser dazu, Sir? Ich bring's in die Bibliothek, ja?«

»Nein. Setzen Sie sich, Mrs. Leahy, bitte.«

Sie stellte die Whiskyflasche auf ein Tablett und dazu Eis, ein Glas und einen Krug mit Wasser; er zog einen der mit Chrom und Leder eingefaßten Küchenstühle heran und bedeutete ihr, sich ebenfalls an den Tisch zu setzen. Das tat sie, und er sah, wie ihr die Röte der Verlegenheit vom Hals in die Wangen stieg. Noch nie hatten sie anders als ganz formell miteinander verkehrt. Er saß ihr gegenüber und füllte sein Glas; dann sagte er: »So – nun möchte ich Sie etwas fragen. Sind Sie diejenige, die den Leuten erzählt hat, ich hätte Krebs?«

»Ich, Sir?«

»Ja, Sie.«

Sie antwortete nicht gleich. Sie legte die alten Hände mit den hervortretenden Adern vor sich auf den Tisch und faltete sie wie zum Gebet; dann sah sie ihn an, und in ihrem Blick lag die abschätzende sprungbereite Vorsicht eines Nagers. Diese Ähnlichkeit mit einem Tier hatte er noch nie bemerkt. Sie ist ein Igel, beschloß er. Sie ist Frau Igelise.

»Ja, Sir.«

Ruhig bleiben. Er durfte sie nicht sehen lassen, daß er gar nichts wußte von seiner Krankheit. »Aha. Und woher wissen Sie, daß ich vielleicht Krebs habe?«

»Von Mrs. Kirwen, Sir.«

»Mrs. Kirwen. Und was, genau, hat sie Ihnen gesagt?«

»Oh, sie hat nicht gesagt, daß Sie Krebs hätten. Sie sagte, die wollten Sie noch einmal operieren, um ganz sicher zu gehen. Es wäre immerhin möglich, sagte sie. Und ich habe gesagt, ich fände, wir sollten Mr. Buddy Bescheid sagen. Wegen Ihres Bruders. Und dann rief Mr. Geddes an und fragte, wie es Ihnen ginge, und ich hab's ihm gesagt. Damit er Bescheid weiß.«

»Ach – Sie haben's ihm gesagt, damit er Bescheid weiß! Wirklich sehr aufmerksam von Ihnen. Jetzt glauben sie alle, es ginge zu Ende mit mir. Ich sah es meinem Bruder an, als er heute nachmittag hier war. Er ist überzeugt, ich werde bald sterben.«

»Das tut mir sehr leid, Mr. Chipman. Verzeihen Sie mir.«

»Mrs. Kirwen hat aber nicht *gesagt*, ich hätte Krebs, oder? Sie hat nicht gesagt, die Ärzte hätten ihr etwas gesagt, das sie mir nicht sagten – stimmt das?«

»Nein, nein, Sir, Mrs. Kirwen hat niemals gesagt, Sie würden bald sterben. Es ist überhaupt nicht ihre Schuld, wirklich nicht. Es ist meine Schuld, und es tut mir aufrichtig leid jetzt.«

»Mrs. Leahy, sagen Sie mir eins. Sie mögen mich nicht, nicht wahr?«

»Oh doch, Sir. Wirklich.«

»Warum erzählen Sie dann allen Leuten, ich müsse sterben?«

»Sir, bitte – das ist eine lange Geschichte. Es tut mir so leid, daß ich Ihnen eine so schlechte Nachricht bringe. Aber die Ärzte wissen eben auch nicht alles, nicht wahr.«

»Was wollen Sie damit sagen?!« Er schrie jetzt, mit

seiner Beherrschung war es zu Ende. »Was zum Teufel wollen Sie damit sagen, das möchte ich wissen, Mrs. Leahy!«

Sie wich seinem Blick aus und starrte auf ihre zusammengelegten Hände. »Ja, sehen Sie, ich habe etwas – etwas, das nicht viele Menschen haben. Und ich kann Ihnen sagen, ich wünschte oft, ich hätte es nicht.«

»Sie hätten was nicht?«

»Ich habe das Gesicht, Sir. Das zweite Gesicht.«

»Das zweite Gesicht?« Chipman wiederholte die Worte mit der glücklichen Freude eines Mannes, der die Pointe eines Witzes nachspricht. »Ah so, ja. Und ich dachte . . .« Lachen begann ihn zu schütteln, er nahm sein Glas und trank einen tiefen Schluck Whisky.

»Sie haben es also geträumt oder so was?«

»Ja, Sir. Am letzten Montag, in der Nacht vor Ihrer Operation.«

»Also nochmal«, sagte Chipman. »Mrs. Kirwen hat Ihnen gar nichts gesagt außer dem, was Sie mir jetzt sagten. Die Sache ist nämlich so: kein Mensch *weiß*, ob ich Krebs habe. Sie haben noch nicht den geringsten Beweis.«

»Ja, Sir.«

»Mein Gott – sehen Sie eigentlich, was Sie da angerichtet haben?«

»Es tut mir furchtbar leid, Sir. Ich sehe jetzt, ich hätte nichts sagen dürfen. Bitte verzeihen Sie mir.«

»Es war wirklich schandbar, so etwas zu sagen!«

»Ja, Sir. Ich sehe es ein. Es tut mir furchtbar leid. Ich sollte wohl meine Stellung kündigen.«

»Nein, nein.« Chipman füllte sein Glas von neuem.

Ihm war plötzlich wieder nach Lachen zumute. »Ja, also dann«, sagte er und merkte, wie er unabsichtlich und zum erstenmal, seit er sie kannte, ihren breiten irischen Dialekt nachzuahmen begann. »Seit wann haben Sie denn dieses zweite Gesicht?«

»Ach, schon sehr lange. Zum erstenmal habe ich's gemerkt, als ich vierzehn war.«

»Sie träumen etwas, und das geschieht dann auch, nicht wahr?«

»Ja, so ungefähr.«

»Wieso – was meinen Sie. Sagen Sie's mal.«

»Ach, ich möchte es lieber nicht sagen, Sir. Es tut mir so leid, daß ich das zu den anderen Leuten gesagt habe. Ich habe es nur Ihnen zuliebe getan, Sir.«

»Augenblick mal. Was mich interessiert, ist Ihre Vorahnung, Mrs. Leahy. Was geschah also in meinem Fall. Sie hatten einen Traum?«

»Ja, es war nur der Traum, Sir. Nichts sonst.«

»Was meinen Sie damit, ›nichts sonst‹?«

»Ja, zuerst kommt immer der Traum. Und später kommt dann das zweite Zeichen.«

»Aha. Und was ist das zweite Zeichen?«

»Ein Blick. Der Ausdruck im Gesicht des betreffenden Menschen.«

»Der Ausdruck im Gesicht – ?«

»Ja. Wenn es bald soweit ist, Sir.«

Chipman, der sich gerade seinen zweiten Whisky einverleiben wollte, schaute sie über den Rand seiner Brille hinweg an. Diese beschränkte blöde Alte mit ihren Igelaugen und dem dicken irischen Akzent. Irgendwelcher primitiver Unsinn aus dem Volk, typisch irisch; und ihre Religion förderte noch solche Märchen. »Wenn es bald soweit ist«, wiederholte er. »Was soll das heißen?«

»Wenn die Zeit bald um ist, Sir.«

»Aha. Und bei mir haben Sie diesen Gesichtsausdruck nicht festgestellt, nehme ich an. Noch nicht.«

»Ja, das stimmt, Sir.«

»Und wann, glauben Sie, werden Sie ihn sehen?«

»Das weiß ich nicht, Sir. Fragen Sie mich das lieber nicht. Es ist keine Freude, die Dinge zu sehen, die ich sehe, das dürfen Sie mir glauben.«

»Aber woher wissen Sie denn, daß Sie es sehen werden? Sehen Sie es immer – ich meine, jedesmal nach dem Traum?«

»Das würde ich sagen, Sir.«

»Nennen Sie mir ein Beispiel.«

»Ein Beispiel – ja: meine Schwester. Bei ihr habe ich es gesehen, in der Nacht vor ihrem Tod. Ich träumte von ihr und wachte auf davon, sie schlief bei mir im Bett, und ich machte Licht und sah sie an, und da sah ich es in ihrem Gesicht. Und genau am nächsten Abend wurde sie auf dem Heimweg von einem Autobus überfahren. Ich war damals vierzehn.«

»Sagen Sie mir noch einen Fall.«

»Aber das hat doch keinen Zweck, Sir.«

»Nein, nein, Sie haben damit angefangen, Mrs. Leahy. Jetzt möchte ich noch mehr erfahren.«

»Und ich möchte nicht mehr sagen, Sir.«

»Aber Sie haben es ja Mrs. Kirwen und Mr. Geddes und meinem Neffen gesagt. Bei denen hatten Sie keine Hemmungen, solche Märchen zu erzählen.«

»Aber das habe ich ihnen doch gar nicht erzählt, Sir. Das hätten Sie mir ja niemals geglaubt. Ich habe nur gesagt, ich hätte etwas erfahren und mehr könnte ich nicht sagen. Und daß die Ärzte sich Ihretwegen Sorgen machten.«

»Das haben Sie gesagt!« Wieder überkam ihn die Wut. »Was fällt Ihnen eigentlich ein, Mrs. Leahy!«

»Bitte verzeihen Sie mir, Sir. Ich wollte Ihnen helfen. Ich wollte, daß Mrs. Kirwen und Ihre Angehörigen – ich meine, daß sie alle recht gut zu Ihnen sind jetzt – in dieser Zeit, meine ich.«

Ich darf einen Dienstboten nicht anschreien, sagte sich Chipman streng. »Gut«, sagte er. »Das war also Ihre Schwester. Nennen Sie mir ein weiteres Beispiel.«

»Mein Mann, Sir, Gott sei seiner Seele gnädig. Am zweiten Juni 1946 habe ich von ihm geträumt, und am zweiten November desselben Jahres ist er heimgegangen. Und am ersten November sah ich den Ausdruck in seinem Gesicht. Am nächsten Tag habe ich ihn gebeten, nicht zur Arbeit zu gehen, aber er wollte nicht auf mich hören. Er ist von einem Gerüst heruntergefallen. Als der Priester kam, war er schon tot.«

»Moment«, sagte Chipman. »In beiden Fällen war es also ein Unfall und nicht eine Krankheit, die den Tod herbeiführte.«

»Ja, Sir.«

»Haben Sie es denn auch mal in einem Krankheitsfall erlebt?«

»Ja – bei einem der Türhüter hier unten im Haus, Jimmy hieß er. Er war herzkrank. Vier Monate vor seinem Tod habe ich von ihm geträumt, und am Tag als er heimging, habe ich ihn im Krankenhaus besucht. Da habe ich's in seinem Gesicht gesehen.«

»Tatsächlich.« Langsam leerte Chipman sein Glas.

»Ich träume natürlich nicht nur, wenn jemand Abschied nimmt. Manchmal sehe ich auch jemand kommen. Erinnern Sie sich, Sir, als Sie aus Washington zurückkamen – am letzten Neujahrstag? Als Sie kamen, stand Ihr Dinner bereit, weil ich in der Nacht vorher geträumt hatte, Sie würden um neun nach Hause kommen und zu Abend essen wollen. Und so war es dann auch.«

Oh ja, dachte Chipman, das weiß ich noch gut. Ich weiß auch noch, daß ich annahm, sie hätte Lammbraten für sich und irgendeine Freundin gemacht. Anomale Sinneswahrnehmung, Vorahnung – das war im Grunde alles verwandt mit Kaffeesatzdeutung, Tischrücken und Spiritismus. Aber sie hat von meinem Tod geträumt.

»Also, Mrs. Leahy – Sie haben dann ein zweitesmal von mir geträumt, vor kurzem. Aber diesmal haben Sie nicht geträumt, daß Sie mich kommen sahen, nicht wahr.«

Sie nickte.

»Was war das für ein Traum? Erzählen Sie.«

»Oh bitte, fragen Sie nicht danach, Sir.«

»Ich frage aber. Wenn Sie anderen Leuten falsche Geschichten über meinen Tod erzählen, dann ist es Ihre Pflicht, mir wahrheitsgemäß zu sagen, wie Sie überhaupt darauf gekommen sind. Was also haben Sie in dem Traum gesehen?«

»Das Leichentuch, Sir. Sie sind ins Zimmer gekommen, und Sie hatten das Leichentuch umgelegt.«

»Ein Leichentuch. Das bedeutet Tod.«

»Ja.«

»Wann – ?«

»Ah – das kann ich nicht sagen. Das weiß ich nicht, Sir.«

»Aber Sie werden es wissen, sobald Sie den Ausdruck auf meinem Gesicht sehen. Stimmt das?«

»Ja, Sir. Dann werde ich's wissen.«

»Aha«, sagte Chipman. »Und jetzt erwarten Sie wohl, daß ich Ihnen ein paar Dollar zustecke, damit Sie mir dann Bescheid sagen, wenn ich die Vorbereitungen für meine Beerdigung treffen muß. Nun, Mrs. Leahy, da muß ich Sie leider enttäuschen. Vor ein paar Minuten, als ich an das ganze Unheil dachte, das Sie mit Ihren Geschichten bei meinem Freunden und Angehörigen angerichtet haben, da war ich durchaus bereit, Sie sofort gehen zu lassen. Jetzt würde ich Sie um keinen Preis in der Welt mehr gehen lassen. Wir werden nämlich beide übers Jahr hier wieder zusammensitzen. In genau einem Jahr, um die gleiche Zeit, da sitzen wir hier und trinken ein Glas zusammen, Mrs. Leahy.«

»Ja, wenn Gott will, Sir.«

Als er jetzt aufstand, merkte er plötzlich, daß er getrunken hatte. Sein Stuhl schrammte über den Linoleumfußboden. »Ich werde jetzt mal Mrs. Kirwen und die andern anrufen und erklären, was da los war.«

»Ja, Sir. Es tut mir sehr leid.«

Er ging in die Bibliothek. Sinnlos, mit ihr böse zu sein – im Grunde war es ein Witz. Er hatte jetzt eigentlich Grund zum Feiern. Die Ärzte äußerten keine Besorgnis, und selbst wenn sie etwas Bösartiges finden sollten, so gab es allerhand Behandlungen: Kobaltkanonen,

Chemotherapie usw. Unglaublich, was diese dumme alte Igelin alles angerichtet hatte – Geddes, Buddy, sogar Geraldine. Arme Geraldine.

Er ging an das Bücherbord, nahm einen Band der Encyclopaedia Britannica und las, was da über Krebs stand. Dann las er die Eintragung über Hellsehen. Als er fertig war, stellte er die Bücher zurück und klingelte.

»Ja bitte, Sir?« Sie stand an der Tür, das Häubchen genau richtig auf dem Grauhaar. Die perfekte Haushälterin, ein Schatz, wie seine Freundinnen oft sagten.

»Ich hätte gern etwas Eis und Wasser«, sagte er.

Sie nickte lächelnd. Als sie mit dem Tablett wiederkam, versuchte er einen scherzhaften Ton anzuschlagen. »Eine theoretische Frage, Mrs. Leahy – nur so aus Neugier, verstehen Sie. Was glauben Sie, wann Sie diesen Ausdruck in meinem Gesicht sehen werden?«

»Das weiß ich nicht, Sir. Ich hoffe, noch lange, lange nicht. Haben Sie sonst noch einen Wunsch, Sir?«

»Nein, danke.«

»Dann guten Abend, Sir.«

Sie neigte den Kopf und knickste leicht, wie sie es immer tat, wenn sie sich zurückzog. Als sie draußen war, machte er sich einen weiteren Drink zurecht, dann trat er ans Fenster und blickte hinunter auf die Fifth Avenue. Unten hielten mehrere große Wagen, Leute in Abendkleidung stiegen aus, lachend und redend, unterwegs zu einer festlichen Veranstaltung.

Eine Stunde später stand er immer noch da. Das Zimmer war nun ganz dunkel, und in der Wohnung war kein Laut zu hören. Er trat in die erleuchtete Diele und ging den Flur hinunter in die Küche. Sie war nicht da. Er ging an der Küche vorbei bis zu ihrem Zimmer. Er stand vor ihrer Tür, leicht zitternd vor Erregung. Er klopfte.

»Ja, Sir.«

Sie saß im Sessel und nähte an einer Schürze. Der Fernsehapparat war abgeschaltet.

»Sie haben mich erwartet, nicht wahr?«

»Nein, Sir. Soll ich Ihnen Dinner machen, Sir?«

»Sie müssen doch wissen, daß ich kein Dinner will. Ich dachte, so etwas wüßten Sie immer im voraus.«

Sie neigte sich über ihre Arbeit.

»Ich möchte Sie etwas fragen, Mrs. Leahy. Wenn ich Ihnen heute kündigte – wenn Sie heute das Haus verließen, dann würden Sie es bei mir niemals sehen, nicht wahr?«

»Nein, dann wohl nicht, Sir.«

»Dann würden Sie auch niemals wissen, ob Sie recht hatten. Ich meine, wenn Sie es nie in der Zeitung läsen. Sie würden es dann gar nicht wissen, nicht wahr?«

Sie biß den Faden durch. Sie sagte nichts.

»Antworten Sie mir, bitte.«

»Doch, Sir. Ich würde es wissen.«

»Sehen Sie mich an!« Auch ihm selbst kam seine Stimme merkwürdig vor. »Sie haben mich nicht angesehen, seit ich ins Zimmer kam.«

Sie faltete die Schürze zusammen, legte sie auf den Nähtisch und wandte sich um. Er ging auf sie zu mit leerem Gesicht.

Ein Tier, dachte er wieder, als sie ihn jetzt ansah. Ein Tier denkt nicht: es weiß oder es weiß nicht. Er setzte sich auf den Rand des verschlissenen Sofas und blickte sie an.

»Nun – ?« fragte er mit heiserer Stimme.

»Nun was, Sir?«

»Sie wissen, was. Ist immer noch nichts zu sehen?«

»Nein, Sir.«

»Mrs. Leahy«, sagte er eindringlich. »Sie würden mir doch nichts vorlügen, nicht war? Sie würden es mir sagen, wenn Sie es sähen.«

»Ich glaube ja, Sir. Aber ich möchte Sie nicht beunruhigen.«

Seine Hände packten ihre. »Nein, nein, ich will es wissen. Sie müssen's mir sagen. Versprechen Sie, daß Sie's mir sagen, wenn's soweit ist?«

Tränen, die ungewohnten Tränen der Abhängigkeit, trübten seinen Blick: der Raum zitterte. Sie nickte, sanft.

Terence de Vere White

Einer aus der Familie

›Ach Mutter – wenn du doch deinen Sohn jetzt sehen könntest!‹ dachte Richard, als er in seinem neuen Wagen und in nagelneuer Reitkleidung zu seiner ersten Jagd fuhr. Er war eben am Pförtnerhaus von Ballyorney Park vorbeigefahren, wo sie geboren und aufgewachsen war, von hier aus hatte sie auch seinen Vater geheiratet (Näheres darüber hatte er niemals erfahren), der natürlich ebenfalls zur Gefolgschaft der Templetons gehörte und dann in jungen Jahren gestorben war.

Heute war Ballyorney nur noch eine Ruine; der jetzige Lord Templeton lebte auf der Insel Man und verwaltete von dort aus die Reste des Familienvermögens. Solange Richards Mutter lebte, gab es für sie zu Weihnachten nichts Wichtigeres, als eine Weihnachtskarte für Lord Templeton auszusuchen und abzuschicken. Er erwiderte sie stets mit den besten Wünschen zum neuen Jahr, und als er damit aufhörte, akzeptierte sie das, denn ein Templeton konnte nichts Unrechtes tun, und wenn es doch so aussah, so gab es zweifellos mildernde Umstände.

Das erste, was Richard in der kleinen Kellerwohnung von seiner Mutter lernte, war die Geschichte der Familie Templeton. Er hatte die letzten Windeln noch nicht abgelegt, als er schon die Namen der aufeinanderfolgenden Templetons und ihrer Frauen und Kinder auswendig wußte, so wie manche altklugen kleinen Engländer die Namen ihrer Könige und Königinnen herunterleiern konnten. Lady Caroline, Lady Lucy, Lady Elizabeth und viele andere: das war die Heiligengalerie seiner Mutter. Und was sie in ihrer Armut am meisten beklagte, war, daß es für ihren Sohn keine Herrenfamilie mehr gab, der er in Treue und Ergebenheit dienen konnte. Er war begabt, er war so gut erzogen: gäbe es das alte Herrenhaus noch, so hätte der Herr ihn sicher in einer Bank oder einer großen Firma unterbringen können. Sie erinnerte sich gut, wie häufig Lord Templetons Vater Bittgesuche von sehr ordentlichen Leuten, die in Not geraten waren, erhalten hatte.

Obgleich es außer Ballyorney und der Familie Templeton kaum noch ein Gesprächsthema für seine Mutter gab, war sie mit Richard nur ein einzigesmal hingefahren, um ihm das Haus ihrer Kindheit zu zeigen. Der Ausflug war ein ziemliches Unternehmen mit einem siebenjährigen Kind, und mit Hin- und Rückfahrt nahm er einen ganzen verregneten Samstag in Anspruch. Das Herrenhaus, das er im Geist nur als Feenschloß vor sich gesehen hatte, war bis auf die Grundmauern niedergebrannt; anstelle der Fenster erinnerten nur noch Löcher an die vergangene große Zeit. Eingeschlagene Treibhäuser standen im Garten, wo das Unkraut mannshoch wuchs; die Ställe hatten keine Dächer, die Wege waren überwuchert von Gras und Moos, die Lilienteiche mit grünem Schleim bedeckt – es war alles unbeschreiblich deprimierend. Die Namen, die in den

Berichten seiner Mutter an Arkadien erinnerten – der Eibenpfad, Lady Catherines Garten, das obere Wiesenland – standen vor seinen Augen fortan nur noch als Bilder öden Verfalls. Nur für einen Augenblick kam an jenem trüben Tag die Sonne heraus und erhellte einen Ausschnitt hinter den Ställen, den er nicht wieder vergaß: die Koppel leuchtete im Rot von tausend Mohnblumen, die hier ungehindert wachsen durften. Sie hatten nichts mehr zu tun mit der Tradition des Hauses, sie wuchsen von selbst – neue Rekruten für eine geschlagene Armee.

Vielleicht war es dieses Erlebnis – das nie wiederholt und niemals erörtert wurde –, das ihn von der generationenlangen Hörigkeit befreite. Er war entschlossen, sich eine eigene Welt zu schaffen. Zu dem einzigen wirklichen Streit mit der Mutter kam es, als es sich zeigte, daß er einen Spürsinn für Bilder entwickelte, der ihn dann ziemlich schnell reich werden ließ. Bei einem Gespräch darüber schloß sie die Augen, schüttelte leicht den Kopf und seufzte: »Ach ja – ich höre noch Mr. Charles.« Er hatte so viel Geschmack, sagte sie, nur in der Ehe war er nicht glücklich. »Kann ich denn nie etwas tun, ohne daß du einen aus der verdammten Familie anführst?« hatte er empört ausgerufen – und es sofort bereut, als er sah, wie sie zusammenfuhr. Blasphemie schmerzte sie.

Jetzt war er viel zu beschäftigt, um nostalgischen Erinnerungen nachzuhängen, die ein verriegeltes Tor hervorgerufen hatte. Es war nicht gerade Angst, aber doch nervöse Unruhe, die ihm wegen der bevorstehenden Unternehmung zu schaffen machte. In der Reitschule hatte er Erfolg gehabt; aber auf einem Mietpferd, das er nie zuvor gesehen hatte, querfeldein zu galoppieren, das war denn doch eine andere Sache.

Es war eine Stute, soviel hatte er gesehen, und sie wartete schon auf ihn, gezäumt und gesattelt. Ein Mädchen hielt sie am Zügel. Freundliche Augen, glattes Fell – damit meinte er die Stute; von dem Mädchen konnte man das nicht sagen. Kurz und knapp zerpflügte sie das bißchen Zuversicht, an dem er sich festhielt, und erklärte, die Stute sei ›etwas hochmütig und eigenwillig‹, wenn sie Kapriolen mache und versuche, sich aufzubäumen, solle er ja nicht nachgeben. Der Transportwagen werde um fünf Uhr hier sein, und dann sei es ja ohnehin auch schon dunkel. Sie half ihm in den Sattel, gab dem Pferd einen Klaps auf den Hals und ging fort. Richard hätte sie gern gebeten, noch zu bleiben, bis die Jagd losging, und sie auch dafür bezahlt; die Stute war rastlos und unruhig wie ein Kind in der Kirche; dauernd schüttelte sie den Kopf, als ob sie die Zügel abstreifen wolle, und wandte sich immer wieder halb um, wobei sie den andern die Hinterhand zuwandte.

Warum um Himmelswillen hatte er sich auf dieses Unternehmen eingelassen? Um ein Phantasiebild zu verwirklichen? Um einem geplanten Selbstbildnis mehr Farbe zu verleihen? Mit solchen Überheblichkeiten machen die Götter meist kurzen Prozess: einer war offenbar schon im Begriff, seine Anmaßung abzuschätzen – jedenfalls blickte er deutlich arrogant zu ihm herüber, als Richard sich bei einem Kind entschuldigte, mit dessen Pony er zusammengestoßen war. Es war ein hochgewachsener dunkler Mann in Richards Alter, ein

Fremder, doch irgend etwas in seinem Gesicht war Richard so vertraut, daß es ihm einen Stich gab, als der Fremde ihn nicht grüßte. Demütigend. Einen Augenblick wünschte sich Richard weit weg von der wogenden Menge unruhiger Pferde.

Endlich ertönte das Jagdhorn. Die Gesellschaft formierte sich, das allgemeine Getrappel wurde zur Prozession, der Hufschlag ging schneller, und die Jagd verließ das Dorf. Auf einem Seitenweg fielen die Pferde in Trab, dann kam ein Halt, und der Master setzte über einen Graben. Richard merkte kaum, wie seine Stute den Graben nahm und auf einer Grünfläche landete, wo die Meute der Hunde sich verteilte und schnell zu laufen begann, gefolgt vom Master und seinem Treiber. Hinter ihnen ritten einige wenige Glückliche, die dem Gedränge, den Flüchen und Entschuldigungen ausgewichen waren, während Richard auf dem Weg von der Straße aufs Feld deshalb nur langsam vorangekommen war.

Doch nun, da er fest im Sattel saß und die Stute den Kopf hochhielt, empfand er den fröhlichen Schlag ihrer Hufe auf dem grasigen Boden wie süßeste Musik. Das Paradies der Erde . . . Und seine frohe Laune schloß auch die andern Teilnehmer ein, die neben ihm galoppierten. Einige, die anfangs zurückgeblieben waren, hatten zunächst die andern zu überholen versucht, um die Überlegenheit ihrer Pferde zu beweisen; doch dann hatte sich eine gewisse Hierarchie gebildet. Richard blickte sich nach dem Reiter um, der ihn vorhin so hochmütig abtaxiert hatte; unter den ersten Teilnehmern war er nicht zu sehen.

Hügelab und hügelauf – dann oben ein Zaun, das erste Hindernis. Nur einen Augenblick setzte Richards Herzschlag aus. Auf keinen Fall durfte die Stute merken, wie unruhig er zwischen ihren Ohren auf die Barriere vor ihm blickte. Schon war die Meute darüber hinweg, mit wedelnden Ruten; es folgte der Master, leicht und souverän. Drei Reiter hintereinander folgten ihm auf den Fersen. Alle waren glatt hinübergekommen; jetzt war Richard an der Reihe. Die Stute hatte den Zaun erblickt und wieherte einmal heiser auf – es klang so zuversichtlich, als habe sie dergleichen schon öfter gemeistert. Er ließ ihr die Zügel, und als sie zum Sprung ansetzte, lehnte er sich vor, packte sie an der Mähne, schloß die Augen und sagte ein kurzes Gebet. Noch bevor er merkte, daß sie den Boden verlassen hatte, fühlte er den tröstlichen Druck des Sattels unter dem Gesäß, und der Galopp ging so glatt weiter, als habe es keine Unterbrechung gegeben. Danach fühlten sich die Sprünge an wie Brandungswellen im Meer, die ihn auf ihren Schaumkronen vorwärtstrugen.

Sie hielten noch mehrmals an, es kam zu Verzögerungen und vorsätzlich falsch gelegten Spuren. Richard suchte nach seinem Feind, aber er fand ihn nicht, er mußte zurückgeblieben sein oder aufgegeben haben. Er hatte den kindischen Wunsch, den arroganten Blick mit Zinsen zurückzugeben, nachdem er sich auf der Strecke bewährt hatte. Nicht mal vor sich selbst hätte er zugegeben, wie sehr er wünschte, der andere habe ihm zugesehen, wie er die Fünfstangen-Hürde nahm. Es war wirklich phantastisch, was ein entschlossener Mann fertigbrachte, wenn er ein gutes Pferd unter sich hatte.

Gegen Ende der Jagd liefen die Hunde in einen

schmalen Hohlweg, und das führte zu einigem Durcheinander, weil der Weg für zwei Reiter nicht breit genug war. Die Verzögerung irritierte Richard; hinzu kam auch noch, daß die weißen Wölkchen, die bisher wie Schneeflocken im Himmelsblau gelegen hatten, sich in Bewegung setzten und nicht mehr so friedlich dahinsegelten; sie lösten sich auf und wurden zu einer schwärzlichen Masse. Ein häßlicher Wind peitschte Regen vor sich her, es wurde plötzlich dunkel, und für die Harrier wurde es Zeit. Die Stute schien das ebenfalls zu finden, sie schüttelte den Kopf von einer Seite zur anderen, und einer der Reiter ermahnte Richard, sein Pferd stillzuhalten. Bis zu den wartenden Transportwagen waren noch einige Meilen zurückzulegen; als Höhepunkt für die Meute der Harrier hatte man eine Fährte gelegt von der Stelle, an der sie sich jetzt befanden, bis zu dem Dorf, wo sich die Teilnehmer am Morgen versammelt hatten.

Von diesem Spaß hatte Richard keine Ahnung. Er war gerade abgestiegen, um seiner Stute eine Ruhepause zu gönnen, als er den hochmütigen Reiter erblickte, der aussah, als ob weder er noch sein Pferd sich seit dem Morgen irgendwie angestrengt hätte. Er versuchte offenbar, Richards Blick einzufangen; als ihm das gelungen war, ritt er weiter und bedeutete Richard mit einer Kopfbewegung, ihm zu folgen. Richard war froh, wieder aufsitzen zu können, auch wenn er sich ungern eingestand, daß die Aufforderung ihm schmeichelte: jetzt nahm plötzlich der andere Notiz von ihm, nachdem er ihn vorher nur von oben herab behandelt hatte. Bei Jagdgesellschaften gibt es immer einen erfahrenen Jäger, der nach dem eigenen Kopf verfährt, und Richard nahm an, der Fremde wolle ihm zeigen, wie er die übrigen Reiter überrunden könne. Dazu war es offenbar erforderlich, daß sie umkehrten, ein paar hundert Meter zurücklegten und durch das offenstehende Tor eines privaten Besitztums ritten, was dem Reiter anscheinend nichts ausmachte. Er trabte bis vor das Haus, das ähnlich aussah wie ein Pfarrhaus, und ritt daran entlang bis in einen kleinen Hof, wo ein Holzgatter hinausführte in ein Feld. Ohne zurückzublicken, setzte er aus dem Stand über das Gatter und jagte in wildem Tempo quer über das Feld. Hier war Richard im Verlauf der morgendlichen Jagd vorbeigekommen, das wußte er. Jetzt kreuzten sie die alte Fährte und ritten schnell weiter; die übrigen Reiter hatten sie hinter sich gelassen. Dies war ein *pas de deux*.

Der Fremde blieb in Führung; Richard hatte erwartet, er werde ihn mit einer freundlichen Geste aufschließen heißen, wenn er sah, daß Richard seiner Aufforderung gefolgt war. Doch hatte er nicht einmal den Kopf gewandt und ritt das frischere Pferd. Sie kamen über ein langgestrecktes Feld, an dessen Ende sich ein Herrenhaus erhob. Damit war dann wohl der wilde Galopp zu Ende, und Richard war froh darüber, denn er sorgte sich um seine Stute, die nur noch mühsam atmete. Sie hatte sich brav gehalten und auch beim Galopp nicht nachgelassen; mehr durfte er jetzt nicht von ihr verlangen.

Der Fremde schien jedoch nicht nachlassen zu wollen – im Gegenteil, er gab seinem Pferd die Sporen. Er war etwas vom bisherigen Kurs abgewichen, und der Grund dafür wurde schnell sichtbar. Die Mauer des Herrenhauses war an einer Stelle eingefallen, und in der Lücke hatte man einen Wall aufgeworfen, einen Irischen Doppelwall, wie ihn jeder kennt, der einmal im Land gejagt hat, doch für Richard war diese Art Hindernis ebenso neu wie beängstigend. Seine Stute hatte sich den ganzen Tag so gut bewährt, er durfte jetzt nicht den Glauben an sie verlieren. Wenn sie sich damit begnügte, den Wall zu erklettern, dann ging vielleicht alles gut. Aber wenn sie beschloß, ihn ihm Sprung zu nehmen . . . Fünfzig Längen vor ihm jagte jetzt das andere Pferd los, landete oben, hielt an – und sprang. Aber wie steil fiel der Wall auf der anderen Seite ab? Gleich würde er es wissen. Wieder beugte er sich weit vor, griff in die Mähne, fühlte den vertrauten Schauder der Flanken, als die Stute zum Sprung ansetzte . . .

Es war ganz dunkel. Wo war er? Und wo waren die andern? Er lag bequem ausgestreckt, und was er mit den Fingern fühlte, war anscheinend Moos mit Herbstlaub, aber er vermied vorsichtig jede hastige Bewegung – vielleicht war er doch irgendwo verletzt. Dann begann er wie bei einem Denkspiel, die letzten Erlebnisse stückweise zusammenzufügen. Die Stute – wo war die? Und wie war er hierher gekommen? Das Bild eines Pferdes, das von der Höhe eines Walls hinuntersprang, tauchte in seiner Erinnerung auf, er blickte auf und sah, was ihm den Blick aufs Sonnenlicht verstellte – aus seinem Blickwinkel hätte es ebensogut eine Bergwand sein können.

Sein Gesicht schmerzte, und als er behutsam mit den Fingern nachfühlte, wurden sie naß. Blut, das erkannte er. Langsam und vorsichtig kam er auf die Füße. Der Kopf fühlte sich herrlich leicht an, ganz anders als die Glieder. Immerhin, nichts schien gebrochen zu sein, doch als er sich in Bewegung setzte, wollte das linke Bein ihm nicht gehorchen.

Er stand auf einer Lichtung im Wald, vermutlich war sie für den Reiter geschlagen worden, der die Doppelhürde gebaut hatte. Ein kurzer Weg führte zu einer Allee, und als er aus den Bäumen herauskam, wurde es heller. Die Sonne war noch nicht ganz untergegangen, im Westen glühte trübe ein rötlicher Schein – passender Hintergrund für die Ruine von Ballyorney. Es überraschte ihn nicht weiter, daß er sich auf dem Landsitz der Templetons befand; der Gedanke war ihm schon gekommen, als er sah, daß er auf ein großes Haus zuritt. Davon gab es in dieser Gegend nicht viele. Was ihn jedoch erstaunte, war, daß das Haus nicht mehr in Trümmern lag. Die unteren Räume waren hell erleuchtet, das Licht aus der Halle schien durch die Fächerfenster und zeichnete hübsche Muster auf den Kiesweg. Auch einige der oberen Fenster waren erleuchtet. Sie winkten ihm zu – das Haus lud ihn ein näherzutreten.

Die Haustür stand offen; in der Halle, das sah er, brannten Gaslampen. Niemand war zu sehen, doch durch eine hohe Tür kam gemütliches Stimmengewirr und Lachen. Er öffnete die Tür, und fünf Gesichter, von Kerzen beschienen, wandten sich zur Tür, um zu sehen, wer da kam. Er erkannte sie alle: drei Mädchen, die sich ähnlich sahen, in tief ausgeschnittenen Kleidern, und an den beiden Enden der Tafel die Eltern, die alt wirkten, aber gewiß noch nicht alt waren. Vor allem der Mann war ihm vertraut wie ein alter Freund – Richard kannte die Züge viel besser als die seines eigenen Vaters, und so schien es ihm völlig natürlich, als der andere aufstand und ihm mit ausgestreckten Händen entgegenkam. »Richard, mein lieber Junge! Du bist also doch zurückgekommen.«

Doch bevor der Vater ihn erreichte, fielen die Mädchen wie junge Hunde über Richard her. Dann rief eine erschreckt: »Oh – er blutet ja, der Arme!« und alle beeilten sich, seine Kratzer mit Salben zu versorgen. Die Mutter stand vor ihm, eine fast unwirklich schmale Gestalt aus vielen Schleiern und Bändern; sie preßte sein Gesicht an den flachen Busen, murmelte unverständliche Worte und brachte ihn durch den Duft von Patschuli fast zum Ersticken.

»Lucy, sieh deine Mutter an. Es war zu viel für sie. Catherine, ich bitte dich, ruhe dich eine Weile aus. Bringt eure Mutter nach oben ins Bett, ihr Mädchen.«

Lord Templeton war überaus besorgt, und er mußte wohl Grund haben, denn außer auf einer alten Daguerrotypie, die seine Mutter wie einen Schatz hütete, hatte Richard noch niemals ein so zerbrechliches zartes Gesicht mit so traurigen Augen gesehen.

»So, Catherine – bitte geh nach oben, meine Liebe. Richard wird später zu dir kommen und dir erzählen«, versprach Lord Templeton seiner Frau, als sie sehnsüchtig zurückblickte, während die Töchter sich um sie zu schaffen machten.

Der Hausherr führte Richard an die Dinnertafel zurück, wo inzwischen ein Gedeck für ihn aufgelegt worden war. »Du wirst deine Mutter sehr leidend finden«, sagte er ernst, als er sich setzte.

Hinter Richards Stuhl stand ein älterer livrierter Diener. »Wir sind alle sehr glücklich, daß Sie wohlbehalten zurückgekommen sind, Mr. Richard«, sagte er, als er ihm den Stuhl zurechtrückte. Erst als er sich hinsetzen wollte, spürte Richard wieder die Verletzung des linken Beins. Er mußte es in die richtige Lage bringen.

»Nun iß nur deine Suppe, mein Sohn. Wir warteten gerade auf den Hauptgang, aber ich nehme an, auch in der Küche herrscht einiges Durcheinander dank der großen Neuigkeit. Weiß man es dort, Rooney?«

»Jawohl, Mylord. Nancy bekam einen hysterischen Anfall, aber Mrs. Evans goß ihr einen Eimer kaltes Wasser über den Kopf. Alle sind hoch erfreut, daß Mr. Richard wohlauf ist.«

Richard merkte, wie ihn der Hausherr prüfend ansah. »Nun erzähl mir, wie du hergekommen bist«, bat er schließlich, »und warum du Reitkleidung trägst. Und, mein lieber Junge, warum hast du gar nicht daran gedacht, uns ein Telegramm zu schicken, damit wir wußten, daß du unterwegs bist? Du bist offenbar noch immer der alte. Als heute morgen der Gärtnerjunge hereinstürzte und schrie: Mr. Richard ist wieder da! – da dachte ich, deine Mutter werde ohnmächtig umfallen. Seit deinem Brief aus Varna hatten wir kein Wort von dir gehört, und das ist zwei Monate her. Und als sich dann alle draußen auf der Treppe versammelt hatten, um dich zu begrüßen, und du kamst nicht, da waren wir natürlich sehr niedergeschlagen, vor allem die Frauen. Ich hätte den Jungen mit eigener Hand erwürgen können, aber der arme Kerl sah noch jämmerlicher aus als wir alle, und er blieb fest bei dem, was er gesagt hatte. Er schwor auf die Bibel, daß er dich am Gatter vom Paddock gesehen habe, in Reitkleidern. Er sagte, du hättest nicht aufgeblickt und ihn auch gar nicht bemerkt, und so lief er ins Haus und brachte uns die gute Nachricht. Nun sag mir, was ist dir geschehen, wo hast du dich verborgen gehalten? Als wir den Jungen immer weiter bedrängten, sagte er, du hättest sehr traurig ausgesehen – kaum ein Kompliment für die Familie, muß ich sagen.«

»Ich bin gefallen, Sir – es war ein schwerer Fall, und mein Kopf fühlt sich sehr leicht an. Könnten wir daher die Unterhaltung noch eine Weile aufschieben?«

»Gewiß doch. Die Hauptsache ist, daß du gesund und daheim bist. Ich kann dir nicht sagen, wie sehr sich die Mutter um dich gesorgt hat. Der elektrische Telegraph ist eine großartige Erfindung, aber vielleicht sind wir doch noch nicht reif dafür. Ich meine, er bringt uns den Krieg zu nahe. Und dazu kommen andere Sorgen – das Benehmen deines älteren Bruders zum Beispiel, der, wie es scheint, sein Leben in Paris verbringen will. Und nun kommt noch Lucy und bittet uns, sie als Krankenschwester auf die Krim gehen zu lassen! Vielleicht besinnt sie sich nun, da du zurückgekommen bist.« Er brach ab, als die drei Schwestern hereinkamen und sich an den Tisch setzten. »Nun, ihr Mädchen, wie geht es eurer Mutter?«

»Ganz gut«, sagte die älteste. »Aber ich glaube, es wäre gut, wenn Richard bald hinaufginge zu ihr. Sie soll soviel wie möglich schlafen.«

»Richard wird hinaufgehen, sobald er gegessen hat. Ich lasse die letzte Flasche von Großvaters Claret heraufholen – sie steht bereit, wenn du herunterkommst, du Schlingel. Auf diesen Tag habe ich lange gewartet.«

Während die Mädchen sich weiter über die Leiden der Mutter unterhielten, ließ sich Richard die verschiedenen Gänge des Dinners schmecken. Es gab einen ausgezeichneten Claret dazu, der aber mit dem vom Hausherrn angekündigten Spezialtropfen sicher keinen Vergleich aushielt.

»Richard, sag mir offen, findest du Mutter sehr verändert?« fragte das älteste Mädchen, als sie endlich Gelegenheit hatte, eine direkte Frage an Richard zu richten.

»Sie sieht sehr anfällig aus«, erwiderte er ausweichend. Er horchte auf seine Stimme, aber sie klang durchaus besorgt. Doch im Grunde war er viel zu beschäftigt mit der Szene, die er vor sich hatte, um sich Gedanken zu machen über die eigene Aufrichtigkeit. Er spielte hier mit und war gleichzeitig Zuschauer; in beiden Rollen ging er völlig auf. Jetzt neigte sich Lord Templeton vertraulich zu ihm herüber und dämpfte seine Stimme, die damit noch durchdringender wurde und in jeder Ecke des hohen Raumes zu hören war.

»Ich habe leider meine Zweifel an Dr. Perrys Behandlungsart, mein Junge. Blutegel mögen für mich das Richtige sein, aber bei einer so zarten Frau mit chronischer Bleichsucht – ist es da wirklich ratsam, ihr regelmäßig Blut abzunehmen? Ich kann das nicht glauben. Perry ist zwar erheblich besser als sein Vorgänger, das gebe ich zu – ein Gentleman, und selber tadellos sauber, nicht wie der andere Knochenbrecher, der vielleicht sein Handwerk verstand, aber mich peinigte der Gedanke, daß er deine Mutter mit seinen schmutzigen Pfoten anfaßte. Ich wollte nur, ich hätte mehr Vertrauen zu Perrys Methoden. Es gelingt ihm, sie zu beruhigen, das ist wahr. Sie regt sich nicht mehr so leicht auf wie früher.«

Caroline, eine der Schwestern, mochte nicht länger von der Unterhaltung ausgeschlossen bleiben und erhob jetzt die Frage, warum sich Richard denn so merkwürdig verhalten habe. Wo hatte er sich den ganzen Tag aufgehalten? Man hatte den Park bis in den letzten Winkel durchsucht. Papa war ins Dorf gefahren, um sich dort zu erkundigen, und hatte sogar den Weg zum Bahnhof nicht gescheut und dort nachgefragt, ob sein Sohn etwa mit dem Morgenzug angekommen sei. »Ich weiß, was du gemacht hast, du Böser, und warum sogar deine armen Schwestern warten mußten. Du wolltest mit der Meute hinaus, bevor du noch die Deinen begrüßt hattest. Und wir hatten dich mehr als zwei Jahre nicht gesehen! Gib es nur zu, du Schlimmer. Auch in deinen Briefen an mich hast du immer nur wissen wollen, wie es mit dem Bau des Doppelwalls stand. Ich war zuweilen so zornig, daß ich sagte, es geschähe dir recht, wenn du dir gleich beim ersten Sprung das Genick brächest.«

»Aber Caroline! Wie kannst du nur so etwas sagen!« riefen die Schwestern entsetzt.

»Verzeih mir!« Caroline brach in Tränen aus.

»Sie sind alle überreizt«, meinte der Vater. »Du weißt ja, wie Frauen sind.«

Die Mahlzeit ging zu Ende, und alle drängten

Richard, nun so bald wie möglich zu der Kranken nach oben zu gehen. Die Mädchen erhoben sich, und Caroline trat nahe an Richard heran und flüsterte: »Ich hab's Edward versprochen.« Schnell folgte sie ihren Schwestern aus dem Zimmer, bevor ihm eine Antwort einfiel; an der Tür drehte sie sich noch einmal um und legte den Finger auf den Mund.

»Ich warte hier auf dich. Dann können wir's uns bequem machen und den Wein genießen«, sagte Lord Templeton, als Richard nach oben ging und ihn mit der kostbaren Flasche allein ließ. Ihm war recht beklommen zumute, als er die Treppe hinaufstieg.

Niemand war in der Halle; und erst als ihm das zum Bewußtsein kam – er hatte erwartet, daß die Mädchen ihn begleiteten –, fiel ihm ein, daß er keine Ahnung hatte, wie er Lady Templetons Zimmer finden sollte. Die Treppe führte auf einen breiten Flur mit sechs Türen. Vier davon waren vermutlich die Türen der Schlafzimmer; jede der andern beiden führte auf einen kleineren Flur mit anderen Zimmern und einer schmalen Treppe zum oberen Stockwerk. Richard klopfte sacht an jede der geschlossenen Türen, und dann noch einmal lauter, als keine Antwort kam. Es war wirklich eine absurde Situation.

Ziellos ging er den Flur entlang, klopfte im Gehen an jede Tür und erhielt, wie erwartet, keine Antwort. Schließlich öffnete er die letzte Tür und trat ins Dunkle. Eine Maus lief ihm über die Füße und huschte unter die Wandtäfelung. Als seine Augen sich an die Dunkelheit gewöhnt hatten, sah er, daß der Raum leer war und ohne Teppich, das Fenster war mit Läden verschlossen.

Er ging zurück auf den Flur, trat vor die erste der vier Türen und drehte den Türknauf. Durch ein Loch in der Wand starrte ihn der Vollmond an, anstelle des Fußbodens sah er nur ein tiefes Loch. Er trat zurück, und die Tür schlug zu. Er wartete eine Weile, bis sein Herzschlag wieder normal ging, dann schleppte er sich über den Gang bis zum Geländer, hielt sich daran fest, verlegte sein Gewicht auf das gesunde Bein und ließ sich, die Hand auf dem Geländer, in ungeschickten Sätzen die Treppe hinabgleiten. Unten in der Halle war kein Licht. Er öffnete die Tür zum Speisezimmer, wo er Lord Templeton im Kerzenschimmer zu sehen erwartete, aber auch dieser Raum war leer, und dazu hatte irgend jemand die Möbel entfernt. Die Tür zur Halle stand offen.

Er trat heraus aus der Dunkelheit und war froh, als er sah, daß die Kerzen am Himmel alle brannten. Er ging durch die offene Tür nach draußen und schritt wieder, wie vorher, die Allee entlang, aber ganz ohne das geplant oder beschlossen zu haben. Hätte sich sein Körper so leicht angefühlt wie sein Kopf, so hätte es ihn nicht weiter erstaunt, wenn er jetzt hoch durch die Luft und über das eiserne Tor am Ende des Weges hinweggeschwebt wäre. Aber das verletzte Bein hing an ihm wie ein schweres Gewicht; er schleppte es hinter sich her und kam nur im Schneckentempo voran. Einmal blieb er stehen und blickte auf das Haus zurück, wo er vor wenigen Stunden so liebevoll empfangen worden war. Das Haus war verschwunden; der dach- und fensterlose Steinhaufen, der jetzt dort zu sehen war, hatte etwas Drohendes. Er wandte sich ab, aber die düstere Verwandlung warf ihren Schatten über den hellen Silbermond. Nichts war mehr zu spüren vom Zauber des Abends, und als er zu den Sternen aufblickte, waren sie hart und kalt wie Diamanten. Ja, sie tanzten, aber nicht für ihn. Er war ganz allein in der Nacht. Nur die Angst war bei ihm und hielt ihn fest, sie war langsam immer größer geworden, seit er sich auf die Suche nach Lady Templeton gemacht hatte. Über seinem Besuch im Herrenhaus hatte er völlig die Jagd und den satanischen Reitersmann vergessen, dem er sein Abenteuer zu verdanken hatte. Kein anständiger Jäger hätte ihn einfach im Graben liegen lassen und mit angesehen, daß sein Pferd sich davonmachte. Das Mädchen von heute morgen mußte sich gesorgt haben, als er bei der Rückkehr nicht erschienen war. Das tat ihm leid.

Die heitere Stimmung war verflogen; jetzt lag Unheil in der Luft. Es grinste ihn aus den leeren Hausmauern an. Es folgte ihm, es war da – hinter ihm? Wie nahe? Er wagte nicht zurückzublicken. Die bedrückende Gegenwart des Bösen ließ sein Rückgrat erstarren. Er versuchte, schneller zu gehen mit dem Erfolg, daß ein jäher Schmerz seine Lenden durchzuckte. Unwillkürlich warf er seinen Kopf zurück. Niemand war da – nichts und niemand. Er sah die Allee hinunter bis zum Haus und über die Felder, wo das geduldige Vieh im Gras stand und auf den Morgen wartete. Niemand bedrohte ihn. Die Nacht war bisher ganz still gewesen; wenn ein Vogel sich in den Zweigen regte, so hörte er das Rascheln eines Blattes. Jetzt plötzlich zerriss er die Stille mit seinem Lachen, das über die schlafenden Felder tönte und von den Hügeln zurückgeworfen wurde. Er blickte auf zu den Sternen – auch sie tanzten vor Freude, und jetzt endlich hatte er fast die Bäume am Einfahrtstor erreicht. In ihrem Schatten verlief die Allee wie das Seidenband im Haar einer jungen Frau, bis sie die Stelle erreichte, wo er jetzt stand. Das Phantasiebild gefiel ihm – nach der blendenden Helle des Himmels waren die Schatten so weich und friedlich und geheimnisvoll, wie es zu einer jungen Frau passte. Sie vertieften sich am Ende des hellen Pfades, am stärksten unter der Bergulme, die das Pförtnerhaus den Blicken entzog – das kleine Haus, in dem vor fünfundfünfzig Jahren seine Mutter geboren worden war.

Verstört vom unsanft gleißenden Mondlicht flüsterten die Schatten, vereinigten sich sanft oder stahlen sich scheu davon. Einen sah Richard ganz deutlich aus der dunkelsten Ecke in den mondhellen Pfad kriechen, wo er wie ein schwarzer Teich liegen blieb, bis er sich weiter wagte und festere Gestalt annahm. Ein Schiff? Nein – ein Pferd. Ein Pferd mit einem Mann im Sattel. Die Illusion war vollkommen, bis der Schatten sich zurückzog und in den anderen unterging.

Richard mußte sich so sehr mit dem verletzten Bein abmühen, daß er noch nicht darüber nachgedacht hatte, was er eigentlich tun wollte, wenn er vor dem Tor stand, wie er hinüberkam und was dann weiter geschehen sollte. Das alles mußte nun bald entschieden werden. Bis dahin . . . Er blickte auf und sah erstaunt, daß die Schatten gar nicht mehr dunkel und undurchsichtig waren. Das Pförtnerhaus war jetzt deutlich zu erkennen, und ebenso, fast wie ein Wächter, der Mann zu Pferde. Die ganze Zeit, da Richard sich mühsam weiterschleppte, mußte der Mann ihn beobachtet haben. Ein Zeichen gab er nicht. Doch Richard ließ sich nicht beirren: er hatte ihn sofort erkannt. Die arrogante Kopfhaltung ... Jetzt kam es zur Konfrontation, und Richard war froh darum. Er hatte keine Angst mehr – seine Geister waren gebannt. Nichts Menschliches vermochte ihn zu schrecken.

Der Fremde nahm die Zügel auf und brachte sein Pferd vom Schatten des Hauses weg ins helle Licht des Vollmonds. Die Wirkung war dramatisch. Richard bemerkte zwei Dinge: der Reiter trug die Uniform eines Kavallerieoffiziers, in seinem Rock war ein Riß mit einem großen dunklen Fleck. Im Steigbügel stand nur ein Fuß, der andere hing schlaff herunter. Das zweite war das Pferd: es war nicht das Pferd, das der Mann bei der Jagd geritten hatte. Es war Richards Stute, auf der er saß.

Richard starrte ihn an, und der Fremde ließ es sich ohne eine Spur von Befremden gefallen, doch als die Musterung beendet war, ritt er langsam zurück, und bevor er die Bäume erreichte, hob er grüßend die Hand. Keine Spur seiner früheren Hochfahrenheit lag in diesem Gruß, ein Bruder hätte ihn nicht liebevoller anblicken können. Es war kaum zu glauben, daß dieser Soldat der gleiche Mann war wie der Satan vom Nachmittag. Während Richard noch verwirrt bemüht war, die beiden gegensätzlichen Gestalten miteinander in Einklang zu bringen, ergriff ihn plötzlich ein unwiderstehlicher Drang, dem Fremden noch einmal in die Augen zu sehen, denn er war überzeugt, daß er darin die eigenen Augen erblicken würde. Er versuchte laut zu rufen, doch kein Ton kam aus seiner Kehle; er wollte dem Mann nachlaufen, aber das verletzte Bein hielt ihn fest. Er keuchte. Der Soldat durfte nicht verschwinden – er mußte ihm eine Frage stellen, eine Frage, die ihn verfolgen würde bis an den Rand des Grabes, wenn er jetzt die Antwort nicht erhielt.

Als er das Pförtnerhaus erreichte, war der Soldat nirgends zu sehen. Nur die Stute graste friedlich unter den Bäumen. Ihr war von den Abenteuern des heutigen Tages nichts anzusehen.

NACHWEIS

George Mackay Brown, *Die Vernehmung* (›The Interrogator‹), deutsch von Susanna Rademacher; aus: *The Eighth Ghost Book*, Copyright © 1972 by Barrie & Jenkins Ltd, London.

H. G. Wells, *Das unerfahrene Gespenst* (›The Inexperienced Ghost‹), deutsch von Lena Neumann; aus: H. G. Wells, *Der Apfel vom Baum der Erkenntnis*, Copyright © 1930 by Paul Zsolnay Verlag GmbH, Wien und Hamburg.

Rudyard Kipling, *Die gespenstische Rikscha* (›The Phantom Rickshaw‹), deutsch von Gustav Meyrink; aus: R. Kipling, *Dunkles Indien*, Copyright © 1971 by Paul List Verlag KG, München.

William F. Harvey, *Das Werkzeug* (›The Tool‹), deutsch von Günter Eichel; aus: *Die Bestie mit den fünf Fingern* und andere Gruselgeschichten, erschienen 1964 im Diogenes Verlag. Abdruck mit freundlicher Genehmigung von J. M. Dent & Sons Ltd, London.

Sheridan Le Fanu, *Der böse Captain Walshawe* (›Wicked Captain Walshawe‹), deutsch von Susanna Rademacher.

Ambrose Bierce, *Der Fremde* (›The Stranger‹), deutsch von Susanna Rademacher.

Saki, *Die offene Tür* (›The Open Window‹), deutsch von Günter Eichel; aus: *Die offene Tür*, detebe 20115, Copyright © 1964, 1973 by Diogenes Verlag AG, Zürich.

Andrew Lang, *Glams Geist* (›The Ghost of Glam‹), deutsch von Susanna Rademacher.

Forbes Bramble, *Ferien* (›Holiday‹), deutsch von Susanna Rademacher. Abdruck mit freundlicher Genehmigung der Curtis Brown Ltd, London, und der Agentur Hans Hermann Hagedorn, Hamburg.

James Allan Ford, *Eine Art Besitz* (›A Kind of Possession‹), deutsch von Anne Uhde; Copyright © 1976 by James Allan Ford.

Angus Wolfe Murray, *Der Fluch* (›The Curse of Mathair Nan Uisgeachan‹), deutsch von Anne Uhde; Copyright © 1976 by Angus Wolfe Murray.

Iain Crichton Smith, *Die Brüder* (›The Brothers‹), deutsch von Anne Uhde; Copyright © 1976 by Iain Crichton Smith.

Fred Urquhart, *Stolze Dame im Käfig* (›Proud Lady in a Cage‹), deutsch von Anne Uhde; Copyright © 1976 by Fred Urquhart.

John McGahern, *Hauch des Weins* (›The Wine Breath‹), deutsch von Anne Uhde. Abdruck mit freundlicher Genehmigung des Autors.

Brian Moore, *Das zweite Gesicht* (›The Sight‹), deutsch von Anne Uhde; Copyright © 1977 by Brian Moore. Abdruck mit freundlicher Genehmigung der Curtis Brown Ltd, New York, und der Linder AG, Zürich.

Terence de Vere White, *Einer aus der Familie* (›One of the Family‹), deutsch von Anne Uhde. Abdruck mit freundlicher Genehmigung des Autors.

Die Geschichten von Forbes Bramble, James Allan Ford, Angus Wolfe Murray, Iain Crichton Smith und Fred Urquhart wurden von Giles Gordon für seine Anthologie *Prevailing Spirits* in Auftrag gegeben.

● **Noch mehr Gespenster**
Die besten Gespenstergeschichten aus aller Welt, von Balzac bis Čechov. Herausgegeben von Dolly Dolittle. Diogenes Evergreens

● **Klassische und moderne Gruselgeschichten**
Von Poe bis Hemingway. Herausgegeben von Mary Hottinger. Mit Zeichnungen von Paul Flora. Ein Diogenes Sonderband

● **Rider Haggard**
Sie. Roman. Aus dem Englischen von Helmut Degner. detebe 20236
König Salomons Schatzkammern. Roman Deutsch von V. H. Schmied. detebe 20920

● **W. F. Harvey**
Die Bestie mit den fünf Fingern. Gruselgeschichten. Aus dem Englischen von Günter Eichel und Peter Naujack. Mit Zeichnungen von Peter Neugebauer. detebe 20599

● **Patricia Highsmith**
Der Schneckenforscher. Gesammelte Geschichten. Vorwort von Graham Greene Aus dem Amerikanischen von Anne Uhde detebe 20347
Leise, leise im Wind. Erzählungen. Deutsch von Anne Uhde. detebe 21012

● **Joris-Karl Huysmans**
Gegen den Strich. Roman. Aus dem Französischen von Hans Jacob. Einführung von Robert Baldick. Essay von Paul Valéry detebe 20921

● **Gerald Kersh**
Mann ohne Gesicht. Phantastische Geschichten. Aus dem Englischen von Peter Naujack detebe 20366

● **Klassische Science-Fiction-Geschichten**
Von Voltaire bis H. G. Wells. Ein Diogenes Sonderband

● **Sheridan Le Fanu**
Carmilla, der weibliche Vampir. Vampirgeschichte. Aus dem Englischen von Helmut Degner. detebe 20596

● **W. Somerset Maugham**
Der Magier. Ein parapsychologischer Roman. Aus dem Englischen von Melanie Steinmetz und Ute Haffmans. detebe 20165

● **Peter Naujack (Hrsg.)**
Science-Fiction-Geschichten. Von Robert Heinlein bis Isaac Asimov. Übersetzt und mit einem Nachwort des Herausgebers. Ein Diogenes Sonderband

● **Edgar A. Poe**
Der Untergang des Hauses Usher. Ausgewählte Erzählungen und sämtliche Detektivgeschichten. Aus dem Amerikanischen von Gisela Etzel. Herausgegeben und mit einem Vorwort von Mary Hottinger. detebe 20233

● **Herbert Rosendorfer**
Der Ruinenbaumeister. Roman detebe 20251

● **Saki**
Die offene Tür. Ausgewählte Erzählungen. Aus dem Englischen von Günter Eichel. Mit einem Nachwort von Thomas Bodmer und Zeichnungen von Edward Gorey detebe 20115

● **Hermann Harry Schmitz**
Buch der Katastrophen. Tragikomische Geschichten. Vorwort von Otto Jägersberg Holzstichmontagen von Horst Hussel detebe 20548

● **Bram Stoker**
Draculas Gast. Sechs Gruselgeschichten. Aus dem Englischen von Erich Fivian und H. Haas. Mit Zeichnungen von Peter Neugebauer. detebe 20135

● **Roland Topor**
Der Mieter. Roman. Aus dem Französischen von Wolfram Schäfer. detebe 20358

● **Jules Verne**
Werke
in 19 Bänden. Diverse Übersetzer. detebe

● **H. G. Wells**
Der Krieg der Welten. Roman. Aus dem Englischen von G. A. Crüwell und Claudia Schmölders. detebe 20171
Die Zeitmaschine. Eine Erfindung. Deutsch von Peter Naujack. detebe 20172

● **Urs Widmer**
Die gelben Männer. Roman. detebe 20575